JN323678

文庫

# ・ビギナーズ

ケリー・リンク

柴田元幸訳

*epi*

早川書房

*6984*

日本語版翻訳権独占
早　川　書　房

©2012 Hayakawa Publishing, Inc.

MAGIC FOR BEGINNERS
by
Kelly Link
Copyright © 2005 by
Kelly Link
with illustrations by
Shelly Jackson
Translated by
Motoyuki Shibata
Published 2012 in Japan by
HAYAKAWA PUBLISHING, INC.
This book is published in Japan by
arrangement with
SMALL BEER PRESS
c/o THE FIELDING AGENCY, LLC
through TUTTLE-MORI AGENCY, INC., TOKYO.

---

本文カット／シェリー・ジャクスン

ギャヴィンと、
彼に出会った
アベニュー・ビクター・ヒューゴ書店に

# 目次

# マジック・フォー・ビギナーズ

# 妖精のハンドバッグ

# *The Faery Handbag*

略奪者の一団がやって来る前に、村人たちは荷物をまとめ、ハンドバッグのなかへ移っていった。

　あたしはよく友だちと、あちこちの慈善中古品店に行った。たとえば電車でボストンまで出て、〈衣料品街〉に行く。〈衣料品街〉というのは巨大な古着屋だ。何もかも色で分けてあって、そのせいかどの服もみんな綺麗に見える。ちょっとナルニア国のワードローブを通っていくみたいだけど、そこで出会うのは、アスランとか白い魔女とかおぞましいユースタスとかじゃなくて、魔法の服世界。喋る動物の代わりに、羽毛の襟巻やウェディングドレスやボウリングシューズ、ペイズリー柄のシャツやドクター・マーチンのブーツ、そのほかにもいっぱいラックに吊してあって、最初にまず黒いドレスが、世界最大の屋内葬式みたいにずらり揃っていて、次に青いドレス、もう想像できる限りのあらゆる青があってその次には赤いドレスとか。ピンクっぽい赤、オレンジっぽい赤、紫っぽい赤、出口の照明の赤、キャンディの赤。時おりあたしが目をつむって、ナターシャとナタリーとジェイクとにどれかのラックに引っぱっていかれて手にドレスを押しつけられる。「何色かあててごらん」

練習を積めば、触《さわ》るだけで物の色がわかるようになる、とあたしたちは信じていた。たとえば芝生の庭に座っているとして、目をつむっていても、芝に触ってどのくらい絹っぽいゴムみたいかで、どういう緑だかわかる。服でも、ビロードふうの、伸び縮みする生地は、たとえ赤でなくても、目をつむって触ると赤っぽい感じがする。色をあてるのが一番うまいのはいつもナターシャだったけど、いろんなゲームでバレないようインチキするのが一番うまいのもナターシャだ。

あるとき、みんなで子供用Tシャツコーナーを漁《あさ》っていたら、ナタリーが三年生のとき着ていたマペットのTシャツが出てきた。それがナタリーのだとわかったのは、内側に名前が残っていたからだ。サマーキャンプに行ったときに、お母さんが消えないマジックで名前を書いたのだ。ジェイクがそれを買い戻してあげた。その週末にお金を持っていたのはジェイク一人だった。アルバイトをしているのはジェイク一人だった。

ジェイクみたいな男子が、女子たちにくっついて〈衣料品街〉みたいな店で何やってるんだって思う人もいるだろう。ジェイクのすごいのは、何をやってもかならず楽しめてしまうところだ。何もかもが好きで、誰もかもが好きなんだけど、ジェイクが一番好きなのはあたしだ。ジェイクがいまどこにいるにしても、きっとすごく楽しくやってるだろうし、あたしがいつ来るのかと待ちわびていることだろう。あたしはいつもいろんなことに遅刻していて、あせってる。でもジェイクはそれもわかってくれている。

人間と同じで、物にも生まれてから死ぬまでのサイクルがある、とあたしたちは信じていた。ウェディングドレスや羽毛の襟巻やTシャツや靴やハンドバッグのライフサイクルには、〈衣料品街〉が組み込まれている。よい衣服なら、あるいはたとえ悪い衣服でも面白い感じの悪さなら、死ぬと〈衣料品街〉へ行く。死んでいることは匂いでわかる。それを買って、洗って、もう一度着るようになれば、買った人間の匂いがするようになって、服は生まれ変わってもう一度生きる。でも肝腎なのは、何かを探してるならとにかく探しつづけるしかないってことだ。気合いを入れて探すしかない。

〈衣料品街〉の地下では、衣服やぼろぼろのスーツケースやティーカップを目方で売っている。四キロ分のプロム用ドレスが――セクシーな黒のドレス、ふわふわのラベンダーのドレス、渦を巻くピンクのドレス、キーリングに通せるくらい薄い銀色の星みたいなラメのドレス――が八ドルで買える。あたしは毎週そこへ行って、ゾフィアおばあちゃんの妖精のハンドバッグを探す。

妖精のハンドバッグ。それはすごく大きくて黒くて、ちょっとごわごわしてる。目をつむっていても、触った感じで黒いとわかる。これ以上はないっていうくらい、タールや黒い流砂みたいに、手が抜けなくなってしまいそうな黒さ。そうじゃなければ、夜中に明かりを点《つ》けようと手をのばしたのに、そこにあるのは闇だけ、みたいな黒さ。

ハンドバッグのなかには妖精たちが住んでいる。そんなこと言うとどう思われるか、あたしだってわかってるけど、本当なんだから仕方ない。

このハンドバッグはわが家代々の家宝だとゾフィアおばあちゃんは言った。もう二百年以上昔からあるのだとゾフィアは言った。あたしが死んだらあんたが面倒見るんだよ。バッグの保護者になるんだ。あんたが責任持つんだよ、とゾフィアは言った。

そんなに古く見えないよ、二百年前にハンドバッグなんてなかったよ、とあたしは言ったけど、おばあちゃんはムッとしただけだった。「じゃあ教えておくれジュヌヴィーヴや、昔の年配のご婦人方は、老眼鏡やら心臓の薬やら編み針やらを、どこへ入れてたと思うんだい？」

こんな話、誰も全然信じないことはわかってる。それで構わない。これを読んでるあなたが信じると思ったら、こんな話できるわけない。約束してほしい、こんな話、一言も信じないって。ゾフィアも何か話を聞かせるとき、あたしによくそう言った。お葬式の日、あたしの母親は、半分笑って半分泣きながら、私の母さんは世界最高の嘘つきだったわよと言った。ゾフィアが本当は死んでないんじゃないかと母親は疑ったんだと思う。でもあたしはゾフィアの棺桶に行ってみて、その目をしっかり見た。目はつむっていた。葬儀屋の手で、青いアイシャドーと青いアイライナーが塗ってあった。死んでるっていうより、FOXテレビのアナウンサーにでもなりそうに見えた。けっこう気味が悪くて、あたしはますます哀しくなった。でもだからといって、肝腎なことを忘れはしない。

「オーケー、ゾフィア」とあたしはささやいた。「死んだのはわかってるけど、これって大事な話なんだよ。どれだけ大事か、あんたもちゃんと知ってるでしょ。ハンドバッグはどこ？　ハンドバッグをどうしたの？　どうやったら見つかるの？　これからあたし、何すればいいわけ？」

もちろん、ゾフィアは一言も喋らなかった。ただそこに横たわって、うっすら笑みを浮かべているだけだった。まるで何もかもが――死、青いアイシャドー、ジェイク、ハンドバッグ、妖精たち、スクラブル、バルデツィヴルレキスタン、何もかもが――冗談だっていうみたいに。ゾフィアのユーモアのセンスは前々から不気味だった。だからジェイクとも、あんなに仲よくやれたのだ。

あたしの母親が子供のころ住んでいた家の隣の家で、あたしは育った。母親の母親、つまりあたしのおばあちゃんゾフィア・スウィンクは、父親と母親が仕事に出ているあいだあたしの面倒を見た。

　ゾフィアは全然おばあちゃんみたいに見えなかった。長い黒髪を、いくつもの塔みたいにとんがらせて編んでいた。大きな青い目をしていた。あたしの父親より背が高かった。スパイかバレリーナか、女海賊かロックスターみたいに見えた。ふるまいもそんな感じだった。たとえば、どこへ行くにも絶対に車に乗らない。乗るのはいつも自転車。あたしの母親はよくそれでカッカしていた。「歳相応にやれないの？」と母親は言ったが、ゾフィアは笑うだけだった。

　あたしはゾフィアと年じゅうスクラブルをやっていた。英語はそんなに上手じゃないのに、勝つのはいつもゾフィアだった。ゾフィアはバルデツィヴルレキスタン語の言葉を使ってもいい、と二人で決めていたからだ。バルデツィヴルレキスタンは、ゾフィアが二百年以上前に生まれたところだ。少なくとも本人はそう言っていた（自分は二百歳を超えている、ひょっとしたらもっとずっと歳かもしれない、とあたしのおばあちゃんは主張した。ジンギスカンに会ったことがあるとも主張した。ジンギスカンはゾフィアよりずっと背が低かったという。たぶんその話をする時間はなさそうだ）。**Baldeziwurlekistan** という言葉は、実はボードに収まりきらないのだけど、スクラブルの点数を稼ぐにはものすごく強力な言葉だ。初めて二人でスクラブルをやったとき、ゾフィアはこの言葉を作った。あたしはその直前、**zippery**（ジッパーっぽい）で四十一点稼いでいたのでけっこういい気分でいた。

ゾフィアはそのとき、自分のトレーで字をさんざん並べ替えていた。それから、止められるもんなら止めてみろと言わんばかりにあたしの顔を睨んで、**bald**（禿げの）にくっつけて**eziwurlekistan**と並べた。途中、**delicious**（美味しい）、**zippery**、**wishes**（願い）、**kismet**（アラーの意志）、**needle**（針）を通り、さらに**to**（〜へ）を**toe**（足指）に変えた。**Baldeziwurlekistan**がボードの端から端まで広がって、さらにその右側にこぼれ出た。

あたしは笑い出した。

「持ってた字、全部使ったよ」とゾフィアは言って、鉛筆を舐めて点数を足しはじめた。

「そんなの単語じゃないよ」とあたしは言った。「バルデツィヴルレキスタンなんて単語、ないよ。だいいち無理だよ。ボードには一列十五しかマスがないんだから、十八字もある言葉なんか載せらんないよ」

「載せられるともさ。これは国の名前だよ」とゾフィアは言った。「あたしが生まれた土地なんだよ、可愛いダーリン」

「異議あり」とあたしは言った。辞書のあるところに行って引いてみた。「そんな場所、ないよ」

「そりゃいまはないさ」とゾフィアは言った。「あったころもそんなに大きな場所じゃなかったしね。けどあんただってサマルカンドとか、ウズベキスタン、シルクロード、ジンギスカンとかは聞いたことあるだろ。あたしがジンギスカンに会ったときのこと、話さなかったっけね？」

あたしは辞書でサマルカンドを引いてみた。「オーケー」とあたしは言った。「サマルカンドはほんとにある。サマルカンドはほんとの場所で、ほんとの単語。でもバルデツィヴルレキスタンは違う」

「いまじゃ別の名前なんだよ」とゾフィアは言った。「だけど自分の生まれたところを覚えておくのは大事なことだと思うね。あたしにはバルデツィヴルレキスタン語の言葉を使う権利があると思うよ。英語はあんたの方がずっとよく知ってるんだから。ひとつ約束しとくれ、一口の茹《ゆ》で団子ちゃん、ちっちゃなおちびちゃんや。あんたはそのほんとの名前を覚えていてくれるんだよ。バルデツィヴルレキスタン。さあこれで全部足した、三六八点。計算、合ってるかい？」

妖精のハンドバッグを正しい名前で呼ぶなら、だいたいオ、ル、ツィ、パ、ニ、カ、ニ、ク、シュと聞こえるだろう。意味は「世界がそのなかで生きているところの、皮の袋」。ただしゾフィアがそれを書くたびに、綴《つづ》りは違っていた。毎回ちょっとずつ変えなきゃいけないんだよ、とゾフィアは言った。絶対、完璧に正しく綴っちゃいけないんだ、危ないからね、と。

あたしがそれを妖精のハンドバッグ faery handbag と呼ぶのは、あるときスクラブルで

faery を作ったことがあるからだ。eじゃなくてiだよ、とゾフィアは異議を唱えたが、辞書を引いてみたらちゃんとあったので、ゾフィアは一回順番を失った。

バルデツィヴルレキスタンでは、ボードにタイルを並べて、占いをしたり、予言をしたり、ただ単に遊んだりするのだとゾフィアは言った。ちょっとスクラブルに似ているとゾフィアは言った。だからゾフィアもきっとあんなにスクラブルが強かったんだと思う。バルデツィヴルレキスタン人は丘の下に住む人たちと通信するにもタイルとボードを使った。丘の下に住む人たちは未来を見通すことができた。バルデツィヴルレキスタン人は彼らに発酵した牛乳と蜜を贈り、若い娘たちは丘にのぼって横たわり星空の下で眠ったものだった。どうやら丘の下の住人たちは、けっこうキュートだったらしい。大切なのは、丘の下に住む男がどんなにキュートでも、絶対に丘のなかへ降りていってそこで夜を過ごしてはいけないということだった。もしそうしてしまうと、かりにたった一晩でも、丘から出てくると百年の歳月が経っているかもしれない。「忘れちゃいけないよ」とゾフィアはあたしに言った。「男がどんなにキュートでも同じことだよ。僕のところへおいでよって誘われても、ついてっちゃいけない。適当にいちゃつくのはいいけど、夜を過ごしちゃだめ」

時おり、丘の下に住む女が村の男と結婚することがあるが、これはうまく行ったためしがなかった。というのも、丘の下出の女は料理がおそろしく下手なのだ。村での時間の流れ方にどうしても慣れることができず、そのため、夕食はつねに焦げてしまうか、生煮えかのどちらかだった。そして女たちは批判されることに耐えられなかった。批判されると、傷ついてしまう。村の夫が文句を言うと、あるいは文句を言いたそうな顔をしただけで、すべてはおしまいだった。女は実家に帰ってしまい、夫が出向いていって頼み込み、頭を下げ、すがりついても、妻が丘の下から出てくるには三年、三十年、下手をすれば何世代もかかった。

バルデツィヴルレキスタン人と、丘の下出の人間との結婚が、どんなに仲睦まじく幸福なものであっても、子供たちが大きくなって、夕食について文句を言い出したとたんにそれは崩壊した。けれど村人にはみな丘の血が混じっていた。

「あんたのなかにも流れてるんだよ」とゾフィアは言って、あたしの鼻にキスをした。「あたしのおばあちゃんと、おばあちゃんのお母さんから来てるんだ。だからあたしたち、こんなに綺麗なんだよ」

ゾフィアが十九のとき、村の巫女＝司祭がタイルを投げて占い、悪いことが起きるという結果が出た。略奪者の一団がやって来るのだ。抵抗しても無駄である。略奪者たちは家という家を焼き払い、若い男女を奴隷として連れ去るだろう。しかもそれだけでは済まない。地震も来るという。これは大事《おおごと》である。というのも、略奪者が来ると、村人たちはたいてい一晩だけ丘の下に隠れる。そしてふたたび出てきたときには、略奪者が去ってからすでに何か月か何十年か、時には百年の年月が過ぎている。でも今回は地震が来るので、丘はぱっくり開いてしまうというのだ。

丘の下に住む人々にとっても困った事態である。このままでは家も壊されてしまい、自分たちはしくしく泣いて己の運命を呪いながら地表をさまよう身となって、やがては太陽が破裂して空にひびが入り、七つの海は煮えたぎり、人々はからからに乾いて埃と化し吹き飛ばされてしまうだろう。そこで巫女＝司祭はさらに占いを続け、丘の下に住む人々からは、黒い犬を一匹殺して皮を剝ぎその皮を使って鶏一羽、卵一個、鍋一個が入るハンドバッグを作るよう指示された。彼女が言いつけに従うと、丘の下の人々はそのハンドバッグの内部を拡げて、村人全員、丘の下の人々全員、すべての山、森、海、川、湖、果樹園、空、星、霊、伝説の怪物、海の妖女、竜、木の精、人魚、獣、そしてバルデツィヴルレキスタン人と丘の下の住人が崇拝するささやかな神々みんなが入れる広さにした。

「じゃあそのハンドバッグ、犬の皮でできてるわけ？　ゲェ！」とあたしは言った。

「可愛いペットや」とゾフィアは切なそうな顔であたしに言った。「犬はね、美味しいんだよ。バルデツィヴルレキスタン人にとって犬はごちそうなんだよ」

略奪者の一団がやって来る前に、村人たちは荷物をまとめ、ハンドバッグのなかへ移っていった。留め金は骨でできていた。ある開け方をすれば、鶏と卵と土鍋が入る程度の、あるいは老眼鏡と図書館の本と薬箱を入れるような、何の変哲もないハンドバッグ。ところが別の開け方をすると、そこは河口に浮かぶ小さなボートの上で、左にも右にも森が広がって、その森にバルデツィヴルレキスタンの村人も丘の下の住人も、新しいすみかを作り上げていた。

けれどもし間違ったやり方でハンドバッグを開けたら、そこは血みたいな匂いのする暗い場所だ。バッグの守護神（皮を剝がれてハンドバッグにされた犬）もここに住んでいる。守護神には皮がない。守護神が吠えると、それを聞いた者の耳と鼻から血が出てくる。留め金を反対方向に回して間違ったやり方でバッグを開けた者を、守護神はバラバラに引き裂く。

「これが間違った開け方だよ」とゾフィアは言って、留め金をひねってみせた。バッグの口をちょこっと開けて、あたしに見えるようかざしてみせた。「さあダーリン、ちょっと聞いてごらん」

あたしはハンドバッグのそばに頭を持っていったが、すごく近づけはしなかった。何も聞こえなかった。「何も聞こえないよ」とあたしは言った。

「犬、たぶんくたびれて寝てるんだね」とゾフィアはあたしに言った。「悪夢だってたまには眠らないとね」

ジェイクが退学になったあと、学校のみんなが彼のことを、ジェイクと呼ばずにフーディーニと呼ぶようになった。あたしだけはそう呼ばなかった。なぜだかはいずれ説明するけど、しばらく辛抱してほしい。何もかもを正しい順番で話すのって、けっこう大変なのだ。

ジェイクはうちの学校のたいていの先生より頭がいいし、背も高い。でもあたしほど高くはない。あたしたちは三年生のときから友だちだ。ジェイクははじめからずっとあたしに恋をしてる。三年生になる前から君に恋してたんだよ、知りあう前からね、とジェイクは言う。あたしがジェイクに恋するにはしばらく時間がかかった。

三年生のとき、ジェイクはもう何もかも知っていたけど、友だちの作り方だけは知らなくて、一日じゅうあたしを追いかけ回した。あたしはすごく頭に来て、ジェイクの膝を蹴飛ばした。それでも効き目がないと、ジェイクのバックパックをスクールバスの窓から放り投げた。それでもやっぱり効き目がなかったけど、翌年ジェイクはテストを受けて四年と五年を飛び級して六年のクラスに入ることになった。それでさすがにあたしもジェイクが気の毒になった。六年生クラスはうまく行かなかった。六年生たちがジェイクの頭をトイレにつっ込んで水を流すのをやめないので、ジェイクはスカンクをつかまえてきて男子ロッカールームに放した。

学校側は年度の終わりまで停学処分にしようとしたけど、ジェイクは代わりに学校を二年休んで、自宅でお母さんに勉強を教わった。ラテン語とヘブライ語とギリシャ語を勉強して、六行六連体詩の書き方を学び、寿司の作り方、ブリッジ、それに編み物まで覚えた。フェンシングと社交ダンスも習った。貧しい人たちのための給食施設で働き、スーパー8を使って、南北戦争を現代において再現する人々をめぐる映画も作った。軍服まですっかり着込んで、大砲を撃つ代わりに過激なクローケーの試合に明け暮れる人たちの映画だ。ギターの練習もはじめた。小説も一冊書いたけど、あたしは読んだことがない。ひどい出来だよ、と本人は言っていた。

二年後、お母さんが癌になったので復学してくると、学校側はジェイクをあたしたちの学年に戻した。七年生。まだ相変わらず全然頭がよすぎたけど、今度はもう周りに溶け込むだけの頭のよさも身につけていた。それにサッカーも上手だったし、カッコよかった。ギターも弾くってことは言ったっけ？　学校じゅうの女子がジェイクに夢中だったけど、放課後はいつもあたしと一緒に下校してゾフィアとスクラブルをやり、バルデッィヴルレキスタンについてゾフィアに質問するのだった。

ジェイクのママはシンシアといった。陶磁器のカエルと、ノックノック・ジョークを集めていた。あたしたちが九年生のとき癌が再発した。ママが死ぬと、ジェイクはカエルを全部叩き割った。それはあたしが生まれて初めて行ったお葬式だった。何か月かして、ジェイクのお父さんが、ジェイクのフェンシングの先生をデートに誘った。飛び級クラスでやった、フーディーニについての自由研究のせいでジェイクが退学になった直後に二人は結婚した。それはあたしが生まれて初めて行った結婚式だった。ジェイクと二人でワインを一本盗んで飲んで、カントリークラブのプールにあたしは吐いた。ジェイクはあたしの靴一面に吐いた。

まあとにかく、村人たちと丘の下の住人たちは、何週間かはハンドバッグのなかで幸せに暮らした。ハンドバッグは、これなら地震が来ても大丈夫と思える、乾いた井戸の底の岩に巻きつけておいた。けれどもじきに、バルデツィヴルレキスタン人の何人かが、外に出たい、世の中がどうなっているか見たいと言い出した。ゾフィアもその一人だった。バッグに入ったのは夏のことだったが、井戸から外に這い出ると雪が降っていて、村は廃墟と化し、古いぼろぼろの瓦礫《がれき》が残っているだけだった。人々は雪のなかを歩きつづけ――ハンドバッグはゾフィアが持った――やがて見たこともない村にたどり着いた。村人たちが荷物をまとめて立ち去ろうとしているのを見て、ゾフィアと仲間たちは嫌な予感がした。自分たちがハンドバッグに入ったときと、まったく同じではないか。

はっきり行き先があるらしい様子の村人たちのあとに、彼らもついて行き、やっとのことで都市に着いた。ゾフィアにとって、こんな場所はまるっきり初めてだった。汽車があり電灯があり映画館があり、たがいに撃ちあっている人々がいた。爆弾が空から降っていた。戦争が起きていたのだ。村人の大半はハンドバッグのなかに這い戻ろうと決めたが、ゾフィアはその世界にとどまってハンドバッグの世話をすると申し出た。彼女は映画と、絹のストッキングと、一人の若者（ロシア人脱走兵）に恋していたのだ。

ゾフィアとロシア人脱走兵は結婚して、いろんな冒険をくぐり抜け、やがてアメリカに渡って、そこであたしの母親が生まれた。ゾフィアが時たまタイルで占いをして、ハンドバッグのなかの人たちに声をかけると、人々は彼女に、どうやって厄介事を避けたらいいか、どうやったら金が稼げるかを教えてくれた。時おり誰か、バルデッツィヴルレキスタン人か丘の下の住人かがハンドバッグから出てきて、食料を買いに行きたいとか映画を観に行きたいとかジェットコースターに乗りに遊園地へ行きたいとか図書館へ行きたいとか言った。

金儲けに関してゾフィアが夫に忠告を与えるたびに、金はますます儲かった。夫はゾフィアのハンドバッグに好奇心を抱くようになった。バッグにはどこか怪しいところがあったのだ。だがゾフィアは夫に、あんたの知ったこっちゃないよと言った。夫はこっそりゾフィアを見張るようになった。すると、見たこともない男や女が家に出入りしていることがわかった。妻は共産党のスパイか、さもなければ浮気しているのだと夫は確信するに至った。二人は言い争い、夫は酒に溺れるようになって、そのうちに、ゾフィアの占い用タイルを捨ててしまった。「ロシア人は亭主にはよくないよ」とゾフィアはあたしに言った。

とうとうある夜、ゾフィアが寝ているあいだに、夫は骨の留め金を開けてハンドバッグのなかにもぐり込んだ。

「あたしを捨てて出ていったんだと思ったよ」とゾフィアは言った。「二十年近くずっと、あの人はあたしとあんたの母さんを捨ててカリフォルニアへ行ったんだと思ってた。べつにそれで構わなかったけどね。あたしも結婚生活に疲れて、人のために食事を作ったり、家を掃除したりするのに飽き飽きしてたから。自分が食べたいものを作る方がいいし、掃除するんだって自分で掃除しようと決めたときにした方がいい。あんたのお母さんの方がつらかっただろうね。やっぱり父親がいないのはねえ。あたしとしてもそこが一番気になったよ。

ところが、実はあの人は、カリフォルニアなんかに行ってなかった。ハンドバッグのなかで一晩過ごして、出てきたら二十年経ってたのさ。覚えてたのと少しも変わらずにハンサムだったし、長い年月のあいだにあたしも、昔の喧嘩のことはみんな水に流してた。あたしたちは仲直りして、すごくロマンチックだったよ。ところが翌朝になったらまた喧嘩になっちまって、あの人ときたら、出てきていたあいだずっと眠ってたあんたの母さんの頬っぺたにキスして、またハンドバッグのなかにもぐり込んじゃったのさ。それからまた二十年、あの人には会わなかった。こないだ出てきたときは、一緒に『スター・ウォーズ』を観に行ったらすごく気に入って、みんなに話してやるんだと言ってハンドバッグのなかへ戻っていった。あと何年かしたら、みんなで出てきてビデオを観たがるだろうね、きっと続篇《シークェル》も全部観たがるよ」
「前日譚《プリクェル》は時間の無駄だって言ってあげなよ」とあたしは言った。

ゾフィアと図書館のこと。ゾフィアは図書館から借りた本を、しょっちゅうなくしてしまう。なくしたんじゃない、貸出期限だってまだ過ぎてない、とゾフィアは言う。妖精のハンドバッグのなかではほんの一週間でも、図書館の世界の時間ではずっと長いってだけのこと。どうしろというのか？ そうゾフィアは言う。図書館の人たちはみんなゾフィアを嫌っている。うちの近所の図書館では、どこも貸出停止処分になってる。あたしが八つのとき、ゾフィアはあたしを代わりに図書館へ行かせて、伝記や科学書や、ジョージェット・ヘイアーのロマンス小説を借りてこさせた。あたしの母親はそれを知ってカンカンに怒ったけど、あとの祭りだった。ゾフィアはもうすでに、大半の本をなくしてしまっていた。

誰かのことを、その人がほんとに死んでるみたいに書くのはすごく難しい。あたしはいまだについ、ゾフィアが自宅のリビングルームにいて、何か古いホラー映画を、ポップコーンをハンドバッグのなかに落としながら観ているにちがいないと思ってしまう。あたしが来たらスクラブルを一緒にやろうと待っているのだと思ってしまう。

あの大量の図書館本は、いつまで経っても誰も返さないだろう。

あたしの母親は、よく仕事から帰ってきて目を丸くしたものだ。「お母さん、またこの子たちにおとぎばなし聞かせてたの？」と母親は言った。「ジュヌヴィーヴ、あんたのおばあちゃんはとんでもない嘘つきなのよ」

そう言われるとゾフィアはスクラブルのボードを畳んで、あたしとジェイクに向かって肩をすくめた。「あたしは素晴らしい嘘つきだよ」とゾフィアは言った。「世界で最高の嘘つきだよ。約束しとくれ、あたしの言うことを一言も信じないって」

でもゾフィアは、妖精のハンドバッグのことはジェイクに話さなかった。話したのは、バルデツィヴルレキスタンの古い民話と、丘の下の住人をめぐるおとぎばなしだけ。夫と二人で乾草の山や納屋に隠れながらヨーロッパを横断した話もした。あたしには、夫が食べ物を探しに行っている最中ゾフィアが鶏小屋に隠れているのを農夫が見つけて強姦しようとした話もした。でもあたしに開けてみせたやり方でゾフィアが妖精のハンドバッグを開けると、犬が出てきて農夫を食べ、ついでに鶏も全部食べてしまった。

ゾフィアはジェイクとあたしに、バルデツィヴルレキスタン語の悪態のつき方を教えてくれているところだった。愛してるの言い方もあたしは知ってるけど、ジェイクが見つかるまでは絶対誰にも言わないつもりだ。

八つのとき、あたしはゾフィアに言われたことを全部信じた。十三になるころには一言も信じなかった。十五のとき、男が一人ゾフィアの家から出てきてゾフィアの三段変速の自転車に乗って出かけていくのを見た。男は変な服を着ていた。あたしの母親や父親よりずっと若くて、見たこともないのに、なぜか見覚えがある気がした。あたしも自転車に乗ってあとをつけると、食料品店に着いた。レジのすぐ外で待っていると、男はピーナッツバター、ジャックダニエルズ、使い捨てカメラ半ダース、リーセズのピーナツバターカップを少なくとも六十個、ハーシーズのキッスを三袋、ミルキーウェイのチョコバーを一つかみ、そのほかにもレジ前のキャンディラックにあった品をどっさり買った。大量のチョコレートをレジ係に手伝ってもらって袋に入れている最中、男は顔を上げてあたしを見た。

「ジュヌヴィーヴ？」と男は言った。「ていう名前だよね？」

あたしは店から逃げ出した。男はもろもろの袋をひっつかんで、追いかけてきた。たぶんお釣りも受けとらなかったと思う。あたしはすたすた逃げたけど、と、ゴムぞうりの鼻緒が片方、よくそうなるみたいにぷつんと外れた。あたしは本気で頭に来て、あっさり立ちどまった。そしてふり返った。

「あんた誰？」とあたしは言った。

でも答えはもうわかっていた。その人は、うちの母親の弟といってもおかしくないみたいに見えた。すごくキュートな人だった。ゾフィアが恋したのも無理ないと思った。

男は名前をラスタンといった。あたしの両親には、この人はバルデツィヴルレキスタンの民話の専門家で何日か泊まっていくのだとゾフィアは言った。ゾフィアはラスタンを夕ご飯の席に連れてきた。ジェイクも来ていて、これは何かあると彼が見抜いているのがあたしにはわかった。あたしの父親以外はみんな、何かあることを見抜いていた。

「じゃあバルデツィヴルレキスタンって現実にある場所なんですの？」とあたしの母親がラスタンに訊いた。「母の話、本当なんですの？」

ラスタンが痛いところをつかれてることは見ていてわかった。俺の女房はとんでもない嘘つきなんです、と見るからに言いたそうなんだけど、そう言ってしまったらどうなるか？　民話の専門家云々っていうお話も崩れてしまう。

ラスタンには言いたいことがいっぱいあったにちがいない。実際に言ったのは、「このピザほんとに美味しいですね」だけだった。

夕食の席でラスタンは写真をたくさん撮った。翌日、フィルムを現像に出しにあたしも一緒について行った。ほかにも何本か、妖精のハンドバッグのなかで撮ったフィルムも持ってきていたけど、あまりよく写ってなかった。フィルムが古すぎたのかもしれない。夕食の写真はあたしの分も焼き増ししてもらった。ジェイクが外のポーチに座ってるすごくいい写真がある。笑っていて、出てくる笑いをつかまえようとしてるみたいに片手を口に当てている。写真はあたしのコンピュータに入っていて、ベッドの上の壁にも貼ってある。

あたしはラスタンに、キャドバリー・クリームエッグを買ってあげた。それから二人で握手して、ラスタンが両方の頬っぺたに一度ずつキスしてくれた。「一方のキスは君のお母さんにあげておくれ」とラスタンは言い、次にこの人と会うときあたしはゾフィアの歳になっていてこの人は何日かしか歳をとっていないのかなあ、とあたしは思った。次にこの人と会うとき、ゾフィアはもう死んでいるだろう。ジェイクとあたしには子供がいるかもしれない。それって不気味すぎる。

ラスタンがゾフィアを連れ帰ろうとしたこと、一緒にハンドバッグのなかで暮らそうとしたことはあたしも知ってる。でもゾフィアはうんと言わなかった。

「なかにいると、めまいがしてくるんだよね」とゾフィアはよく言っていた。「それに映画館もないし。だいいち、あんたとあんたの母さんの面倒も見なきゃいけないしね。あんたが大きくなってハンドバッグの番ができるようになったら、まあちょっと頭つっ込んでしばらく泊まっていってもいいけど」

あたしがジェイクに恋したのは、ジェイクの頭がよかったからじゃない。あたしだってけっこう頭はいい。頭がいいっていうのはいい人だってことじゃないのはあたしだってわかるし、常識があるってことでさえないのもわかる。頭のいい人が、いろんな厄介事を自分で招いてるのを見ればそれくらいわかる。

あたしがジェイクに恋したのは、巻き寿司が作れてフェンシングで黒帯——て言うのかどうか知らないけどとにかくフェンシングが強いともらえるやつ——を持ってるからでもない。ギターを弾くからでもない。どっちかというとジェイクはギターよりサッカーの方が上手い。

そういうのはみんな、ジェイクとデートした理由ではある。そういうのと、あと、ジェイクの方から頼んできたから。映画に行かないかと誘ってきたので、おばあちゃんとナタリーとナターシャも連れてっていいかと訊いた。もちろん、とジェイクが言ったので、五人並んで座って『チアーズ！』を観た。ゾフィアは時おり、ミルクダッズやポップコーンを二つ三つハンドバッグのなかに落としていた。例の犬にやっていたのか、それとも正しい開け方でバッグを開けて夫に投げてやっていたのかはわからない。

あたしがジェイクに恋したのは、ジェイクがナタリーに間抜けなノックノック・ジョークを言って、ナターシャには君のジーンズ素敵だねと言ったからだ。あたしとゾフィアを家まで送ってくれたとき、あたしはジェイクに恋した。ジェイクはゾフィアを家の玄関まで送っていって、それからあたしを家の玄関まで送ってくれた。ジェイクがあたしにキスしようとしなかったとき、あたしはジェイクに恋した。何しろあたしは、キスというやつにどうにも馴染めなかったのだ。男子はたいてい、自分はけっこうキスが上手いと思い込んでる。そりゃあたしだってキスの天才ってわけじゃ全然ないけど、とにかくキスはスポーツの勝負みたいであってはならないと思う。テニスじゃないんだから。

あたしはナタリーとナターシャと一緒に、よくキスの練習をした。ただの練習だけど、三人ともわりと上手になった。どうしてキスというものが楽しいってことになってるのか、三人とも納得した。

だけどジェイクはあたしにキスしようとしなかった。代わりにすごく大きな抱擁《ハグ》をしただけだった。顔をあたしの髪に埋《うず》めて、ため息をついた。二人でそうやってそこに立っていた。やがてあたしはしびれを切らして、「ねえ、何してるの？」と訊いた。

「君の髪の匂いを嗅ぎたかっただけ」とジェイクは言った。

「あ、そう」とあたしは言った。それって何だか不気味だったけど、いい感じに不気味だった。あたしも鼻を、ジェイクの茶色い縮れ毛の髪に埋めた。匂いも嗅いでみた。二人でそこに立って、おたがいの髪の匂いを嗅いでいると、すごくいい気分だった。すごく幸せな気分だった。

ジェイクがあたしの髪に言った。「君、ジョン・キューザックって俳優知ってる？」

「うん。ゾフィア、『やぶれかぶれ一発勝負!!』の大ファンだもの。二人で年じゅう観てるよ」

「あの俳優ね、女に寄っていって、腋の下の匂い嗅ぐのが趣味なんだよ」

「ゲェ！」とあたしは言った。「そんなの大嘘だよ！　ちょっと、何してるの？　くすぐったいよ」

「君の耳の匂い嗅いでるんだ」

　ジェイクの髪は、ハチミツ入りアイスティーの氷が全部溶けたみたいな匂いがした。

　ジェイクにキスするのはナタリーやナターシャにキスするのとそんなに変わらないけど、単にふざけてるだけじゃないところは違う。スクラブルであてはまる言葉がない何か、みたいな。

　フーディーニがどうしたかというと、アメリカ史の飛び級クラスを受けていてジェイクがフーディーニに興味を持ったのだ。ジェイクもあたしも、歴史の授業は十年生のクラスに入れられていて、二人とも自由研究で伝記をやっていた。あたしはジョゼフ・マッカーシーのことを調べていた。ゾフィアはマッカーシーの話をたくさん知っていた。マッカーシーがハリウッドに対してした仕打ちを、ゾフィアは憎んでいた。

ジェイクは研究レポートを提出しなかった。代わりに、飛び級クラスのみんなに、土曜日に体育館に来いと誘った（ただしストリープ先生――男だけどみんなメリルと呼んでいた――には言わなかった）。そして洗濯物袋、手錠、体育館のロッカー、自転車のチェーン、それと学校のプールを使って、フーディーニの脱出芸を再演してみせたのだ。脱出には三分半かかった。ロジャーっていう子がいっぱい写真を撮って、ネットに載せた。そのうちの一枚が『ボストン・グローブ』に掲載されて、ジェイクは退学処分になった。すごく皮肉なことに、ママが入院中にジェイクはMITに入学願書を出していた。ママのためを想ってそうしたのだ。こうすればママも生きてるしかないだろうと思ったのだ。実際、ママはすごく楽しみにしていた。退学になって二日ばかり経って、パパとフェンシングの先生の結婚式も済んで二人でバミューダに旅立った直後、ジェイクのもとに入学許可の手紙が届き、入学事務局の人が電話をかけてきて許可取り消しの理由を説明した。

母親はあたしを問いつめた。ジェイクが自分の体を自転車のチェーンでぐるぐる巻きにするのをなぜ止めず、ピーターとマイケルがジェイクをプールの深い側に落としたときもなぜ黙って見ていたのか？　ちゃんと対策はジェイクから言われてたんだよ、とあたしは言った。あと十秒経っても出てこなかったら、みんなでプールに飛び込んでロッカーを開けてジェイクを出してやることになってたんだよ、とあたしは言った。そう言いながら泣いていた。ジェイクがロッカーに入る前からもう、これがどれほど馬鹿な真似か、あたしにはわかっていたのだ。そのあと、二度とこんな真似はしないとジェイクに約束させた。ゾフィアの夫ラスタンのことや、ハンドバッグのことをあたしがジェイクに打ちあけたのはそのときだった。これはどれくらい馬鹿な真似だったか？

それでどうなったか、たぶん誰でも見当がつくだろう。ジェイクはハンドバッグの話を信じた。あたしたちはゾフィアの家に入りびたってスクラブルをやった。ゾフィアは妖精のハンドバッグを絶対に手元から離さなかった。トイレに行くときも持っていくのだ。きっと寝るときも枕の下に置いてたと思う。

ジェイクに話したということを、あたしはゾフィアには黙っていた。あたしとしては、ほかの誰にも話すつもりはなかった。ナターシャにも、世界じゅうで一番信頼できる人間であるナタリーにも。でも、ハンドバッグが出てきてそれでもジェイクが戻ってこなかったら、やっぱりナタリーには話すしかないだろう。あたしがジェイクを探しに行っているあいだ、いまいましいハンドバッグの番を誰かがしなくちゃいけないから。

気がかりなのは、バルデツィヴルレキスタン人か丘の下の住人の誰かが、ことによったらラスタンが、何か用事を足しにハンドバッグから出てきて、ゾフィアがいないのを見て心配したという可能性だ。でもみんなでゾフィアを探しに出てきて、ハンドバッグを届けてくれるかもしれない。目下ハンドバッグの番はあたしがすることになってるのを、みんな知ってるかもしれない。それとも、勝手に持っていってどこかに隠したのか。もしかしたら誰かが図書館の落とし物係に届けて、間抜けな図書館員がＦＢＩに連絡したとか。いまごろペンタゴンの科学者たちがハンドバッグを調べているかもしれない。いろんなテストをやってるかも。ジェイクが出てきたりしたら、スパイか、超強力兵器か、エイリアンか何かだと思われるだろう。そう簡単には解放してもらえないだろう。

みんなはジェイクが家出したと思ってるけど、あたしの母親だけは違う。あれはまたフーディーニの脱出芸を試したのであって、いまごろきっとどこかの湖の底に転がっているのだ、と母親は確信している。口に出しては言わないけど、そう思ってることは見ていてわかる。母親はあたしにせっせとクッキーを焼いてくれる。

どうなったのかというと、ジェイクが「それ、ちょっと見せてもらえる?」と言ったのだ。

すごくさりげなく言ったので、ゾフィアも不意をつかれたんだと思う。ゾフィアはちょうど財布を取ろうとバッグに手を入れたところだった。月曜の朝のことで、あたしたちは映画館のロビーに立っていた。ジェイクはスナックカウンターのなかにいた。少し前から映画館でバイトをしていたのだ。間抜けな赤い紙の帽子をかぶって、エプロンみたいな、よだれ掛けみたいなのを着けていた。ほんとはそのときジェイクは、ドリンクはスーパーサイズになさいますか、とあたしたちに言うべきだったのだ。

ジェイクはカウンターの向こうから手をのばして、ゾフィアの手からハンドバッグを受けとった。そしてバッグを閉じ、また開けた。たぶん正しい開け方で開けたんだと思う。暗い場所に行きついたんじゃないと思う。「すぐ戻ってくる」とジェイクはあたしとゾフィアに言った。そしてもう次の瞬間にはいなくなっていた。残ったのは、あたしとゾフィアとハンドバッグだけ。カウンターの上、ジェイクが落としていったところに、ハンドバッグは転がっていた。

もしあたしがあそこですばやく動いていたら、ジェイクと一緒に行けたと思う。でもゾフィアの方が、妖精のハンドバッグ保護者としてずっと年季が入っていた。バッグをさっとつかんで、あたしを睨みつけた。「何て悪い子なんだ」とゾフィアは言った。もうとことん怒り狂っていた。「あんな子はいない方があんたの身のためだよ、ジュヌヴィーヴ」

「ハンドバッグ、ちょうだい」とあたしは言った。「探しに行かないと」

「これはおもちゃじゃないんだよ、ジュヌヴィーヴ」とゾフィアは言った。「ゲームじゃない。スクラブルとは訳《わけ》が違うんだ。あの子は帰ってくるときに帰ってくるよ。もし帰ってくればだけど」

「ハンドバッグ、ちょうだい」とあたしは言った。「じゃなきゃ力ずくで取るよ」

あたしに届かないよう、ゾフィアはハンドバッグを頭の上高くにかざした。あたしより背が高い人って頭に来る。「さあ、どうする？」とゾフィアは言った。「あたしを殴り倒すかい？　ハンドバッグを盗むかい？　家出して、残されたあたしはあんたの両親に、あんたがどこへ行ったか白状させられるのかい？　友だちにさよならするつもりかい？　あんたが出てきたときには、もうみんな大学も卒業しちゃってるよ。仕事をしていて、赤ん坊がいて家があって、あんたを見ても誰なのかさえわからなくなってるよ。あんたの母さんはお婆ちゃんになっていて、あたしは死んでるよ」

「どうだっていいよ」とあたしは言った。ロビーの、べたべたする赤いカーペットに座り込んで、あたしは泣き出した。小さな金属の名札をつけた人がやって来て、大丈夫ですかと訊いた。男なのにミシーという名前だった。誰か他人の名札をつけてたのかもしれない。

「ええ、大丈夫です」とゾフィアは言った。「孫がちょっと風邪でして」

ゾフィアはあたしの手を握って立ち上がらせた。そしてあたしの体に腕を回して、映画館の外に連れ出した。結局映画は観ずに帰った。結局その後、ただの一本の映画もあたしたちは二人一緒に観なかった。もう映画なんて二度と観に行きたくない。あたしはとにかく、不幸な結末を見るのが嫌なのだ。ハッピーエンドはハッピーエンドで、納得できるか微妙だし。

「こうしよう」とゾフィアが言った。「あたしがジェイクを探しに行く。あんたはここにいてハンドバッグの番をしてるんだ」

「あんたもきっと戻ってこないよ」とあたしはゾフィアに言った。ますます激しく泣いた。「戻ってきたとしても、あたしは百歳とかで、ジェイクは十六歳のままだよ」

「大丈夫、うまく行く」とゾフィアは言った。そのときのゾフィアがどんなに綺麗だったか、言葉で伝えられたらと思う。嘘をついてるのか、それとも本当にうまく行くとわかってるのか、もうどっちでもよかった。大事なのは、そう言ったときのゾフィアの顔だ。百パーセントの確信を込めて、あるいは超一流の嘘つきの技をありったけ駆使して、ゾフィアは言った――「絶対うまく行くとも。でもまず先に図書館に行こうよ。丘の下の人がついさっき、アガサ・クリスティーのミステリー届けにきてね、返しに行かないと」

「図書館に行くの?」とあたしは言った。「それよか、うちへ帰ってスクラブルやろうよ」。これってただの皮肉に聞こえると思うし、実際ただの皮肉のつもりだったのだ。ところがゾフィアはあたしを睨みつけた。皮肉を言うくらいだから、あたしの頭がまたちゃんと働いてると見抜いたのだ。ゾフィアが時間稼ぎをしているだけだとあたしが見抜いてることを、向こうも見抜いたのだ。あたしがあたしなりの別の案を練ってることもゾフィアは見抜いていた。それはゾフィアのとそんなに変わらない案だったけど、ただしハンドバッグに入るのはゾフィアじゃなくてあたし。どうやって入るかを目下思案中だった。

「いいよ、それでも」とゾフィアは言った。「覚えときなよ、何をしたらいいか迷ったら、スクラブルをやっとけば間違いないからね。易経とかお茶っ葉占いみたいなもんだよ」

「ねえ、早く行こうってば」とあたしは言った。

そう言われても、ゾフィアはあたしの顔を見ただけだった。「ジュヌヴィーヴ、時間はたっぷりあるんだよ。ハンドバッグの番をするつもりなんだったら、そのことは忘れちゃいけないよ。とにかく気長にやらないと。あんた、気長になれるかい?」

「がんばってみる」とあたしは言った。あたしがんばってるよ、ゾフィア。ほんとにすごくがんばってる。でもやっぱり不公平だ。ジェイクはどこかで冒険をしていて、喋る動物たちと喋ったり、ひょっとしたら空の飛び方を習ったりしてるかもしれないし、誰か丘の下の三千歳の美少女から本場のバルデツィヴルレキスタン語を教わってるかもしれない。きっとその女の子は、ニワトリの脚で立って走り回る家に住んでいて、あなたのギター聴きたいわとか何とかジェイクに言うだろう。きっとあんたはその子にキスするのねジェイク、だってあんたはその子に魔法をかけられちゃってるんだもの。だけど何をするにしても、その子の家に上がっちゃだめ。その子のベッドで眠っちゃだめ。早く帰ってきてジェイク、ハンドバッグを持って帰ってきて。

男がどこか遠くへ行って冒険をして、そのあいだ女の子は家にいて待ってなきゃいけないたぐいの映画や本って嫌い。あたしはフェミニストなのだ。『バスト』も定期購読してるし、「バフィー」の再放送も観る。だからそういうクソ話なんか信じない。

図書館に来て五分と経たないうちに、ゾフィアはカール・セーガンの伝記を手にとって、ハンドバッグのなかにぽとんと落とした。見るからに時間を稼いでいる。あたしが練ってるにちがいない案を打ち消すような案を、何とか考え出そうとしているのだ。あたしがどういう案を練ってると思ってるんだろう？　たぶんそれは、あたしが逆立ちしても思いつけないような名案だ。

「だめだよ、そんなことしちゃ！」とあたしは言った。

「大丈夫」とゾフィアは言った。「誰にも見られなかったから」

「見られたかどうかじゃないよ！　ジェイクがボートに乗ってたり、ちょうど出てこようとしてるところだったりして、頭に本が落ちてきたらどうするのさ！」

「そういうふうにはならないんだよ」とゾフィアは言った。それから、「まあそうなっても自業自得だけどね」と言い足した。

図書館員が寄ってきたのはそのときだった。この女の人も名札をつけていた。馬鹿な名札をつけてる人たちに、あたしはもううんざりしていた。何という名前だったかも言う気がしない。「見ましたよ」と図書館員は言った。

「何を？」とゾフィアは言って、図書館員を見下ろしてにっこり笑った。まるでゾフィアが図書館の女王さまで、図書館員は陳情に来た平民みたいだった。

図書館員はゾフィアをじっと見据えた。「知ってますよ、あなたのこと」と彼女は、ほとんど恐れ入ったみたいに、たったいまビッグフットを見た週末のバードウォッチャーみたいに言った。「事務室の壁に写真が貼ってあります。ミズ・スウィンクですね。当館での貸出しはお断りします」

「ふざけたこと言わないで」と言ったゾフィアは、少なくとも六十センチ図書館員より背が高かった。あたしはちょっと、図書館員が気の毒になってきた。何といっても、ゾフィアはたったいま、七日間貸出しの本を一冊盗んだのだ。たぶん百年は返さないだろう。あたしは母親からいつも、ほかの人たちをゾフィアから護るのがあんたの役目なのよと口うるさく言われていた。要するにあたしは、ハンドバッグの保護者になる前からゾフィアの保護者だったのだろう。

図書館員は手をのばしてゾフィアのハンドバッグをつかんだ。小柄でも力はあった。ぐいとバッグを引っぱると、ゾフィアはうしろによろけて作業机に倒れ込んだ。信じられない。あたし以外の誰もが、ゾフィアのハンドバッグをしっかり見ていた。これじゃとても保護者になんかなれそうにない。

「ジュヌヴィーヴや」とゾフィアは言って、あたしの手をぎゅっと、ものすごくきつく握った。あたしはゾフィアの顔を見た。ひどくうろたえた表情で、血の気も引いていた。そしてゾフィアは「済まないと思ってるよ、こんなことになって。あんたの母さんに伝えておくれ、あたしがそう言ってたって」と言った。

それからゾフィアはもう一言何か言ったが、たぶんバルデツィヴルレキスタン語だったんだと思う。

図書館員は「見ましたよ、本を入れるの。ここに」と言った。そしてハンドバッグを開けて、なかを覗き込んだ。バッグのなかから、長い、寂しい、獰猛な、底なしに救いのない怒りの叫び声が出てきた。あんな音、もう絶対二度と聴きたくない。図書館中の誰もが顔を上げた。図書館員は息が詰まったような音を立てて、ゾフィアのハンドバッグを投げ出した。鼻からちろちろ血が流れて、一滴が床に垂れた。そのときあたしが思ったのは、床に落ちたときハンドバッグが閉じていたのはまったくの幸運だったってことだ。あとになって、あそこでゾフィアが何と言ったのかをあれこれ考えた。あたしのバルデツィヴルレキスタン語はあまり達者じゃないけど、たぶんだいたい「やっぱり。馬鹿な図書館員。あの馬鹿犬の世話をしに行かないと」ていうようなことを言ったんだと思う。だからゾフィアは、ほんとに皮のない犬のところへ行ったんじゃないだろうか。ひょっとしたら自分の一部分だけを、犬のもとに送り込んだのかもしれない。犬と戦って勝ってハンドバッグを閉じたのかもしれない。それとも犬と仲よしになったのか。映画館でもよくポップコーンをやっていたし。ひょっとしたらまだ犬のところにいるのかも。

　とにかく図書館のその場で、ゾフィアはふっと軽いため息を漏らして、目を閉じた。あたしが手を貸して椅子に座らせたけど、もう本当はそこにいなかったんだと思う。やっとのことで救急車が来て、あたしも一緒に乗った。誓って言うけど、母親がやって来るまでハンドバッグのことは考えもしなかった。母親が来ても、あたしは一言も言わなかった。人工呼吸装置を付けられたゾフィアのところに母親を置き去りにして、図書館に駆け戻った。でも図書館はもう閉まっていた。そこでまた病院に駆け戻ったわけだけど、そのあとどうなったかはもうみんなわかるよね？　ゾフィアは死んだ。そう書くのは嫌だけど、あたしののっぽの、綺麗な、本泥棒の、スクラブル好きでおはなし好きのおばあちゃんは死んだのだ。

　でもこれを読んでる人はゾフィアに会ったことなんかない。そしてたぶん、ハンドバッグはどうなったのかと思っているだろう。迷子の犬を探すみたいに、あたしは町じゅうに貼り紙を出したけど、誰も連絡してこなかった。

　これがいままでの話だ。信じてもらえるなんてあたしも思っていない。昨日の夜、ナタリーとナターシャが遊びに来て、三人でスクラブルをやった。二人ともスクラブルなんか好きじゃないのに、あたしを元気づけるのが自分たちの役目だと思ってくれているのだ。

勝ったのはあたしだった。二人が帰ってから、タイルを全部ひっくり返して、七つずつ拾っていった。何か質問をしようとしたのだけど、ひとつに決めるのは難しかった。出てきた言葉もそんなにいいのじゃなかったから、これは英語の単語じゃないんだと決めた。これはバルデツィヴルレキスタン語の単語なのだと決めた。

そう決めたら、何もかもがいっぺんに見えてきた。まず「よいしらせ」を意味する **kirif** を作った。それからb、o、l、e、f、もうひとつi、s、zが出てきた。これで **kirif** を **bolekirifisz** に変えられる。これは「勤勉な努力と忍耐の組み合わせから生じたよい結果」という意味に取れる言葉だ。

汝は妖精のハンドバッグを見つけるであろう、タイルはそう告げていた。あたしは留め金を操ってハンドバッグのなかに入って、自分も冒険をくぐり抜けてジェイクを救い出すだろう。ほとんど時間も経たないうちにあたしたちはハンドバッグから出てくるだろう。例のしょうもない犬ともひょっとしたら仲よくなって、今度こそゾフィアにちゃんとさよならが言えるかもしれない。ラスタンがもう一度現われて、ゾフィアの葬式に出なくて本当に申し訳なかった、今度は勇気を出して君の母さんに何もかも打ちあけようと思う、と言うだろう。私はあなたの父親なのだよ、とラスタンはあたしの母親に言うだろう。母親が信じるかどうかはわからないけど。あなたがこの話を信じるべきだってこともないし。約束してほしい、こんな話、一言も信じないって。

# ザ・ホルトラク

*The Hortlak*

「いやぁ、暑いねえ」と男は言った。

エリックが夜で、バトゥが昼だった。女の子のチャーリーは月。チャーリーは毎晩、細長い車体の、騒々しい、緑のシボレーで〈オールナイト・コンビニエンス〉の前を通り、助手席の窓からは、犬が顔を出していた。同じ犬であることは絶対になかったが、みんな同じ至福の表情を浮かべていた。もう命運は尽きているのに、犬たちはそれを知らなかった。

ビズ・ブラダン・チョク・ホシュランドゥク。

私たちはここが大変気に入りました。

終夜営業のコンビニは、何もかも揃った、自己完結した一個の有機体だった。『エンタープライズ』号のような、『コンチキ』号のような。バトゥはそのことをえんえん語った。俺たちはもう小売店なんかじゃない。俺たちは発見の旅を続けているのであって店を出る必要も全然ないんだ。洗濯に行く必要すらなかった。バトゥは奥にある流しでパジャマを洗い、着替えの制服を洗った。エリックの服まで洗ってやった。バトゥはそういうタイプの友人だった。

ブラダ・ターティル・イチン・ミ・ブルヌヨルスヌス？
休暇でここにいらしているのですか？

　エリックは仕事中ずっと、チャーリーの車の音がしないかと耳を澄ましていた。チャーリーはまずシェルターへ出勤する途中に通りかかり、それから勤務中に犬たちをドライブに連れ出すので、一方向から店の前を通って、やがて反対方向から戻ってくることになる。これが一晩に二、三度くり返され、彼女の車のヘッドライトの光が、聞こ見ゆる深淵《オージブル・キャズム》の細長い黒い溝を浮かび上がらせ、コンビニのウィンドウに明るい帯を叩きつけていく。車が通りかかるたびにエリックの心は弾んだ。
　ゾンビたちがやって来て、エリックは彼らに礼儀正しく接した。彼らが何を求めているのか、エリックにはわからなかった。時おり本物の人間が入ってきて、お菓子か煙草かビールを買っていった。本物の人間がいるときはゾンビたちは絶対にいなかったし、ゾンビがいるときはチャーリーは絶対に現われなかった。

チャーリーはギリシャ悲劇の登場人物みたいに見えた。エレクトラとか、カッサンドラとか。たったいま誰かが彼女の愛する都市に火を放ったみたいに見えた。エリックはそう思った。犬たちのことをまだ知らないうちからそう思った。

時おり、シボレーに犬を乗せていないとき、チャーリーはコンビニに入ってきてマウンテン・デューを一壜買い、バトゥと二人で外に出て歩道の縁石に腰かけた。バトゥは彼女にトルコ語を教えていた。時おりエリックも、煙草を喫《す》いに外へ出た。本当に喫いはしないのだが、こうすればチャーリーが見える。月の光が、手のように彼女に触れるさまも見られる。時おり彼女はふり返った。聞こ見ゆる深淵から風がたちのぼり、聞こ見ゆる深淵通りを越えてコンビニの駐車場にも吹いてきて、バトゥの着ているパジャマのズボンの裾を巻き上げ、エリックの口から垂れている煙草の煙をもぎ取った。チャーリーの切り揃えた前髪が額から浮かび上がり、やがて彼女はそれを指で押さえつけた。

べつにいちゃついてるんじゃないぜ、とバトゥは言った。チャーリーに気があるわけじゃない。バトゥが彼女に興味を持つのは、エリックが彼女に興味を持っているからだった。このチャーリーの物語をバトゥは知りたがっていた。彼女がエリックにふさわしいか、このコンビニにふさわしいか知る必要があるのだとバトゥは言った。これはきわめて重大な問題なのだ。

エリックが知りたかったのは、なぜバトゥはあんなにたくさんパジャマを持っているのか？　という点だった。でも詮索《せんさく》好きと思われたくはなかった。コンビニにはそんなにスペースはない。もしバトゥが、パジャマについてエリックに知らせたいと思ったら、いずれ自分から言うだろう。それだけの話だ。

エルケク・アルカダシュ・ヴァル・ム？
ボーイフレンドはいますか？

最近バトゥは、二、三時間の睡眠すら必要としない段階まで進化していた。これにはよい面と悪い面があった。バトゥが在庫品室にこもって、すやすや夢を見ていてくれれば、自分もチャーリーとどう話したらいいかわかるんじゃないかとエリックは思っていた。ところがバトゥときたらいつも起きていて、いろんな策略を練ったり、エリックが一言も話さなくていいよう、すっかりエリックに代わっていちゃついたりしていた。

エリックは会話の出だしの予行演習までやっていた。チャーリーが「バトゥはどこ？」と訊き、エリックが「寝てるよ」と答える。あるいは、「在庫品室で寝てるよ」とさえ言うかもしれない。

チャーリーの物語。動物シェルターで夜勤をやっている。毎晩職場に着くと、リストに目を通し、どの犬がスケジュールに入っているかを見る。その犬を――病気が重すぎる犬、性格が悪すぎる犬は除く――最後のドライブに連れ出して、街を走る。そしてシェルターに連れて帰り、眠りにつかせる。これには注射を使った。床に座り込んで、犬が息をしなくなるまで撫でてやった。

彼女がこの話をバトゥにしていて、バトゥがあまりに近すぎる位置に座り、エリックが十分近くない位置にいる最中、ふとエリックは、チャーリーに膝まくらをしてもらったらどんな感じだろうと考えた。けれど彼がこれまでチャーリーと最高に長い会話を交わしたのは、二人で店のカウンターをはさんで向きあい、もういまじゃお金は受けとらないんだ、どうしてもお金をくれたいと言う人は別だけどね、と彼女に説明したときだった。

「あたしはマウンテン・デューが欲しいのよ」とチャーリーは、自分の望みをはっきり伝えようとしてエリックに言った。

「うん、わかってる」とエリックは言った。どれだけわかっているか、そしてどれだけわかっていないけれどわかりたいと思っているか、目で伝えようとした。

「だけどお金は払ってほしくないのね」

「僕の仕事は、君が欲しいものを君にあげることなんだ」とエリックは言った。「そうして君は僕に、僕にくれたいものをくれる。お金が絡まなくてもいいんだ。そもそも物じゃなくていいんだ、手に取れる物である必要はない。財布に何も変わった物がないときは、バトゥに自分の夢を話す人もいる」

「あたしはマウンテン・デューが一壜欲しいだけよ」とチャーリーは言った。でもエリックの顔に浮かぶパニックを見てとったのだろう、ポケットに手をつっ込んで、なかを探った。そして小銭の代わりに犬の鑑札を一組引っぱり出し、カウンターの上にがしゃんと置いた。

「この犬、もう生きてないの」と彼女は言った。「そんなに大きな犬じゃなかった。チワワとコリーのかけ合わせだったと思う。みじめもいいとこの組み合わせね。あんたにも見せてあげたかったよ。飼い主が持ってきたのよね、朝ベッドに飛び乗って顔を舐めて興奮しすぎておしっこ漏らしちゃうからって。どうなのかしらねえ、醜くてベッドでおしっこ漏らすチビ犬を誰か欲しがる人がいると思ったのかしらね。でも誰も欲しがらなかった。だからもう生きてないわけ。あたしが殺したの」

「可哀想に」とエリックは言った。チャーリーが両肱をカウンターの上に載せた。彼女はすぐ近くにいて、彼女の匂いをエリックは嗅ぐことができた。化学薬品っぽい、焦げたみたいな、犬っぽい匂い。服には犬の毛がついていた。

「殺したのはあたしよ、あんたじゃないわ」とチャーリーは言った。怒っているみたいな声だった。

チャーリーの顔を見ると、あの都市がまだ燃えているのがエリックにはわかった。まだ燃え落ちているさなかの都市を、チャーリーは見つめている。手にはまだ犬の鑑札を持っていた。だがじきにそれを手放し、鑑札はカウンターの上に横たわった。エリックはそれを手に取ってレジに入れた。

「これってみんなバトゥの思いつきよね、そうでしょ？」とチャーリーは言った。彼女が外へ出て縁石に腰かけると、しばらくしてバトゥが在庫品室から現われてやはり外に出た。バトゥのパジャマのズボンは絹だった。パジャマにはニコニコ笑っている水頭症の漫画猫たちがいて、猫はみな人間の子供を口にくわえていた。人間の子供が鼠サイズなのか、猫が熊サイズなのか、どちらかだった。パジャマのシャツの方は赤いフランネルで、色あせていっているのか、どちらかだった。人間の子供たちは悲鳴を上げているのかゲラゲラ笑って、ギロチンと、籠に入った首があった。

エリックは店内から出なかった。二人が何と言っているか聞こえるわけでもないのに、時おり顔を窓にあててみた。聞こえたとしても理解できないだろうな、と思った。二人の口が作る形は、トルコ語の単語みたいな形になっていた。小売の話をしているといいな、とエリックは思った。

カル・ヤージャク。

雪になりそうです。

現在の店のやり方はバトゥのアイデアだった。客がレジにやって来る前に、客の値踏みをする。ここまでは昔から同じ。そしてもし、客が店にふさわしいタイプだったら、客が欲しいと言う物をバトゥかエリックが与え、客が金で払うこともあれば、ほかの物で払うこともある。鍋、オーディオブック、土産物のメープルシロップ缶。ここは国境が近い。カナダ人が大勢来る。誰かが——旅回りのカナダ人パジャマ・セールスマンとかが——変わり種パジャマを定期的にバトゥに届けているんだろうか、とエリックは思っていた。

シズ・デ・ミ・ベクリヨルスヌス？

あなたも待っているのですか？

もしエリックが本当にチャーリーのことを好きなんだったら彼女に言うべきだとバトゥが思っていること——「僕と一緒に暮らそうよ。コンビニで一緒に暮らそうよ」

チャーリーに言おうかなとエリックが思っていること——「よそに行くんだったら、僕も連れてってよ。僕はもうじき二十歳になるけど、大学にも行ったことがない。昼は在庫品室で、他人のパジャマを着て寝てる。十六のときから小売業で働いてる。人間っておぞましいものだってことを僕は知ってる。もし君が誰かを噛みたかったら、僕を噛んでいいよ」

バシュカ・ビル・イェレ・ギデリム・ミ？

どこかよそに行きましょうか？

チャーリーの車が通りかかる。助手席の窓から小さな黒い犬が顔を出して、飛ぶように過ぎていく空気を吸おうと首をのばしている。黄色い犬がいる。アイリッシュセッター。ドーベルマン。秋田犬。窓は大きく開いているから、赤信号で車が停まったときその気になれば犬たちは車から飛び出すこともできる。でも犬たちは飛ばない。だからチャーリーは犬たちを連れて帰る。

チャーリーは憎む能力をたっぷり持っているし、かつ愛する能力もたっぷり持っている、それは間違いないとバトゥは言った。チャーリーの憎しみには季節の周期があった。クリスマスのあとの何か月か、クリスマスに買った仔犬たちがだんだん大きくなってくるにつれて、トイレのしつけをするのがみんなだんだん嫌になってくる。二月中ずっと、三月中ずっと、チャーリーは人々を憎んだ。十二月にもやはり、練習のために人々を憎んだ。

恋をするってことは、小売業と同じで、少なくとも一年のうちある程度の期間は憎まれる立場に甘んじるってことなのさとバトゥは言った。クリスマスのあとの何か月かは、とにかくそういう時期なんだ。どっちのシステムも——愛も、小売業も——完全ではありえない。犬を見れば、愛はうまく行かないってことがわかる。

たぶんチャーリー本人もチャーリーの車も、犬の幽霊たちに取り憑かれているとバトゥは言った。そういう幽霊はゾンビとは違う。人間以外の幽霊は退治が一番厄介なんだ、なかでも犬は最悪さ、とバトゥは言った。犬ほど執拗で、忠誠心が強く、しつっこいものはない。

「じゃあそういう幽霊って目に見えるの？」とエリックは訊いた。

「馬鹿言え」とバトゥは言った。「こういうタイプの幽霊は目に見えない。匂いでわかるんだよ」

ジヴァルダ・トゥリスティク・イェルレル・ヴァル・ム、アジャバ？

このあたりに何か観光名所はありますでしょうか？

エリックが目を覚ますとあたりは暗かった。彼が目を覚ますたびにあたりは暗く、そのたびにそれは驚きだった。在庫品室の奥の壁には小さな窓があって、額縁が絵を囲むみたいに闇を区切っていた。コンビニの壁を、冷たい夜の空気がのぼっていくのが感じられた。濃密な、にかわのように湿った夜気。

エリックは寝過ごしていたが、バトゥは起こさなかった。他人の眠りに関してバトゥは思いやりがあった。

一日じゅう、エリックの夢のなかで、店のマネージャーたちが次々とやって来て、名を名のり、バトゥが〈オールナイト・コンビニエンス〉の運営方法を改変したこと、〈オールナイト・コンビニエンス〉の信用を危うくしたことに対し、驚きと失望の念を表明した。エリックの夢のなかで、バトゥはその大きな格好のよい腕をマネージャーの肩に回して、納得いただけるよう何もかもご説明いたします、とにかく見にいらしてください、と誘った。マネージャーたちはみな、大人しくバトゥのあとをひょこひょこ歩いていき、左右をよく見ながら道路を渡って、聞こ見ゆる深淵の縁まで行った。エリックの夢のなかで彼らはそこに立ち、深淵を覗き込んだ。と、バトゥが彼らをひょいと、軽く押し、それでそのマネージャーは一巻の終わりとなって、バトゥは道路をふたたび渡って店に戻り、次のマネージャーを待った。

エリックは流しの前に立って体を洗い、制服を着た。歯を磨いた。在庫品室は眠りの匂いがした。

いまは二月なかば、コンビニの駐車場には雪が積もっていた。バトゥが雪かきをしていて、駐車場の雪をシャベルですくっては道路の向かいまで持っていき、聞こ見ゆる深淵に捨てた。エリックは煙草を喫いに外へ出てそれを眺めた。手伝おうか、とは言わなかった。夢のなかでのバトゥのふるまいにエリックはまだ心乱されていた。

月は出ていなかったが、雪はそれ自体の白さに照らされていた。影のようなバトゥの姿が、雪をどっさり盛ったシャベルの影を、前につき出して運んでいた。雪は落ちてきた光が巨大なスプーン一杯に盛られたみたいに見えた。光はまだあたり一面に降っている。雪は落ちてきて、エリックの出す煙はぐんぐん昇っていった。

エリックは道路を渡って、バトゥが聞こ見ゆる深淵の闇を覗き込んでいるところまで行った。深淵のなかの闇は、エリックをはじめ世界じゅうの人々が――特にエリックが――慣れているたぐいの闇と変わらなかった。雪は深淵に、世界じゅうに降るのと同じように降った。とはいえ、深淵からは風が吹いてきていて、それがエリックを不安にした。

「下に何があると思う？」とバトゥが言った。

「ゾンビの国」とエリックは言った。ほとんどその国の味が、口に感じられた。「ゾンバービア。そこは何でも揃ってるんだ。ドライブインの映画館なんかもどっかにあって、昔の白黒のホラー映画をオールナイトでやってるんだってさ。ゾンビの教会もあって、毎週木曜の夜には地下でゾンビAA（アルコール中毒者更生会）の会合が開かれる」

「そうなのか？」とバトゥは言った。「ゾンビの酒場もあるのか？　ゾンビの客に〈ゾンビ〉出すわけ？」

エリックは言った。「友だちにデイヴって奴がいてさ、高校のときみんなにけしかけられて、あそこまで降りてったんだ。いろんなこと聞かされたよ」

「お前は行ったことあるか？」とバトゥは、空っぽのシャベルで、深淵へと続いている、狭い、あちこち崩れた通路を指しながら訊いた。

「僕、大学に行ったことないんだ。カナダにだって行ったことない」とエリックは言った。「高校のときに、ビールを買いに行きもしなかった」

ゾンビたちは一晩じゅう、手に雪を抱えて深淵から出てきた。雪を道のこっち側まで持ってきて、駐車場に置いていった。バトゥは在庫品室にこもってあちこちにファクスを送っていた。ゾンビが何をやってるかバトゥに見えなくてよかった、とエリックは思った。ゾンビたちは塩と溶けかけの雪を足の裏に引きずって店に入ってきた。モップでゾンビの後始末をするのがエリックは嫌だった。

エリックはカウンターの上に、道路の方を向いて座り、早くチャーリーが通らないかなと思っていた。チャーリーは二週間前、犬を始末してくれと動物シェルターに連れてきた男を嚙んだのだった。

　この犬に嚙まれたからここへ連れてきたんだ、と男は言ったが、男を見て犬を見たら犬が嚙むのも無理はないと思ったとチャーリーは言った。

　男のでっぷりした前腕には、人魚がとぐろをまいている刺青があって、チャーリーの目にはこの人魚まで不快に見えた。うろこがあって、腰はコルセットみたいで、小さな点のような黒い目、牙をむき出したたちの悪そうな笑み。まるで人魚までこの腕を嚙んでよと言ってるみたいで、だから嚙んだのよとチャーリーは言った。嚙むと、犬は怒り狂った。男はチャーリーを腕から引き離そうと犬の綱を放した。犬は状況を誤解し、というか状況は理解したのだがより大きな状況は誤解してチャーリーの脚に喰らいつき、歯を彼女のふくらはぎに食い込ませた。

　チャーリーも犬の飼い主も、傷を縫う破目になった。だが命運が尽きていたのは犬だった。それだけは変わらなかった。

　シェルターでのチャーリーの上司は、いまにも彼女をクビにしようとしていた。というか実はもうクビにしていたのだが、代わりが見つからないので、まだ何日か別の名前でチャーリーを起用していた。シェルターの誰もが、彼女が男を嚙まずにいられなかったのも当然だと思っていた。

　カナダを車で横断するつもりだとチャーリーは言った。ひょっとしたらそのままアラスカまで行くかもしれない。熊たちがゴミを漁るのを見に行くんだと彼女は言った。「熊は冬眠すると」と彼女はバトゥとエリックに言った。「冬じゅうずっと寝ていてトイレにも行かない。だから春になって目を覚ますと、すごい便秘になってるわけ。まず最初にやるのはすごく苦しいウンコをすること。それから川まで出ていって、飛び込む。もうこのころにはすごい不機嫌になっていて、何もかにもに怒りまくってる。川から出てくると、体じゅう氷に覆われてる。よろいみたいにね。それから大暴れしに行って、体にはよろいをまとってる。すごいと思わない？　そういう熊って、何にだって噛みつくんだよ」

ウィクム・ゲルディ。

眠くなってきた。

雪は降りつづけた。時おり止んだ。チャーリーがやって来た。エリックは悪い夢を見た。バトゥは眠らなかった。ゾンビたちが入ってくると、バトゥは店じゅう彼らをつけ回しながらメモを取った。ゾンビたちは全然気にしなかった。もうそういう段階は超越していた。

バトゥはエリックが一番気に入っているパジャマを着ていた。色は青で、北斎ふうの白と青の波が高く舞い、波の上に、いかにもフクロウみたいな顔のフクロウが乗っている舟が何隻か浮かんでいた。よく見ると、フクロウたちが翼で新聞を抱えているのが見え、もっとよく見ると、日付けと見出しが見えた——

「津波でプッシー
船外に投げ出される
全員絶棒。」

菓子コーナーを「嚙み応え」と「溶け具合」に従って再編することにバトゥは多大な時間を費やしていた。前の週には、すべての菓子の頭文字を左から右に読んでいってそれから下に降りていくと『アラバマ物語』の最初の一文になってそれからトルコ語の詩の一行になるように並べ替えた。月がどうこうという詩だった。

ゾンビたちは出入りを続け、バトゥはメモ帳をしまった。「ジャーキーとシュガー・ダディを並べることにするよ」とバトゥは言った。「ジャーキーってほとんど菓子みたいなもんだものな。すごく嚙み応えあるし。これ以上はないってくらいの嚙み応えだよ。嚙み応え満点のミート・ガム」

「泡立ち満点ミート・ドリンク」とエリックも反射的に答えた。二人はいつも、絶対誰も買いたがらない、絶対誰も売ろうとしない商品のことを考えていた。

「嚙めばぎゅぎゅっとへっこむポーク。あなたの心に、あなたの口に、ポーク。あの広告、覚えてるか？　彼女、ここで俺たちと暮らせばいい」とバトゥは言った。いつもと同じ演説だったが、口にするたびに少しずつ切実さを増していく。「コンビニは女性を必要としてるんだ、特にチャーリーみたいな女性を。彼女がお前に恋したとしても、俺は全然気にしないぜ」

「あんたはどうするの？」とエリックは言った。

「俺はどうするかって？」とバトゥは言った。「俺はトルコ語をチャーリーと共有してる。それで十分さ。何か俺に必要なものを言ってみろよ。俺は眠りさえ必要ないんだぜ！」

「何言ってんだよ？」とエリックは言った。バトゥにチャーリーの話をされるのは嫌だった。チャーリーの名前を聞くのはすごく嬉しかったけれど。

　バトゥは言った。「コンビニは子育てにも最高だぜ。要るものは全部揃ってる。オムツ、ウィンナーソーセージ、ブドウの香りつきマジックインキ、ムーンパイ――子供はムーンパイが好きなんだ。そしていつの日か、大きくなったらレジの使い方を教えるんだ」

「そういうのって法律で禁止されてるよ」とエリックは言った。「女性を必要としてるのは火星さ。コンビニじゃない。それにムーンパイもそろそろなくなってきた」。エリックはバトゥに背を向けた。

　バトゥのパジャマのなかには、エリックを不安にするものもある。どれでも好きなのを着ていいんだぜ、とバトゥには言われているが、その手のパジャマはエリックも着ない。

たとえば、パジャマのズボンの上で氷山のあいだを縫うように進む遠洋定期船。巨大なハサミを手に女たちを追いかけている男――女たちの長い髪が、赤と黄の旗みたいにうしろに舞っている。それほどみんな速く走っているのだ。家がまるごとくっついた蜘蛛の糸。

何日か前の夜、午前二時か三時ごろに、女性が一人店に入ってきた。バトゥは雑誌コーナーにいて、女性はバトゥのすぐ隣に来て立ちどまった。

バトゥの目は閉じていたが、だからといって眠っているとは限らない。女は雑誌をパラパラ眺めていたが、やがてふっと、目を閉じてそこに立っている男がパジャマを着ていることに気づいた。彼女は『ピープル』を見るのをやめて、代わりにバトゥのパジャマを読みはじめた。それからハッと息を呑み、痩せた指でバトゥをつっついた。

「それ、どこで手に入れたの?」と彼女は言った。「いったいどうやって手に入れたの?」

バトゥは目を開けた。「どうも失礼」と彼は言った。「何かお探しで?」

「あんた、あたしの日記を着てるじゃないの」と女性は言った。声がどんどん高まり、絶叫になっていった。「それってあたしの字じゃない! それってあたしが十四のときにつけてた日記よ! ちゃんと鍵かけて、マットレスの下に隠して、誰にも見せなかったのに。誰も読まなかったのよ!」

バトゥは片腕をぐっと伸ばした。「それは違う」と彼は言った。「僕が読んだもの。君の字、すごく素敵だよ。すごく個性あるし。僕が一番好きな箇所はね――」

女は悲鳴を上げた。両手で耳を覆って、通路をあとずさりし、悲鳴を上げたまま回れ右して店から駆け出ていった。

「何の騒ぎだったの？」とエリックは言った。「あの人、どうかしたの？」

「さあなあ」とバトゥは言った。「俺もさ、なんか見覚えある人だなあとは思ったんだよ！　それは間違いじゃなかった。ハ！　どれくらいだと思う、この日記つけてた女が店に来る確率って？」

「それ着るの、もうやめた方がいいんじゃないかな」とエリックは言った。「万一もう一度来たらまずいじゃない」

ゲレビリル・ミイム？

行ってもいいですか？

はじめバトゥは、火曜から土曜まで、昼番で勤務していた。いまでは一日じゅう、週七日店にいた。エリックは一晩じゅう、週七晩勤務していた。彼らはほかの誰も必要としていなかった。チャーリーをおそらく例外として。

こういう経緯だった。まずマネージャーの一人が、出産を理由に退職した。全然妊娠してるみたいに見えなかったけどな、だいいちこっちは精管手術したんだから絶対俺の子じゃないんだ、とバトゥは言った。それから、トレンチコートの男の一件があってまもなくもう一人のマネージャーも、こんなひどい店もうたくさんだと言って辞めていった。代わりは誰も派遣されてこなかったので、バトゥが引き継いだ。

ドアのベルが鳴って、客が一人店に入ってきた。カナダ人。ゾンビではない。エリックがふり向くと、バトゥがひょいと頭を低くして菓子売場の角をこっそり回って在庫品室に向かうのが見えた。

客はマウンテン・デューを一壜買った。エリックはあまりに落ち込んでいて、キャッシュはもはや必要ないことを説明する元気もなかった。バトゥが在庫品室でこの旧式の小売のやりとりを苛立たしく聞いているのが感じとれた。客がいなくなると、バトゥが出てきた。

「会社がいつか、新しいマネージャーを送ってよこすんじゃないかって思うことある?」とエリックは訊いた。彼の目にふたたび夢のバトゥが浮かび、夢のマネージャーたちが現われ、聞こ見ゆる深淵の漫画っぽい、埋めようもなくぱっくり開いた口が見えた。

「送ってきやしないさ」とバトゥは言った。

「くるかもしれないよ」とエリックは言った。

「きやしないって」とバトゥは言った。

「どうしてそんなにはっきりわかる？」とエリックは訊いた。「もし送ってきたら？」

「そもそもはじめから発想が間違ってたんだ」とバトゥは言って、駐車場と聞こ見ゆる深淵の方を身ぶりで示した。「この立地条件じゃ無理さ」

「じゃあ僕たちどうしてここにとどまってるの？」とエリックは訊いた。「ジョガーとトラック運転手とゾンビとカナダ人しか来ないのに、どうやって小売の世界を変えられるわけ？　あのさ、こないだも新形式の小売の仕組みをさ、女の客に説明しようとしたらさ、死んじまえ《ファックオフ》だって。僕のこと、まるっきり頭がおかしいみたいな言い方でさ」

「お客様はつねに正しい、なんて嘘なんだよ。ケツの穴みたいなお客様もいる。それが小売業の第一ルールさ」とバトゥは言った。「といって、よそはもっとマシってわけでもないしな。俺は昔ＣＩＡで働いてた。断言するけど、この方がマシだぜ」

「ほんとにＣＩＡに勤めてたの？」とエリックは訊いた。

「飲み屋があってさ、仲間とときどき行ったんだ」とバトゥは言った。「ただし俺たち、おたがい赤の他人だって顔をしてないといけない。ワイワイ盛り上がったりしちゃいけないんだ。みんな大人しくカウンターに座って、一言も口をきかない。俺たちみんなさ、きっと五百くらいの言語とか方言とかで話ができると思うんだ。だけどこの飲み屋じゃ喋らない。ただ座って飲んで座って飲むだけ。バーテンはキレそうだったね。俺たちチップはたっぷり置いてった。それでも向こうは頭に来てたね」

「じゃあ人を殺したりもしたの？」とエリックは訊いた。バトゥがＣＩＡの話をすると、冗談なのか本気なのかわかったためしがなかった。

「俺が人殺しに見えるかい？」とバトゥは言った。パジャマ姿でそこに立つバトゥは、身だしなみはむさくるしく、目は赤い。エリックがげらげら笑い出すと、バトゥはにっこり微笑み、あくびをして、頭をかいた。


ほかの従業員たちがそれぞれの理由で〈オールナイト・コンビニエンス〉を辞めていくと、バトゥは代わりの人間を雇わなかった。

これと同じころ、バトゥはガールフレンドに追い出され、エリックの了承を得て、在庫品室に移り住んだ。それがクリスマスのすぐ前のことだった。そしてクリスマスの数日あとに、エリックの母親がモールの警備員の職を失い、夫、すなわちエリックの父親を探しに行くことに決めた。インターネットであれこれ調べて、夫が現在偽名として使っている可能性のある名前をリストアップした。住所もいくつか調べ上げた。

夫を見つけたら母がどうするつもりなのか、エリックにはよくわからなかったし、母親自身にもわかっていないのだろうと思った。ただ話がしたいだけよと母は言ったが、車のグラブコンパートメントには拳銃が入っていることをエリックは知っていた。母親が発つ前に、エリックは名前と住所のリストを書き写し、全員にクリスマスカードを送っておいた。クリスマスカードを送る必要が生じたのなんて初めてだったし、カードに書くべきそれらしい文句を考え出すのは大変だった。何しろ、母はどう思っているにせよ、彼らはたぶんエリックの父親ではないのだ。少なくとも全員がそうではない。

発つ前に、エリックの母親は家具の大半を倉庫に入れていった。ほかはあらかた、エリックのギターや本も含めて、ある日曜の朝にヤードセールを開き、エリックがコンビニで超過勤務している最中に売り払ってしまった。

家賃は一月末の分まで払ってあったが、母親が発ったあと、エリックが店で働く時間はどんどん長くなっていって、そしてある朝、とうとう彼は家に帰らなかった。コンビニ、バトゥ、どちらも彼を必要としているのだ。エリックのこうした姿勢は、いずれコンビニの世界で大成するしるしだとバトゥは言った。

毎晩バトゥは『ワールド・ウィークリー・ニューズ』、『ナショナル・インクワイアラー』、『ニューヨーク・タイムズ』にファクスを送った。内容は、聞こ見ゆる深淵とゾンビについて。いつの日か誰かがレポーターを送ってよこすだろう。これもすべて、小売業の形態を変える計画の一環である。まったく違う世界が生まれるのであり、エリックとバトゥはその創生に立ち会うのだ。彼らは名高いヒーローになる。革命的存在。革命の英雄。そのへんはまだ理解できなくてもいい、とバトゥはエリックに言った。エリックがあれこれ質問しないことが計画にとって肝腎なのだと、バトゥは言った。

ネ・ザマン・ゲレジェクスィニス？

いつまた来ますか？

はじめはほとんど本物の人間みたいに見えてだまされそうになるという点で、ゾンビはカナダ人に似ていた。でもよく見ると、彼らがどこかよその、いろんなことが違っている場所から来た存在だということがわかった。どこでも起きているたぐいのことですら、ほんの少しずつ違っている場所から。

ゾンビは全然喋らないか、意味を成さないことを喋るかのどちらかだった。「木の帽子」と、あるゾンビはエリックに言った。「ガラスの脚。一日じゅう女房に乗って走り回った。ラジオで私を聞いたことがありますか？」。彼らはコンビニでは売っていない物の代金を、エリックに支払おうとした。

本物の人間は、カナダに向かっていたりカナダを去ろうとしていたりするのでもない限り、夜中の三時にわざわざ車でコンビニに来たりはしない。だから本物の人間は、店にやって来ると、ある意味でゾンビ以上に不気味だった。エリックは本物の人間を注意深く見張っていた。あるとき、一人の男がエリックに銃をつきつけた。こんなのは理解しようがない。反面、何が起きているのかは完璧にわかる。ゾンビに関しては誰もわかりはしない。バトゥでさえも、ゾンビが何を考えているのかわからなかった。小売業はいろんなことに対処しなくちゃいけないんだ、ゾンビもそのひとつさ、と言ったりもした。奴らはこっちがいくら頑張っても満足してくれないたぐいの客であり、こっちが与えることのできないものを欲しがるたぐいの客、邪悪で不健全で人を混乱させる通貨、おそらくは危険な通貨しか持っていないたぐいの客なのである。

一方、ゾンビたちが購入しようとする品は、明らかに彼らが自分で店に持ち込んだものだった。聞こ見ゆる深淵に落ちてきた、あるいは捨てられた、たとえば安全ガラスのかけらとか。聞こ見ゆる深淵の底に転がっていた石。カブトムシ。ゾンビは光る物や壊れた物を好んだ。空のジュース壜、落葉、べたべたする土、薄汚い棒切れなどのゴミ。

バトゥはああ言うけどそれは違うんじゃないかとエリックは思った。これってもしかしたら、売り買いをやろうとしてなんかいないんじゃないか。ゾンビたちはただ単に、エリックに何かをくれようとしてるだけじゃないのか。だけどゾンビの落葉なんて、もらったところでどうしろというのか？　なんだって僕にくれるのか？　お返しにこっちは何をあげたらいい？

そのうちに、エリックが理解していないということがはっきりすると、ゾンビたちは漂うように去っていった。レジの前を離れて、また店内の通路を巡るか、あるいは店の外に出るかして、アライグマのようにこそこそと、落葉を握りしめたまま道路の向こうに戻っていった。バトゥはメモ帳をしまって在庫品室に入っていき、ファクスを送った。

ゾンビの客はエリックをやましい気持ちにさせた。自分は努力が足りないんじゃないのか。ゾンビたちは絶対に無礼だったり短気だったりはしないし、万引きを企てたりもしなかった。探していたものが見つかったならいいけど、とエリックは思った。なんといっても、自分だっていずれは死んでカウンターの反対側に回るのだから。

友だちのデイヴが言っていたのは本当かもしれない。あの下には本当にカナダと同じように訪ねていける国があるのかもしれない。底まで降りていくと、ゾンビたちはお洒落なゾンビ・カーに乗り込んでゾンビ仕事に出かけたり、セクシーなゾンビ妻の待つ家に帰ったりしているのかもしれない。それともゾンビ銀行に行って、石ころ、葉っぱ、糸くず、鳥の巣みたいなごちゃごちゃ、その他もろもろの、本物の人間には価値がわからない屑を預けるのだろうか。

ゾンビだけではなかった。真っ昼間でも不気味なことは起きた。まだマネージャーもいてほかの従業員もいたころ、バトゥの勤務時間中に、トレンチコートを着て帽子をかぶった男が入ってきた。外は三十度を超えているにちがいない暑さで、トレンチコートにいささかビビッたことをバトゥはあとで認めたが、店にはほかにもジョガーが一人いて、どれが一番冷えているかと壜入りの水を一本一本つっついていた。トレンチコートの男は店内を歩き回り、キャンディバーや安全剃刀を、ハロウィーンの準備でもするみたいに次々ポケットに入れていった。警報を鳴らそうか、とバトゥは思った。「お客様？」と彼は言った。「失礼ですが、お客様？」

男はこっちへやって来て、レジの前に立った。バトゥの目はトレンチコートに釘付けになっていた。何だかまるで、男がトレンチコートのなか、胸のあたりに扇風機を縛りつけていて、その風でコートのなかのいろんな物が舞っているみたいな感じだった。扇風機の羽根がぶんぶん鳴るのが聞こえた。なるほどね、とバトゥは思った。コートのなかに自前の空冷装置を持ってるわけか。なかなかいいじゃないか。まあこいつの家に、〈トリック・オア・トリート〉に行く気はしないけど。

「いやぁ、暑いねえ」と男は言い、バトゥは男が汗をかいているのを見てとった。男が体をぴくっとひきつらせると、蜂が一匹、トレンチコートの袖から飛び出てきた。バトゥも男も、蜂が飛び去るのを見守った。それから男がトレンチコートを開き、両腕をそうっとそうっと振ると、コートのなかの蜂たちが、細長い、びっしりと濃い、荒々しい軌跡を描いて男のもとを離れていき、やがて店じゅうで蜂たちの雲がぶるぶる震え出した。バトゥはカウンターの下に潜った。トレンチコートの蜂男はカウンターの向こう側から手をのばして、落ち着いた、慣れた手つきでレジをチンと開け、引出しから札を全部すくいとった。

それから男は、蜂たちを置き去りにして出ていった。車に乗り込み、走り去った。コンビニをめぐる物語はみんなそうやって終わる——誰かが車で走り去って。

だがまずは養蜂《ようほう》家を呼んで、蜂をいぶり出してもらわねばならなかった。バトゥは三回、一度は唇を一度は腹を刺され、もう一度はレジに手を入れたら金は全然残っていなくて蜂が一匹いただけだったときに刺された。ジョガーはコンビニの親会社を告訴して巨額の賠償金を要求したが、その結果がどうなったかはバトゥもエリックも知らなかった。

カランルク・ネ・ザマン・バサル？
いつ日が暮れますか？

エリックは最近よくこんな夢を見る。夢のなかで、彼はコンビニのレジに立っている。すると彼の父親が店内の通路を歩いていて、雑誌ラックの前を通ってレジに向かってくる。その手には聞こ見ゆる深淵の石をいっぱい抱えている。馬鹿馬鹿しい話だ。エリックの父親は生きていて、別の州、たぶん別の時間帯で、おそらくは別の名前で暮らしているのだから。

バトゥに話すと、「あ、その夢な。俺も前に見たよ」と言った。
「あんたの父さんの夢？」とエリックは訊いた。

「お前の父さんの夢だよ」とバトゥは答えた。「誰のこと言ってると思ったんだ、俺の親父のことだと思ったか？」

「あんた、僕の父さんに会ったこともないじゃないか」とエリックは言った。

「お前はいい気がしないかもしれんけど、あれはたしかにお前の父さんだった」とバトゥは言った。「お前、父さんに似てるよな。もしまた父さんのこと夢に見たらどうしてほしい？　知らん顔しようか？　父さんがそこにいないふりするか？」

バトゥにからかわれているのかどうか、エリックにはわかったためしがなかった。夢というのはデリケートな話題である。もしかしたらバトゥは、眠りをなつかしく思ってるんじゃないだろうか。パジャマを集めているのも、子供のころをなつかしく思う人が玩具を集めるのと同じなんじゃないだろうか、そうエリックは思った。


それとは別の、バトゥにも話していない夢。この夢では、チャーリーが店に入ってくる。マウンテン・デューを買いにきたのだが、どのマウンテン・デューの壜にも小さな犬の溺死体が浮かんでいることにエリックは気づく。そういうドッグソーダを買うと賞品が当たるのだ。犬入りのマウンテン・デューをどっさり抱えてチャーリーがレジにやって来ると、自分がバトゥのパジャマを着ていることにエリックは気がつく。裏返しにしても着られるやつだ。いろんなものが腕や背中や腹にこすれて、刺青みたいに肌に移ってきつつある。

そしてエリックはズボンをはいていない。

バトゥク・ゲミレルレ・イルギレニヨルム。

私は沈没船に興味を持っています。

「お前の方から動かなきゃ駄目だ」とバトゥは言った。何度も何度も、来る日も来る日も言うので、エリックはうんざりしていた。「いまにもシェルターで代わりが見つかって、チャーリーがどっかへ行っちまうかもしれんのだぞ。いいか、こうしろ。犬を引きとりたいんだ、家を与えてやりたいんだって彼女に言うんだよ。ここならスペースもある。お前とチャーリーに子供ができたときのための、いい練習になるぞ」

「どうしてわかるんだよ、そんなこと？」とエリックは言った。声が苛立っているのが、自分でもわかった。どうしようもなかった。「そんなの全然筋が通らないよ。犬がいい練習になるんだったら、チャーリーはいったいどんな母親になる？ 何言ってんだよ？ じゃあ何かよ、子供が生まれて、その子が夜泣きとかおねしょとかしたらチャーリーが始末しちまうって言うのかよ？」

「そんなこと全然言ってない」とバトゥは言った。「ただひとつ気になるのはさ、実はさ、チャーリーがもう歳をとりすぎてるんじゃないかってことなんだ。あの歳まで行くと、子供ができるのにけっこう時間かかるからな。いろいろトラブルも出てきやすいし」

「何の話だよ？」とエリックは言った。「チャーリーは歳とってなんかいないよ」

「いったいいくつだと思ってるんだ、彼女のこと？」とバトゥは言った。「で、どう思う？　歯磨きとケチャップ類を、木工ボンドとヘアジェルと潤滑油の隣に置いて、〈べたつくもの〉の棚にしようか？　それとも噛み煙草とうがい薬と一緒にして、〈吐き出すもの〉でまとめてディスプレーするか？」

「うん」とエリックは言った。「ディスプレーしよう。いくつだか知らないよ、僕と同じ歳くらいかな？　十九とか？　もうちょっと上かな？」

バトゥはあははと笑った。「もうちょっと上だって？　じゃあ俺はいくつだと思うんだ？」

「さあね」とエリックは言った。そして目をすぼめてバトゥを見た。「三十五？　四十？」

バトゥは気をよくした様子だった。「俺、眠りを減らすようになってからさ、歳とらなくなったと思うんだ。むしろ若返ってるかもしれない。お前がこのまま毎晩ぐっすり寝てたら、俺たちそのうち同い歳になるかもな。これちょっと見てくれよ、どう思う？」

「悪くない」とエリックは言った。「スイカも一緒に置いてもいいかも。あればだけど。種のあるやつ。種なしスイカなんて意味ないよ」

「まあ、大したことじゃないけどな」とバトゥは言い、通路に膝をついて、クリップボードの商品リストにチェックマークを付けた。「チャーリーがお前の思ってるより歳が上だとしても、べつに大したことじゃない。年上の女だからって全然悪いことはない。それにお前が、幽霊犬とか嚙みつき事件とかのことを気にしてないのもいい傾向だ。誰にでも問題はある。俺がひとつだけ本気で心配なのは、彼女の車だ」

「車がどうしたの？」とエリックは訊いた。

「つまりさ」とバトゥは言った。「彼女がここで暮らす気なら問題はない。好きなだけいつまでも駐車しておけばいい、駐車場ってのはそのためにあるんだから。だけど、何をしようとお前の自由だけどな、彼女にドライブに誘われたら、行っちゃ駄目だ」

「どうして？」とエリックは言った。「いったい何の話だよ？」

「考えてもみろよ」とバトゥは言った。「あんなにたくさんの、幽霊犬がさ」。バトゥは尻をつけたまま通路を滑っていった。エリックもあとを追った。「彼女が犬を連れてここを通りがかるたび、哀れその犬の命運は尽きている。あの車は不運のかたまりなんだよ。特に助手席はな。あの車には近寄らない方がいい。聞こ見ゆる深淵に這い降りてく方がまだマシだね」

何かがえへんと咳払いをした。いつのまにかゾンビが一人、店に入ってきていた。バトゥのうしろに立って、彼を見下ろしている。バトゥは顔を上げた。エリックは通路をレジの方に戻っていった。

「あの車には近づくなよ」とバトゥはゾンビを無視して言った。

「そして誰が大砲から発射されるのですか」とゾンビは言った。ゾンビはスーツを着てネクタイを締めていた。「私の兄が大砲から発射されるでしょう」

「何でお前ら、ちっとはまともなこと言えないんだ？」とバトゥは、体を回し顔を上げながら言った。そうやって床に座り込んで喋っているバトゥの声は、いまにも泣き出しそうに聞こえた。ピシャッ、とバトゥはゾンビをはたいた。

　ゾンビはあくびをしながらもう一度咳をした。二人に向かって、顔を歪めてみせた。何かがその灰色の唇に引っかかっていて、ゾンビは片手を上げた。その手を口につっ込んで、なかにあるものを引っぱった。そしてこほこほ咳をするみたいにして、黒い、キラキラ光るロープのかたまりを吐き出した。濡れた黒いロープをバトゥに差し出しながらも、なかにはもうほかに何もないことを示そうとするみたいに口を開けたままにしていた。濡れたロープは両手から垂れ下がり、パジャマになった。バトゥはエリックの方をふり返った。

「要らないよ」とバトゥは言った。何だか恥ずかしそうだった。

「僕、どうしたらいい？」とエリックは言った。エリックは雑誌のあたりをうろうろしていた。シャーリーズ・セロンがエリックに向かって、あたかもエリックの知らない何かを知っているかのようにニタニタ笑っていた。

「お前はこんなところにいちゃいけないんだ」。バトゥがゾンビに言っているのかどうか、エリックにはよくわからなかった。「俺、パジャマはもうたっぷり持ってるんだから」

ゾンビは何も言わなかった。そしてパジャマをバトゥの膝に落とした。

「チャーリーの車に近寄るな！」バトゥはエリックに言った。そして目を閉じ、いびきをかき出した。

「参ったな」とエリックはゾンビに言った。「いまの、どうやったんだ？」

店にはいつのまにか、ゾンビがもう一人入ってきていた。一人目のゾンビがバトゥの両腕をつかみ、二人目のゾンビが両脚をつかんだ。二人でバトゥを通路にそって、在庫品室の方へ引きずっていった。エリックはレジから出ていった。

「何やってんだお前ら？」と彼は言った。「お前ら、そいつを食べる気じゃないだろうな？」

だがゾンビたちはバトゥを在庫品室に入れた。黒いパジャマを、いま着ているパジャマの上に無理矢理着せた。バトゥをマットレスの上に持ち上げて、毛布をかけ、あごまで引き上げた。

エリックはゾンビたちにくっついて在庫品室から出た。在庫品室のドアを閉めた。「じゃあこいつ、しばらく眠るんだな」とエリックは言った。「それっていいことなんだよな、そうだろ？　少しは眠りが要るもんな。で、そのパジャマ、どうやったわけ？　お前らんとこに、お化けパジャマの工場か何かあるわけ？」

ゾンビたちはエリックを無視した。二人で手をつないで、通路を歩いていって、立ちどまってキャンディバーとタンパックスとトイレットペーパーと「吐き出すもの」コーナーを眺めた。どうせ何も買わないだろう。こいつらは絶対何も買わない。

エリックはレジに戻っていった。アパートにいまも母親が住んでいたらなあ、とつくづく思った。誰かに電話をかけたい。少しのあいだレジのうしろに座って、電話帳をパラパラ、かけたくなる名前に行きあたりはしないかとめくっていた。それから在庫品室に戻って、バトゥを見た。バトゥはいびきをかいていた。瞼《まぶた》がぴくぴく震えて、顔にはかすかな、訳知り顔の笑みが浮かんでいる。何だかまるで、夢を見ていてその夢のなかで、とうとうすべてを説明してもらっている最中みたいな顔。こういう顔をしている人間のことを心配するのは難しい。エリックとしては嫉妬を感じたとしても不思議はなかっただろうが、ひとたび目覚めてしまえばそんな説明はどうせ消えてしまうこともわかっていた。いくらバトゥでもそれは同じだ。

ハンギ・ヨル・ダハ・クサ？

どちらがより短いルートですか？

ハンギ・ヨル・ダハ・コライ？

どちらがより容易なルートですか？


チャーリーは仕事前に寄っていった。コンビニのなかには入らなかった。駐車場で車のかたわらに立ち、道の向こうの聞こ見ゆる深淵を見ていた。トランクにぎっしり荷物が詰まっているみたいに、車体が地面近くまで沈んでいた。エリックが外へ出ていくと、後部席にスーツケースが見えた。幽霊犬たちがいたとしてもエリックには見えなかったが、窓には犬が鼻でつけたとおぼしき汚れがいくつも残っていた。

「バトゥはどこ？」とチャーリーは訊いた。

「寝てるよ」とエリックは答えた。このあと会話がどう続くのか、全然考えておかなかったことに思いあたった。

「どこかへ行くの？」と彼は訊いた。

「仕事に行くんだよ」とチャーリーは答えた。「いつもと同じに」

「よかった」とエリックは言った。「いつもと同じでよかった」。彼はそこに立ったまま、自分の足下を見た。一人のゾンビがふらふら駐車場にやって来た。二人に会釈してから、コンビニに入っていった。

「なかに戻らなくていいの？」とチャーリーが訊いた。

「そのうちね」とエリックは答えた。「どうせあいつら何も買わないし」。だがそう言いながらもコンビニとゾンビに目は向けて、ゾンビが在庫品室の方に行きはしないか見張っていた。

「それで君、いくつなの？」とエリックは訊いた。「ていうか、そういうことって訊いてもいいのかな？　いくつかってこと」

「あんたはいくつ？」とチャーリーが即座に訊き返した。

「もうじき二十になるよ」とエリックは答えた。「それより上に見えるのはわかってるけど」

「そんなことないよ」とチャーリーは言った。「あんた、まさにもうじき二十って感じに見えるよ」

「で、君はいくつ？」とエリックは訊いた。

「いくつだと思う？」とチャーリーは言った。

「僕とだいたい同じ？」

「あんた、あたしのこと口説いてんの？」とチャーリーは言った。「そうなの？　そうじゃないの？　犬の歳でだったら？　あたし、犬の歳でいくつだと思う？」

コンビニの店内で何を探していたにせよ、探し物を終えたのか、ゾンビは外に出てきてチャーリーとエリックに会釈した。「美しい人たち」とゾンビは言った。「どうして私の手に訪ねてきてくれないのですか？」

「ごめんよ」とエリックは言った。

ゾンビは二人に背を向けた。よたよたと、右も左も見ずに道路を渡って、聞こ見ゆる深淵につながる通路を歩いていった。

「行ったことある？」とチャーリーが通路を指して訊いた。

「ない」とエリックは答えた。「いやあの、そのうち行くとは思うんだけど」

「あそこでもペットとか飼ってるのかな？ 犬とか？」とチャーリーは言った。

「どうかなあ」とエリックは言った。「普通の犬ってこと？」

「ときどき考えるんだけど」とチャーリーは言った。「動物シェルターはあるのかな、やっぱり誰かが犬の世話しなきゃいけないのかな。あそこでもやっぱり、犬を始末する仕事を誰かがやらなきゃいけないのかな。で、あそこで犬を眠りにつかせたら、どこで目覚めるのかな？」

「新しい仕事が要るんだったら、僕らと一緒にコンビニで暮らせばいいってバトゥは言ってるよ」とエリックは言った。唇がものすごく冷たく感じられて、喋るのが一苦労だった。

「バトゥがそんなこと言ってるわけ？」とチャーリーは言った。そして声を上げて笑い出した。

「バトゥは君のこと気に入ってるんだよ」とエリックは言った。

「あたしもあの人のこと気に入ってるよ」とチャーリーは言った。「でもあたし、コンビニエンスストアで暮らしたくないの。悪く思わないでね。きっと素敵だとは思うんだけど」

「けっこういいよ」とエリックは言った。「まあ僕も、一生小売業をやるつもりはないけど」

「もっとひどい仕事だっていっぱいあるよね」とチャーリーは言って、シボレーに寄りかかった。「今夜帰りに寄ろうかな。今夜じゃなくても、どっか遠くまで一緒にドライブに行ってもいいね。どこかよそへ行って、小売業の話をするの」

「たとえばどこ？　君、どこへ行くの？」とエリックは訊いた。「トルコに行くつもりなの？　だからバトゥからトルコ語習ってるの？」。そこに立って一晩じゅうチャーリーに質問していたかった。

「トルコ語を覚えたいのは、よそへ行ったときにトルコ人のふりをしたいから。トルコ語しか喋れないふりができるように。そうすれば誰にも邪魔されないもの」とチャーリーは言った。

「ふうん」とエリックは言った。「いい考えだね。一緒にどこかよそへ行って、喋らずにいるってのもいいよね、君が練習したければさ。じゃなきゃ僕が君に話しかけて、君は僕の言ってることがわからないふりをしてもいい。ドライブには行かなくてもいい。そこの道路渡って深淵に降りてくだけでもいいよね。僕、行ったことないし」

「べつにそんな大げさに考えなくていいよ」とチャーリーは言った。「べつに今夜じゃなくていいし」。彼女は急に、ずっと老けて見えた。

「いや、待って」とエリックは言った。「ほんとに一緒に行きたいんだよ。ドライブに行くのもいい。ただバトゥが寝てるからさ。誰かが面倒見てやらないと。誰かが起きていてレジをやらないと」

「じゃああんた、一生ここで働く気？」とチャーリーは言った。「一生バトゥの面倒見るの？　どうやって死人からお金まき上げるか考えるわけ？」

「どういうこと？」とエリックは訊いた。

「バトゥから聞いたよ、〈オールナイト・コンビニエンス〉があそこの下にもうひとつ店を開こうか検討してるってこと」とチャーリーは手を振って道路の向こうを指しながら言った。「バトゥに言わせると、あんたと彼は、小売業における大いなる実験なんだって。死人たちが何を買いたがるかコンビニが探りあてれば、アメリカ発見がもう一度起きるみたいなものだって」

「そういうんじゃないんだ」とエリックは言った。終わりの方で、声が質問みたいに尻上がりになるのが自分でもわかった。チャーリーの車についてバトゥが言っていたことが、ほとんど匂いのように実感できた。幽霊たちは、犬たちは、しびれを切らしはじめている。

それがありありと伝わってきた。彼らは駐車場に飽きてきていて、ドライブに出かけたがってている。「君はわかってないよ。わかってないと思うよ？」

「あんたは死人との接し方が上手だってバトゥが言ってたよ」とチャーリーは言った。「たいていの店員はパニックしちゃうんだって。まあもちろん、あんたこのへんの出だし。それに若いし。たぶんまだ、死ぬってどういうことかもわかってないよね。あたしの犬たちとおんなじだよね」

「僕、あいつらが何求めてるかなんて全然わかんないよ」とエリックは言った。「ゾンビたちがさ」

「自分が何求めてるか、ほんとにわかってる人なんかいないよ」とチャーリーは言った。「そういうのって死んだからって変わるもんじゃないよ」

「それは言えてる」とエリックは言った。

「あんまりバトゥに言われたことに惑わされちゃ駄目だよ」とチャーリーは言った。「こんなこと言っちゃまずいんだけどね、あたしバトゥと友だちなんだから。だけどあたしたちだって友だちになれていいよね、あんたとあたしと。あんた、いい人だもの。あんたがあんまり喋らなくても構わないよ、こうやって二人で喋ってるのもそれはそれでいいけど。あたしとドライブに行かない？」。もし彼女の車のなかに犬たちが、というか犬たちの幽霊がいたら、奴らが吠えまくるのがエリックにも聞こえるはずだ。奴らが吠えまくるのがエリックには聞こえた。犬たちは彼に、とっとと失せろと言っていた。死んじまえと言っていた。チャーリーは犬たちに所有されている。彼女は彼らの殺害者なのだ。

「行けないよ」とエリックは、もう一度誘ってほしいと切なく願いながら答えた。「いまは無理だよ」

「うん、べつにいいよ。あとで寄るから」とチャーリーは言った。そして彼女はエリックに向かってにっこり笑い、一瞬エリックは、どうやってその炎を消したらいいか誰もわからずにいる都市に立っていて、死んだ犬たちはふたたびいっせいに吠えまくり、汚れだらけの窓を引っかいた。「マウンテン・デュー買いに寄るから。まあ少し考えといてね」

彼女は手をのばして、エリックの手を握った。「あんたの手、冷たいね」と彼女は言った。彼女の手は熱かった。「あんた、なかに戻った方がいいよ」


レンギ・ベイェンミヨルム。

私はその色が気に入らない。


もうすでに午前四時だというのに、チャーリーはまだ来る気配もなかった。と、バトゥが奥の部屋から出てきた。目をこすっていた。黒いパジャマはなくなっていた。いまは狐たちが野原を一本の木に向かって駆けていて別の狐たちの群れがその木を丸く囲んで座っているパジャマズボンをはいていた。駆けている狐たちの、まっすぐのびた尻尾は飛行船みたいに太く、コンマの形をした炎がその上に漂っていた。小さな炎一つひとつのなかにそれ自体のヒンデンブルク号が入っていて、その上にもっと小さな第二の炎があって、とえんえん続いている。この世には消しようのない火もあるのだ。

パジャマのシャツの方は、エリックには名づけようのない色だった。侘《わび》しい、にょろにょろ這うような形が広がっていた。エリックはラヴクラフトを読んだことがある。そのパジャマシャツを見ていると吐き気がしてきた。

「たったいま最高の夢を見た」とバトゥは言った。

「六時間近く寝てたよ」とエリックは言った。チャーリーが来たら、彼女と一緒に行こう。バトゥのもとにとどまろう。バトゥは彼を必要としている。チャーリーと一緒に行こう。行って戻ってこよう。戻ってくるのはよそう。熊の絵葉書をバトゥに送ろう。「で、さっきの何だったの？　ゾンビたちとのやりとり」

「何の話だい」とバトゥは言った。そして果物ディスプレーからリンゴを一個取って、非ユークリッド的なパジャマシャツで拭いた。リンゴはおぞましい、ざわついた艶を帯びた。

「チャーリーは来たか？」

「うん」とエリックが言った。チャーリーと二人でラスベガスに行こう。二人でバトゥに金のラメのパジャマを買おう。「あんたの言うとおりらしい。彼女、この街を出ていくみたいだ」

「おい、そりゃないぜ！」とバトゥは言った。「計画と違うぞ。いいか、こうするんだ。お前は外に出て、彼女を待つ。逃がすんじゃないぞ」

「ねえバトゥ、彼女は指名手配されてるんじゃないんだよ」とエリックは言った。「僕たちの所有物ってわけでもないし。本人が街を出たけりゃ出ていくさ」

「それでお前は構わんのか？」とバトゥは言った。そしてすごく荒々しいあくびをして、もう一度あくびし、体をのばした。パジャマのシャツが薄気味悪く持ち上がった。エリックは目を閉じた。

「そうでもない」とエリックは言った。すでに歯ブラシを一本と、歯磨きを少々と、ハロウィーンの売れ残りの入れ歯を、チャーリーにあげようかなと思って選り分けてあった。「あんたは大丈夫？　また寝入ったりするかな？　ちょっと訊きたいことあるんだけど、いい？」

「どういうこと訊くんだ？」とバトゥは、眠そうにもずる賢そうにも見えるふうに瞼を下げた。

「僕たちの使命のこと」とエリックは言った。「コンビニのこと、こんな聞こ見ゆる深淵のすぐ隣で僕たち何やってるのかってこと。ついさっきのゾンビとパジャマのことも説明してほしいし、あれも計画のうちなのか、計画はそもそも僕たちのものなのか、それとも誰かほかの人間が作ったものであって僕たちは単に他人がやってる小売をめぐる大きな実験の材料でしかないのか。僕たちはまったく新しいのか、それともいままでと全然同じなのか？」

「いまは質問にふさわしいタイミングじゃないんだ」とバトゥは言った。「いままでずっと一緒にここで働いてきて、俺がお前に嘘ついたことあるか？　お前をろくでもないことに引きずり込んだりしたか？」

「だから、それが知りたいわけでさ」とエリックは言った。

「まあたしかに、何もかもお前に打ちあけちゃいないかもしれん」とバトゥは言った。「だけどそれも計画のうちなんだ。俺たちで何もかもを新しくするんだ、小売業というものを一から作り直すんだって言ったのはもちろん嘘じゃない。計画はいまでも計画だし、お前はいまでも計画のなかに入ってるし、チャーリーもだ」

「パジャマは？」とエリックは言った。「カナダ人とか、メープルシロップとか、マウンテン・デューを買いにくる連中とかは？」

「知りたいのか、ほんとに？」とバトゥは言った。

「うん」とエリックは言った。「ぜひ知りたい」

「よし、じゃ話す。俺のパジャマはＣＩＡの実験パジャマなんだ」とバトゥは言った。

「電池みたいなものでさ。お前は眠ることによって俺のパジャマを充電してくれていたんだ。いま言えるのはそれだけだ。カナダ人のことはどうでもいい。で、さっきゾンビから渡されたパジャマ、あれは——これってどういうことなのか、お前わかるか？」

エリックは首を横に振った。

「それで構わん。俺たちにいま何が必要か、お前わかるか？」

「何が必要なの？」とエリックは訊いた。

「俺たちにはな、お前が外に出てチャーリーを待つことが必要なのさ」とバトゥは言った。「こんなことしてる暇はない。もうじき夜も明ける。チャーリーの仕事もそろそろ終わるころだ」

「全部もう一度説明してくれよ」とエリックは言った。「たったいま言ったこと。計画のこと。もういっぺん説明してくれよ」

「いいか」とバトゥは言った。「よく聞けよ。誰でも最初は生きてる、そうだな？」

「うん」とエリックは言った。

「そして誰でも死ぬ」とバトゥは言った。「そうだな？」

「うん」とエリックは言った。車が一台通りかかったが、やっぱりチャーリーではなかった。

「だからみんな、ここからはじめるわけだ」とバトゥは言った。「ここっていってもコンビニのことじゃないぞ、ここのどこか、俺たちみんながいるところさ。俺たちがいま生きてるところ。俺たちが生きてるところがここさ。世界だよ。わかるな？」

「うん」とエリックは言った。「わかる」

「で、俺たちが行くのがそこだ」とバトゥは言って、道路の方に向かってぱちんと指を一本つき出した。「あそこの、聞こ見ゆる深淵の底だ。みんなあそこへ行く。で、俺たちはここにいる、ここ、コンビニ、すなわちそこへ行く途中ってことだ」

「うん」とエリックは言った。

「だからカナダ人みたいなものさ」とバトゥは言った。「みんなどこかへ行こうとしていて、何か必要なものがあったら、ここへ寄って手に入れればいい。でも俺たちは、奴らが何を必要としているか知っとかないといけない。ここはまるっきり新しい、誰も手を染めてないエリアなんだ。それでこんなところにコンビニを作って、クリスマスツリーみたいにライトアップして、誰が寄っていって何を買うか見てみようとしたのさ。こんなことお前に話しちゃいけないんだけどさ。これって全部機密事項なんだ」

「ていうことはつまり、コンビニだかＣＩＡだか誰かが、どうやったらゾンビに物を売れるか僕たちが考え出すのを待ってるわけだ」とエリックは言った。

「ＣＩＡのことはどうでもいい」とバトゥは言った。「さ、外に出てくれるか？」

「でもそれって僕たちの計画なの？　それとも僕たちただ他人の計画に従ってるだけ？」

「それで何が違うんだ？」とバトゥは言った。そして両手を頭に持っていって、髪の毛を引っぱってぴんとまっすぐ立たせたが、エリックは動じなかった。

「僕たち、人類を助ける使命にかかわってるんじゃなかったの？」とエリックは言った。「男も女も助ける、『エンタープライズ号』みたいなさ。でもこんなんで僕たちが助けられる人なんているの？　これのどこが、新形態の小売業なの？」

「エリック」とバトゥは言った。「あのパジャマ、見たか？　いいか。いや、やっぱりパジャマのことはどうでもいい。お前はあんなパジャマなんか見なかった。さっきも言ったとおり、これはコンビニだけの話じゃないんだ。もっと大きな魚が魚を獲ってるのさ、わかるな」

「いや、わからない」とエリックは言った。

「結構」とバトゥは言った。実験的ＣＩＡパジャマのシャツがのたくり、煮えたぎった。「お前の仕事は、人を手助けして、人に礼儀正しく接することだ。気を長く持て。注意を怠るな。ゾンビが次にどう出てくるかを待つんだ。俺はファクスを送る。それはそれとして、俺たちにはやっぱりチャーリーが必要だ。チャーリーは生まれながらの売り上手だよ。もう何年も死を売り物にしてきたんだし。それに語学の才がある。ゾンビ語だってあっという間に覚えるだろうよ。彼女ならここで、どれだけの仕事をなし遂げることか！　外に出ろよ。彼女が通りかかったら手を振り回して止めるんだ。彼女と話せ。どうして彼女がここで暮らす必要があるかを説明するんだよ。けど何をしてもいいが、一緒に車に乗り込んじゃ駄目だぞ。あの車には幽霊がいっぱい取り憑いてる。悪い種類の幽霊が。売り買いというものについて絶対なぁんにも理解できないたぐいの幽霊だ」

「知ってる」とエリックは言った。「匂いがしたよ」

「じゃあこれで、一通りはっきりしたかな？」とバトゥは言った。「それともまだ俺が嘘ついてると思うか？」

「嘘つくっていうふうには思わないけどさ」とエリックは言った。そして上着を着た。

「帽子もかぶった方がいいぞ」とバトゥは言った。「外は寒いからな。お前は俺の息子みたいなものなんだ、わかるだろ、だから帽子をかぶれなんて言うのさ。万一俺が嘘をつくとしても、お前のためを思ってこそなんだ、俺はお前のことを息子みたいに愛してるんだから。いいかエリック、いつの日かこれはみんなお前のものになるんだ。とにかく俺を信頼して、俺の言うとおりにやってくれ。計画を信頼してくれ」

　エリックは何も言わなかった。バトゥは彼の肩をぽんと叩き、パジャマの上にコンビニのシャツを羽織って、バナナを一本とスナップルを一壜つかんだ。そしてカウンターのなかに陣取った。髪はまだぴんとまっすぐ立っていたが、午前四時にそんなこと文句を言う奴はいない。エリックも、ゾンビも。エリックは帽子をかぶって、バトゥに軽く手を振り——やっとはっきりさせることができてよかったよの意味なのか、さようならなのか、自分でもよくわからなかった——コンビニの外へ出ていった。これが最後だな、このドアから外へ歩いていくのは、と考えた。そのことをどう思っているのか、自分でもわからなかった。

エリックは長いこと外の駐車場に立っていた。道の向こう側、藪のなかで、ゾンビたちがほかのゾンビたちにとって値打ちあるものを漁っているのが聞こえた。

誰か女性が、本物の人間ではあるがチャーリーではない女性が、駐車場に車を入れた。女性は店に入っていった。彼女がレジに行ったらバトゥが何と言うか、全部わかる気がした。買い物をしようとする彼女に、お金は要らないんです、とバトゥは言うだろう。小売っていうのはそういうものじゃないんです。我々が知りたいのは、あなたが本当に欲しているものは何かってことなんです。それほど簡単、それほど複雑な話なんです。女が喧嘩腰とかじゃなさそうだったら、バトゥは彼女を雇おうとするかもしれない。それはそれでいいかもしれない。〈オールナイト・コンビニエンス〉には本当に女性が必要なのかもしれない。

エリックはうしろ向きに歩いていった。コンビニから離れて、さらにますます離れていった。離れれば離れるほど、コンビニがどれほど美しいかが見えた。まるで月みたいにライトアップされている。ゾンビたちもこれを見ているのだろうか？　チャーリーも車で通るときこれを見ているのか？　ここをあとにして二度と戻ってこない人間がいるなんて信じられなかった。

バトゥのパジャマ・コレクションには、何軒もの〈オールナイト・コンビニエンス〉から光があふれ出ている柄もあるんだろうか。聞こ見ゆる深淵はあるのか。ゾンビたちが道路にいてチャーリーの乗ったシボレーが何台も道を走っていて助手席の窓一つひとつからそれぞれ違う犬が顔を出しているのはあるだろうか。そのパジャマのズボンの片脚には氷に身を包んだ熊たちが道路にそって並んでいるだろう。カナダ人のパジャマ。CIA捜査員と大衆紙の記者とコンビニ経営者たちのパジャマ。ラスベガスのショーガールたち。トレンチコートのGメンたちと蜂男たち。どこまでも遠くへ遠くへ走り去っていくエリックの母親の車。ゾンビはゾンビパジャマを着るんだろうか、それともあれはバトゥのために作っているだけなのか。チャーリーが絹のパジャマとフランネルのバスローブを着ている姿をエリックは想像してみたが、それを着た彼女は居心地よさそうには見えなかった。相変わらずみじめに、怒っているように、絶望しているように見え、エリックが思ってもいなかったほど老けて見えた。

寒さをしのごうと、エリックは駐車場をぴょんぴょん跳ね回った。店からさっきの女が出てきて、変な目つきで彼を見た。レジのところにバトゥの姿は見えなかった。また寝入ってしまったのかもしれないし、またファクスを送っているのかもしれない。けれどエリックは店内に戻らなかった。彼はバトゥのパジャマが怖かった。

彼はバトゥが怖かった。

外にとどまって、チャーリーを待った。

だが何時間かして、チャーリーの車が通りかかると──エリックは歩道の縁石の上に乗って、彼女が来ないかと目を光らせ、絶対そのまま行かせたりしないぞ、見逃しちゃいけない、ちゃんと見てないと、彼女にも僕の姿を見せないと、どこへ行こうとしているにせよ僕も連れてってもらうんだ、そう念じていた──助手席には一匹のラブラドル犬が乗っていた。後部席は犬たちでいっぱいだった。本物の犬、幽霊犬、それがみんな犬らしい鼻を窓からエリックに向けてつき出していた。もしかりに車を止められたとしても、エリックが乗る余地はなかっただろう。けれどそれでも、エリックは車道に、まるっきり犬みたいに飛び出していって、走りつづけられる限り彼女の車を追いかけた。

# 大砲

# *The Cannon*

彼は導火線で彼女をくすぐった。

**Q** そして誰が大砲から発射されるのですか。

**A** 私の兄が大砲から発射されるでしょう。

**Q** そして大砲の名前は何ですか。

**A** モンズ・メグ。デュレ・グライテ。マリク＝イ＝ミダン。ツァー・プーシュカ。ドゥール・ダニー。ズフル・ブフ。ニックネームは〈不可避〉。また〈スウィート・マウス〉もしくは〈ビートでジャンプ〉とも呼ばれています。その色合いゆえ、そして多くの男と交合してきたゆえに〈未亡人〉の名で通っています。さらに、夫たちには〈人魚〉と呼ばれています――彼女の部品に油を塗って、口のOの字を磨き、彼女に引き具をつけて町から町へ引いて回る男たちです。彼女を港に放って、海に泳ぎ出ていくかどうか見てみるべきだ、と夫たちは言います。これは彼らのささやかなジョークです。マッチで話しかけると礼儀正しく喋るので、彼女は〈会話〉とも呼ばれています。そして〈唯一の答え〉とも呼ばれています。いつも決まって、質問が何であろうと、同じ答えを返すからです。

Q　そしてあなたのお兄さんの名前は何ですか。

A　すでに忘れてしまいました。

Q　彼はどれくらい遠くまで飛んでいくのでしょう。

A　二度と帰ってこないくらい遠くまで飛んでいくでしょう。彼の両足は大地を二度と、生涯ずっと踏まないでしょう。彼は二度と家族に再会しないでしょう。二度と大砲に再会しないでしょう。が、生涯ずっと、彼女の丸い、固定された、怒号を上げる黒い口を夢に見るでしょう。

Q　これらの女性たちは誰ですか。

A　それらは彼の妻たちです。私の兄が大砲から発射されたあと、妻たちのうち一番若い二人が、大砲の中の場所を引き継ぐのです。彼女たちは背中に彼の鞄を背負っています。中には彼の所持品、本、ゴルフクラブ、手紙類、レコード・コレクション、洗面用具、身分証明が入っています。妻たちは大砲の中にもぐり込んで、私の兄が大砲を去るのとほぼ同じやり方で大砲を去るでしょうが、兄が向かっているのと同じ場所には向かわないでしょう。男と女は同じ場所に行かないのです。

Q　なぜですか。

A　なぜだかは誰も知りません。

Q　彼はもう二度と帰ってこないのでしょうか。

A　彼はもう二度と帰ってこないでしょう。

Q　大砲はなぜ発砲されねばならないのですか。

A　大砲が発砲されねばならないのはそれが大砲の存在理由だからです。弾薬は大砲の中に入れられねばなりません。弾薬は大砲の外に発射されねばなりません。大砲はほかのいかなる目的にも役立ちません。人がたまたま大砲の中で眠りに落ちたり、暴風雨をしのいだり、敵から逃れて身を隠したりすることはあるかもしれませんが、最終的にはあくまで、大砲は発砲されねばならないのです。

私はかつてあるとき、〈スウィート・マウス〉の中で人妻と性交しました。彼女は広場《アゴラ》恐怖症《フォービック》でした。私は不可知論者《アグノスティック》です、と私は言いました。

私は「そうそう、その感じ、あんまり身をよじらないでね」と言い、彼女は「これはどうかしら？」と言いそして「頭、気をつけてね」と言い、私たちがファックしている最中に彼女の夫がやって来てマッチで火を点け、じきに私たちは空を飛んでいました。私たちは引っ掛け錨《いかり》みたいに空へ飛び出しました。私の愛する人は後方の夫に「もうちょっと角度上げなさいな、砲手長さん！」とどなり、夫がどんどん小さくなっていくのを私たちは眺めました。

私は彼女の臀部《でんぶ》と彼女の髪の先っぽにしがみつき、田園の上空を通過しながら彼女にファックしました。彼女も両脚を私の腰に巻きつけてファックし返しました。終わると二人並んで空を飛び、彼女は私と大砲と夫に感謝していると言いました。情事のおかげで彼女の広場恐怖症は治癒しました。私たちはお祝いにふたたびファックし、それからある町に着いて、私は監督教会の尖塔につかみかかりました。彼女はそのまま先へ進んでいきました。まだ下界に戻る気がなかったのです。私は長い道のりを歩いて家に帰りました。それ以来彼女には会っていません。

**Q** あなたのお兄さんは幸福な幼年時代を送りましたか。
**A** 本人に訊いてみたらいかがでしょう。彼はよく私の頭の上に座り込みました。あるときは私の部屋のクローゼットで爆竹を鳴らしました。彼は私の弁当を練り歯磨きとキュウリのサンドイッチにすり替えました。漫画本を私にくれる前に最後の何ページかを破り取りました。小遣いを貯めてジョゼファ・ハウリーとその姉妹四人に金を払い、私を近所じゅう追いかけ回させました。彼らは私をつかまえると、私の半ズボンを脱がせてそれを木の枝に縛りつけました。

**Q** 大砲は幸福な幼年時代を送りましたか。

**A** 昔むかし、まだすべての戦争のケリがついておらず、大型の火砲にまだほかの使い道があったころ、大砲を愛した砲手長がいました。どこへ行くにも、彼は大砲を連れていきました。大砲は彼のマスコットであり、勝利の女神、秘密の打ちあけ相手、彼の時計でした。砲手長への愛ゆえに彼女はオドルイクを取りました。彼女はプラハを取り、ファマグスタを、セリンガパタムを、バハドスを取りました。彼女はカイロを取り、ダンスのレッスンを取り、ベートーヴェンの補聴器を取りナポレオンの片腕を取りました。彼女は取って取って砲手長は与えて与えました。彼は導火線や杖や駆虫剤で彼女をくすぐり、ヴァルトゥリオの特許砲弾、花火や葡萄弾、鉛、花崗岩、青銅で彼女に求愛しました。高価な香水――硝石、蛇紋石《じゃもんせき》、硫黄、木炭、アンチモン――を彼女に塗ってやりました。老いて財を成し戦争に行くのにも倦《う》むと、砲手長はリビエラに隠居して城を建てました。そして大砲と結婚し、彼女が貴婦人に見えるよう砲口に白い絹のボンネットを結びました。日曜日には妻を元騎兵隊の馬四頭につないで礼拝堂まで連れていきました。

ところが妻は教会の扉を通るにはあまりに胴が太く、新しい扉の費用を提供するという申し出を司祭に断られると、砲手長は彼女を隣の墓地に縛りつけておきました。馬たちは草を食《は》み、誰かが妻を溶かしてクズ鉄にしようと持っていったりしないよう、砲手長は小さな男の子に金をやって見張りをさせました。礼拝が済むと、若い信者たちは墓地を回って石ころや煉瓦のかけらを漁り、砲手長にそれを発砲してもらうのでした。

城の中に砲手長はスロープを作って、寝床に入るとき妻も一緒に入れるようにし、朝食に階下へ降りてくるときも妻は一緒に降りてきました。彼らをひどく悲しませたことに、夫婦には子供ができず、とうとう砲手長が他界すると、葬儀屋は彼に旅の装束《しょうぞく》を着せ、妻である大砲の中に据えました。これこそ究極の合体でした。ところが弾薬が不十分だったため、ついに妻のもとを離れた砲手長は、隣町までしか行きませんでした。彼のブーツは灌漑《かんがい》用水路で、短い上着はレモンの木の中で発見され、彼の胴は羊を囲う塀の向こうに転げ落ち、首は羊飼い娘の膝に行きつきました。

跡継ぎたちは未亡人をサーカスの興行主に売り飛ばしました。

Q　幸福な結婚というものはあるでしょうか。

A その質問には私がお答えします。私の名前はヴィーナス・シェビーです。若い娘だったころ、私はある日大砲から発射され、降りてくるとそこは違う場所でした。美しい場所で、美しい人が大勢いました！ その美しい場所に住む人々は、冬には毛深く、春には毛が抜けて裸で暮らします。

冬のあいだ、彼らは凍った湖に火を放って魚を獲りますが、夏のあいだは魚を食べません。夏には嚢《のう》に入れて発酵させた果物と穀物を食べ、夏じゅうずっと酔っ払っています。夏は幽霊の季節です。冬には幽霊は簡単に見分けられます。冬の幽霊が恋人の髪にシラミみたいに絡みついていた、などという話も耳にします。死んだ人には毛がないので、冬には一目でわかるのです。ところが夏になると、生者と死者が街ですれ違っても、全然区別がつきません。そこから生じるさまざまな誤解をめぐって、壮大な喜劇や有名な悲劇が書かれています。

これら美しい人々は抜け落ちる毛を集めて、腰につけたポーチに入れておきます。彼らはその毛を洗って香りをつけ、梳毛機《そもうき》にかけて櫛を入れます。夏には毛で編んだベルトと毛を入れたポーチを腰につけ、自分が生者であることを示します。けれどいつの時代にもお洒落な人たちがいて、死者のふりをしたりするし、生者から毛を盗む狡猾な死者もいます。このため、誰か他人の毛をむしり取って自分のポーチに入れるのは甚《はなは》だしい侮辱です。相手が勧めてくれない限り、絶対にしてはいけません。

人々は組合を作って、抜け落ちた毛で巨大な絨毯《じゅうたん》を織ります。これらの絨毯は柔らかくて温かく重いです。結婚すると、冬のあいだ彼らはこれらの絨毯の下で眠り、一枚の絨毯の下で一緒に心地よく眠れる限りいくらでも多くの男女と結婚します。あるひとつの単語があって、これは「結婚」「絨毯」「組合」の三つ全部を意味します。「戦争」「旅」を表わす言葉はありません。人々は「大砲」という言葉も持っていません。大砲は存在しないのです。人々の持つ人工物はすべて毛と骨と皮でできています（毛でできた大砲を想像できますか？）。彼らの歴史までもが、毛で織ったつづれ織りに書かれています。けれど結婚絨毯ほど美しいものはほかにありません。

結婚した人々がみんな一緒に結婚絨毯の下に横になっている写真のコレクションを私は持っています。赤、茶、黒、琥珀、グレーの絨毯の下にみんな折り重なって、まるで、特別に厚くて毛むくじゃらのサーカステントが崩れたみたいに見えます。四辺から頭や足がはみ出していて、何人かは刺繍で飾った呼吸用穴のボタンを外して外をのぞき見ています。ボタンは骨を削って作ってあります。お金がある方にはこれらの写真をお見せします。働き者の人々は時にものすごく大きな、何百人も一度に結婚させることができる絨毯を織ったりします。

一部の絨毯をこの美しい人々は、その種の絨毯専用の、人が住むためでない家にしまっておきます。これらの家にしまわれた絨毯は、人をくるんで埋葬するための絨毯です。

夏のあいだは、私もそこの生まれだと言っても通りました。最初の冬、私は物珍しい存在でした。夫も妻も選び放題でした。二度目の冬の終わり、氷が溶けはじめたころ、彼らは私を追い出しました。死人と寝ているみたいだ、というのです。彼らは私といると悪夢を見、ついには私のそばでは一睡もできなくなりました。「死んだ」と「夏」と「毛がない」に彼らは同じ言葉を使いますが、まもなくその言葉が私の名前になりました。彼らに離婚されたとき、私はその地を去りました。彼らは「離婚」という言葉を持っていません。

私は氷で大砲を作り、私の夫たちと妻たちが自分の毛で織ってくれた葬式絨毯で体をくるみました。妻の一人が砲手を務めてくれました。数々の冒険を経て、私はここに戻ってきました。あるとき、私は酒を飲んでいて、葬式絨毯を国立博物館に寄贈しました。しらふに戻ると、返してくれと頼みましたが、何のお話だかわかりませんねと言われました。私は独りで暮らしていて、いま着ているこの古い、すり切れた、みすぼらしい代物は、慈善中古品店で見つけた馬毛の肩掛けです。

朝起きるとき、時おり、目を開ける前に、自分がまだ夫たちや妻たちと一緒に結婚絨毯の下に横たわっているのだと想像してみます。私の両手は彼らのかぐわしい、香りをつけた毛でいっぱいです。私の名前はヴィーナス・シェビー、かつて私はとても美しかったのです――氷を削って作った大砲と同じくらい。

Q　いまの女性は誰ですか。

A　ヴィーナス・シェビーです。

Q　大砲と結婚はどのように似ていますか。

A　わかりません。

Q　大砲から最初に発射された人は誰ですか。男性でしたか、女性でしたか。

A　大砲から最初に発射された人は女性の服装をした男性でした。ルルという名前でした。いまでも時おり、誰かが大砲から発射されると、「ルル・ジャンプ」をやっている、と言ったりします。

Q　あなたはお兄さんを愛していますか。

A　私は私の兄を兄のように愛しています。

Q　あなたは私のことを美しいと思いますか。

A　あなたは美しいですが、若いころのヴィーナス・シェビーほど美しくありません。あなたは大砲ほど美しくありません。

**Q**　正直に言ってくれてありがとう。なぜあなたには妻が一人もいないのに、あなたのお兄さんにはそんなにたくさん妻がいるのですか。

**A**　わかりません。

**Q**　私が結婚してくださいと頼んだら承諾してくれますか。

**A**　わかりません。

**Q**　大砲はどんな音を立てるのでしょうか。なぜあなたは少しのあいだでも私のことを愛せないのですか。なぜ大砲は発砲されねばならないのですか。あなたのお兄さんはどれくらいのあいだここを離れているのでしょうか。なぜあなたのお兄さんは帰ってこないのですか。二度と帰ってこないのですか。あなたは耳に何を詰めようとしているのですか。大砲が発砲される時間なのですか。これらの質問を大砲に訊ねてもいいでしょうか。彼女は何と言うでしょうか。

**A**　神と同じくらい大きな音ですが、私の兄と、彼の妻たちにしか聞こえないでしょう。ほかの人はみんな耳に蜜蠟を詰めているところです。わかりません。わかりません。長いあいだでしょう。二度と帰ってこないでしょう。そうです。蜜蠟と綿です。もうじきです。

わかりません。いいえ。いまは駄目です。辛抱してください。聞いてください。聞いて。

# 石の動物

*Stone Animals*

「あれずっと、兎だと思ってましたわ」と
不動産業者の女性が言った。

ヘンリーがひとつ質問をした。ジョークのつもりだった。

「ええ、実は」と不動産業者の女性はピシャッと言い返した。「そのとおりなんです」

それは彼女が予期していた質問ではなかった。彼女はヘンリーに向けて、間の抜けた、たったいまのきつい言い方を取りつくろうような笑顔を見せ、ピンクの麻スーツのスカートのすそをぐいっと引っぱった。まるでスカートがいまにも、ブラインドのように膝をするするのぼってこようとしているみたいに。彼女はヘンリーより若く、自分には手の届かない家を売るのが仕事だった。

「もちろん、それは提示価格にも反映されています」と彼女は言った。「おっしゃるとおりです」

ヘンリーは目を丸くして彼女を見た。彼女は顔を赤らめた。

「私、自分では何も見ていないんです」と彼女は言った。「でもいろいろ噂があるんです。私は聞いてないんですけど。私は噂があることを知ってるだけなんです。でもそういうのを信じる方には、やっぱり」

「僕は信じませんよ」とヘンリーは言った。キャサリンは聞いていただろうかと見てみると、彼女はタイル張りの暖炉に、上向きに頭をつっ込んでいた。暖炉を試着しているみたいな、サイズが合うか見ているみたいな格好。キャサリンは妊娠六か月だった。いまの彼女には、ヘンリーの野球帽、スウェットパンツ、Tシャツ以外、何ひとつサイズが合わなかった。でも彼女はその暖炉が気に入っていた。

カールトンが階段を走って上り下りしていた。かかとを強く叩きつけながら、頭を低く下げ、両手は手すりを抱え込んでいる。カールトンは真剣に遊ぶタイプの子供だった。ティリーは踊り場に座り込んで、本を読んでいた。両脚が手すりの小柱のあいだから突き出ている。走って前を通り過ぎるたび、カールトンはティリーの頭をひっぱたいたが、彼女は何も言わなかった。カールトンはあとで、なぜそんな目に遭うのかもわからぬまま痛い目に遭うことだろう。

キャサリンが暖炉から頭を出した。「あんたたち」と彼女は言った。「カールトン。ティリー。ちょっと一息入れて、意見を聞かせてよ。キング・スパンキー、ここでうまくやって行けると思う？」

「ママ、キング・スパンキーは猫だよ」とティリーは言った。「むしろ犬飼った方がいいんじゃないの、防犯とかに」。母親の顔を見て、自分たちは引越すのだということがティリーにはわかった。そのことを自分がどう感じているのかはわからなかったけれど、庭についてはもういろいろ考えていた。こういう庭には、犬が必要なのだ。

「大きい犬、嫌い」六歳で、歳の割に小柄なカールトンが言った。「この階段嫌い。大きすぎるよ」

「カールトン」とヘンリーは言った。「こっちおいで。抱擁《ハグ》してくれよ」

カールトンが階段を降りてきた。腹這いになり、床をゴロゴロ、騒々しくだらしなく転がって、ヘンリーが不動産業者の女性と一緒に立っているところまで来た。そして体を丸めて、ヘンリーの両足首に、死んだ蛇みたいに絡みついた。「あの外の犬たち、嫌い」

「何もない山の中みたいに見えるのはわかりますけど、裏庭を抜けていって、あの木立の向こうまで行ったら、小道があるんです。まっすぐ駅まで行けます。自転車で十分です」と女性が言った。彼女の名前を覚えていられる人間は一人もいなかった。だから、きつすぎるスカートも穿《は》かないといけないのである。実のところ、彼女はロマンス小説を書いている最中でもあり、万一書き上がったときに備えてペンネームの考案に多大な時間を費やしていた。オフィーリア・ピンク。マティルド・ハイタワー。ララ・トリーブル。それとも怪奇小説を書こうかしら。ゴーストストーリー。でも、こういう人たちが出てくる話じやなく。「そのままもう十分行けば、町です」

「犬たちってなんのことだい、カールトン?」ヘンリーが訊いた。

「あれってライオンだと思うわ、カールトン」キャサリンが言った。「玄関脇の石のやつでしょ? 図書館のライオンなんかとおんなじよね。図書館のライオンならあんたも好きでしょ。忍耐《ペイシャンス》と剛毅《フォーティチュード》だっけ?」

「あれずっと、兎《うさぎ》だと思ってましたわ」と不動産業者の女性が言った。「ほら、耳が。大きいでしょう、耳」。彼女は両手をばさっと下ろし、どうしてもずり上がってくるスカートを引っぱった。「かなりの値打ち物だと思いますわ。この家を建てた方は、ニューヨークにギャラリーをお持ちだったんです。彫刻家とも大勢知りあいで」

ヘンリーは恐れ入った。彫刻家の知りあいなんて、自分には一人もいない。

「兎、嫌い」とカールトンが言った。「階段、嫌い。この部屋嫌い。大きすぎるよ。このおばさん嫌い」

「こらこら、カールトン」ヘンリーは言った。そして不動産業者の女性に向かってニッコリ笑った。

「この家、嫌い」カールトンがヘンリーの足首にしがみついたまま言った。「家って嫌い。僕、家に住みたくない」

「じゃああんたには、芝生にテント作ってあげる」とキャサリンが言った。彼女は階段のティリーの隣に座った。ほとんど見えないくらいわずかに、ティリーはキャサリンの方に重心をずらす。キャサリンは極力じっと座っていた。ティリーは四年生で、普通の女の子とは違う意味で扱いにくかった。まず何より、抱かれたり、子供扱いされたりすることを拒む。でもいまはそこに座って、キャサリンの腕に寄りかかり、聖者のようなかぐわしさを発散させていた——平穏、静謐《せいひつ》、善良さ。私、この家欲しい、とキャサリンは、カールトンにも女性にも見られないよう無声映画のヒロインみたいに唇を動かしてヘンリーに言った。女性はさっきからうつむいて、床に落ちた埃を吟味している。「あんたはテントに住んで、ママたちあんたをランチに招《よ》んであげる。あんた、ランチ好きでしょ？　ピーナツバターサンドとか？」

「嫌いだよ」とカールトンは言って、くすんと一回泣いた。

だが彼らは結局その家を買った。不動産業者の女性は歩合給をもらった。出ていくとき、ティリーはすべすべした石の耳を、もうその兎たちが自分のものだというふりをして撫でていった。兎たちは彼女と同じくらいの背丈だったが、それもいずれ変わるはずだ。カールトンはピーナツバターサンドを食べた。

兎たちは玄関の両側に一匹ずつ座っていた。二匹の石の動物が、ひびの入った、苔《こけ》むした尻を下にして座っている。彼らは輪郭もはっきりしない、ぼてっとした姿で、何となく辛抱強そうで、すり減ってこうなったというより、そもそもはじめから完成していなかったという雰囲気だった。彼らを見てヘンリーは、なぜかストーンヘンジを思い出した。キャサリンは装飾刈込み《トピアリー》のことを考えた。ビロードうさぎ。宮殿の前で見張りに立ち、鼻をぴくっとすらさせない兵士たち。美術館に寄贈してもいいかもしれない。じゃなきゃ削岩《さくがん》機《き》で壊してしまうとか。とにかくこの家には全然合わない。

「で、どんな家なの？」ヘンリーの上司が訊いた。彼女は輪ゴムで作ったボールにさらなる輪ゴムを加えるべく、慎重にゴムを引っぱっていた。輪ゴムボールはいまやすさまじい大きさになっていて、特大の輪ゴムをデザイン課からもらってこねばならなかった。これって考える助けになるのよ、と彼女は主張した。前にしばらく編み物も試してみたが、実用的すぎるし、女性的すぎる。輪ゴムで巨大なボールを作るというのは、まさにいい感じだった。これなら男がやってもおかしくない。

ボールは彼女の机の半分を占めていた。オフィスの蛍光灯の光の下、それは皮を剝がれたみたいな、赤い生気を帯びていた。見ていると、いまにも前に躍り出て部屋から飛び出していきそうな気がした。大きくなればなるほど、ボールは目のない、毛のない、脚のない動物に見えてきた。犬とか。カールトン大の犬だな、とヘンリーは思った。カールトン大の輪ゴムボール、じゃないけど。

キャサリンは時おり、「カールトン」を大きさの単位に使ったジョークを言った。「広いですよ」とヘンリーは言った。「幽霊が出るし」

「ほんと？」上司は言った。「まっさかぁ」。彼女は輪ゴムをひとつ、ヘンリーに向けて狙いを定め、肱に命中させた。これは自分たちがよき友人であり、よき友人らしく単にふざけているだけなのだというメッセージのつもりである。だがその真の意味は、彼女がヘンリーに腹を立てているということだった。「私を見捨てないでよ」と彼女は言った。

「片道二時間しか離れてませんよ」。ヘンリーは輪ゴム攻撃をさえぎろうと片手を上げた。「よしてくださいって。電話で話せるし、メールも使えるし。出勤の必要があるときにはちゃんと来ます」

「ほんとにそれってうまく行くと思う？」と上司は言った。彼女はその爬虫類っぽい、湿ったまなざしを彼に貼りつけた。彼女は涙腺《るいせん》に問題を抱えていた。小さな外科手術で治すこともできたが、やめにした。ビジネス上、有効なのである。相手が怯えるから。

輪ゴムにも、鰐《わに》の涙にもヘンリーは屈しなかったが、上司は動じなかった。ほかにも予備の戦術がいくつかあるのだ。間抜けな考えをヘンリーがまた一から売り込むのを聞きながら、どれが一番有効かを彼女は思案した。

ヘンリーは引越し屋の電話番号を、お守りのようにポケットに入れていた。取り出して、これを見ろ！ と鰐の鼻先で振り回したかった。代わりに彼は言った。「うちは丸九年、小便みたいな匂いのする建物の隣のマンションに住んできたんです。圧縮した赤い尿で煉瓦作ってそっくり一軒建てました、みたいな。先週も誰かが道でキャサリンに唾をひっかけたんです。毛皮のコートを着た、ロシア人のお婆さんです。こないだはどっかの子供がガスマスクを売りにきました。ガスマスクの訪問販売です。キャサリンは一個買いました。僕にそのことを話すと、わっと泣き出しましたよ。ガスマスクを買ったことに気がとがめるのか、それとも家族全員ぶん買わなかったからなのか、わからないって言うんですよ」

「いい中華料理」と上司は言った。「いい映画館。いい本屋。いいドライクリーニング店。いい会話」

「ツリーハウス」ヘンリーは言った。「子供のころ、うちにはツリーハウスがあったんです」

「あなた、子供だったころなんてないでしょ」と上司は言った。

「バスルーム三つ。天井蛇腹。隣の家も見えないんです。僕は朝起きたらコーヒーを飲んで、カールトンとティリーをバスに乗せて、パジャマで仕事部屋に行くんです」

「キャサリンはどうするの?」。鰐は頭を輪ゴムボールの上に載せた。敗北のジェスチャーか。

「それもあるんです。キャサリンの学科の全員が辞めるんです。沈みゆく船を見捨てる鼠みたいに。とにかく、キャサリンには変化が必要なんです。僕にもです」とヘンリーは言った。「新しい子供が生まれるし。ガーデニングもやろうと思うんです。キャサリンは外国人に英語を教えて、どこかの読書クラブに入って、自分も本を書くんです。うちの子供たちにブリッジも教えて。ブリッジは早くからやらないとね」

彼は輪ゴムをひとつ床から拾い上げて、上司に差し出した。「そのうち週末に遊びにきてくださいよ」

「私、田舎には行かないの」と鰐は言った。彼女は輪ゴムボールにしがみついた。「幽霊が多すぎるから」


「あなた、これって恋しくなると思う？　ここでの暮らし？」とキャサリンは言った。彼女は自分の腹がせり出している姿に耐えられなかった。お腹の先が見えやしない。まだそこにあることを確かめようと左足を上げて、ヘンリーの体を覆うシーツを剥がした。

「あの家、好きだよ」ヘンリーが言った。

「あたしもよ」キャサリンは言った。彼女は爪を噛んでいた。彼女の歯がぎし、い、ぎし、い、と鳴っているのがヘンリーには聞こえた。彼女は次に両足を宙に上げた。くねくね回してみた。ハロー、足さんたち。

「何やってるんだい？」

彼女は足を下ろした。外の通りで車が往き来し、光のしみを天井に塗りつけていく。ゆっくり、かつすばやく。赤ん坊が彼女のなかでくねくね動いていた。英国海峡を、太平洋を泳いで横断するみたいに両足をキックしている。はるばる中国までキックしていく。

「前のオーナーがフランスに越したっていう話、あなた信じた？」

「僕はフランスの存在を信じない」とヘンリーは言った。「ジュ・ヌ・クロワ・パ・アン・フラーンス」

「あたしもよ」キャサリンが言った。「ねえ、ヘンリー？」

「何だい？」

「あなた、あの家、好き？」

「あの家、好きだよ」

「あたしの方が、あなたよりもっとあの家好きよ」とキャサリンは言ったが、彼女がこういう言い方をするのがヘンリーは嫌いだった。「あの家の何が一番好き？」

「玄関側の部屋」ヘンリーは言った。「窓がいい。僕たちのベッドルーム。あの変てこな兎の像」

「あたしもよ」キャサリンは言ったが、本心ではなかった。「あの兎、好きよ」

それから彼女は、「カールトンとティリーのことは心配？」と訊いた。

「どういうこと？」とヘンリーは言った。目覚まし時計を見た。午前四時。「僕たちどうしてこんな時間に起きてるのかな？」

「ときどきあたし心配になるのよ、一人をもう一人より愛してるんじゃないかって」とキャサリンは言った。「ティリーの方を余計に愛してるんじゃないかって。よくおねしょしたから。いつもすごくムカついてるから。それともカールトンの方。小さいころいつも病気がちだったから」

「僕は二人とも同じに愛してる」ヘンリーが言った。

自分が嘘をついていることすらヘンリーにはわかっていなかった。でもキャサリンにはわかっていた。ヘンリーが嘘をついていることも、それすら自分でわかっていないことも、彼女にはわかっていた。たいていは、べつにそれでいいんだと思えた。二人とも同じに愛してるんだとヘンリーが思っていて、そのとおりにふるまってくれれば、それで十分だ。

「ねえあなた、あの子たちのこと、あたし以上に愛してるんじゃないかって心配になることある？」とキャサリンは言った。「それとか、あたしがあの子たちのこと、あなた以上に愛してるんじゃないかって？」

「君、そうなの？」

「当然よ」キャサリンは言った。「そうじゃなきゃいけないのよ。それがあたしの役目だもの」

ワイングラスを入れた箱のなかから、ガスマスクが出てきた。それと、最近六号ぶんの、いつか読む暇ができるかもしれない『ニューヨーカー』。彼女はガスマスクを流しの下にしまい、『ニューヨーカー』は流しのなかに置いた。いいじゃない、あたしの流しなんだもの。何を置こうと勝手よ。それから、雑誌をまた取り出して、意味もなく冷蔵庫に入れた。

ヘンリーが銀の蠟燭立てと、ハンドバッグに仕立てたアルマジロの剝製を持ってキッチンに入ってきた。アルマジロにはアルマジロの革で作ったショルダーストラップも付いていた。口を開けて、中に物を入れるようになっている。口紅、地下鉄のトークンもピンク色の錐先《きりさき》みたいな鋭い目があって、ビネガーの強い匂いがした。これはティリーの持ち物だったが、どうやって彼女のものになったかははっきりしなかった。学校で、ドーナツがなんらかの形で絡んだコンテストに勝ってもらったのだとティリーは主張した。キャサリンとしては、ティリーが盗んだか、あるいは（まあこっちの方が少しはマシだ）どこかのゴミ箱から拾ってきた可能性が高いと思った。そしていま、ティリーは自分の宝物を、カールトンに触《さわ》られないようすべてこのハンドバッグに入れている。カールトンとしても宝物は欲しかったが――それらが小さいから、ティリーの物だから――アルマジロは怖かったのである。

「あの子に言っておいたわ、少なくとも最初の二週間は学校に持っていっちゃ駄目だって。そのあとはまた様子を見ましょうねって」。彼女はヘンリーからハンドバッグを受けとり、ガスマスクと一緒に流しの下に入れた。

「あの子たち、何やってるんだい？」ヘンリーが訊いた。キッチンの窓が額縁のようになって、その枠のなかでカールトンとティリーが芝生の上にかがみ込んでいた。ハサミと、ノートと、ホッチキスを持っている。

「芝を集めてるの」キャサリンは箱から皿を出して、ティリーが踏んでつぶせるようプチプチクッションを脇によけ、皿を食器棚にしまった。赤ん坊が、プチプチクッションのことなら自分だって知ってると言いたげにキックした。「あらあら、暖炉《ファイアプレース》ちゃん」キャサリンが言った。「そこはダンスの免許下りてないのよ」

ヘンリーが片手をつき出して、キャサリンのお腹を叩いた。ノック、ノック。これはティリーのジョークだった。するとキャサリンが「どなた？」と言い、ティリーが「蠟燭立て《キャンドルスティック》です」と言うのだ。ファットマンです。箱《ボックス》。ハンマー。ミルクシェーク。クラリネット。鼠取り《マウストラップ》。バイオリンの弓《フィドルスティック》。ティリーは赤ん坊の名前の一大リストを作っていた。不動産業者の女性が聞いたら褒めてくれるだろう。

「キング・スパンキーは？」ヘンリーが訊いた。

「あたしたちのベッドの下よ。木枠のなかに入ってる」

「目覚まし時計はもう出てきた？」

「可哀想ね、キング・スパンキーも」キャサリンは言った。「目覚まし時計しか愛する対象がないなんて。二階に行きましょ、あの子をベッドから誘い出しましょうよ。あたし、あなたにプレゼントがあるのよ」

プレゼントはベッドルームの、ほかの一連の箱とまったく同じUホールの箱に入っていたが、キャサリンの字で〈表側の広いベッドルーム〉ではなく〈ヘンリーのプレゼント〉と書いてあった。箱のなかにはピーナッツ型の詰め物が埋まっていて、その下に、タカシマヤの一回り小さな箱があった。タカシマヤの箱には銀色のリボンが結んであった。なかの薄紙は鈍い金色で、薄紙の下に緑色の絹のガウンが入っていた。袖はオレンジ色、動物の紋章がオレンジ色と金色で入っている。「ライオンだね」ヘンリーは言った。

「兎よ」キャサリンが言った。

「僕、君に何も買ってあげてない」ヘンリーは言った。

キャサリンは健気に微笑んだ。彼女はプレゼントをもらうより、あげる方が好きだった。でもそのことはヘンリーには黙っていた。どういう意味でか、わざわざ考えてみたことはなかったけれど、そういうのって何となく自分勝手だと思えたのだ。ヘンリーと結婚しているることを、キャサリンはありがたく思っていた。ヘンリーはプレゼントをいつも、当然のごとく受けとってくれる。彼女が買ってあげた服を着たヘンリーはカッコいい。自分がハンサムであることを、ヘンリーはいい感じで自慢に思っている。ヘンリーに服を買ってやるのは、いまは特に楽しかった。自分はお腹が大きくて何も買えないから。

彼女は言った。「気に入らなかったら、あたしが使ってもいいわよ。けど似合うわ。ほら、その袖。あなた日本の天皇みたいよ」

ベッドルームにはすでに持ち物があれこれ運び込まれ、すっかり彼らの領分になっていた。壁にはキャサリンの鏡が掛かっていたし、マホガニーの衣裳だんすも運び入れた。たんすはキャサリンの大おばが結婚祝いにくれた、彼らが初めて所有した家具らしい家具である。キング・スパンキーがなかにこもっている、実用本位、クイーンサイズのベッド。そして、オレンジ色の太い袖を、刺繍つきの風車みたいにくるくる回しているヘンリー。それらすべてを、ヘンリーは鏡のなかに見ることができた。自分の背後には、芝生の庭と、芝をノートにホッチキスでとめているティリーとカールトン。ヘンリーはそのすべてを目にし、そのすべてが好ましかった。でもキャサリンの姿は見えなかった。うしろを向くと、彼女は戸口に立っていて、眉間《みけん》に皺を寄せてこっちを見ていた。片手には目覚まし時計を持っていた。

「似合うわ」とキャサリンはもう一度言った。彼女は心配だったのだ。にわかに何かが、誰かが、ヘンリーが、彼女が来たこともない場所みたいに見えてしまいそうな気がして。目覚まし時計が鳴り出し、キング・スパンキーがベッドの下から出てきて、とっとっとキャサリンの方にやって来た。彼女がぎこちなくかがみ込んで――不細工、ぶざま、すごく野暮ったい、すごくぎこちない、妊娠するのってまるっきりスーツケースか何かをお腹に縛りつけられたみたい――目覚まし時計を床に下ろすと、キング・スパンキーはその前に座り込んで、ジリジリ鳴っているガラスの表面に鼻をなすりつけた。
それを見て、キャサリンに笑いが戻った。ヘンリーはキャサリンの笑う声が好きだった。一階で子供たちが乱暴にドアを開け、家のなかに駆け込んで――手にはハサミを持っていることがキャサリンにもヘンリーにもわかった――別のドアをまた乱暴に開け、芝の匂いを残して外へ出ていった。ニューヨークにはこういう匂いの香水を買える店がある。

キャサリン、カールトン、ティリーの三人が、タイヤと、タイヤを吊すロープと、夕食用のパンケーキミックスを買って雑貨屋から帰ってきた。ヘンリーはインターネットで輪ゴムボールのJPGファイルを見ていた。そこにはメッセージもあった。オフィスに来いと鰐が言っていた。三、四日でいいから、と。誰かがいろんなものに火を点けていてあなた以外それを消せる人がいないのよ。どれもあなたの顧客よ。何とかしに来てくれないと。マンションはまだ売れてないんでしょ。不動産屋に訊いて確かめたわ。だから不可能じゃないわよね。不可能じゃないはずよ、不都合ではあるかもしれないけど。
ヘンリーは一階に下りていってキャサリンに知らせた。「あの鬼女」とキャサリンは言って、唇を噛んだ。「不動産屋に電話したですって？　駄目よ、悪いけど。もう話しあったことよ――わかったわよ。とにかくちょっと一息つかせて」

キャサリンはふうっと息を吸い込んだ。ふうっと吐き出した。吸い込んだ。もし自分がカールトンだったら、顔が真っ赤になるまで息を止め、ヘンリーが家にいるよう何が何でも約束させるだろう。でもカールトンがそういうことをやって、うまく行ったためしはなかった。「雑貨屋で新しいお隣さんにばったり会ったわ。奥さんの方はあたしとだいたい同い歳。リズとマーカス。子供は一人、うちより大きい女の子で、ええと、アリソンだったかしら、もしかしたら前の結婚の子供かも。ベビーシッター候補ね、そうなったら最高よね。リズは弁護士。すごい美人。オプラの推薦本を読む。マーカスは料理好き」

「僕もだよ」ヘンリーは言った。

「あなたの方がハンサムよ」キャサリンは言った。「で、今夜行かなきゃいけないの、それとも朝の列車に乗る？」

「朝で十分さ」とヘンリーはキャサリンに合わせようと努めて言った。

カールトンがキッチンに現われた。両腕をキング・スパンキーの腹に巻きつけていた。猫の前脚がぴんとまっすぐ突き出ていて、カールトンは何だか鉱脈探しでもしているみたいに見える。キング・スパンキーの目は閉じていた。ひげがぴくぴく、モールス信号を送り出している。「何着てるの？」とカールトンが訊いた。

「新しい制服だよ」ヘンリーが言った。「これを着て仕事に行くんだ」

「どこで仕事するの？」カールトンが探るように言った。

「家でだよ」ヘンリーは言った。キャサリンが鼻を鳴らした。

「パパったら兎の王様に見えない？　兎の国の、全権大使」と彼女は言ったが、もうそのことが取り立てて嬉しそうでもなかった。

「お姫さまみたいだよ」とカールトンは言った。キング・スパンキーをピストルみたいにヘンリーに突きつけている。

「芝のコレクションはどこだい？」ヘンリーは言った。「見せてくれる？」

「駄目」カールトンは言った。そしてキング・スパンキーを床に下ろすと、猫はこそこそキッチンから出て階段の方へ、ベッドルーム、ベッドスプリングの安全の方へ、愛する目覚まし時計、愛《いと》しい者の方へ向かった。愛しい者とは不実であるかもしれないし、脂ぎった頭をしていて邪《よこしま》な習慣に浸っているかもしれないし、働きすぎの四十代後半の男性かもしれないし、あるいは目覚まし時計でもありうるのだ。

「晩ご飯が済んだら」とヘンリーは別の手を試してみた。「みんなで外へ出て、君のタイヤブランコを吊す木を探してもいいね」

「駄目」とカールトンが残念そうに言った。「いいよ」と言えるような質問をしてもらえないかと、キッチンにぐずぐずとどまっていた。

「お姉ちゃんは？」ヘンリーが訊いた。

「テレビ観てる」カールトンは言った。「僕、ここのテレビ嫌い」

「大きすぎるよね」とヘンリーは言ったが、キャサリンは笑わなかった。

ヘンリーは不動産業者の王さまになった夢を見る。ヘンリーはその仕事が好きだ。彼は一軒の家を、鼻をぴくぴく震わせ目は大きくて黒い若夫婦に売ろうとしている。どうして僕はいつも物を売ろうとしてる夢ばかり見るのか？

夫婦は臆病そうな目でヘンリーをじっと見ている。彼らの愚かな、期待にふくらんだ耳に何かをささやこうとするかのように、ヘンリーは身を乗り出す。それは彼が誰にも話したことのない秘密だ。自分が知っているということも知らなかった秘密だ。「はっきりさせましょう」とヘンリーは言う。「あなたたちにこの家は買えません。あなたたち、お金なんて全然ないでしょう。あなたたち兎じゃないですか」

「どこで仕事するの？」カールトンが朝、グランドセントラル駅から電話してきたヘンリーに訊いた。

「家でだよ」ヘンリーは言った。「みんなでいま住んでる、君がいまいる家でだよ。そのうちにね。今日はまだだけど。学校の支度はできたかい？」

カールトンが受話器を置いて、キャサリンに何か言っているのが聞こえた。「カールトンがね、学校のこと心配してないよですって」とキャサリンが言った。「強い子なのよ」

「けさ君にキスしたんだけど」ヘンリーは言った。「君は起きなかった。芝生に兎がたくさんいたよ。すごく大きかった。キング・スパンキー＝サイズだね。陽が出るのを待ってるみたいにじっとしてた。けっこうおかしかったよ、何かのインスタレーションみたいで。でもちょっと不気味でもあったな。一晩じゅうずっといたのかな？」

「兎？　兎って狂水病持ってるかしら？　けさ起きたときあたしも見たわ」キャサリンは言った。「けさカールトンが歯を磨かないって言い出したの。歯ブラシがなんか変だって」

「トイレにでも落っことして、言いたくないのかも」

「あなた、新しい歯ブラシ買ってきてくれてもいいかも。ここのドラッグストアにあるのじゃ嫌だって言うのよ。ニューヨークで売ってるのがいいんだって」

「ティリーは？」

「カールトンの歯ブラシのどこが変か、考えるんだって。まだバスルームにいるわ」

「ちょっと話せるかな？」

「着替えてチリオーズ食べなさいって言ってちょうだい。二人を車で学校まで送り出したら、リズがお茶しにくるの。それから一緒にランチに出かける。あなたが帰ってくるまでは、もう段ボール一箱だって開けませんからね。ティリー来たわよ」

「もしもし」ティリーが言った。質問をしようとしているみたいな言い方だった。

ティリーは電話で話すのが前々から嫌いだった。相手が名乗ったとおりの人だと、どうしてわかる？　もし相手がほんとに名乗ったとおりの人だとしても、あたしがほんとに名乗ったとおりあたしかどうか、相手にはわからない。誰か他人かもしれない。相手はその他人に、あたしに関する情報を漏らしてしまってそれに気づきさえしないかもしれない。決まったルールは何もない。予防措置もない。

ティリーは「けさ歯を磨いた？」と訊いた。

「おはよう、ティリー」と彼女の父親（ほんとに彼女の父親だとして）は言った。「パパの歯ブラシは何も問題なかったよ。完全に正常だった」

「よかった」ティリーは言った。「カールトンにはあたしのを使わせてあげたの」

「いいお姉さんだね」ヘンリーは言った。

「どうってことないよ」ティリーは言った。カールトンに物を貸してやるのは、赤の他人に物を貸さなきゃいけないのとは違う。そもそも貸すという感じさえしない。カールトンはティリーの持ち物なのだ、歯ブラシと同じで。「ママがね、今日学校から帰ってきたら、あたしたちの部屋の壁に絵を描いていいって。何色に塗るか決めるまで」

「面白そうだね」ヘンリーは言った。「パパも描いていいかな？」

「まあね」ティリーは言った。もうすでに喋りすぎていた。「もう切らなくちゃ、朝ご飯食べないと」

「学校のこと、心配しなくていいよ」ヘンリーは言った。

「学校のこと、心配なんかしてないわ」ティリーが言った。
「愛してるよ」ヘンリーは言った。
「歯ブラシのこと、すごく気になるの」ティリーが言った。

彼はほんの一分、目を閉じただけだった。本当に、ただの一分。目が覚めるとあたりは暗く、そこがどこなのかもわからなかった。立ち上がって、ドアのところまで行き、危うく何かにつまずいて転ぶところだった。その何かはすっと勢いよく、軽やかに彼から離れていった。机の上の時計を見ると、午前四時だった。なんでいつも午前四時なんだ？　携帯には四件メッセージが入っていて、全部キャサリンからだった。
ネットで列車の時刻表をチェックした。それからキャサリンに急ぎのメールを送った。

夜中に寝ちゃったのかな？　列車に乗り遅れた。いま会社で目覚めた　このまま仕事する。火を消さないと。午後イチの列車で帰るのでいい？　まだ僕のこと愛してる？

仕事に戻る前に、輪ゴムボールを蹴って廊下に転がし、鰐のオフィスの方へ戻した。
キャサリンが八時四十五分に電話してきた。

「悪かったよ」ヘンリーは言った。

「そうでしょうよ」キャサリンは言った。

「剃刀が見つからない。鰐が癇癪《かんしゃく》起こして、僕の持ち物捨てちゃったみたいなんだ」

「カールトンが聞いたら大変ね」とキャサリンは言った。「こっそり帰ってきて、晩ご飯の前にひげ剃らないとね。カールトン、昨日学校で大変だったみたい」

「ひげ、生やそうかな」とヘンリーは言った。「あの子もいつまでも、何から何まで怖がってるわけには行かないよ。学校第一日目のこと、聞かせてよ」

「あとで話しましょ」とキャサリンは言った。「たったいまリズが来たの。彼女のゲストにしてもらってジムに行くの。晩ご飯までには帰ってくるわ」


午後六時にヘンリーはもう一通キャサリンにメールを送った。「ごめん。火を消してる最中にうっかりナダレ起こしちゃって。起きて待っててくれる？　学校二日目はどうだった？」。返事は来なかった。電話をかけたが、誰も出なかった。彼女からかけてもこなかった。

最終の列車で帰った。駅に着くと、車両に残っているのは彼一人だった。自転車の鍵を外して、闇のなかを走って帰った。兎たちが目の前の道をささっと横切っていった。家の芝生で、兎たちが食べ物を漁っていた。彼が自転車を降りて芝の上を押していくと彼らはピタッと凍りついた。芝生はくしゃくしゃに乱れていた。自転車は見えない凹《へこ》みの上を何度も通って上下に揺れた。たぶん兎の穴だ。玄関の両側、闇のなかに太った小男が二人立って彼を待っていたが、近寄っていくとそれが石の兎であることを彼は思い出した。「ノック、ノック」と彼は言った。

芝生にいる本物の兎たちが彼に向けて耳を傾けた。石の兎たちはジョークのオチを待っていたが、彼らはしょせんただの石の兎だった。ほかにすることもないのだ。

玄関には鍵がかかっていなかった。彼は一階の部屋から部屋を、家具の裏や上を手で探りながら歩いていった。キッチンには切ってたたんだ箱がいくつも壁に立てかけてあり、リサイクルに出されるか、カールトンとティリーが遊ぶ段ボールハウスや宇宙船やトンネルに改造されるかするのを待っていた。

キャサリンはカールトンの部屋の荷物を出し終えていた。熊や鵞鳥や猫の形をしたナイトライトが、そこらじゅうのコンセントに差してあった。小さな、低ワット数のテーブルランプもある。カバ、ロボット、ゴリラ、海賊船。何もかもが優しい、穏やかな光に浸されて、部屋をベッドルーム以上の何かに翻訳していた。何か輝かしい神々しいものに、漫画ふう真夜中の眠りカールトン教会に。

ティリーがもうひとつのベッドで眠っていた。

いまもときどきおねしょをすることを認めないのと同じに、自分が夢遊病であることをティリーは絶対認めなかった。でも彼女は友だちを作ろうとしなかった。友だちを作れば、よその家に泊まることになるからだ。明日の朝になったら、パパかママがあたしの部屋から連れ出したんだと彼女は言い張るだろう。パパとママがどういうつもりか知らないけど、あたしを連れ出してカールトンの部屋のベッドに寝かせたんだよ、と。

ヘンリーは二つのベッドのあいだにひざまずいて、カールトンのおでこにキスした。ティリーにもキスして、髪をなでつけてやった。どうしてティリーの方を余計に愛さずにいられる？　接してきた年月も長いのだし。すごく健気だし、すごくムカついてるし。

カールトンの部屋の壁に、子供たちは家を描いていた。家とほとんど同じ大きさの猫。猫の頭には王冠が戴っていた。それよりもっと大きい、両側からぴんと葉の出た木々だか花々だか。棒の自転車に乗った棒の人間が、木々の前を走っている。近寄って見てみると、木じゃなくて兎かという気がしてきた。壁はフルーツループの匂いがした。誰かがヘンリーは裏切り者！　ハハ！　と書いていた。キャサリンの筆跡だった。

「香りつきのマーカーよ」キャサリンが言った。戸口に立って、腹に枕を当てていた。

「下のソファで寝てたのよ。あなた、目の前を通り過ぎて、あたしを見もしなかったわ」

「玄関に鍵がかかってなかったよ」ヘンリーは言った。

「リズがね、このへんじゃ誰も鍵なんかかけないって。あなたベッドに入るの、それともあたしたちの様子を見にちょっと寄っただけ？」

「明日も行かないといけないんだ」。ヘンリーはポケットから歯ブラシを出してキャサリンに見せた。「キッチンのカウンターに、クリスピー・クリームドーナッツが一箱ある」

「ドーナッツ、消去しちゃってよ」キャサリンが言った。「あたしそんなに甘くないわよ」。

彼女は一歩前に出て、うっかりキング・スパンキーを蹴飛ばした。猫は悲痛な声を上げた。

カールトンが目を覚ました。「誰なの？ 誰？」と彼は言った。

「パパだよ」ヘンリーは言って、クマのプーさんの光に包まれたカールトンの枕元にひざまずいた。「新しい歯ブラシ、買ってきたよ」

カールトンが怯えたような声を出した。

「どうした、スペースマン？」ヘンリーは言った。「ただの歯ブラシだよ」。カールトンの方に身を乗り出すと、カールトンはさっとうしろに退いた。そして悲鳴を上げた。

もうひとつのベッドで、ティリーは兎の夢を見ていた。昼間彼女とカールトンが学校から帰ってくると、兎たちが芝生に座り込んでいた。まるでティリーが出かけていたあいだずっと家を見張っていたみたいに見えた。夢のなか、兎たちはまだそこにいた。自分がじわじわ兎たちの方に這っていくところをティリーは夢に見ていた。兎たちは口を開けた。すごく大きく、ティリーが兎の歯医者さんか何かで手を入れられるくらい大きく開けたので、本当に入れてみた。何か小さくて冷たくて硬いものを手がつかんだ。指輪かな。ダイヤの指輪とか。それとも。じゃなけりゃ。これって。早くカールトンに見せたかった。腕が兎の喉の奥にどんどん入っていって、もう肩まで入っていた。誰かが小さな冷たい手で彼女の手首をつかんで、ぐいっと引っぱった。どこかで母親が喋っていた。母親は言った――

「ひげのせいよ」

笑うべきか泣くべきか、カールトンみたいに悲鳴を上げるべきか、キャサリンにはわからなかった。母親が一緒になって悲鳴を上げ出したら、きっとカールトンはびっくりするだろう。「しっしっ、ヘンリー。さっさとひげ剃って戻ってらっしゃい。じゃないとこの子いつまで経っても寝ないわよ」

「カールトン、ハニー」ヘンリーが部屋を出ていく背後でキャサリンが言っていた。「あんたのパパよ。サンタクロースじゃないわ。悪いオオカミでもないわ。パパよ。パパね、忘れちゃったのよ。ねえ、おはなし聞かせてくれない？　それともパパがひげ剃るとこ見に行く？」

キャサリンのゴム製湯たんぽがバスタブの縁に掛けてあった。タオルが床に山になっていた。ヘンリーの持ち物は鏡のうしろに押し込んであった。まだいろいろ片付けねばならないと思うと、ヘンリーはどっと疲れが出てきた。手を洗って、それから石鹼を見た。何か変だった。石鹼を流しに戻して、かがみ込んで匂いを嗅ぎ、それからトイレットペーパーを破りとって、石鹼をくるんで取り上げた。ゴミ箱に投げ捨てて、新しい石鹼の包みを開けた。新しい石鹸はどこも変なところはなかった。古い石鹸もどこも変なところはなかった。こっちが疲れているだけなのだ。手を洗って、顔に石鹸を塗り、ひげを剃り落として、短い硬い毛が流しに呑まれていくのを見守った。真新しい顔をカールトンに見せに行くと、キャサリンがベッドに入ってカールトンの横に丸まっていた。二人とも眠っていた。

翌朝の五時半にヘンリーが家を出たときも、二人はまだ眠っていた。


「どこにいるの？」キャサリンが訊いた。

「帰る途中だよ。列車のなかさ」。列車はまだ駅に止まっていた。いまにも出るだろう。この一時間かそこらずっといまにも出るところだったのであり、その前には二度下ろされて、二度また乗ったのだ。心配はありません、と駅員は請けあった。爆弾予告なんかありません。爆弾なんかありません。単に一時的な遅れです。車内の乗客は顔を見合わせ、何も見ていないふりをした。誰もが携帯を出していた。

「兎がまた芝生に来てるのよ」キャサリンが言った。「どう見ても五、六十匹はいるわね。兎を数えるなんて初めてよ。ティリーがお友だちになろうとして何度も外に出たんだけど、出てったとたん、みんなビーチボールみたいにぴょんぴょん跳ねて逃げちゃうの。今日、芝生の専門業者に相談したの。何かしないと駄目ですって。リズもそう言ってるわ。このへんじゃ兎って頭痛の種なのよ。たぶん庭じゅうにトンネルとか穴とか作ってるだろうって。トラブルの元なのよ。下水溜めの上に住んでるみたいなものだって。でもティリーは絶対許してくれないわね。あたしたちが何かやろうとしてるってこと、あの子気づいてるわ。もう犬は要らないって言うの。兎が怖がって逃げちゃうからって。犬、飼った方がいいと思う？」

「で、どうやるんだい？　毒をまくの？　庭を掘り起こす？」。前の席に座った男が立ち上がった。荷物棚から鞄を取って列車を降りた。男が立ち去るのを、みんな見ていないふりをしながら見ていた。

「何かそういう機械があるんですって。超音波探知機みたいな。トンネルの位置を割り出して、出入口をふさいでから、ガスで殺すの。ぞっとするわよね」とキャサリンは言った。「あとね、この子、この赤ちゃん、もう蹴って蹴って大変なのよ。一日中キック、キック、ジャンプ、キック、まるっきり武道家みたい。すごくムカついた子供になるわよ。お姉ちゃんと同じ、ムカついた弟。妹。それともあたし、兎の子産むのかしら」

「君の目と、僕のあごさえ受け継いでいれば」

「もう切らなくちゃ」キャサリンは言った。「またおしっこしないと。一日中この子が跳びはねて、あたしがおしっこして、ティリーは兎とお友だちになれなくてしょげ返って、ティリーがほかの子とお友だちになりたがらなくて兎しか頭にないからあたしが心配して、今日も学校行かなきゃ駄目なのってカールトンが訊いて、明日も学校行かなきゃ駄目なの、どうしてママったらどの子も僕より大きい学校に僕を行かせようとするの、どうしてママのお腹そんなに大きくて太ってるの、どうして先生は大きい子みたいにやらなきゃ駄目だって僕に言うの？　ヘンリー、あたしたちどうしてまたこんなことやってるの？　どうしてあたし妊娠してるの？　それであなたどこにいるの？　どうしてここにいないの？　あたしとの約束はどうなったの？　あなたここにいたくないの？」

「悪かったよ」ヘンリーは言った。「鰐と話すよ。何か手を打つ」

「あなたもこれが望みなんだって思ってたのよ、ヘンリー。違うの？」

「もちろんそうさ」ヘンリーは言った。「もちろん望みさ」

「もう切らないと」キャサリンがまた言った。「リズが友だち何人か連れてくるの。やっと読書クラブをはじめるのよ。『ファイト・クラブ』読むの。リズの義理の娘のアリソンがティリーとカールトンを見てくれるの。ティリーにはもう話したわ。アリソンを噛んだり殴ったり泣かせたりしないって約束したわ」

「見返りは何？　テレビを何時間かおまけ？」

「ううん」キャサリンは言った。「テレビがね、変なの」

「どこが？」

「わからないわ」キャサリンは言った。「ちゃんと映ってはいるのよ。なのに子供たちが近寄ろうとしないの。すごいと思わない？　歯ブラシと同じなのよ。帰ってくればわかるわよ。でね、子供たちだけじゃないのよ。あたしもさっきニュース見てたんだけど、嫌になって切っちゃった。ニュースのせいじゃないわ。テレビのせいよ」

「じゃあ一階のバスルーム、コーヒーメーカー、カールトンの歯ブラシに続いて、今度はテレビ？」

「けさ以降、ほかにもまだあるのよ。どうやらあなたの仕事部屋もよ。部屋にある何もかもが――机、本棚、椅子、ペーパークリップまで」

「それってきっといいことだよ。だって、子供たちも近寄らない」

「まあね」キャサリンは言った。「ただね、あたしも入ってみてしばらく立ってたんだけど、何だかゾッとしてきたのよ。だからもうメールもチェックできないの。それと、今日もまた石鹸を捨てたわ。それにあと、キング・スパンキーがもう目覚まし時計を愛さなくなったのよ。ベル鳴らしても、ベッドの下から出てこない」

「目覚まし時計もかい？」

「たしかに音が違うのよ」キャサリンが言った。「ほんのちょっと違うだけなんだけど。それともあたしの気が変なのかしら。けさね、カールトンが、このおうちどこにあるか知ってるよって言うの。ここはセントラルパークのなかの秘密の場所だよって言うの。木々に見覚えがあるんだって。あの裏手の道を歩いたら強盗に遭うと思ってるのよ。もうほんとに切らなきゃ、じゃないとスラックス濡らしちゃうわ。みんなが来るまでにまた着替える暇なんてないし」

「愛してるよ」ヘンリーは言った。

「じゃあどうしてここにいないのよ？」キャサリンは勝ち誇ったように言った。彼女は電話を切って、一階のバスルームめざして廊下を駆けていった。ところがそこに着くと、回れ右した。階段を駆けのぼり、駆けながらスラックスを下ろしていって、ぎりぎりのタイミングで主寝室のバスルームに間に合った。朝からずっと階段を上り下りしていて、まるっきり馬鹿みたいだった。一階のバスルーム自体はどこも悪くない。水回りだけだ。トイレを流すときとか、洗面台に水を出すときとか。あの水が立てる音が嫌なのだ。

もうこれまで何度か、ヘンリーが帰ってくると、キャサリンが部屋にペンキを塗っていることがあった。これは問題だったが、問題はヘンリーがしじゅう出かけていることだった。しじゅう出かけなければ、しじゅう帰ってこなくても済む。それがキャサリンの論理だった。ヘンリーの論理は、妊娠しているときに部屋にペンキなんか塗っちゃいけないということだった。妊婦はペンキの揮発物を吸ってはいけないのだ。

キャサリンはこの問題を、ペンキ塗りの最中はガスマスクを装着することによって解決した。わかっていたのだ、ガスマスクがいつか役に立つことは。ヘンリーが家で仕事をはじめたら――最初からそうするはずだったのだ――すぐにペンキ塗りはやめるとキャサリンは約束した。目下のところ、彼女は色が決められなかった。カールトン、ティリーも一緒になって三人で、何時間もいろんな名前のついた色見本を眺めて過ごした。サングリア、ピートボッグ（泥炭）、チューリップ、タントラム（癇癪）、プラネタリウム、ギャラクティカ、ティーリーフ（お茶の葉）、エッグヨーク（卵黄）、ティンカートイ、ゴーギャン、スーザン、エンヴィ（嫉妬）、アズテク、ユートピア、ワックスアップル、ライスボウル、クライベイビー（泣き虫）、ファットリップ（腫れ唇）、グリーンバナナ、トランポリン、フィンガーネイル（指の爪）。すごく面白かった。学校に行って帰ってくると、リビングルームがフルムーンからハープシール（タテゴトアザラシ）に変わっていたりする。その色としばらく暮らして、色になじんでいく。霊が憑いたテレビなんか相手にしない（もちろん霊《ホーン》が憑《テッド》いたというのはちょっと違うけど、ぴったりの言葉がキャサリンには思いつかなかった）。そしてまた二、三日経つと、キャサリンがまた別の下塗りペンキを買いに行って、一からやり直す。カールトンとティリーは大喜びで、自分たちのベッドルームも塗り直してくれとキャサリンにせがんだ。キャサリンはそうしてやった。

　ペンキが食べられればいいのに、とキャサリンは思った。ペンキの缶を開けるたび、口から涎《よだれ》が出てきた。カールトンがお腹にいたときには、オリーブとヤシの新芽と何も塗っていないトーストしか食べられなかった。ティリーがお腹にいたときは、一度セントラルパークで土を食べたことがある。赤ちゃんにはペンキの名前をつけるべきよ、とティリーは言った。チョーク、ディリーディリー、キールホールド（船底くぐりの刑）。ラピスラズリリー。ノック、ノック。

テレビをガレージに持っていってくれとヘンリーに頼もう、とキャサリンはこのあいだから思っていた。もう誰もテレビなんか観ない。電子レンジも使えなくなったし、水切りと、一部の皿類もやめたし、トースターにもキャサリンは目を光らせていた。何か予感が、直感がしたのだ。まだいまのところ、変だという感触はない。でも何となく勘が働くのだ。ヘンリーがくれたゴージャスなイヤリング――なんだってダイヤのイヤリングなんかに怯えなくちゃいけない？　でも、それでも。カールトンがリンカーン・ログで遊ばなくなったから救世軍に寄付することにしたし、ティリーのアルマジロ・ハンドバッグも姿を消した。ティリーは何も言わなかったし、キャサリンも訊く気はなかった。

時おり、ヘンリーが帰ってこないと、カールトンとティリーが寝てからキャサリンはペンキを塗った。時おり、キャサリンが作業している部屋にティリーが入ってきた。目は閉じ、口は開いていた。夢遊病観光客。ティリーは立ちどまって、キャサリンの方に首を傾けた。話しかけても答えなかったが、手を取るとキャサリンにくっついて自分のベッドに戻り、また横になった。でも時おり、キャサリンはティリーをそこに立たせたまま相手をしてもらったりした。起きているときのティリーは絶対こんなにちゃんと話を聞いてくれなかったし、これほどしっかりそこにいることもなかった。やがてティリーは回れ右し、部屋を出て、キャサリンは彼女が階段を這うようにのぼっていく音に耳を澄ました。そうしてまた、キャサリンは一人で作業を続けた。

キャサリンはいろんな色を夢に見る。夢のなかで、彼女の結婚生活は玄関広間に塗ったばかりの色と同じ色であることが判明する。ヴェルヴェティーン・フェイド。レナード・フェルター——大学院生二人、助手数人、同僚の教授二人との関係を同時進行させ、キャサリンの所属する学科を崩壊させてキャサリンの結婚生活を救ったあの男は、口紅かマニキュア液にはいい色だろう。ピーチ・ヌーキー。鰐もいる。鰐はとりわけ不快なオードヴィル（卑劣水）、名前を言うだけで不味い味の色。娘の選択にいつも失望してきたキャサリンの母親は、美しい濃厚なチョコレート色であることが判明する。どうしていままで見えなかったんだろう？　もう遅い、もう遅すぎる。キャサリンは泣きたくなる。

キャサリンはリズと、クリームみたいにとろっとして青白いペンキを飲んでいる。「ペンキ、もっといかが？」とキャサリンが言う。「お砂糖は？」

「うん、たっぷりお願い」リズが言う。「兎は何色に塗るつもり？」

キャサリンはリズに砂糖を回す。兎のことは考えてもいなかった。でもリズはどの兎のことを言っているのか、石の兎、本物の兎？　どうやってじっとさせればいいかな？

「あなたにあげるものがあるの」リズが言う。ティリーのアルマジロ・ハンドバッグだ。

中には色見本がぎっしり入っている。キャサリンの口が唾液でいっぱいになる。

ヘンリーは駆除業者《エクスターミネイター》に来てもらう夢を見る。「ちゃんと始末してくださいよ」とヘンリーは言う。「うちには小さい子供が二人いるんです。こういうのって狂水病持ってたりしますからね。伝染病だって持ってるかもしれないし」

「やってみます」と駆除業者はいかめしい声で言う。業者はヘンリーと並んで立っている。奇妙な見かけの、そわそわ落ち着かない男だ。耳が大きい。芝からオベリスクみたいに突き出た摩天楼を二人は眺める。芝生の上、そこらじゅうに摩天楼が建っている。「こういうのは初めてですねえ。こういうのにはお目にかかりたくありませんでしたねえ。でもまあ言わせていただければ、本当に問題なのはお宅の方かと——」

「妻のことは構わないでください」ヘンリーは言う。そして膝の高さのアールデコ風の摩天楼のかたわらにしゃがみ込んで、窓のなかをのぞき込む。小さな男が彼を見返し、何か卑猥な文句をがなり立てながら拳骨を振り回す。ヘンリーは窓を指で、危うく割ってしまいそうなくらい強く弾く。体中が熱い。人生いままで、こんなに腹が立ったことはない。キャサリンが成り行きでレナード・フェルターと寝たと言ったときだって、ここまで怒りはしなかった。この小男、いま何と言ったか知らないが後悔するぞ。ヘンリーは片足を持ち上げる。

駆除業者が言う。「よした方がいいですよ、そういうの。掘り起こして、根っこからやらないと駄目です。じゃないとまた生えてきますから。家と同じです。言うなれば氷山《アイスバーグ》レタスの一角なわけでして。地下はたぶん七十階か、八十階くらい行ってますよ。エレベータで降りてみました？　下の連中と話はしました？　あなたのお宅なんですよ、家賃も取らずに住ませてやる気ですか？　資産に手を出されて放っとくんですか？」

「え？」とヘンリーは言い、じきにヘリコプターや戦闘機——大きさはハチドリ大——の音が聞こえてくる。「これってどうしても必要なんですか？」彼は駆除業者に訊く。

業者はうなずく。「向こうの不意をつかなきゃ駄目なんです」

「ちょっと性急すぎないかなあ」ヘンリーは言う。飛行機の小さな、甲高い、烈しい爆音に負けぬよう声を張り上げないといけない。「もっと穏当な解決の道もあるんじゃないかな」

「ヘムリー」と審問官《インテロゲイター》は首を横に振りながら言う。「あんたは私を、私が専門家だから呼んだ。助けが要ることは自分でもわかってたでしょう」

ヘンリーは「僕の名前の言い方、間違ってますよ」と言いたい。だが葬儀屋《アンダーテイカー》の気分を害するのは避けたい。

鰐《アリゲイター》はなおも喋っている。「いいかい、ヘムリーーー、交渉だの何だの言うのはよしな、こういうのはすぐやっちまわないと手遅れになっちまうんだ。これってのは住宅所有とか芝生の手入れとかそういう話じゃないんだよ、ヘムリーーー、これは戦争なんだ。あんたの子供たちの命がかかってるんだ。家族の幸福が。勇気を出すんだ。強気で行くんだよ。兎をがっちりつかまえて、そいつの目に歓喜が浮かんだら、撃つんだ」

目が覚めた。「キャサリン」彼はささやいた。「起きてるかい？　変な夢見てさ」

キャサリンは笑った。「あれ電話の音よ、リズ」と彼女は言った。「たぶんヘンリーよ、また遅くなるっていう連絡よ」

「キャサリン」ヘンリーは言った。「誰と話してるんだい？」

「あたしのこと怒ってるの、ヘンリー？」キャサリンは言った。「だから帰ってこないの？」

「僕はここにいるよ」

「あなたの兎とか鰐とか連れて、出てってちょうだい」キャサリンは言った。「それからまっすぐ帰ってきて」

彼女はベッドの上で上半身を起こし、指を一本つき出した。「兎どもにスパイされるのはもううんざりよ！」

ヘンリーが見てみると、何かがベッドの横にいて、両足のかかとで立って体を前後に揺すっている。あたふたと電灯のスイッチを探って点けると、ティリーがそこにいた。口は開いて、目は閉じていた。起きているときよりずっと大きく見えた。「大丈夫、ティリーだよ」とヘンリーはキャサリンに言ったが、キャサリンはまた横になった。枕をすっぽり頭の上にかぶった。ティリーをベッドに連れ戻そうとヘンリーが抱き上げると、体が熱っぽく汗ばんでいた。心臓は家じゅうを駆けずり回っていたみたいにドキドキ鳴っていた。

ヘンリーは家のなかを歩いて回った。壁をコツコツ叩いてみた。床に耳をくっつけた。エレベータなんかない。秘密の部屋も、隠された通路もない。

地下室ひとつない。

ティリーは庭を二つに分割した。ティリーから許可をもらわない限り、カールトンは彼女の側の半分に入れてもらえない。

ティリーの側の一番端、木々が車寄せの前に並んでいるところからは、家もほとんど見えない。彼女はこの庭を「マティルダの兎王国」と命名することにした。ティリーはいろんなものに名前をつけるのが好きだ。赤ちゃんが生まれたら、本当の名前を選ぶのを手伝わせてくれるとママは約束した。でも本当の名前なんて二つしかない。ファーストネームと、ミドルネーム。どうして二つしか駄目なのか、ティリーには理解できない。オ、イ、シ、イは日本語で delicious の意味だ。それっていい名前になると思う。赤ちゃんにも、庭にも

(芝があるから)。この庭はセントラルパークほど広くないけど、セントラルパークと同じくらいいい。塔《パゴダ》もお城も馬車もないし、ローラースケートをしてる人もいないけど、芝はたっぷりある。兎は何百といる。兎たちは巨大な地下の街に住んでいる。ひょっとしたらニューヨークとまるっきり同じような街に。パパもニューヨークで仕事するのをやめて、芝生の下へ仕事しに来ればいいかも。あたしが手伝ってあげてもいい。仕事場まで一緒に行ってあげる。あたしもジェーン・グドールみたいな動物学者になって、兎たちと地下で暮らしてもいい。去年、ティリーの夢はメトロポリタン美術館にこっそり住みつくことだったが、もうそれは誰かが──本のなかでだけど──やってしまった。ティリーはカールトンのことを可哀想に思う。カールトンが何をやろうと、それはもうティリーが経験済みだろう。何をしようと、彼女がもうやってしまっているだろう。

アルマジロ・ハンドバッグが兎の穴から突き出ている。ティリーがやったのだ。まず、穴を大きくした。それからアルマジロを入れて、その周りに土を戻し、艶々《つやつや》した、革の剝《む》けた鼻だけが外に出ているようにした。カールトンがそれを、自分の棒を使って掘り起こす。もしかしたらティリーは、カールトンが見つけるよう仕組んだのかもしれない。もしかしたらそれは兎たちへのプレゼントかもしれない。でもなんでカールトンの側にあるのか？　マンションに住んでいたころはアルマジロ・ハンドバッグが怖かったけど、ここにはもっと怖がった方がいいものがたくさんあるのだ。でも気をつけた方がいいよ。私に触るな、とアルマジロ・ハンドバッグは言う。だからカールトンは触らない。棒を使って、留め金になっているその口をこじ開け、ティリーの宝物を洗いざらい引っぱり出して、棒で一つひとつ穴に押し込む。それから、ありがとうと兎たちが言うのを聞こうと兎の穴に耳をくっつける。ありがとうと言うのは礼儀正しいことだ。でも兎たちは何も言わない。彼らはじっと息をひそめ、カールトンがいなくなるのを待っている。カールトンも待つ。空っぽの、臭《くさ》い、霊の憑いたアルマジロのせいで、カールトンの目から涙が出てくる。

誰かがやって来て、カールトンの背後に立つ。「僕がやったんじゃないよ」とカールトンは言った。「勝手に落ちたんだよ」

だがふり返ると、隣の女の子である。アリソン。太陽を背に受けて、アリソンはきらきら輝いて見える。カールトンは目をすぼめる。「よかったらうちへ来てもいいよ」とアリソンが言う。「あんたのママが言ったの。あたしに一時間十五ドルくれるんだって、それってすごく高いよ。あんたの両親、大金持ちとか？　なあにそれ？」

「ティリーのだよ」とカールトンは言う。「でもティリーはもうこれ要らないと思うんだ」

アリソンはティリーのアルマジロを手に取る。「けっこういいじゃん」と彼女は言う。

「あたしが預かっとこうかな」

はるか地下深くで、兎たちが激怒して地団駄を踏む。

キャサリンはこの家が好きだ。この新しい生活が好きだ。行きづまって、落ち込んで、変われもせず、適応もできない人たちが、彼女には昔から理解できない。彼女は失業した。それがどうした？　きっと何かほかにすることが見つかる。ヘンリーは仕事をまだ辞められない、まだ辞める気がない。この家には霊が憑いている。べつにいい。いずれ何とかなる。彼女はガーデニングの本を何冊か買う。鉢にバラの木を一本と、蔦を植える。ティリーも手伝ってくれる。兎たちが葉っぱをみんな食べてしまう。彼らは蔦も食い進む。

「何よこれ」兎たちの仕業を見てキャサリンは言う。芝生にいる兎たちに彼女は拳骨を振り回す。兎たちは彼女に向けて耳をピッと振る。彼らは笑っている、キャサリンにはわかる。兎を追いかけるには、彼女はもうお腹が大きすぎるのだ。

「ヘンリー、起きてよ。起きて」

「起きてるよ」と彼は言って、そこで本当に起きた。キャサリンが泣いていた。騒々しい、水っぽい、見苦しいすすり泣き。ヘンリーは片手をのばして彼女の顔に触れた。鼻水が出ていた。

「泣くのはやめなよ」ヘンリーが言った。「僕、目を覚ましたよ。どうして泣いてるの？」

「あなたがここにいなかったからよ」キャサリンは言った。「そして目が覚めたらあなたがここにいたけど、明日の朝あたしが目を覚ましたときにはあなたはまたいなくなってるのよ。あたし、あなたがいなくて寂しいのよ。あなたは寂しくないの？」

「ごめんよ」ヘンリーは言った。「ここにいなくてごめんよ。いまはここにいるよ。こっちへおいでよ」

「嫌よ」キャサリンは言った。もう泣きやんだが、鼻水はまだ流れていた。「今度は食器洗い機も憑かれたのよ。赤ちゃんが生まれる前に新しいのを買わなきゃ。赤ちゃんがいて食器洗い機がないなんて無理よ。それにあなたも、ここであたしたちと一緒に暮らさなくちゃ駄目よ。今回あたしには助けが要るのよ。カールトンのときを思い出してよ、あのときものすごくつらかったのよ」

「えらく気難しい赤ん坊だったよな」ヘンリーは言った。カールトンが生後三か月のとき、自分たちが何かを誤解していたことをヘンリーは思い知った。赤ん坊とは、赤ん坊ではない。地雷であり、スピード違反取り締まりレーダーであり、スズメバチの巣なのだ。赤ん坊とは騒音であり、時には騒音ですらなく、騒音を待ち構えて耳を澄ます営みである。赤ん坊とは湿った、チョークのような匂いである。ヒクヒク、ピクピク、ベタベタ、非‐眠りのさまざまな発露である。あるときヘンリーは、ベビーベッドですやすや眠っているカールトンを見守っていた。ヘンリーはそこで、やりたかったことをやらなかった。かがみ込んで、カールトンの耳元でどならなかった。ヘンリーはいまもカールトンを許していない。いまでも、完全には、そんな気持ちを起こさせたカールトンを許していなかった。

「どうしてそんなに仕事を愛さなきゃいけないの？」キャサリンが訊いた。

「わからない」ヘンリーは言った。「べつに愛しちゃいないよ」

「嘘つかないでよ」キャサリンが言った。

「君のことをもっと愛してる」ヘンリーは言った。そうだ、そうだとも、キャサリンのことをもっと愛してる。もうそのことは決めたのだ。でも彼女は聞いてもいない。

「ねえ覚えてる？　カールトンが小さくて、あなたが朝仕事に行かなくちゃいけなくてあたしを子供たちと置き去りにしていったころのこと？」キャサリンが彼の脇腹を小突いた。

「あたし、あなたが憎かった。あなたはテイクアウトのお土産を買って帰ってきて、あなたを憎んでることをあたしは忘れてしまって、それからまた思い出して、ますますあなたが憎くなった。ただ単に一時間バスタブに浸《つか》れて中華料理を食べれて髪を洗えるっていうだけで自分があっさりごまかされてしまうから、あっさりこれでいいんだって思わされてしまうから」

「君、出かけるときいつも予備のシャツ持っていったよね」ヘンリーは言った。そして片手を彼女のTシャツのなかに下ろして、太った、張った胸に触れた。「漏れたときに備えて」

「その胸、触っちゃ駄目よ」キャサリンが言った。「憑かれてるから」。彼女はシーツで鼻をかんだ。

キャサリンの友だちのルーシーはオンライン・ブティックを経営している。〈太った人《ナイス・クローズ》のための素敵な服《・フォー・ファット・ピープル》〉。タリータウンに、NCFP専用にストレッチタイプのセクシーなアーガイル柄セーターを編んでくれる女性がいて、ルーシーはその女性と会う用事がある。そのあとニューヨークへ戻る前に、キャサリンに会いに寄りたいと連絡してきた。キャサリンは彼女に道順を伝え、それから家の掃除をはじめる。気分はよくない。自分がいまルーシーに会いたいかどうかもよくわからない。カールトンがいつもルーシーを怖がるので、それも気まずい。キャサリンとしてはヘンリーの話もしたくない。一階のバスルームのことも説明したくない。今日一日は、ダイニングルームの木の部分にペンキを塗って過ごすつもりだったのに、あと回しにするしかない。

玄関の呼び鈴が鳴るが、キャサリンが出てみると誰もいない。もう少し経って、ティリーとカールトンが帰ってきたあとにもう一度鳴るが、やはり誰もいない。呼び鈴はえんえんと、あたかもルーシーが外に立ってしつこく何度も何度も押しているみたいに鳴りまくる。とうとうキャサリンはコードを抜いてしまう。ルーシーの携帯に電話してみるが、つながらない。やがてヘンリーが電話してくる。遅くなるよ、と彼は言う。

リズが玄関のドアを開けて、大声でわめく。「こんちは、誰かいますか！　表の兎すごいわよ、何千匹といるわよ。キャサリン、この玄関の呼び鈴どうかしたの？」

いままでのところ、ヘンリーの自転車は大丈夫だった。車がいきなり憑かれたらどうなるだろう、とヘンリーは考えた。あのトヨタ、キャサリンは売りたがるだろうか？　転売価値に影響はあるだろうか？　帰ってくると車はなくキャサリンと子供たちもいないので、ヘンリーは作業用の手袋をはめて、段ボール箱を持って家のなかを回り、憑かれていると思える物を一つひとつ集めていった。ティリーの部屋のヘアブラシ、キャサリンの古いテニスシューズ。ベッドの足下にあったキャサリンの下着。それを拾い上げると、キャサリンに焦がれる想いが電撃のように湧いてきた。何か不気味な稲妻に打たれたみたいな気分だった。それは痙攣《けいれん》のようにヘンリーのみぞおちを直撃した。ヘンリーは下着を箱のなかに放り込んだ。

タカシマヤで買った絹のキモノ。カールトンのナイトライト二つ。自分の仕事部屋のドアを開けて、箱を放り込む。両腕の毛が一本残らず逆立った。ドアを閉めた。

一階に下りていって、ペンキの刷毛《はけ》を洗った。刷毛も憑かれかけているかもしれないし、キャサリンがもう憑かれたのは捨てて、新しいのを買っているのかもしれない。でも彼女は何も言っていなかった。ヴィザの明細書をチェックした方がいいかも。だいたいペンキにいくら注ぎ込んでるんだ？

キャサリンがキッチンに入ってきて、彼を抱擁《ハグ》した。「よかった、帰ってきてくれて」と彼女は言った。ヘンリーは彼女の首に鼻をすりつけ、息を吸い込んだ。「車のエンジン、かけたままなの——おしっこしないと。子供たちを迎えに行ってくれる？」

「どこにいるんだい？」

「リズのところよ。アリソンにベビーシッターやってもらってるの。あなたお金持ってる？」

「つまり、ご近所の人に会うってこと？」

「わぉ、そうよ」キャサリンは言った。「あなたが心の準備できてるならね。準備できた？　あの人たちの家どこにあるか、知ってる？」

「わが家の隣人、だよね？」

「道路に出たら左へ行って、四、五百メートル進んで、表に木がいっぱい生えてる赤い家よ」

だが赤い家まで行って呼び鈴を鳴らしても、誰も出なかった。子供が一人、階段を駆け下りてきて玄関の前で立ち止まる音が聞こえた。「カールトン？　アリソン？」ヘンリーは呼びかけた。「すみません、キャサリンの夫です。ヘンリーです。カールトンとティリーの父親です」。ひそひそ声が止んだ。少し待った。しゃがみ込んで、郵便受けの口を持ち上げてみると、何だろう、誰かの足か、コートのすそか、何か毛に覆われたもの？　犬かな？　誰かがドアのすぐ右側に、ぴくりとも動かず立っているのか？　カールトンがふざけているのか。「見つけたぞ」とヘンリーは言って、指をくねくね動かして郵便受けに入れた。それから、やっぱりカールトンじゃないなと思い直した。さっと立ち上がって、車に戻っていった。街へ出て、また石鹸を買った。

帰ると車寄せにティリーが、両手を腰に当てて立っていた。「おかえり、パパ」と彼女は言った。「キング・スパンキーを探してるの。あの子外に出ちゃったのよ。これ、アリソンが見つけたの」

彼女はごく小さなおもちゃの弓をさし出した。デンタルフロスみたいな糸が張ってあって、矢は針のように小さい。

「それ、気をつけるんだよ」ヘンリーは言った。「尖ってるみたいだから。わかったぞ、アーチェリー・バービー、だろ？　アリソンといて楽しかったかい？」

「アリソン、いい感じだよ」とティリーは言って、プフッとゲップを吐いた。「ごめんなさい。ちょっと調子悪いの」

「どうしたんだい？」

「お腹が変なの」ティリーは言った。そして目を上げてヘンリーを見て、顔を歪め、彼のシャツとズボン一面にゲロを吐いた。

「ティリー！」ヘンリーは言った。あわててシャツを脱いで、袖を使って彼女の口を拭いてやった。ゲロは泡立っていて緑色だった。

「ひどい味がする」ティリーは言った。びっくりしているみたいな言い方だった。「ゲロってどうしていつもこんなひどい味するの？」

「ふざけてそこらじゅう吐きまくったりしないようにさ。まだやる気かい？」

「やらないよ」ティリーは顔をしかめながら言った。

「じゃあパパは体を洗って着替えてくる。それにしてもいったい何食べたんだ？」

「芝」

「じゃあ無理ないな」ヘンリーは言った。「ティリー、君はもうちょっと賢いと思ってたんだがな。もうやっちゃ駄目だよ」

「やるつもりじゃなかったの」ティリーは言って、ぺっと芝に唾を吐いた。

ヘンリーが玄関のドアを開けると、キャサリンがキッチンで喋っているのが聞こえた。

「奇妙なのはね」とキャサリンは言った。「それが全部嘘だったってこと。まるっきり作り話だったのよ、カールトンあたりがでっち上げそうな。こっちの気を惹くために」

「パパ」カールトンが言った。片足でぴょんぴょん跳ねていた。「僕の歌、聞きたい？」

「君のこと探してたんだよ」ヘンリーは言った。「アリソンが送ってくれたのかい？　トイレに行かなくて大丈夫かい？」

「パパ、どうして服着てないの？」カールトンが訊いた。

キッチンで誰かが、その言葉が聞こえたかのように笑った。

「ちょっとしたアクシデントでね」とヘンリーはひそひそ声で答えた。「でもそうだな、君の言うとおりだ、着替えてくるよ」。シャワーを浴びて、シャツをゆすいで絞り、服を替えたが、一階に下りていくとキャサリンとカールトンとティリーは夕食のチリオーズを食べはじめていた。紙のボウル、プラスチックのスプーン、なんだかピクニックみたいだ。

「リズが来てたのよ、アリソンも、でも映画に行くからって」とキャサリンが言った。

「あなたにはまたいずれお会いしましょうって。ひどかったのよ、二人が玄関から入ってきたとたん、キング・スパンキーが外に飛び出していったの。一日ずっと兎を見張ってるのよ。一匹でもつかまえたら、ティリーどうなっちゃうかしらね」

「ティリーがね、芝を食べてたんだよ」ヘンリーは言った。

ティリーがぎょろりと目を剝いた。それがどうした。

「またなの！」キャサリンが言った。「ティリー、本当の人間は芝なんか食べないのよ。あら、そこ、よかった、キング・スパンキーよ。誰が入れてあげたのかしら？　口に何くわえてるのかな？」

キング・スパンキーはみんなに背を向けて座り込む。ゴホゴホ咳をすると、何かが床に落ちる。蛙だろうか、それとも兎の赤ん坊か。それはあたふたと、なかば跳ねるみたいに、片脚をひきずって床の上を進んでいく。キング・スパンキーはじっと、それがソファの下に消えるのを見守っている。カールトンはすっかり怯えてしまう。ティリーは「悪い猫！悪いキング・スパンキー！」とわめいている。ヘンリーとキャサリンはソファを押してみるが、もう手遅れだ。そこにはキング・スパンキーがいて、床にべっとり血の跡があるだけ。

キャサリンは小説を書きたいと思っている。子供たちが出てこない小説を彼女は書きたい。子供たちが出てくる小説の問題点は、彼らに悪いことが起きるか、彼らの両親に悪いことが起きるかのどちらかであることだ。何か滑稽で、ロマンチックなものをキャサリンは書きたいと思っている。

もうお腹がすごく大きいので、座っているのもそんなに楽ではない。そこで壁に書きはじめた。鉛筆を使って書く。登場人物にはペンキの色の名前をつける。彼らが麗しい、幸福な、有益な生活を送っているさまを彼女は想像する。霊に憑かれたトースターなんかなし。母親もなし子供もなし鰐もなしコピー機もなしレナード・フェルターもなし。二、三時間そういうのを書いて、それからみんな帰ってくるまで壁にペンキを塗る。これがいつでも一日で一番いい時間だ。

「今度の週末、あなたが必要なの」と鰐が言う。輪ゴムボールは机のかたわらの床に転がっている。鰐は両足を輪ゴムボールの上にどっかと載せて、どっちがボスかを見せつけている。輪ゴムボールが最近やたら生意気になってきたので、ここはひとつお仕置きをしてやらないといけないのだ。警告。

彼女は疲れて見えた。ヘンリーは「べつに僕なんか必要ないですよ」と言った。

「必要よ」鰐はあくびしながら言った。「必要なのよ。クライアントの人たちがニューヨークに来ると、あなたとフォーシーズンズに行きたがるのよ。あなたとミュージカルを観に行きたがるのよ。『レント』。『キャバレー・ライオンの怪人』。あなたとコニー・アイランドへ行ってホットドッグを食べたいのよ。トレンディなバーやクラブに行ってストリッパーやパブリシティ担当やパフォーマンスアーティストをナンパしたいのよ。詩とか哲学とかスポーツとか政治とか父親とのろくでもない関係とかを語りあいたいのよ。恋愛に関してあなたに忠告を求めたいのよ。あなたに子供たちの結婚式に来てもらってお祝いのスピーチをしてもらいたいのよ。あなたはなくちゃならないのよ、ハニー。それはわかってるでしょ」

「うちでは兎の問題を抱えてるんです」ヘンリーは言った。兎の方が、もうひとつの問題より説明しやすかった。「庭を占領されちゃって。なんかもう滅茶苦茶なんです」

「兎のことなんて知らないわ」と鰐は言って、尖ったヒールを輪ゴムボールの肉にぐいぐい、赤い輪ゴムの血が流れ出てきた気がするまで食い込ませた。彼女はその美しい潤んだまなざしでヘンリーを刺した。

「ヘンリー」。その名をひどく小声で言ったものだから、ヘンリーは身を乗り出さねばならなかった。

彼女は言った。「あなた、両方の世界の一番いいとこ取ってるのよ。あなたを崇めてる奥さんと子供たち、田舎の美しい家、あなたに頼っている会社での安定した地位、あなたの才能を正しく認めている上司、あなたのことを最高だと思っているクライアントたち。あなたってほんとに最高なのよ、ヘンリー、で、問題はね、あなたたぶん、こんなの全部手にする値打ちのある人間なんていないって思ってるのよ。自分が選ばなきゃいけないってあなた思ってるのよ。何かを捨てなきゃいけないって思ってるのよ。でもあなたは何も捨てなくていいのよ、ヘンリー、そうじゃないなんて言う奴がいたらそいつはろくでなしの兎よ。そんな奴らの言うこと聞かなくていいのよ。あなたは全部を手にしていいのよ。あなたには全部を手にする値打ちがあるの。あなたは自分の仕事を愛してる。あなた、自分の仕事を愛してる？」

「僕は自分の仕事を愛してます」ヘンリーは言う。鰐が涙目で彼に笑いかける。

そのとおり。ヘンリーは自分の仕事を愛しているのだ。

ヘンリーが帰ってきたときは、もう午前零時を過ぎていたにちがいない。午前零時前に帰ってくることはまずなかったのだ。キャサリンはキッチンで梯子にのぼっていて、片足を流しに載せていた。ガスマスクをかぶって、黒い綿のスポーツブラを着け、黒いスウェットパンツはぐっと下ろしているので下着を穿いていないのが見えた。お腹がすごく突き出ているせいで、目の前の壁にローラーを上下させるには両腕を変な角度に保たないといけない。上下に、Vの字を書いていく。それからVの中を埋めていく。天井はひどく濃い色合いの紫に塗ってあって、ほとんど黒に見えた。ミッドナイト・エッグプラント（真夜中の茄子）。

キャサリンは先日来、専門品カタログでペンキを買うようになっていた。すべての色に、有名な本の名前がついていた。『ボヴァリー夫人』『永遠のアンバー』『華氏四五一度』『ブリキの太鼓』『緑色のカーテン』『海底二万哩』。いま彼女は壁に『キャッチ＝22』を塗っている。学部の授業で何度も教えた小説だ。反響はいつもよかった。ペンキの色もいい感じだった。教える仕事がなくなって寂しいのかどうか、自分でもよくわからなかった。教えながら子供を育てていて問題なのは、いつも決まって、自分の子供を学部生のように、学部生を子供のように扱ってしまうことだった。ある種の口調が身についてしまう。何度かは、効き目があるかと、ヘンリー相手にも使ってみた。

キャビネットはすべてマスキングテープですっぽり包まれていた。犯罪現場みたいだ。部屋じゅう新しいペンキの匂いがぷんぷんした。

キャサリンがガスマスクを外して、「ティリーが選んだのよ。どう思う？」と言った。両手を腰に当てている。お腹がヘンリーに向かって突き出ていた。目とあごの周りに、ガスマスクの跡が白と赤の輪になっていた。

ヘンリーは「ディナーパーティはどうだった？」と訊いた。

「フェトゥチーネ食べたわ。リズとマーカスが残ってお皿洗い手伝ってくれた」

（「食器洗い機はどうかしたのかい？」「ううん。ていうか、そうなの。新しいのを買おうとしてるところよ」）

何か、感じがしたのだった。彼女にとってそれは、既視感のような、酔っ払ったような、あるいは恋に落ちたような感覚だった。授業をやるような。芝生の上に兎たちの観衆が集まっている情景が思い浮かんだのだった。その観衆が、彼女のディナーパーティを見物している。教室に集まってドキュメンタリーを観ている兎たち。兎テレビ。肌に電気が通ったみたいな気分だった。

「で、リズは弁護士なんだね？」ヘンリーは言った。

「あなた、まだ二人に会ってもいないのね」キャサリンはにわかに所有者意識のようなものを覚えながら言った。「でもあたし、あの人たちのこと好きよ。ほんとに、ほんとに好きよ。あたしたちのことすごく知りたがってくれたのよ。あなたのことも。あの人たちきっと、あたしたちが結婚生活に問題を抱えてるか、それともあなたが架空の存在かだって思ってるわ。だからあたし、リズを二階に連れてって、クローゼットに入ったあなたの服を見せたのよ。結婚式のアルバム引っぱり出して、二人に写真見せて」

「今度の日曜に招待したらどうかな？　バーベキューとか？」

「今度の週末は出かけるんですって。金曜日に山の方へ行くのよ。別荘持ってるの。あたしたちも招待してくれたのよ。一緒に来ないかって」

「僕は無理だよ」ヘンリーは言った。「今度の週末は接待なんだ。ちょっと偉いさんでさ。うちの会社、キャッシュフローが若干問題で。それに君、出かけたりして大丈夫なの？　お医者さんには訊いてみたかい、ええと名前どうも覚えられないな、ドクター・マークスだっけ？」

「外出許可にサインもらったかってこと？」キャサリンは言った。ヘンリーは片手を彼女の脚に添えて、支えた。「ドクター・マークスはね、あたしのこと、順風満帆ですって。まさしくそう言ったのよ。それとも順調そのものだったかしら。何か順ではじまるフレーズ」

「ふうん、じゃあまあ行ったらいいね」ヘンリーは言った。そして自分の頭を彼女の腹に当てた。彼女も逆らわなかった。ヘンリーはすごく疲れているみたいだった。「ゴルフカートが生まれてくる前にね——それともティリー、また新しい名前思いついた？」

「ティリー、どっかそのへんにいるわよ」キャサリンは言った。「何度もベッドに戻すんだけど、また出てきちゃうの。あなたのこと探してるのかも」

「僕のメール見た？」ヘンリーが訊いた。キャサリンのお腹に耳を澄ましていた。やめろと言われるまで、彼女に触れるのをやめる気はなかった。

「言ったでしょ、もうあたし、あなたのコンピュータでメールのチェックできないって」

「こんなの馬鹿げてる」ヘンリーは言った。「この家は霊に憑かれてなんかいないよ。幽霊屋敷なんてものはありゃしないんだ」

「家じゃないのよ」キャサリンは言った。「あたしたちが持ってきた物たちなのよ。一階のバスルームだけは別だけど、あれもただのすきま風か、配線系統のトラブルかもしれない。家は問題ないのよ。あたし、この家が好きよ」

「僕らの物は問題ないよ」ヘンリーは言った。「僕、僕らの物が好きだよ」

「あたしたちの物が問題ないってほんとに思うんだったら、あなたどうして新しい目覚し時計買ったの？　どうして石鹸次々に捨ててるの？」

「引越したせいだよ。つらい引越しだったもの」

「キング・スパンキー、もう三日も何も食べてないのよ。はじめは食べ物のせいかと思って、新しい食べ物買ってきたら出てきて食べたんだけど、あたしわかったのよ、食べ物じゃなくてキング・スパンキーなんだって。あの子がベッドの下にいると思うと、あたし一晩じゅう眠れなかった。可哀想に、憑かれちゃって。どうしたらいいかわからないわ。獣医に連れてく？　なんて言うの？　すいません、うちの猫、霊にとり憑かれたみたいなんです？　どっちみち、ベッドから出せやしないし。前の目覚まし時計、憑かれたやつ、使っても全然駄目」

「僕がやってみるよ。ベッドから出せるか、見てみるよ」。だがヘンリーは動かなかった。キャサリンが彼の髪を一筋引っぱり、ヘンリーは片手を上げた。キャサリンが彼にローラーを渡した。彼は円筒部を外して、袋に入れて冷蔵庫にしまった。冷蔵庫は刷毛やローラーでいっぱいだった。ヘンリーはキャサリンが梯子から下りてくるのに手を貸した。「ペンキ塗るの、もうやめてくれないかなあ」

「やめられないわ」キャサリンは言った。「完璧にしなくちゃ駄目なのよ。これさえきちんとできたら、何もかもが正常に戻って霊にも憑かれなくなって、兎たちが家の下にトンネル作って家が崩れ落ちることもなくなって、あなたも家に帰ってきて家にいて、お隣さんもやっとあなたに会ってあなたのこと気に入ってあなたもあの人たちのこと気に入って、カールトンも何から何まで怖がるのをやめて、ティリーは自分のベッドで眠ってそのままそこにいて、それで——」

「おいおい」ヘンリーは言った。「大丈夫、何もかもうまく行くよ。何もかも大丈夫だよ。僕、この色ほんとに好きだよ」

「どうかしらねえ」キャサリンは言って、あくびをした。「少し古風すぎる気しない？」

一緒に二階へ上がって、キャサリンが風呂に入っているあいだ、ヘンリーがキング・スパンキーをベッドから誘い出そうとしてみた。だが猫は出てこなかった。手と膝をついて、ベッドの下を懐中電灯で照らしてみると、キング・スパンキーの目が見えた。尻尾がベッドの木枠から垂れていた。

外の芝生の上で、兎たちはぴくりとも動かなかった。やがて、彼らは宙に飛び上がった。回転し、落下し、着地して、それからまた凍りついた。キャサリンはバスルームの窓辺に立って、タオルで髪を拭いた。兎たちがもっとよく見えるよう、バスルームの明かりを消した。月の光が彼らのぎらぎら光る目を浮かび上がらせ、月色の毛皮を捉えた。その毛一本一本の先がペンキに染まっていた。何やら馬跳びのような、兎のゲームに彼らは興じている。それともカドリルを踊っているのか。兎戦争を戦っているのか。兎って戦争するのかな？　キャサリンにはわからなかった。彼らはたがいに向かって走っていき、それからくるっと回れ右して、矢のごとく戻っていく。跳び上がり、かがみ込み、うしろ足で立ち上がる。二匹の兎が競走馬みたいに走り出して、空中を駆け抜け、芝の上にある、何か細長い丸まった物の上を越えていった。それからもう一度その上を戻っていった。キャサリンは顔を窓に押しつけた。ティリーだった。ティリーが芝の上に寝そべっているのだ。むき出しの両脚が白かった。

「ティリー！」キャサリンは言って、頭にタオルを巻いただけの格好でバスルームから飛び出していった。

「どうした？」とヘンリーが訊くかたわらをキャサリンは走り抜け、階段を駆け下りていった。ヘンリーはキャサリンを追いかけ、キャサリンが玄関のドアを開けてティリーのそばにひざまずき濡れた芝に太腿や腹を撫でられたころにはヘンリーもそこにいた。ヘンリーはティリーを抱き上げ、家のなかに運んでいった。二人でティリーを毛布にくるんで、彼女のベッドに寝かせた。二人ともキング・スパンキーが隠れているベッドで眠りたくなかったので、居間のソファで横になって、丸めた体を寄せあって眠った。朝二人が目を覚ますと、ティリーが彼らの足下で丸まって眠っていた。

去年のあるとき、キャサリンはまる一、二分のあいだ、何もかもわかったと思ったことがあった。自分は、問題を解決し悪しき状況を救済することを仕事とする男と結婚している。だからもし彼女が何か劇的なことをしでかせば、もし十分ひどく事態を悪化させれば、それが結婚生活を救ってくれるはずだ。そして事実、そうなった——ただし、ひとたび問題が解決され結婚生活が救われ赤ん坊を受胎し家が買われると、ヘンリーは仕事に戻っていったのだ。

キャサリンはベッドルームの窓辺に立って、外に並ぶ木々を見渡す。一瞬のあいだ、カールトンの言うとおりここはセントラルパークで五番街はすぐそこなのだと想像してみる。ヘンリーのオフィスはほんの何ブロックか先にある。あの兎たちはみんなただの観光客なのだ。

ヘンリーは真夜中に目を覚ます。一階に何人か人がいる。女たちの話し声、笑い声が聞こえる。きっとキャサリンの読書クラブだ。ヘンリーはベッドを出る。暗い。いったい何時だ？　だが今度の目覚まし時計も憑かれている。ヘンリーは時計のコンセントを引き抜く。階段を降りていくと、誰かの声が「ねえ、見てよ！」と言い、それから「いままでずっと鼻先にいたなんてね！」と言った。

ヘンリーは家のなかの明かりを点けて回る。ティリーがキッチンの真ん中に立っている。「どちらさまでしょう？」とティリーは言う。肩とあごでヘンリーの携帯をはさんでいる。持ち方が逆さまだ。目は開いているが、ティリーは眠っている。

「誰と話してるんだい？」ヘンリーは訊く。

「兎たち」ティリーは言う。首を傾げて、耳を澄ましている。それから彼女は声を上げて笑う。「またあとでおかけください」と彼女は言う。「そちらとはお話ししたくないそうです。はい。承知しました」。ティリーは電話をヘンリーに渡す。「パパの知らない人だって」

「君、目が覚めてるの？」

「うん」とティリーは眠ったまま言う。ヘンリーは彼女を抱えて二階に連れ帰る。廊下のクローゼットに枕を並べてベッドに仕立て、ティリーをそこに横たえる。毛布をかけて、たくし込んでやる。眠りについたベッドで目を覚ますのが嫌だというなら、いっそそれをゲームにしてしまおう。相手を負かせなければ、相手の仲間になるしかない。

キャサリンはレナード・フェルターと関係を持ったわけではなかった。実は彼と寝てさえいなかった。口ではそう言ったけれど、それは単にヘンリーにすごく腹を立てていたからだ。寝ようと思えば寝られた。チャンスはあった。それにレナード・フェルターには、何か魔力のようなものがあった。学科でコピー機にコピーをとらせることができるのは彼だけだったし、秘書たちにも親切だった。実際、親切すぎたのである。やがてレナード・フェルターが誰彼構わずファックしていたことが判明すると、キャサリンとしてもいまさら撤回できなくなった。というわけでヘンリーと二人でセラピーに行く破目になった。ヘンリーも休暇を取った。子供たちをヨセミテに連れていった。新しい子供ができた。彼女は自分がやってもいないことについて良心の呵責を感じた。ヘンリーは彼女を許した。実のところ、彼女こそが結婚生活を救ったのだった。でもこういう手は一度しか使えない。この結婚生活をもう一度救わねばならないとしたら、今度はヘンリーがやるしかないだろう。

ヘンリーはキング・スパンキーを探しに行った。獣医に連れていくのだ。車には猫のケージが積み込んである。だが肝腎のキング・スパンキーは影も形もなかった。午後早くのことで、兎たちは芝生に出ていた。頭上では鳥が一羽、空のフックに引っかかって動きもせずに浮かんでいた。ヘンリーは首をのばして見上げてみた。大きな鳥だった。鷹だろうか。一度、二度、もう一度輪を描いて、それから石のように、兎の群れめがけて落ちてきた。兎たちは動かなかった。彼らが待つその様子には、どこかいっさいをゲームと思っているような雰囲気があった。鳥は中空を落ちていって、ナイフのように身を折りたたみ、それからぴくっと引きつって、回転し、落下した。翼がもげかけていた。鳥は芝に激突し、羽根が舞い上がった。現場検証でもしようとするみたいに兎たちが寄ってきた。

ヘンリーも見に行った。兎たちは散りぢりに逃げ、芝生の上には何もいなくなった。兎もいないし、鳥もいない。けれど向こうの木立の方、自転車道のかたわらで何かが動くのをヘンリーは見た。キング・スパンキーが怒ったように尻尾を振って、こそこそと森へ入っていった。

ヘンリーが森から戻ってくると、兎たちはまた出てきて芝生の番をしていた。キャサリンが彼の名を呼んでいた。「どこにいたのよ?」と彼女は訊いた。首にガスマスクを着けて、片方の腕にはペンキのしみがついていた。ウィスキー・ホース。リネン用クローゼットを塗っていたのだ。

「キング・スパンキーが逃げたんだ」ヘンリーは言った。「つかまえられなかったよ。さっき最高に変なものを見たよ——鳥が一羽ね、兎たちを狙ってたんだけど、そのうちに落っこちて——」

「マーカスが来たわ」キャサリンは言った。頬が火照《ほて》っていた。触れたらきっと肌は熱いだろう。「ゴルフしないかってあなたを誘いに寄ってくれたのよ」

「ゴルフなんてしたいもんか」ヘンリーは言った。「僕は君と二階に行きたいんだ。子供たちは?」

「アリソンが町へ映画に連れてってくれたわ。三時に迎えに行くことになってるの」

ヘンリーはガスマスクをキャサリンの首から持ち上げ、彼女の顔に着けた。彼女のシャツのボタンを外して、ブラの留め金を外した。「これ、脱いだ方がいいよ」と彼は言った。「着てるもの全部脱いだ方がいいよ。憑かれてると思う」

「ねえ、すごくいいペンキの色思いついたのよ。信じられないわ、まだ誰もやってないなんて。イエロー・スティッキー。キング・スパンキーはどうするの?」。ダース・ヴェイダーみたいな声だった。わざとやっているのかもしれない。ヘンリーはそれがセクシーだと思った。彼の子供をお腹に宿したダース・ヴェイダー。彼女は片手をヘンリーの胸に当てて、押した。そんなに強くではないけれど、意図したよりも強く。ペンキを塗っていたおかげで、けっこう筋肉がついていたのである。また子供を抱いて回ることになるのだ、きっと役に立つだろう。

「イエロー・スティッキー。いいね。キング・スパンキーのことは放っとくさ」ヘンリーは言った。「キング・スパンキーって、ペンキには全然合わない名前だなあ」


キャサリンはティリーの部屋をラベンダー・フィストに塗っていた。内緒にやって、ティリーをびっくりさせるつもりだった。ところがそれを見ると、ティリーはわっと泣き出した。「どうして余計なことするの？」と彼女は言った。「前のままでよかったのに」

「あなた紫、好きじゃなかったの」とキャサリンは愕然として言って、ガスマスクを外した。

「紫なんか大嫌い」ティリーは言った。「ママも大嫌い。すごいデブで。カールトンもそう思ってるよ」

「ティリー！」とキャサリンは言って、声を上げて笑った。「ママには赤ちゃんがいるのよ、忘れたの？」

「ママがそう思ってるだけだよ」とティリーは言った。そして部屋から飛び出して、廊下の向こうに駆けていった。ガシャン、ガシャン、と物が壊れる音がした。

「ティリー！」キャサリンは言った。

ティリーはカールトンの部屋の真ん中に立っていた。周りじゅうに、壊れたナイトライトや、ランプや、割れた電灯が転がっていた。カーペットにはガラスのかけらが埃のように散らばっていた。ティリーは裸足だった。下を向いてみると、自分も靴を履いていないことにキャサリンは気がついた。「動いちゃ駄目よ、ティリー」と彼女は言った。

「これみんな、憑かれてたよ」とティリーは言って、泣き出した。

「あんたたちのパパ、どうしていつも家にいないの？」アリソンが訊いた。

「わかんない」カールトンが言った。「ねえ知ってる、ティリーがさ、僕のナイトライト全部壊したんだよ」

「うん知ってる」アリソンは言った。「あんた、すごくムカついてるだろうね」

「ううん、よかったんだよ」カールトンは説明した。「霊が憑いてたんだもん。僕が怖がらないようにって壊してくれたんだよ」

「でもさ、暗いのは怖くないの？」

「怖がっちゃいけないんだってティリーに言われたの。兎が一晩じゅう起きててくれるから大丈夫だって。真っ暗でもちゃんと見張ってくれてるからって。ティリーなんか一度、外で寝たんだよ。そのときも兎たちが護ってくれて」

「で、あんたたち今度の週末はうちの別荘に来るのね」とアリソンは言った。

「うん」

「でもあんたのパパは来ないのね」

「うん」カールトンは言った。「わかんないけど」

「もっと高くする？」アリソンは言い、ブランコをぐいっと押してカールトンを空高く舞い上がらせた。

ヘンリーがリビングルームの壁に片手をあててみると、壁はほんのわずか、あたかも妊娠しているみたいに、凹む。ペンキの下のペンキも濡れている。ヘンリーは家じゅうを歩いて回り、両手を壁に這わせる。キャサリンは玄関広間に壁画を描いている最中である。木をもう何本も何本も描いた。茶色の葉、緑の葉、赤い葉の金色の木々。紫の葉、黄色の葉、ピンクの葉の赤っぽい木々。床にまで葉っぱが描いてあって、まるっきり落ち葉みたいである。「キャサリン」ヘンリーは言う。「もういい加減によせよ、壁を塗るのは。部屋がだんだん小さくなってきたぜ」

誰も何も言い返さない。キャサリン、ティリー、カールトンは家にいない。ヘンリーがこの家で一人で夜を過ごすのはこれが初めてだ。眠れない。テレビを観ようにもテレビがない。ヘンリーは刷毛を全部捨ててしまう。でもキャサリンが帰ってきたら、また新しいのを買うだけだろう。

ヘンリーはソファで眠る。夜中に誰かがやって来てそばに立ち、彼が眠っているのを見守る。ティリー。目を覚ますと、ティリーがここにいないことをヘンリーは思い出す。

兎たちは一晩じゅう家を見張っている。それが彼らの役目なのだ。

ティリーが兎たちに話しかけている。外は寒く、彼女は手袋をなくしてしまった。「あんた、名前は?」とティリーは言う。「あんた、可愛いわねえ。すごく可愛い」。彼女は両手両膝をついている。

「そっち行ってもいい?」と彼は訊く。カールトンは庭の自分の側から見守っている。「ねえ、そっちへ行ってもいいかな?」

ティリーは無視する。両手両膝をついて、兎たちにいっそう近づく。兎は三匹いて、一匹はほとんど触《さわ》れるくらい近い。ゆっくりと、うまく手を動かせば耳をつかめそうだ。つかまえて、家のなかに住むようしつけようか。うちにはペットの兎が必要だ。キング・スパンキーには霊が憑いている。このごろはほとんど一日外にいる。パパとママはキング・スパンキーが入れないようベッドルームのドアを閉めっぱなしにしている。

「いい子ね」ティリーは言う。「じっとしててね。じっとしてるのよ」

兎たちが耳をピッと振る。カールトンが歌を歌い出す。アリソンから教わった縄跳び歌である。カールトンってほんとに女々しい。ティリーは片手を差し出す。兎の首に何か、紐か首輪みたいなものが絡まっている。ティリーは身をくねらせ、手を差し出したままさらに前へ出る。目を丸くして、さらに丸くしてティリーは見とれている。自分の目が信じられない。兎の耳のうしろに小さな男が座っていて、兎の毛皮に掛けた、結び目を作った紐に片手でつかまっているのだ。もう片方の手はうしろに曲げられ、何かを投げようとしているみたいに見える。男はまっすぐティリーを見ている。と、手がさっと前に飛び出し、何かが彼女の手に当たる。ティリーはアッと手を引っ込める。「何すんのよ！」と彼女は言い、横向けに転がって倒れ込む。兎たちがぴょんぴょん逃げていくのをティリーは見る。

「ちょっと、ねえ！　戻ってきなよ！」

「なぁに？」とカールトンがわめく。すっかりあわてている。「何してるの？　なんでそっち行かしてくれないの？」

ティリーはしばし目を閉じる。黙んなさい、カールトン。黙んなさい。手がずきずき痛み、彼女は横たわって、手を目の前にかざしてみる。黙ん。なさい。

目が覚めると、カールトンが隣に座り込んでいる。「何してんのよ、あたしの方に入ってきて？」とティリーが言うと、カールトンは肩をすくめる。

「何してんの？」カールトンは言う。両膝をついて、体を前後に揺らしている。「なんで倒れたの？」

「あんたに関係ないわよ」ティリーは言う。自分が何をしていたのかも思い出せない。何もかもが変に見える。特にカールトンが。「あんた、どうしたの？」

「どうもしないよ」とカールトンは言うが、何かが変だ。ティリーは彼の顔をしげしげと見る。だんだん気持ちが悪くなってくる。芝を食べたときと同じだ。あの陰険な兎たち！あいつらに気をとられて、目を離していたすきに、カールトンも憑かれてしまったのだ。

「どうもしなくないわよ」とティリーは言って、怖がることも忘れ、手の痛みも忘れ、代わりにだんだんムカついてくる。あたしが悪いんじゃない。これは母親のせい、父親のせい、それにカールトンのせいでもある。カールトンったら、どうしてこんなことされてしまったのか？「あんたがわかんないだけよ。ママに言うからね」

憑かれたカールトンでも、依然、子分扱いできるカールトンではある。「言わないでよ」カールトンは頼み込む。

ティリーは考えるふりをするが、心はもう決まっている。だって、何が言える？何か変だと母親が気づくか、気づかないか、そのどちらかだ。ここは様子を見た方がいい。

「とにかくあたしから離れてなさいよね」彼女はカールトンに言う。「あんたといると、気持ち悪くなってくるわよ」

カールトンは泣き出すが、ティリーは動じない。カールトンは回れ右して、自分の側にとぼとぼ歩いていく。まだ泣いている。午後の残りずっと、自分の側の端にあるアゼリアの植え込みにこもって泣いている。それを見ているとティリーは気味が悪くなってくる。手の、何かに刺された箇所がずきずき痛む。兎たちはみんな地下に隠れている。キング・スパンキーは獲物漁りに行った。

「カールトンはどうしたんだ？」ヘンリーは一階に下りてきながら訊いた。あくびが止まらなかった。疲れてはいたが、あくびは疲れのせいではなかった。風邪をひきかけているといけないので、カールトンにお休みのキスをするのも控えておいた。でもカールトンもすでに何かをひきかけているように見えた。

キャサリンは肩をすくめた。腹の上に、ペンキのサンプルがいくつも、ソリティアでもやっていたみたいに並んでいる。週末ずっと家から離れていて、ヘンリーの仕事部屋を塗り直すことをキャサリンは考えていたのだった。憑かれた部屋を塗ったことはこれまで一度もなかった。ペンキに少し聖水を混ぜたら？　どうなんだろう。だいたい聖水って何？売ってるの？「ティリーが意地悪してるのよ」と彼女は言った。「二人とも、この近所でお友だち作ってくれないかしらねえ。カールトンは生まれてくる赤ん坊の話ばかり。僕が世話するんだ、赤ちゃんは僕の部屋で寝ればいいって。あたしずっとあの子に説明してるのよ、赤ん坊っていうのがどういうものか。寝て食べて泣く以外、何もしないのよって」

「あと、大きくなる以外は」ヘンリーは言った。「で、カールトン、ちゃんと寝た？」

「それもあるわね」キャサリンは言った。「とにかくなんだかすごく奇妙な様子でさ」

「時間はかかったけどね。とにかくなんだかすごく奇妙な様子でさ」

「それっていつもとどれくらい違うわけ？」キャサリンが言った。そしてあくびをしてから、「ティリーは宿題終わったの？」と訊いた。

「わからない」ヘンリーは言った。「だからさ、とにかく奇妙なんだよ。違ったふうに奇妙。奇妙な年頃なのかな。ティリーに算数の宿題手伝ってくれって言われたんだけど、僕がやっても計算合わなくてさ。僕の仕事部屋、どうするの？」

「荷物を全部外に出したの」キャサリンは言った。「アリソンとリズが来て手伝ってくれたのよ。内装をやり直すって二人には言ったの。ここの何もかもが憑かれてるってこと、どうしてあたしたちしか気づかないのかしらね？」

「で、僕の荷物どこに持ってったの？　何やろうっていうんだい？」

「あなた、ここで仕事なんてしてないでしょ」キャサリンが指摘した。べつに怒ってる口調ではなく単に疲れている口調。「それに、何もかもに霊が憑いてるわけでしょ？　だからあなたのコンピュータ、お店に持っていったの、見てもらおうと思って。わかんないけど、ひょっとして脱霊化《アンホーント》とかできるかなって」

るって？」

「ふうん」ヘンリーは言った。「わかったよ。お隣さんにもそう言ったの？　霊が憑いて

「馬鹿言わないでよ」キャサリンは言った。色見本をひとつ捨てた。レモンっぽすぎる。

「爆弾騒ぎのニュース、ラジオで聞いたわ」

「ああ」ヘンリーは言った。「地下鉄じゅう、角刈りでマシンガン持った若い奴でいっぱいでさ。うちの会社のビルも一時間くらい避難させられた。みんな外に出て、馬鹿みたいにノートパソコン抱えてつっ立ってたんだ、ひょっとして何かに使うかなと思って。鰐なんか輪ゴムボール運び出してさ。あれって十五キロくらいあるんじゃないかな。みんなけっこうビビってたよ、消防士たちまで。爆弾処理班が爆破しちゃうんじゃないかって思ったよ。で、そっちの週末はどうだった？」

「そっちはどうだった？」キャサリンが言った。

「相変わらずさ。アホなクライアントの接待。でもみんな自分がアホだってわかってないからまあいい。何しろ気の毒になっちゃうよね。わかってないんだ。どうやったら楽しく過ごせるか、わざわざ教えてやらなきゃいけなくて、教えたら教えたで妙に不安になって、だからやたら酒を飲む。そうするとこっちも一緒に飲まないといけない。鰐まで酔っ払ったよ。ピート・シーガーの歌に合わせて、なんか不気味な、くねくねしたダンスやってさ。で、別荘ってどんな感じ？」

「いいとこよ」キャサリンは言った。「ほんとに、すごくいい感じ」

「じゃあ楽しかった？　カールトンとティリーも喜んでた？」

「すごくよかったわ。うん、ほんとに、最高だった。あたし最高に楽しかった。じゃあなた、木曜のディナーはちゃんと帰ってこれるのよね」

それは質問ではなかった。

「カールトンが風邪か何かひきはじめてるみたいだ」ヘンリーは言った。「ねえ、僕ちょっと熱あるのかな？　それともここ寒い？」

「あなたは大丈夫よ。リズとマーカスと、読書クラブのメンバー何人かとその旦那さんと、あとなんて名前だっけ、あの不動産業者。あの人も招《よ》んだのよ。あの人、本を書いたのよ。あたしが書くつもりだったのに！　明日新しい食器洗い機が来るわ。もう紙皿はなしよ。それから芝生の専門業者が月曜に来て兎を始末してくれるわ。それでね、キング・スパンキーを獣医に預けて、ティリーとカールトンをニューヨークに連れてってルーシーのところに二、三日泊めてもらおうかなと思ったのよ——ルーシーったらこないだこの場所探して迷子になっちゃったんですって、ルーシーもディナーに来るのよ——だって毒とかすぐには抜けないかもしれないし、庭に兎の死体の山とか残ってるかもしれないでしょ。あなたの役目は、あたしがティリーとカールトンを連れて帰ってきたときに兎の死体なんかが全部片付いてるようにしておくことよ」

「まあそれはできるんじゃないかな」ヘンリーは言った。

「できなきゃ困るわよ」キャサリンは言った。そして難儀そうに立ち上がり、ヘンリーが座っている椅子の方にやって来て前かがみになった。腹がヘンリーの肩に当たった。息が熱かった。両手に色の縞がいっぱいついていた。「あたしときどき、あなたが鰐に働かされてるんじゃなくて、鰐と浮気してた方がまだいいかなって思うのよね。それだったら、家にもちゃんと帰ってくるじゃない。怪しまれるといけないから」

「浮気なんかしてる暇ないよ」ヘンリーは言った。ムッとしたような声。レナード・フェルターのことを考えているのかもしれない。それとも、鰐のヌードを想像しているのか。ストレッチの赤いゴムのセックスギアを着けた鰐。レナード・フェルターとの真相をヘンリーに打ちあけるところをキャサリンは想像してみた。あたし、浮気なんかしなかったのよ。しませんでした。あれは作り話。文句ある？

「だから、そういうことよ」キャサリンは言った。「とにかくディナーには帰ってきてよ。あなたはここに住んでるのよ、ヘンリー。あなたはあたしの夫なのよ。あたしの友だちに会ってほしいのよ。この赤ちゃんが生まれるときあなたにいてほしいのよ。一階のバスルームを直してほしいのよ。ティリーと話をしてほしいのよ。あの子いまつらそうなのよ。あたしには話してくれないの」

「ティリーは大丈夫さ」ヘンリーは言った。「今夜じっくり話したんだ。カールトンのナイトライトみんな壊しちゃってごめんなさいってさ。ところで、この木の絵いいね。この上にまたペンキ塗ったりしないよね？」

「ペンキがいっぱい余っちゃって」キャサリンは言った。「ローラーでべたべた塗るばっかりも飽きたし。ちょっとお洒落なことやりたかったのよ」

「僕の仕事部屋に木を描いてくれてもいいね、僕の仕事部屋塗るときにさ」

「まあね」キャサリンは言った。「わわわ、この子ほんとにいつも蹴りっぱなし」。彼女はヘンリーの前に横になって、両足を持ち上げてヘンリーの膝に載せた。「足、さすってよ。まだペンキがすごくたくさんあるのよ。でもあなたの仕事部屋が済んだら、もうペンキ塗りはおしまい。いい加減にしてよってティリーにも言われた。何べんもガスマスク隠されて。あなた、ディナーに帰ってくる？」

「ディナーに帰ってくるよ」とヘンリーは、キャサリンの足をさすりながら言った。本当にそうするつもりだった。駆除業者のことを彼は考えていた。兎の死体が庭一面、交戦地帯みたいに転がっている。兎たちも気の毒に。まったくなんてドタバタだ。

二人でセラピーに行き、一家でヨセミテに出かけて帰ってくると、ヘンリーはキャサリンに言った。「もうこのことはこれ以上話したくない。二度と話したくない。もう話さないってことでいい？」

「このことって?」キャサリンも言った。でもほとんど残念なくらいだった。すごく苦労したのだ。細かい点をいちいち捏造しないといけなくて、そのうちだんだん、ほんとに作り話じゃないんじゃないかという気になったくらいだった。それが実際には起きなかったふりをするなんて、あまりに怪奇、あまりに複雑に思えた――何しろそれは、本当に実際には起きなかったのだから。

キャサリンはディナーに備えて着替えている。鏡を見ると、体はクルーズ船みたいに大きい。給水塔。全然自分に見えない。赤ん坊が肋骨のすぐ下を蹴る。
「やめなさい」キャサリンは言う。この子はきっと女の子だと彼女は思っている。ティリーは喜ばないだろう。ティリーは今日一日、ものすごくいい子にしていた。サラダを作るのも手伝ってくれた。テーブルもセットしてくれた。綺麗なドレスも着た。

ティリーはカールトンから逃れて、玄関広間のテーブルの下に隠れている。カールトンに見つかったら、ティリーは悲鳴を上げるだろう。カールトンが憑かれているというのに、誰も気づかないなんて。ティリー以外、みんなどうでもいいと思ってるのだ。ティリーは小声で、赤ん坊の名前を次々言ってみる。ドロップ。シャンプール。カスタード。ノック、ノック。兎たちは芝生に出ていて、キング・スパンキーはまたもベッドの下にこもってしまった。憑かれた目覚まし時計百万個で誘っても、絶対出てこないだろう。

母親は階段下の壁ぞいにずうっと木々を描いた。本物の木には見えない。本当の色じゃない。セントラルパークとは全然違う。木々のあいだに、母親は小さなドアをひとつ描いた。本物のドアじゃないけど、ティリーがよく見ようと近寄っていくと、それは本物だ。ドアノブがあって、回してみると、ドアが開く。階段の下にもうひとつ階段がある。土の階段が、下にのびている。三段目に兎が一匹座っていて、顔を上げてティリーを見る。ぴょんと一段下りて、またもう一段。またもう一段。

「ランプルド・スティルツキン！」ティリーは兎に呼びかける。「リップスティック！」

ヘンリーのピンクのシャツを出しにキャサリンはクローゼットへ行く。あの不動産業者、名前なんて言ったっけ？　なんでどうしても覚えられないんだろう？　シャツをベッドの上に置いて、キャサリンはしばし呆然と立っている。あんまりだ。ピンクのシャツが憑かれている。ヘンリーのスーツ、シャツ、ネクタイを全部出してみる。全部憑かれている。何もかも、すべて憑かれている。靴まで。引出しを開けると、靴下、下着、ハンカチ、ひとつ残らずやられている。全部憑かれている。ヘンリーが着られるものは何もない。キャサリンは一階に行って、ゴミ袋を出し、二階に戻ってくる。服を片っ端から袋に放り込んでいく。

ベッドルームの窓を額縁に、カールトンが絵のなかに収まっているのが見える。棒で兎たちを追いかけている。キャサリンは窓を押し上げて、身を乗り出し、わめく。「カールトン！　兎に近づいちゃ駄目よ！　聞こえる？」

自分の声が自分の声に聞こえない。

ティリーが下のどこかを駆け回っている。ティリーもわめいているが、その声はだんだん遠くだんだん小さくなっていく。「ヘアブラシ！　ツェッペリン！　トーピード！　マーマレード！」と彼女はわめいている。

玄関の呼び鈴が鳴る。


鰐が笑い出した。「まあまあヘンリー。落ち着いてよ」

ヘンリーはまたひとつ輪ゴムを発射した。「本気ですよ」彼は言った。「もう遅れてるんです。遅れちゃいます。キャサリンに殺されます」

「私のせいだって言いなさいよ」鰐は言う。「あなた抜きでディナーがはじまる。それがどうしたっての」

「電話はしたんです」ヘンリーは言った。「誰も出なかったんです」。ひょっとして電話も憑かれたのだろうか。だからキャサリンも出ないんだ。新しい電話を入れないと。芝生の業者が家の業者を知らないだろうか。誰か何とかしてくれる人がいないだろうか。「もう帰らないといけないんです」彼は言った。「いますぐ帰らないと」。だが彼は立ち上がらなかった。「なんだか滅茶苦茶にしちゃったみたいなんです、僕とキャサリンとで。うまく行ってないんです」
「そういう話は親身になってくれる人にしたら」と鰐は言った。彼女は自分の目を拭った。「出ていきなさい。さっさと列車に乗りなさい。よい週末を。また月曜に」

というわけでヘンリーは家に帰る。帰るしかない。でももちろんもう遅い、遅すぎる。列車は憑かれている。彼が降りる駅に近づけば近づくほど、ますます憑かれていく。ほかの乗客は誰も気づいていないみたいだ。そしてもちろん、降りてみると自転車も憑かれている。ヘンリーは自転車を駅に置いて、闇のなか、自転車道を歩いて帰る。何かがうしろからついてくる。キング・スパンキーだろうか。

庭が見える。家が見える。彼は自分の家が好きだ。家じゅう煌々と明かりが点いていて。窓ごしに中がよく見える、リビングルームが見える、キャサリンがゴースト・クラブ（幽霊蟹）に塗ったリビングが。縁の部分はラットフィンク（密告者）。キャサリンは本当にものすごく頑張ったのだ。車寄せにたくさん車が駐まっていて、中では人々がディナーを食べている。みんなキャサリンの木々をほれぼれと眺めている。彼らはヘンリーを待ちはしなかったのだ。それで結構。自分の隣人たち――ヘンリーは自分の隣人たちが好きだ。会ったらすぐに好きになるはずだ。妻にはいまにも赤ん坊が生まれようとしている。娘は夢遊病が治るだろう。息子は霊に憑かれてなんかいない。月が光を注ぎ、見たこともない色に世界を塗る。ねえキャサリン、見ろよこれ。きらきら光る芝生、きらきら光る兎たち、きらきら光る世界。兎たちは芝生に出ている。彼らはヘンリーを待っていたのだ、いままでずっと待っていたのだ。ここにヘンリーの兎がいる、彼一人の、ほかの誰のものでもない一匹の兎が。自転車なんて要らない。ヘンリーは自分の兎にまたがり、その温かい、絹のような、きらきら光る脇腹に両脚を押しつけ、片方の手で兎の毛皮に、首に巻いた結び目つきの紐につかまる。もう片方の手にも彼は何か持っていて、見ればそれは槍だ。周りじゅう、みんなもそれぞれ自分の兎にまたがって、辛抱強く、静かに待っている。彼らは長いあいだ待っていたのだ、でももう待つこともほぼ終わった。もう少ししたら、ディナーパーティも終わって、戦争がはじまるのだ。

# 猫の皮

# *Catskin*

猫たちはいくぶんみすぼらしくなってきた。

猫たちは一日じゅう魔女の家から出入りしていた。窓はいつも開いていて、玄関の扉も開いていて、それに加えて、ひっそり猫サイズの扉が壁や屋根裏に作ってあった。猫たちは大きく、艶々していて、何の音も立てなかった。魔女以外は誰も彼らの名を知らなかった。彼らに名前があるかどうかも知らなかった。

何匹かはクリーム色で、何匹かはぶちだった。カブト虫みたいに黒いのもいた。彼らは魔女の仕事を手伝っていた。魔女の寝室に、生き物を口にくわえて入ってきたりした。部屋から出てくると、口には何もなくなっていた。

猫たちはとっとっと歩き、こそこそ進んで、ぴょんと跳び、身を丸めてうずくまった。彼らは忙しかった。彼らの動きは猫のよう、いやむしろ、ぜんまい仕掛けのようだった。尻尾は振り子に毛が生えたみたいにぴくぴく揺れた。魔女の子供たちには目もくれなかった。

この時点で魔女には生きている子供が三人いたが、ひところは何ダースも、ひょっとしてそれ以上いた。魔女自身はもとより、誰もわざわざ数えたりしなかったが、ひところ家には猫と赤ん坊があふれていたのである。

さて、魔女たちは普通のやり方では子供が産めないので——魔女の子宮には藁《わら》や煉瓦や石がいっぱい詰まっていて、何かを産むにしても、生まれるのは兎、仔猫、オタマジャクシ、家、絹のドレスだが、魔女とて跡継ぎは要るし、魔女とて母親になりたいのだ——この魔女も別の手段で子供を手に入れたのだった。つまり、さらってくるか、買ってくるかして。

魔女はある色合いの赤毛を持つ子供に目がなかった。双子には我慢ならなかったが（双子というのは間違った種類の魔法なのだ）、時に子供たちをセットにまとめようと試みたりはした。家族を作るみたいにというより、チェスのセットを作るみたいに。魔女の家族ではなく魔女のチェスセットと言うなら、それなりに当たっている。実は家族というのはみなそういうものかもしれない。

一人の女の子を、魔女は膝の上で、嚢胞《のうほう》のように育てた。また何人かは、庭にある物や、猫たちが持ってくるゴミで作った。チキンの脂の筋がこびりついたままのアルミホイル、壊れたテレビ、近所の人間が捨てた段ボール箱などで。昔から倹約好きの魔女だったのである。

こうした子供たちのうち、何人かは逃げ出し、何人かは死んだ。何人かはなくしてしまったり、うっかりバスに置いてきたりした。願わくばこうした子供たちが、やがて幸せな家庭に養子に迎えられたか、生みの親と再会するかしたと思いたい。もしあなたがこの物語にハッピーエンドを求めているなら、あるいはここで読むのをやめて、そうした子供たち、そうした親たち、そうした再会を思い描いてもらう方がいいかもしれない。

まだ読んでますか？　魔女は二階の寝室にいて、死にかけていた。敵に毒を盛られたのである。ラックという名の、男の魔法使いに。魔女の毒味役だった子供のフィンはすでに死んでいて、魔女のお皿を綺麗に舐めた猫三匹も同じだった。誰が自分を殺そうとしたかは知っていたから、死ぬ営みのあちこちから魔女は時間のかけらをつかみ取り、復讐の手はずを整えた。段取りがすっかり整うと——復讐は彼女の頭のなかで黒い撚《よ》り糸の玉みたいな形をしていた——魔女は残った子供三人に自分の資産を分け与える作業に取りかかった。

魔女の口の端にはゲロの残りがこびりついていたし、ベッドの足下に置いたたらいにはどす黒い液体がいっぱい入っていた。部屋は猫の小便と濡れたマッチみたいな匂いがした。

魔女は自分の死を産もうとしているかのようにゼイゼイ喘《あえ》いだ。「フローラにはあたしの自動車を与える」と魔女は言った。「それと、底にコインを一枚残しておく限り絶対空っぽにならないあたしのハンドバッグもお前にあげよう、あたしの愛しい、贅沢好きの、遊び人のフローラや、あたしの毒フローラ、可愛い可愛いフローラや。あたしが死んだら家を出て表の道を西へ行きなさい。それが最後の忠告だよ」

フローラは存命の子供のうち一番年上で、赤毛でお洒落だった。もうずっと前から、魔女が死ぬのを気長に待っていた。魔女の頬にキスして、「ありがとう、お母さま」と言った。

魔女はゼイゼイ喘ぎながら、顔を上げてフローラを見た。彼女にはフローラの生涯が見えた。一生がすでに、地図のように平べったく広げられている。実は母親というのはみなこれくらい見ることができるものかもしれない。

「ジャックや、あたしの愛する子や、あたしの鳥の巣、あたしの一嚙み、あたしの粥《ポリッジ》の残り」と魔女は言った。「お前にはあたしの本をみんなあげる。これからあたしが行くところでは本なんか要らないからね。家を出たら、東の方角へ行きなさい。いまより情けないことにはならないよ」

ジャックはかつて、鳥の羽根、小枝、卵の殻をみすぼらしい糸で縛った束だったが、いまではすっかりたくましい若者で、もうほぼ大人だった。本をもらってもジャックに字など読めるのかどうか、知っている者がいるとしても猫だけだった。が、とにかくジャックはうなずいて、母親の灰色の唇にキスした。

「そして、あたしのスモール坊やには何を残そうかね？」と魔女はピクピク痙攣しながら言った。そしてまたもたらいに吐いた。猫たちが駆け込んできて、たらいの縁から身を乗り出し、吐物《とぶつ》を吟味した。魔女の片手がスモールの脚にぐいぐい食い込んだ。

「ああ、つらいよ、つらい、ほんとにつらいよ、母親が子供をあとに残していくってのは（いままでもっとつらいこともやってきたけどね）。子供には母親が必要なんだ、あたしみたいな母親でも」。彼女は目を拭ったが、魔女が泣けないというのは厳然たる事実である。

スモールは魔女の子供のうち一番年下で、いまだに魔女のベッドで寝ていた（実は意外に歳を喰っているかもしれないが）。そしていまはベッドの上に腰かけ、泣きはしなかったが、それは魔女の子供は泣くことの効用を教わらないからである。スモールは胸がはり裂けそうだった。

スモールは投げ物芸《ジャグリング》ができて、歌が歌えて、毎朝魔女の長い絹のような髪にブラシをかけて三つ編みにしてやっていた。どんな母親もきっと、スモールみたいな息子がいたらと思うにちがいない。スモールみたいに巻き毛で、かぐわしい息で、思いやりのある息子、美味しいオムレツが作れてたくましい歌声をしていていてヘアブラシを持たせれば誰より優しい息子が。

「お母さま」とスモールは言った。「お母さまが死んでしまうのは仕方ありません。そして、僕も一緒に行けないのなら、精一杯がんばって、お母さまに自慢に思ってもらえる生き方をしようと思います。形見にお母さまのヘアブラシをください。そしたら僕は一人で世間に旅立ちます」

「ではお前にヘアブラシをやろう」と魔女はスモールを見つめ、ゼイゼイゼイゼイ喘ぎながら言った。「そしてあたしはお前を一番愛している。だからあたしの火口箱《ほくちばこ》と、あたしのマッチと、それにあたしの復讐をあげよう。お前はきっとあたしが自慢に思うようなことをしてくれるよ。そうならなかったら、あたしは自分の子供を全然知らないってことだよ」

「お母さま、家はどうしましょう?」とジャックが言った。どうでもいいという感じの口調だった。

「あたしが死んだら」と魔女は言った。「この家は誰の役にも立たない。この家はあたしが産んだんだ——もうずっと昔のことだよ——ドールハウスの大きさからこつこつ育てたんだ。ああ、ほんとにこの上なく愛しい、可愛らしいドールハウスだったよ。部屋が八つあって、ブリキの屋根があって、どこにも通じていない階段があって。あたしはそれを可愛がって、優しくあやして揺りかごで眠らせて、本物の家になるまで育てたんだ。おかげでいままでこんなにあたしの面倒を見てくれたんだよ、あたしは親なんだからね、母親に対する子の務めをこの家はちゃんと知ってるんだ。お前たちにいまのこの家の様子が見えるかい、ひどくつらそうに嘆き悲しんで、あたしがこうして死んでいくのを見てどんどんやつれていく。家は猫たちに任せればいいよ。どうしたらいいか猫にはわかってるから」

この間ずっと、猫たちは部屋をせかせか出入りし、いろんな物を持ってきたり持っていったりしていた。猫たちは永久にペースを緩めそうになかった。絶対に立ちどまらず、うとうとしたりもせず、眠ったり死んだり、魔女の死を悼んだりする暇すらない。彼らにはどこか所有者然とした雰囲気が漂っていた。あたかもこの家が、すでに彼らのものであるかのように。

魔女は吐く。泥を、毛皮を、ガラスのボタンを、ブリキの兵隊を、左官ごてを、ハットピンを、画鋲を、ラブレターを（宛先が違っていたり切手が足りなかったりして読まれずに終わったレターー）、赤蟻の連隊一ダースを（蟻一匹一匹が縦横ともインゲンマメ大）。悪臭を放つ危険なたらいのなかを蟻たちは泳いでいき、縁から這い出て、ぴかぴかのリボンのごとく床を行進していく。彼らはその大あごで時のかけらを運んでいく。時は重く、小さなかけらでも相当重いが、蟻たちのあごはたくましく、脚もたくましい。床の上をぐいぐい進み、壁を這いのぼって、窓から出ていく。猫たちは見守るだけで、手は出さない。魔女は喘ぎ、咳込み、それから動かなくなる。両手が一度ベッドを叩いて、それから動かなくなる。それでもまだ子供たちは待つ。母親が本当に死んだことを、彼女がもうこれ以上何も言わないことを確かめようと。

魔女の家では、死者は時としてすごくお喋りである。

けれど、いまこの魔女は、もう何も言うべきことを持たない。

家がうめき声を上げ、猫たちはニャーニャー情けない声で鳴きながら、とっとっと、まるで何か落としてしまってそれを探しに行かねばならないみたいに——そしてどうせ見つかりはしないかのように——部屋から出入りし、子供たちもとうとう泣き方を発見するが、魔女はじっと動かず音も立てない。顔にはかすかな笑みが、何もかもすべて望みどおりに起きたかのように浮かんでいる。あるいは、物語の次の展開を楽しみにしているのか。

子供たちは魔女を、彼女が育てかけていたドールハウスのひとつに収める。一階の居間に体を押し込んで、内側の壁を壊して朝食用スペースの食卓に頭が載るようにし、足首は寝室の扉を貫き通す。スモールが髪にブラシをかけ、亡くなったいま何を着せたらいいかわからないので、残っている服を全部重ねて着せる。一枚また一枚と重ね、しまいには、ペチコートや上着やワンピースの山に埋もれて母の白い手足はほとんど見えなくなってしまう。それでいいのだ。ドールハウスに釘を打って閉じたら、どのみち見えるのはもう、台所の窓の向こうにのぞく頭の赤いてっぺんと、寝室の雨戸にぶつかっているダンスシューズのすり減ったかかとだけなのだから。

手先の器用なジャックが、ドールハウスに車輪と引き具を装備して引っぱれるようにした。彼らは引き具をスモールにつなぎ、スモールが引っぱってフローラが押し、ジャックがドールハウスに声をかけてなだめすかしながら進ませ、丘を越え、墓地に下りていった。猫たちも一緒に並んで走っていった。

毛が生え替わりでもするみたいに、猫たちはいくぶんみすぼらしくなってきた。口はひどくうつろに見える。蟻たちは森を抜けて行進し、町に降り立って、あなたの家の裏庭に、時のかけらで巣を作った。もしあなたが、蟻がのたうって焼け死ぬのを見ようと巣に虫眼鏡をかざしたら、時そのものに火が点いてしまい、あなたは後悔するだろう。

墓地の門の手前で、猫たちは魔女の墓を掘っていた。子供たちはドールハウスを墓穴に、台所の窓の方から先に入れようと傾けた。ところが、やってみると墓の深さは十分でなく、家はひっくり返った姿で中途半端に埋もれてしまい、何とも窮屈そうだった。スモールは泣き出して（泣き方を発見したいま、一日じゅうその練習をしているみたいだった）、まっとうに埋葬もされず逆さまの格好で永遠の死を過ごすなんて何と恐ろしいことだろう、と考えた。露出している外壁に雨が打ちつけても母はそれを感じることもできず、雨がじわじわ家のなかにしみ込んできて母の口を満たし、母を溺れさせてしまう。だから、雨が降るたび、母はもう一度死ぬことになるのだ。

ドールハウスの煙突が折れて地面に落ちていた。猫の一匹がそれを拾い上げ、記念の品みたいに運び去った。猫は煙突を森まで持っていき、一度に一口ずつちびちび食べて、この物語から出て別の物語のなかへ移っていった。それは私たちの関知するところではない。

ほかの猫たちは土をくわえて運びはじめ、ドールハウスの周りに下ろして、前足で整え山にしていった。子供たちも手伝って、作業が済むと、まっとうな埋葬が遂げられていた。いまや外から見えるのは寝室の窓だけで、ちっぽけなガラスが、小さな土の山のてっぺんに、ぽつんと目のようにあった。

家に帰る途中、フローラはジャックといちゃつきはじめた。ジャックの黒い喪服姿に惹かれたのかもしれない。もう大人になったいま、自分たちがこれから何になろうと思っているかを二人は語りあった。フローラは自分の生みの親を探すつもりだった。可愛いフローラのことだから、きっと誰かが助けてくれるだろう。ジャックは金持ちの女性と結婚したいと思っていた。彼らはあれこれ計画を立てはじめた。

スモールは少しうしろを歩いていた。猫たちがのらりくらり、足首のあたりに巻きついてきた。ポケットには魔女のヘアブラシが入っていて、スモールは慰めを求めて、彫刻を施したその角《つの》の把手に指を巻きつけた。

帰ってみると、家は深刻な、悲しみにうちひしがれた様子をしていた。家はあたかもそれ自身から撤退しはじめたように見えた。フローラとジャックは中に戻ろうとしなかった。彼らは愛情を込めてスモールを抱きしめ、一緒に来ないかと誘った。そうしたいけど、誰かが猫の世話をしないと——それに復讐の世話も。こうして彼は、二人の車が走り去っていくのを見送った。二人は北へ行った。母の忠告に従う子供なんて、いつの世でもいたためしはないのだ。

ジャックは魔女の蔵書を持っていこうともしなかった。そんなに何もかもトランクに入れられないからね、と。フローラがいて、魔法のハンドバッグがあれば十分さ。

スモールは庭に座って、腹が減ると草の茎を食べ、草がパンとミルクとチョコレートケーキなんだというふりをした。庭のホースから水を飲んだ。暗くなってくると、いままでついぞ知らなかった寂しさを味わった。魔女の猫は話し相手にはならなかった。彼は猫たちに何も言わなかったし、猫たちも彼に教えることは何もなかった。家についても、未来についても、魔女の復讐についても、自分がどこで眠ったらいいかについても。スモールはいままで、魔女のベッド以外の場所で寝たことはなかったのだ。結局とうとう、丘をもう一度越えて、墓地に降りていった。

猫が何匹かいまだに墓を上り下りしていて、葉や草や羽根や自分たちの抜け毛で盛り土のふもとの部分を覆っていた。それは横たわるとふんわり柔らかい巣だった。スモールが寝入ったとき、猫たちはまだ忙しく働いていた(猫たちはいつだって忙しいのだ)。寝室の窓の涼しいガラスにスモールは頬を押しつけ、丸めた手はポケットのなかでヘアブラシを握っていたが、やがて真夜中に目が覚めると、彼は頭のてっぺんから爪先まで、温かい、草の匂いのする猫たちの体にすっぽりくるまれていた。

尻尾がひとつ、ロープみたいにスモールのあごに巻きつき、どの猫の体もザワザワと息を出し入れし、頬ひげや前足がぴくぴく震え、絹のような腹が上下している。猫たちはみな狂おしい、疲れきった、忙しい眠りを眠っているが、一匹だけ、スモールの頭のそばに座って彼を見下ろしている白い猫がいる。見たこともない猫だが、夢に出てくる人たちに見覚えがあるのと同じように、スモールはこの猫に見覚えがある。全身白い体に、耳と尻尾と前足にだけ赤っぽい房やフリルがついている。誰かが縁に炎で刺繍したみたいな。

「君、名前は？」スモールは言う。魔女の猫に話しかけるのは初めてだ。

猫は片足を上げて、自分の局部を舐める。それからスモールを見る。「母さんって呼んでいいよ」と猫は言う。

だがスモールは首を横に振る。猫をそんなふうに呼ぶわけには行かない。猫たちの毛布の下、窓ガラスの下で、魔女のスペイン風のかかとが月光を吸い込んでいる。

「いいよ、じゃあ魔女の復讐って呼べばいい」と猫は言う。彼女の口は動いていないが、スモールには猫が彼の頭のなかで喋っているのが聞こえる。その声は毛みたいに尖っていて、針で作った毛布みたいに響く。「それに、あたしの毛に櫛を入れてくれてもいいよ」

スモールは体を起こして、眠っている猫たちをどかし、ポケットからブラシを出して持ち上げる。硬い毛をずっとあてていたせいで、スモールのピンクの手のひらに、小さな凹みが何列も並んでいる。何かの暗号みたいだ。スモールがそれを解読できたら、こう読めるだろう――あたしの毛に櫛を入れなさい。

スモールは魔女の復讐の毛に櫛を入れる。猫の毛には墓場の土が混じっていて、赤い蟻も一匹か二匹いてそれがぽとんと落ちてこそこそ逃げていく。魔女の復讐は地面に頭を持っていき、蟻たちをパクッとあごでつかまえる。周りで猫たちの山があくびをしたり伸びをしたりしている。やるべきことはいろいろあるのだ。

「まず、魔女の家を燃やさないと」魔女の復讐は言う。「それが最初だよ」

スモールのブラシが毛のもつれに引っかかると、魔女の復讐はふり向いてスモールの手首を噛む。それから彼女は、スモールの親指と人差し指のあいだの柔らかい場所を舐める。

「もういいよ」と彼女は言う。「やることはたくさんあるし」

こうして彼らはみんなで家に戻っていく。スモールは闇のなかを危なっかしい足どりで歩き、魔女の墓からどんどん遠ざかっていく。猫たちはとっとっとかたわらを歩き、目を松明《たいまつ》みたいに光らせ、口には小枝や棒切れを、巣だかカヌーだか世界を入れないための塀だかを作ろうとしているみたいにくわえている。帰ってみると家には煌々と明かりが点いていて、まだたくさん猫がいて、焚きつけが山と積まれている。家は何やら音を立てている。誰かが楽器に息を吹き込んでいるみたいな音。もっと焚きつけを探そうと扉からせかせか出入りしている猫たちがみんなニャーニャーニャーニャー鳴いていることにスモールは気がつく。「まずはドアの閂《かんぬき》を全部かけないと」と魔女の復讐は言う。

というわけでスモールは、台所の扉だけ残して一階の扉と窓を全部閉める。魔女の復讐は一連の秘密の扉の留め金を残らずかける。猫の扉、屋根裏の扉、屋根の扉、地下室の扉。ひとつの秘密の扉も開いたままにはされない。いまや音はすべて内側で響いていて、スモールと魔女の復讐は外側にいる。

猫たちはみな台所の扉を通って家のなかにもぐり込んだ。庭には一匹の猫もいない。スモールが窓から中をのぞくと、魔女の猫たちが小枝の山を積み上げるのが見える。**魔女の復讐**も彼の隣に座って見守る。「じゃ、マッチに火を点けて中に投げ込むんだよ」と**魔女の復讐**は言う。

スモールはマッチに火を点ける。それを投げ込む。物を燃やすのが嫌いな男の子なんていない。

「じゃ、台所の扉を閉めなさい」と**魔女の復讐**は言うが、スモールにはそんなことできない。猫はみんな中にいるのだ。**魔女の復讐**はうしろ足で立って、台所の扉を体で押して閉める。家のなかで、マッチの火が何かを点火させる。火は床を這うように進んでいき、台所の壁をのぼっていく。猫たちに火が点いて、彼らはほかの部屋へ駆け込む。こうした一部始終を、スモールは窓ごしに、顔をガラスに押しつけて見ている。ガラスははじめ冷たく、だんだん温かく、そして熱くなる。燃える小枝をくわえた燃える猫たちが台所の扉を押し、ほかのいろんな扉を押すが、どの扉も鍵がかかっている。スモールと**魔女の復讐**は庭に立って、魔女の家が、魔女の本と魔女のソファと魔女の鍋カマが、そして魔女の猫たちが、彼女の猫たちがみんな、一匹残らず、燃えるのを見届ける。

家を燃やしてはいけない。猫に火を点けてはいけない。家が燃えているのに手をこまねいて見ていてはいけない。そういうことをしろと命じる猫の言うことを聞いてはいけない。

見てないでさっさと寝床に入りなさい、眠りなさい、とお母さんに言われたら言うとおりにしないといけない。お母さんの復讐の言うとおりにしないといけない。

絶対に魔女に毒を盛ってはいけない。

朝になり、スモールは庭で目を覚ました。煤《すす》が脂っぽい毛布となって彼を包んでいた。**魔女の復讐**は彼の胸の上で丸まっていた。魔女の家はまだ立っていたが、窓はもう溶け、壁を流れ落ちていた。

**魔女の復讐**が目を覚まし、体を伸ばして、サメの肌みたいな小さな舌でスモールを綺麗に舐めた。それから彼女はスモールに、あたしの体に櫛を入れなさいと要求した。そして家のなかに入っていき、小さな束を抱えて出てきた。それは彼女の口から、骨もなく、仔猫みたいに垂れていた。

スモールが見ると、それは猫の皮だ。ただしもう中に猫はいない。**魔女の復讐**はそれを彼の膝に落とす。

スモールが手に取ってみると、そのだらんと軽い皮から、何か光るものが落ちた。一枚の金貨だった。じとじと湿った、脂がついてつるつる滑る金貨だ。魔女の復讐は猫の皮を何ダースも何ダースも出してきて、どの皮にも金貨が一枚入っていた。スモールが金を勘定していると、魔女の復讐は自分の爪を一枚食いちぎって、櫛に引っかかっていた魔女の長い髪を一本引っぱり出した。そして仕立屋みたいに草の上にあぐらをかいて、猫の皮をいくつもつないで袋を縫いはじめた。

スモールはぶるっと身震いした。朝食に食べるものといっても草しかなく、草は黒ずんで焼けていた。

「寒いかい？」と魔女の復讐が訊いた。そして袋を脇へ置いて、もう一枚猫の皮を取り上げた。立派な黒々とした皮。それに鋭い爪を入れて二つに切り裂く。「あったかい服を作ってやろう」

黒猫の皮と、キャラコ色の猫の皮を使い、前足の周りにはグレーと白の縞の毛で飾りをつけた。

それを作りながら、魔女の復讐はスモールに言った。「知ってるかい、昔ここでいくさがあったこと？　まさにこの地面で」

スモールは首を横に振った。

「庭があればばかならず」と魔女の復讐は、片方の前足で地面をひっかきながら言った。「きっとどこか下に人が埋められてるんだよ。ほら」。彼女は何か小さな茶色い塊を引っぱり上げ、口にくわえて、舌で綺麗にした。

その小さな丸いものを彼女がふたたび吐き出すと、それは象牙の軍服のボタンだった。魔女の復讐はもっとたくさんのボタンを、まるで象牙のボタンが地中に生《な》っているみたいに掘り出し、猫の皮に縫いつけた。のぞき穴が二つついたフードと、細い頬ひげ一セットを作って、立派な猫の尻尾を四本うしろに縫いつけた。そこに生えていた一本だけでは、スモールには不十分だとでもいうのか。それぞれの尻尾に、鈴を縫いつけた。「これを着なさい」と彼女はスモールに言った。

スモールがその服を着ると、鈴がちりんちりん鳴る。魔女の復讐があははと笑う。「あんた、見栄えのいい猫だよ」と彼女は言う。「どんな母親も自慢に思うよ」

猫服の中は柔らかく、肌に触れるとちょっとべとべとしている。頭にフードをかぶると、世界が消滅する。のぞき穴を通して、その生々しい切れはしが見えるだけ――草、金貨、あぐらをかいて座り込み皮の袋を縫っている猫。縫い目が大ざっぱなものだから、胸の前や、大口を開けたみたいなボタンの周りで皮がだらんと垂れていて、そこから空気が流れ込んでくる。ぎこちない指なしの前足で、スモールは一連の尻尾をウナギの束みたいにつかんで、それが鳴る音を聞こうと前後に振ってみる。鈴の音、空気の煤っぽい焦げたような匂い、猫服のべたべた湿った温かさ、新しい毛皮が地面に当たる感触。スモールはやがて眠りに落ち、何百匹もの蟻がやって来て彼を持ち上げそっとベッドまで運び去る夢を見る。

スモールがフードをうしろに倒してみると、魔女の復讐は針仕事をちょうど終えたところである。袋に金貨を入れるのをスモールは手伝った。魔女の復讐はうしろ足で立ち、袋を手にとり、ひょいと肩に掛ける。金貨同士がすれ合って、ミャーオ、フーッ、とまるっきり猫みたいな音を立てる。袋は草の上をずるずる引きずられ、灰がくっつき、緑の筋をあとに残していく。魔女の復讐は空気の袋でもしょっているみたいにさっそうと歩いていく。

スモールはふたたびフードをかぶって、両手両膝をついた。それから、とっとっと跳ねて魔女の復讐を追っていった。庭の出入口は開けっ放しにして、森へ入っていき、魔法使いラックが住んでいる家に向かった。

森はかつてより小さい。スモールは大きくなっているが、森は縮んできている。木々は伐《き》り落とされた。家々が建てられた。芝生が敷かれ、道路が作られた。魔女の復讐とスモールはそうした道路のひとつを歩いていった。スクールバスが通りかかった。子供たちは窓の外に顔を出して、魔女の復讐が二本足で立って歩いていて猫服を着たスモールがそのすぐうしろにくっついて進んでいるのを見てあははと笑った。スモールは頭を上げて、のぞき穴ごしにスクールバスの方をふり返った。

「このへんの家に住んでるのは誰？」とスモールは魔女の復讐に訊いた。

「それは間違った質問だよ、スモール」と魔女の復讐は言って、スモールを見下ろし、悠然と歩きつづけた。

ミャーオ、と猫皮の袋が言う。チリン。

「じゃあ正しい質問って？」とスモールは訊いた。

「このへんの家の下に住んでるのは誰かって訊きなさい」魔女の復讐は言った。

スモールは素直に、「このへんの家の下に住んでるのは誰？」と訊いた。

「何ていい質問！」魔女の復讐は言った。「いいかい、誰もが自分の家を産めるわけじゃないんだよ。たいていの人間は代わりに子供を産む。で、子供が生まれたら、子供を入れる家が要る。というわけで、たいていの人は片っぽを産んで、片っぽは建てることになる。つまり、家を建てる。ずっと昔は、人が家を建てようとしたら、まずは穴を掘ったものだった。そしてその穴に、小さな部屋を——小さな、木の、一部屋の家を——作る。そうして、穴の家に入れて住ませる子供を、さらってくるか買ってくるかしたんだ。それから、その小さな家の上に、自分の家を建てたのさ」

「小さな家の屋根には扉を作ったの？」スモールは訊いた。

「扉は作らなかったよ」魔女の復讐は言った。

「でもそれじゃ、子供はどうやって外に出たわけ？」

「子供はずっとその家にいたんだよ。一生そこで暮らしたんだ。そしていまでもそこで暮らしてるんだよ、人間たちが住んでる家の下でね。上に住んでる人間は出るも入るも自由だし、自分たちの足の下に小さな家があってそこの小さな部屋で小さな子供たちが暮らしてるなんて考えもしないけどね」

「だけどさらわれた子供の親はどうなの？　探しに行ったりしなかったの？」

「うん、それがね」と魔女の復讐は言った。「行くこともあったし、行かないこともあった。だけどそもそも、その親たちの家の下にだって、やっぱり誰かが住んでたわけだろう？　けれどそれもずっと昔の話。いまではたいてい、家を建てると、子供の代わりに猫を埋めるのさ。だから猫のことを家猫って言ったりするんだよ。だからこのへんは用心して歩かなくちゃいけない。ほら、建ててる最中の家があちこちあるだろう」

そのとおりである。開けた土地で、男たちが小さな穴を掘っている前を彼らは通りかかる。はじめスモールは、フードをうしろに倒して二本足で歩くが、やがてまたフードをかぶって四本足で進む。本当の猫みたいに、なるたけ自分を小さく、しなやかにする。ところが、尻尾の鈴は揺れて鳴るし、魔女の復讐がしょっている袋のなかの金貨がチャリン、ミャーオと音を立てるものだから、男たちは仕事の手を休めて、彼らが通り過ぎるのを見守る。

世界には何人、魔法使いがいるのか？　あなたは見たことがありますか？　見たら魔法使いだとわかりますか？　見たらどうしますか？　そもそも、猫を見たら猫だとあなたにはわかりますか？　確かですか？

スモールは魔女の復讐のあとについて行った。膝や指の腹にたこができてきた。少しは袋を背負ってみたかったけれど、それには袋は重すぎた。どれくらい重かったかって？　あなたにも背負えないくらい。

彼らは小川の水を飲んだ。夜には猫皮の袋を開けて、中にもぐり込んで眠った。お腹が空くと金貨を舐めた。金貨からは黄金の脂が汗のようにしみ出てくるらしく、いくら舐めてもまだ脂が出てきた。歩きながら、魔女の復讐は歌を歌った。

あたしに母親はいない
その母親にも母親はいなかった
その母親にも母親はいなかった

その母親にも母親はいなかった
それにあんたにも　この歌を
　　歌って聞かせる
　　母親はいない

袋のなかの金貨たちも、ミャーオ、ミャーオとコーラスを添え、スモールの尻尾の鈴はリズムを刻んだ。

毎晩、スモールは魔女の復讐の毛に櫛を入れる。そして毎朝、魔女の復讐はスモールを体じゅう舐めてくれる。耳のうしろや膝の裏も忘れない。それが済むとスモールは猫服を着て、魔女の復讐はもう一度はじめから毛づくろいをしてくれる。

時おり彼らは森のなかを通りかかり、時おり森は町になった。森が町になると、魔女の復讐はスモールに、家々に住んでいる人たちや、家々の下の家々に住んでいる子供たちの話を聞かせてくれた。あるとき森のなかで、魔女の復讐がスモールに、かつて一軒の家があった場所を指し示した。いまではもう、苔に包まれた土台の石があって、めったやたらに巻きついた太い蔦《つた》にどうにか支えられた煙突があるだけだった。

魔女の復讐は草の生えた地面をコンコン叩いて、土台の周囲を時計回りに回っていった。やがて彼女にもスモールにも、何やらうつろな音が聞こえてきた。魔女の復讐は四本足になって地面を引っかき、前足で掘り返し、口も使って噛んだ。まもなく、小さな木の屋根が姿を現わした。魔女の復讐は屋根をノックし、スモールも尻尾を打ちつけた。

「さあ、スモールや」魔女の復讐は言った。「屋根を外して可哀想な子供を出してあげようかね？」

魔女の復讐が開けた穴のすぐそばまで、スモールは這っていった。耳を当ててみたが、何も聞こえなかった。「誰もいないよ」スモールは言った。

「引っ込み思案なのかも」魔女の復讐が言った。「出してあげようか、それとも放っておく？」

「出してあげようよ！」とスモールは言ったが、言うつもりだったのは「放っておこうよ！」だった。それとも、放っておきなよ！と言ったけれど本当は反対のことを言うつもりだったのかもしれない。魔女の復讐がスモールの顔を見た。と、何かが聞こえたようにスモールは思った。彼が凍りついてうずくまっている下から、ひどく小さな、崩れた汚い屋根をひっかく音が。

スモールはサッと跳んで離れた。魔女の復讐は石ころを拾って、思いきり叩きつけて屋根を壊した。一緒に中をのぞき込んだが、闇と、何かのかすかな匂い以外は何もなかった。

地面に座り込んで、何が出てくるかと待ったが、何も出てこなかった。しばらくして、魔女の復讐が猫皮の袋を取り上げ、彼らはふたたび先へ進んでいった。

その後何晩か、スモールは誰かが、何かが、自分たちのあとをつけてくる夢を見た。それは小さく、痩せていて、色が抜け落ちていて、寒がっていて、汚れていて、怖がっていた。ある晩それはこそこそと離れていき、どこへ行ったのかスモールにはわからなかった。けれどももしあなたが、森のこのあたり、彼らが石の土台の前に座って待ったあたりを通りかかったら、彼らが出してやったその何かに出会うことだろう。


スモールの母親である魔女の死を招いたにもかかわらず、彼女と魔法使いラックとの不和の原因は誰も知らなかった。魔法使いラックはハンサムな男で、自分の子供たちを心から愛していた。彼はその子たちを、宮殿や荘園やハーレムの揺りかごやベッドからさらってきたのだった。子供たちの地位にふさわしい絹の服を着せ、王冠をかぶらせ、金の皿で食事をとらせた。飲み物も金の杯《さかずき》で飲ませた。ラックの子供たちは何ひとつ不自《ラック》由していないと言われていた。

ひょっとしたら、魔法使いラックがスモールの母親の魔女に、彼女の子供の育て方について何か言ったのかもしれない。あるいはスモールの母親の魔女が、自分の子供たちの赤毛を自慢したのかもしれない。それとも全然別のことだったかもしれない。魔法使いたちは誇り高く、喧嘩好きなのだ。

ようやく魔法使いラックの家にたどり着くと、魔女の復讐はスモールに言った。「ごらん、この醜い代物！　あたしはもっとマシな糞をひり出したって葉っぱの下に埋めるよ。それにこの臭《にお》い、まるっきりドブじゃないか！　ご近所の方々、よく我慢できるねえ！」

男の魔法使いには子宮がないから、家を手に入れるにはほかの手段に頼るか、女の魔法使いから買うかしないといけない。でもスモールにはその家はとても立派に見えた。どの窓にも王子さまか王女さまがいて、スモールが魔女の復讐と並んで玄関前に座り込んでいるのをじっと見下ろしていた。スモールは何も言わなかったが、内心兄や姉を恋しく思っていた。

「おいで」魔女の復讐は言った。「少し離れたところで、魔法使いラックが帰ってくるのを待つんだ」

スモールが魔女の復讐にくっついて森へ戻ると、しばらくして、魔法使いラックの子供二人が、金《きん》の籠を持って家から出てきた。二人は森のなかへ入ってきて、ブラックベリーを摘みはじめた。

魔女の復讐とスモールは茨《いばら》の茂みに隠れて見守った。

茨の茂みに風が吹いていた。スモールは兄や姉のことを想った。ブラックベリーのことを想い、口のなかにブラックベリーを含んだときの舌触りを想った。それは脂の味とは全然違う。

魔女の復讐はスモールの腰に寄り添っていた。彼の背骨の一番下あたりにある、毛が絡まった塊を彼女は舐めていた。王女たちは歌を歌っていた。

スモールは茨の茂みで魔女の復讐と一緒に暮らすことに決めた。ベリーを食べて生き、ベリーを摘みにきた子供たちをのぞき見するのだ。魔女の復讐も名前を変える。お母さんという言葉が、ブラックベリーの甘い味とともにスモールの口にのぼってきた。

「さあ、あの子たちのところへお行き」と魔女の復讐が言った。「仔猫みたいにふるまうんだよ。じゃれるんだ。自分の尻尾を追っかけるとか。内気そうにふるまいなさい、でもあんまり内気すぎてもいけない。喋りすぎちゃいけない。撫でられて可愛がられなさい。噛みついちゃ駄目だよ」

魔女の復讐に尻を押されて、スモールは茂みから転げ出て、魔法使いラックの子供たちの足下にべたっと寝そべった。

ジョージア王女が言った。「ねえ見て！　可愛い仔猫よ！」

姉のマーガレットが疑わしそうに言った。「でもこれ、尻尾が五本あるわよ。こんなにたくさん尻尾が必要な猫、見たことないわ。それに皮はボタンで留めてあるし、体もあんたとほとんど同じ大きさじゃない」

だがスモールは、跳ねたり踊ったりしはじめた。五本の尻尾を前後に振って鈴を鳴らし、鈴に驚いたふりをしてみせた。まず尻尾から逃げようとし、それから尻尾を追いかけた。二人の王女はブラックベリーが半分入った籠を下ろして、馬鹿な猫ちゃんねえ、と声をかけてきた。

はじめスモールは、二人のそばに寄ろうとしなかった。けれども、ゆっくり少しずつ、心を開いていくふりをした。大人しく撫でられ、ブラックベリーを食べさせてもらった。髪飾りのリボンを追いかけ、体をまっすぐ伸ばして腹のボタンを王女たちに見せてやった。マーガレット王女の指が皮を引っぱった。それから彼女は片手を、たるんだ猫皮とスモールの人間の皮とのあいだのすきまに差し入れた。スモールは前足で彼女の手を打ち払った。妹のジョージアが訳知り顔で、猫はお腹を撫でられるのが嫌いなのよと言った。

おたがいすっかり仲よしになったころ、**魔女の復讐**が茨の茂みから、うしろ足で立って歌いながら出てきた——

あたしに子供はいない
あたしの子供たちにも子供はいない
その子供たちにも
子供はいない

その子供たちには
頬ひげがないし
尻尾もない

これを見てマーガレット王女とジョージア王女は、**魔女の復讐**を指さしながらキャッキャッと笑い出した。歌う猫なんて初めてだったし、二本足で立って歩く猫も初めてだった。スモールは五本の尻尾を烈しく振りまわし、反らした背中の猫毛が一本残らず逆立ったので、王女たちはそれを見てまた笑った。

ベリーを籠に山と積んで王女たちが森から帰っていくと、スモールはそのうしろにぴったり寄り添って歩き、**魔女の復讐**もすぐあとをついていった。けれど金貨を入れた袋は茨の茂みに隠してきた。

その晩、帰ってきた魔法使いラックは、子供たちへのお土産を両手にどっさり抱えていた。息子の一人が玄関に飛んでいって父親を出迎え、「ねえ、マーガレットとジョージアがさ、森から何連れて帰ってきたと思う？　うちで飼ってもいい？」と訊いた。

家に入ってみると、夕食の支度はできていないし、子供たちは宿題もしていなかったし、魔法使いの玉座がある部屋では尻尾が五本ある猫がぐるぐる輪を描いて駆け回り、もう一四の猫は生意気にも玉座に座って歌っていた――

そうとも！
あんたの父さんの家は
最高にピカピカで
最高に茶色くて最高に大きくて
最高にお金のかかった
最高にいい匂いの
家――
誰かのケツの穴から出てきたにしてはね！

魔法使いラックの子供たちはこれを聞いて笑い出したが、やがて父親がそこに立っていることに気がついて黙りこくった。スモールもぐるぐる回るのをやめた。
「お前か！」と魔法使いラックが言った。
「あたしよ！」と**魔女の復讐**が言って、玉座から飛び上がった。誰一人事態を呑み込む間もなく、彼女のあごが魔法使いラックの首にしっかり食いついていた。そして彼女はラックの喉を食いちぎった。ラックが何か言おうと口を開くと、血がどっと出てきて、**魔女の**

復讐の毛皮は白よりも赤が多くなった。魔法使いラックは息絶えて倒れ、赤い蟻たちが首の穴と口の穴からぞろぞろ出てきた。蟻たちは時のかけらをあごにしっかり、いましがた魔女の復讐がラックの喉を押さえつけたのと同じくらいしっかりくわえていた。魔女の復讐はラックを口から離し、彼自身の血の池に放り出してから、蟻たちをすばやくつかまえ、すごく長いこと腹を空かしていたかのようにたちまち平らげてしまった。

この間、魔法使いラックの子供たちは立ちつくして一部始終を眺めるだけで、何もしなかった。スモールは床に座り込んでいた。五本の尻尾は前足の周りでとぐろを巻いていた。子供たちは、誰一人、まったく何もしなかった。とにかくあまりに驚いたのである。と、蟻で腹をいっぱいにし、口は血で汚れた魔女の復讐が立ち上がって、彼らを眺めわたした。

「あたしの猫皮の袋を取っておいで」と彼女はスモールに言った。

スモールの体は自由に動いたが、周りの王子王女はみな凍りついたように動かなかった。魔女の復讐のまなざしに押さえつけられていたのだ。

「一人じゃ無理だよ」とスモールは言った。「重いから誰かに手伝ってもらわないと」

魔女の復讐があくびをした。自分の前足を舐めて、口をぽんぽん叩いた。スモールはじっと立っていた。

「わかった」と魔女の復讐は言った。「そこの大きくてたくましい、マーガレット王女とジョージア王女を連れていきなさい。道も知ってるし」

ふたたび体が動かせるようになると、マーガレット王女とジョージア王女はぶるぶる震え出した。勇気をふるい起こして、スモールと一緒に、手をつないで、父親の遺体に目を落とすことなく玉座室から出ていき、森へ戻っていった。

ジョージアはしくしく泣き出したが、マーガレットがスモールに「さあ、行きましょう！」と言った。

「あなたたち、これからどこへ行くの？」とスモールは訊いた。「世界は危険な場所だよ。あなたたちにひどいことをしようとする奴らがいるんだよ」。スモールがフードをうしろに倒すと、ジョージア王女はますます激しく泣き出した。

「行きましょう」とマーガレット王女は言った。「あたしの両親はここから歩いて三日とかからぬ国の王と王妃です。またあたしたちの顔を見たら、きっと喜んでくれるわ」

スモールは何も言わなかった。茨の茂みまで来ると、彼はジョージア王女を送り込んで猫皮の袋を取りに行かせた。やがて王女は、引っかき傷だらけになって血を流しながら、しかし手に袋を持って出てきた。茨が引っかかって、袋は破れていた。金貨が次々、艶々の脂の粒みたいに転げ出てきた。

「君たちのお父さんは僕のお母さんを殺したんだ」とスモールは言った。

「そしてあの猫が、あんたのお母さんの悪霊が、あたしたちを殺すわ――それとももっとひどいことをするかも」とマーガレット王女は言った。「行きましょう！」

スモールは猫皮の袋を持ち上げた。中にはもはや一枚の金貨も残っていなかった。ジョージア王女が両手両膝をつき金貨をかき集めて服のポケットに入れていた。

「いいお父さんだった？」スモールは訊いた。

「自分ではそう思ってたわ」マーガレット王女は言った。「でもあたし、あの人が死んだこと悲しくなんかないわ。あたし大人になったら女王さまになるのよ。そしたら王国じゅうの魔法使いを殺す法律を作るわ、それと猫も全部殺す法律を」

スモールは怖くなってきた。猫皮の袋を手にとって、王女二人を置き去りにして魔法使いラックの家へ逃げ帰った。王女たちがマーガレット王女の両親の家に無事たどり着いたか、盗賊たちの手に落ちたか、それとも茨の茂みのなかで暮らしたか、マーガレット王女は大人になって約束どおり王国から魔法使いと猫を一掃したか、スモールにはわからずじまいだったし、私にもわからないし、あなたにもわからないままだろう。

スモールが魔法使いラックの家に帰ってくると、何があったのか魔女の復讐は一瞬にして見抜いた。「気にしなくていいよ」と彼女は言った。

玉座室には、もはや一人の王子も王女もいなかった。魔法使いラックの死体はまだ床に横たわっていたが、魔女の復讐が兎のようにその皮を剝いで、縫って袋に仕立ててあった。袋はくねくね、がくんと動き、まるで魔法使いラックがまだ中で生きているみたいにひくひく揺れていた。魔女の復讐は魔法使いの皮で作った袋を片手に持ち、もう一方の手で猫を一匹袋の口に押し込んでいる最中だった。袋に入っていきながら、猫は悲痛な声を上げた。袋の中は悲痛な声でいっぱいだった。だが魔法使いラックのうち捨てられた肉体は、ごろんとだらしなく転がっていた。

皮を剝がれた死体のかたわらの床には、いくつもの王冠から成る小さな山があり、それから、透明で紙のような物がいくつかあって、空気の流れに乗って舞いながら、薄い、脱ぎ捨てられた顔に驚愕の表情を浮かべていた。

部屋の隅っこや玉座の下に猫たちが隠れていた。「猫たちをつかまえなさい」と魔女の復讐が言った。

「魔法使いラックの子供たちはどこ？」スモールは訊いた。

魔女の復讐は部屋のなかを、あごで示しながら見回した。「見てのとおり、皮を剝いだらみんな中は猫だったのさ。いまは猫だけど、一年か二年経てば猫の皮も落ちて、また何か別のものになるんだよ。子供ってのはいつだって育ってるものなんだ」

スモールは部屋じゅう猫を追い回した。猫たちの足は速かったが、スモールはもっと速かった。彼らはすばしこかったが、スモールはもっとすばしこかった。彼の方が猫服を着ていた時期が長かったのだ。彼は猫たちを部屋の奥に追いつめ、一匹、また一匹とつかまえて袋に入れた。とうとう玉座室に残る猫は三匹だけとなり、それらは、これほど美しい猫のトリオはまたとあるまいと思えるほど美しかった。ほかの猫はすべて袋に入っていた。

「よしよし上手くやった、すばやかったし」と魔女の復讐は言って、針を取り出し、袋の首を縫って閉じた。魔法使いラックの皮がスモールに向かって笑いかけた。血に汚れたラックの口から一匹の猫がひょっこり顔を出して悲痛な声を上げた。だが魔女の復讐はラックの口も同じく縫って閉じ、反対側の、かつて家が出てきた方の穴も縫って閉じた。中にいる猫たちが息はできるよう、耳の穴と、目の穴と、毛むくじゃらの鼻の穴だけはめくって開けておいた。

魔女の復讐は猫がぎっしり詰まった皮をひょいと肩にしょい、立ち上がった。

「どこへ行くの?」スモールが訊いた。

「この猫たちには親がいる。みんなこの子たちがいなくなって、ひどく寂しがっているんだよ」

彼女はスモールをじっと見た。彼はもうこれ以上訊かないことにした。だからその家で、新しい猫服を着た王女二人と王子一人と一緒に待った。魔女の復讐は川へ下りていった。それとも、猫たちを市場に連れていって売り飛ばしたのかもしれない。それとも一匹ずつ本当の親のもとへ、生まれた王国へ、連れ戻したのかもしれない。ひょっとすると、それそれぞれの子供が正しい親のもとに戻るよう、そんなに厳密に注意を払わなかったかもしれない。何といっても彼女は急いでいたし、猫というのは夜にはみんな似たり寄ったりに見えるのだ。

魔女の復讐がどこへ行ったか、誰も見た者はいなかった。でも、市場は魔法使いラックに子供たちをさらわれた王や女王の国々より近いし、川はもっと近いのだ。

魔女の復讐がラックの家に帰ってくると、彼女はあたりを見回した。家はものすごい悪臭を発しはじめていた。いまではもうスモールにもその臭いがわかった。

「マーガレット王女、あんたにファックさせてくれたんだろうね」と魔女の復讐は、出先で用事を済ませているあいだもずっとそのことを考えていたかのように言った。「だからあの子たちを逃がしたんだね。それで構わないよ。あの子は可愛い子だからね。あたしでも、やっぱり逃がしたかもしれない」

魔女の復讐はスモールの顔を見て、そこにとまどいを見てとった。「気にしなくていいよ」と彼女は言った。

魔女の復讐は前足で一本の紐とコルクを一個持っていて、魔法使いラックから切りとった脂をコルクに塗った。そしてコルクに紐を通し、いい子のすばしこい鼠ちゃん、と呼びかけて、紐にも脂を塗り、そのくねくね動くコルクを、スモールの膝の上に丸まっていたぶち猫に食べさせた。やがて体を通して尻からコルクを抜くと、もう一度脂を塗って、今度は小さな黒猫に食べさせ、それから前足の白い猫に食べさせた。こうして三匹とも、一本の紐で数珠つなぎになった。

**魔女の復讐**は猫袋の破れを繕って、スモールがそのなかに金の王冠を入れた。袋は前とほぼ同じくらい重たくなった。**魔女の復讐**が袋を背負って、スモールは脂を塗った紐を歯でくわえた。だからみんなで魔法使いラックの家から出ていくなか、三匹の猫はスモールにくっついて走らねばならなかった。

スモールはマッチを擦って、立ち去りぎわ、死んだ魔法使いラックの家に火を点ける。だが糞というのは実に緩慢にしか燃えない、下手をすると全然燃えないものであって、その家はいまだに（誰かが消しに行ったりしていない限り）燃えているかもしれない。そしてもしかしたら、いつの日か誰かが家のそばの川へ釣りに行って、王子さまと王女さまがぎっしり詰まった袋を釣り上げるかもしれない。王子王女たちはびしょびしょに濡れて、何とも情けない姿で、猫服に包まれた体をもじもじ動かしているだろう。これも夫や妻をつかまえるひとつの手ではある。

スモールと**魔女の復讐**は立ちどまらず歩いていき、三匹の猫もうしろからついて来た。歩きつづけて、やがて、スモールの母の魔女が住んでいたすぐそばの村に着いて、**魔女の復讐**が肉屋の二階に部屋を借りてみんなで住みついた。脂を塗った紐を切って、籠を買ってきて、台所のフックから吊した。三匹の猫をそこに入れて飼ったが、スモールが首輪と革綱を買ってきて、時どき一匹に綱をつないで出してやり、町へ散歩に連れていった。

スモールはたまに自分も猫服を着てそのへんをぶらぶらしたが、そういう格好をしているのを魔女の復讐に見つかると決まって叱られた。田舎には田舎のやり方、都会には都会のやり方がある。いまやスモールは都会の子なのだ。

魔女の復讐は家を切り盛りした。部屋を掃除し、食事を作り、スモールの寝床を整えた。魔法使いの猫の常として、彼女はいつも忙しかった。金の王冠はシチュー鍋で溶かし、鋳造して金貨にした。

魔女の復讐は絹のドレスを着て手袋をはめてどっしり重いベールをかぶり、買い物には高級な馬車で、スモールを横に従えて出かけた。銀行に口座も設けて、スモールを私立の学校に入れた。家を建てるための土地も買って、スモールがどんなに泣いても毎朝学校へ送り出した。けれど夜になると、服を脱いでスモールの枕の上で眠り、スモールは彼女の赤と白の毛に櫛を入れた。

時おり夜中に、彼女は体をぴくぴくひきつらせてうめき声を上げた。何の夢見てるの、とスモールが訊くと、「蟻がいる！　お前、櫛でとかして追い出せないかい？　早く早く、つかまえとくれ、あたしのこと愛してるんだったら」と言った。

でも蟻なんか一度もいたことはなかった。

ある日スモールが帰ってくると、前足の白い仔猫がいなくなっていた。魔女の復讐に訊いてみると、猫は籠から落ちて開いた窓から庭に出ていって、どうしようか彼女が決断する間もなく、カラスがさっと舞い降りてきて仔猫を連れ去ったのだと言われた。

何か月かして、みんなで新しい家に引越した。スモールは戸口を出入りするときはいつもすごく気をつけた。仔猫がその闇のなか、戸口の上がり段の下、自分の足下にいるのではと思ったのだ。

スモールはだんだん大きくなった。村でも学校でも友だちは作らなかったが、大きくなれば友だちなんて要らない。

ある日、スモールと魔女の復讐が夕食を食べていると、玄関をノックする音が聞こえた。スモールが扉を開けてみると、フローラとジャックがそこに立っていた。フローラは冴えない色の、慈善中古品店で買った感じの上着を着ていて、ジャックは前にも増して棒切れの束みたいに見えた。

「スモール！」とフローラは言った。「大きくなったわねえ！」。彼女はわっと泣き出し、美しい両手をもみ絞った。ジャックが魔女の復讐を見て、「あんた誰？」と訊いた。

魔女の復讐はジャックに言った。「あたしが誰かって？　あたしはあんたのお母さんの猫ですよ。あんたときたら、乾いた棒切れ一束をサイズ二つぶん大きすぎる上着に押し込めたみたいに見えるね。でもあんたが誰にも言わなければ、あたしも誰にも言わないよ」

こう言われてジャックはふんと鼻を鳴らし、フローラは泣きやんだ。彼女は家のなかを見回しはじめた。陽当たりのいい、広々とした、家具も揃った家。

「あんたたち二人が住めるくらいの広さはあるよ」と魔女の復讐は言った。「スモールさえよければね」

家族でまた一緒に暮らせるかと思うと、スモールは嬉しくて胸がはり裂けそうだった。彼はフローラをひとつの寝室に案内し、ジャックを別の寝室に案内した。それからみんなで一階に戻って二度目の夕食を食べた。スモールと魔女は、吊した籠の猫たちともども、フローラとジャックの冒険談に聞き入った。

フローラのハンドバッグはスリに盗まれ、彼らは魔女の自動車を売る破目になり、その金もトランプ博打ですってしまった。フローラの両親は見つかったが、二人ともどうしようもないやくざ者で、フローラを見てもなんとも思わなかった（もう一度売り飛ばすには彼女はもう大人になりすぎていた。もし売ろうとしても今度はすぐ気づかれてしまっただろう）。フローラはデパートに勤めて、ジャックは映画館で切符売りとして働いた。彼らは喧嘩し、仲直りし、それぞれ別の人間と恋に落ち、多くの失望を味わった。とうとう、ここはひとつ魔女の家に帰って、そこに居座れないか、何か売れる物は残っていないか、見てみようと決めたのだった。

だがもちろん、家は焼けてしまっていた。次はどうするか、二人で言い争っているうちに、ジャックが村の方に、弟のスモールの匂いを嗅ぎつけた。かくしてここへやって来たわけである。

「ここで暮らすよね、一緒に」とスモールは言った。

それはできない、とジャックとフローラは言った。俺たちには野心があるんだ、と彼らは言った。計画があるんだ。一週間か、二週間いたらまた出ていくよ。**魔女の復讐**はうなずいて、それがいいねと言った。

スモールは毎日学校から帰ってくると、フローラと二人乗り用自転車に乗ってまた出かけた。あるいは家にとどまって、ジャックから、二本指でコインを持つやり方、カップからカップへ卵を追っていく方法を教わった。**魔女の復讐**はみんなにブリッジを教えたが、ただしフローラとジャックはパートナーになれなかった。まるっきり夫婦みたいに喧嘩するからである。

「何が望みなの？」とスモールはある日フローラに訊いた。フローラに寄りかかりながら、まだ猫だったらよかったのに、そうしたらフローラの膝の上で丸まれるのに、と思っていた。フローラは秘密の匂いがした。「どうしてまた出てかなきゃいけないの？」

フローラはスモールの頭をぽんぽんと撫でた。「何が望みかって？」とフローラは言った。「簡単よ！　お金の心配から解放されること。男の人と結婚して、その人が絶対だましたり出ていったりしないって思えること」。そう言いながら、彼女はジャックの方を見た。

ジャックは言った。「俺は金持ちの妻が欲しい。口答えしない、一日じゅうベッドで蒲団《ふとん》をかぶってしくしく泣いて俺を小枝の束呼ばわりしたりしない妻が」。そう言いながら、彼はフローラの方を見た。

**魔女の復讐**はスモールのために編んでいるセーターを下ろした。彼女はフローラを見て、ジャックを見て、それからスモールを見た。

スモールは台所に行って、吊した籠の扉を開けた。二匹の猫を持ち上げて出し、フローラとジャックのところに持っていった。「これ」とスモールは言った。「君のための旦那さんだよ、フローラ、君のための奥さんだよ、ジャック。王子さまと王女さま。二人とも美しくて育ちがよくて、絶対お金持ちだよ」

フローラはその小さな雄猫を抱き上げて、「からかわないでよ、スモール！　猫と結婚するなんて聞いたことないわ」

**魔女の復讐**は言った。「コツはね、この人たちの猫皮を、見つからないようしっかり隠しておくことだよ。すねたり、あんたたちにひどいことをしたりしたら、猫皮のなかに縫い戻して、袋に入れて川に投げ込むんだよ」

それから彼女は前に剝がした爪を取り出し、ぶちの猫服の皮を切り裂いた――と、フローラは裸の男を抱きかかえていた。フローラは悲鳴を上げて男を床に落とした。男はハンサムで、体格もよく、物腰も王子らしかった。とうてい猫と間違われそうな見かけではなかった。彼は立ち上がって、裸であるにもかかわらずこの上なく優雅にお辞儀をした。フローラは頬を赤らめたが、嬉しそうな様子だった。

「何か王子さまと王女さまの着る物を持っておいで」と**魔女の復讐**はスモールに言った。スモールが戻ってくると、裸の王女さまがソファの陰に隠れていて、ジャックが淫らな目つきで彼女を見ていた。

それから何週間かして、二つの結婚式が行なわれ、フローラは新しい夫と旅立ち、ジャックは新しい王女と去っていった。たぶん彼らはいつまでも幸せに暮らしたのだろう。

**魔女の復讐**はスモールに、「あんたの奥さんはいないよ」と言った。

スモールは肩をすくめた。「僕、まだ子供だもの」と彼は言った。

けれどいくら頑張っても、スモールはだんだん大人になってきた。猫皮はもう肩がきつくなった。ボタンを留めようとすると、はち切れそうだった。大人の毛も——人間の毛が——生えてきた。夜には夢を見る。

母親の魔女の、スペイン風のかかとがガラス窓を叩く。王女さまが茨からぶら下がっている。王女さまはドレスをめくり上げていて、スモールが見るとそこには猫の毛が生えている。と、今度は王女さまは家の下にいる。彼女はスモールと結婚したいのだが、スモールが彼女にキスしたら家は崩れ落ちてしまう。スモールとフローラはまた子供に戻って、魔女の家にいる。フローラがスカートをめくり上げて、あたしのプッシー見える？　と言う。そこには猫がいて、彼の方をのぞき見ているが、それはスモールがいままで見たどの猫とも違っている。僕にもプッシーあるよ、とスモールはフローラに言う。だが彼のは同じではない。

　とうとうスモールは、森にいたあの小さな、飢えた、裸の生き物がどうなったか、どこへ行ったかを悟る。スモールが眠っているあいだにそれは彼の猫皮のなかにもぐり込み、それから彼のなかに、スモールの皮のなかにもぐり込んで、彼の胸のうちでうずくまり、いまも寒さと悲しみと飢えを抱えてそこにいるのだ。それは内側から彼を喰らって、だんだん大きくなってきている。いつの日か、スモールはもう何も残らなくなって、スモールの皮を着た、その名もない、飢えた子供がいるだけになるだろう。

　スモールは眠ったままうめき声を上げる。

**魔女の復讐**の皮のなかに蟻たちがいて、彼女の縫い目からぞろぞろ漏れ出てきて、シーツに行進してきて、スモールのわきの下や毛が生えかけた股間をつねる。痛い。ちくちくずきずき痛む。**魔女の復讐**が目を覚ましてスモールの体じゅう痛みが溶けてなくなるまで舐めてくれる夢をスモールは見る。ガラス窓が溶ける。蟻たちはふたたび、その長い、脂を塗った糸の上をぞろぞろ行進していく。

「何が欲しいんだい？」と魔女の復讐が訊く。

スモールはもう夢を見ていない。「お母さんが欲しい！」とスモールは言う。

月の光が窓を通って、彼らのベッドに降り注ぐ。月光を浴びて、魔女の復讐はとても美しい。女王のように見える。ナイフのように、燃える家のように、猫のように見える。毛皮が輝いている。頬ひげが、縫った傷口を引っぱったみたいに、蠟びき糸みたいにぴんと横に出ている。魔女の復讐が言う。「あんたの母さんは死んだよ」

「あんたの皮、脱いでよ」とスモールは言う。彼は泣いていて、魔女の復讐が涙を舐めて拭きとってくれる。スモールの皮が体じゅうちくちくし、家の下のどこかで、何か小さなものがえんえん悲痛な声を上げる。「僕のお母さん、返してよ」とスモールは言う。

「ああ、あたしの坊や」と彼の母親が、魔女が、魔女の復讐が言う。「それはできないんだよ。中に蟻がいっぱいいるんだもの。あたしの皮を脱いだら、蟻たちがみんな出ていって、あたしは何も残らないだろうよ」

スモールは言う。「どうして僕を置き去りにしたの？」

母親の魔女は言う。「あんたを置き去りにしたことなんかないよ、一分たりともね。あんたと一緒にいられるように、あたしは自分の死を猫皮で縫って閉じたんだよ」

「その皮脱いでよ！　お母さんを見せてよ！」とスモールは言う。シーツをぐいぐい、それが母親の猫皮であるかのように引っぱる。

**魔女の復讐**は首を横に振る。そしてぶるぶる震えて、尻尾を前後に打ちつける。「どうしてそんなこと頼むんだい、あたしがあんたの頼みを断れるわけないのに？　何を頼んでるのかわかってるのかい？　明日の夜にね。もう一度明日の夜に頼んでおくれ」

スモールとしてもそれで納得するしかない。一晩じゅう、彼は母親の毛に櫛を入れる。指はその猫皮の縫い目を探している。**魔女の復讐**があくびをするとその口のなかを、母の顔が一目見えないかとのぞいてみる。自分がどんどん小さくなっていくのがわかる。朝になったらもうすごく小さくなっていて、猫皮を着ようとしてもボタンを留めるのに一苦労だろう。すごく小さくなって、すごく尖って、蟻と間違われかねなくなるだろう。**魔女の復讐**があくびをしたら、彼女の口にもぐり込んで、お腹のなかまで降りていって、お母さんを探しに行くのだ。できることなら、お母さんが猫皮を切って開けるのを手伝って、お母さんが出てきてこの世界で僕と一緒に暮らせるようにするのだ。そしてもしお母さんが出てこないと言ったら、僕も出ない。僕もそこに住むんだ、魚に食べられた船乗りが魚の腹で暮らすみたいに、お母さんの皮の家のなかで、お母さんのために家を切り盛りしてあげるんだ。

これで物語は終わりである。マーガレット王女は魔女と猫を撲滅すべく大人になる。もし彼女がそうできなければ、誰かほかの者がやらねばなるまい。魔女などというものは存在しないし、猫などというものも存在しない。猫皮の服に身を包んだ人間がいるだけだ。彼らには彼らなりの理由があるのだ。そうすることで、彼らなりにいつまでも幸せに暮らすかもしれないではないか――蟻たちが時のかけらをすべて運び去り、そこから何か新しい、もっとよいものを作り上げるまで。

# いくつかのゾンビ不測事態対応策

*Some Zombie Contingency Plans*

氷山の絵だとマイクは言った。

これは森で迷子になることをめぐる物語である。

ソープという男が、郊外のパーティに来ている。ソープについて知っておいてもらうべきことは、こいつが車のトランクに、額縁に入った小さな油絵を入れてるってことだ。油絵はだいたいペーパーバックくらいの大きさで、ソープが行くところどこでもかならずついて来る。でも絵画を持ってパーティ会場を歩き回る奴はいないから、油絵は車のトランクに残していく。さすがに不気味と思われるだろうから。

このパーティに、ソープの知りあいは一人もいない。無断で入ってきたのだ。寂しくなると、ソープはよくそうする。週末に、車で郊外を回っているとそのうち、庭まで人があふれ出ている夏の黄昏の大きなパーティに行きあたったりする。

二階建ての家の芝生に、若い奴らが出ていて、湿った芝に寝転がって、プラスチックのコップでビールを飲んでいる。ソープも六缶パックを持ってきている。せめてそれくらいはしないと。家のなかを進んでいって、黒人の男四人がひとつのカウチに並んで座っている前を通り過ぎる。四人はフットボールの試合を観ている。ステレオで音楽がかかっていて、テレビの音は消してある。テレビのそばで、白人の女の子が一人で踊っている。女の子がテレビに近づきすぎると、カウチの男たちが文句を言い出す。

ソープはキッチンにたどり着く。大きなプロっぽいオーブンがあって、高そうな包丁が何本も、壁のマグネットの帯に貼りついている。妙なもんだな――とソープは考える――高い品ほど物騒に見えるものだ。冷蔵庫を漁って、スライスチーズとイングリッシュマフィンを見つける。ステーキも二切ればかりあるので、マフィンを丸ごとひっつかんで、ビール六缶を冷蔵庫に入れる。ステーキも二切ればかりあるので、ひとつ取り出し、グリルを温めにかかる。

女の子が一人、キッチンにふらっと入ってくる。黒人で、髪の毛が上に上に上がっていって、先端は小さな波みたいにしっかり弾力のありそうなカールだ。足先から、建築学的ヘアスタイルの先端まで入れれば、ソープと同じ背丈。目は氷山の色。緑色の目の一方の下に、ハート形のラインストーンがついている。ラインストーンが、知りあいみたいにソープにウィンクを送ってよこす。とびきりいい感じの子だけど、ひょっとしてまだ高校も出てない子といちゃつくほどソープも無謀じゃない。「何やってんの？」と女の子が訊く。

「ステーキ焼こうと思って」とソープは言う。「君も食べる？」

「要らない」と彼女は言う。「もう食べたから」

女の子は流しの横のカウンターにのぼって座り、足をぶらぶらさせる。上はビキニのトップ、下はピンクのショートパンツ、靴はなし。

「あんた、誰？」と彼女は言う。

「ウィル」とソープは、ウィルは彼の名前じゃないが、言う。実はソープだって本当の名前じゃない。

「あたしカーリー」と女の子は言う。「ビール飲む？」

「冷蔵庫にビールあるよ」とウィルが言い、カーリーは「知ってる」と言う。

引出しや食器棚を開けたり閉めたりした末に、皿、フォーク、ナイフ、ガーリックソルトが揃う。オーブンからステーキを取り出す。

「あんた、州立大《ステート》の学生？」とカーリーが言う。そしてビールの栓をカウンターのへりに引っかけて開ける。明らかに見せびらかしのジェスチャー。

「いいや」とウィルは言う。キッチンテーブルに座って、ステーキを一口ぶん切る。友だちのマイクと一緒に刑務所を出て、マイクがシアトルへ行ってしまって以来、彼はずっと寂しい。キッチンに座って女の子と話すのはいい気持ちだ。

「で、何してるの？」カーリーが言う。彼女もテーブルに、ウィルの向かいに座る。両腕を上げて、伸びをする。背中がバキバキ鳴る。いいオッパイをしている。

刑務所では誰も、「で、何してたんだ?」なんて訊かなかった。喧嘩をふっかけようっていうなら別だけど。何してたかはみんな知ってる。いいオッパイしてるこの子、俺に気があるんだな、とウィルは考える。結構。

「電話セールス」ウィルは言い、カーリーが顔をしかめる。

「ダッサいわねえ」彼女は言う。

「うん」ウィルは言う。「いや、まあそうひどくもないよ。人と話すの好きだから。刑務所から出てきたばかりだし」。もう一口、大きな一切れを頬張る。

「へえ、そうなの」カーリーが言う。「何やったの?」

ウィルは嚙む。呑み込む。「いまはちょっと話したくないんだ」

「オーケー」カーリーが言う。

「美術館は好き?」とウィルは言う。美術館に行きそうな女の子なのだ。

酔っ払った白人の若い奴が、キッチンにふらっと入ってくる。ヘイ、とウィルに言ってから、床の上に、頭をカーリーの椅子の下につっ込んで寝転がる。「カーリー、カーリー、カーリー」と若い奴は言う。「俺いま、君にとことん恋してるんだよ。君は世界で一番キレイな子だよ。なのに君は俺の名前も知らない。それってつらいぜ」

「美術館もいいけど」とカーリーは言う。「コンサートの方が好き。ジャズ。即興コメディ。観るたびに違ってるものが好き」

「ゾンビは？」とウィルは言う。もうステーキはない。マフィンで肉汁を拭きとる。もう一枚食べようかな。カーリーの椅子の下に頭をつっ込んだ若い奴が言う。「カーリー？カーリー？　カーリー？　君が俺の顔に座ってくれるの好きだよ、カーリー」

「ホラー映画とかってこと？」カーリーは言う。

「生きた死者」椅子の下の若い奴が言う。「歩く死者。なんで死者ってどこでも歩くんだ？　バスとか乗ればいいのに」

「まだお腹空いてる？」カーリーがウィルに言う。「シナモントースト作ってあげてもいいよ。じゃなきゃスープとか」

「相乗り《カープール》とかやればいい」椅子の下の若い奴が言う。「ヘイあんたら、カープールってなんでカ、ー、プ、ールって言うのかな。別に車にプールがついてるわけじゃなし。ついてたら登校中に溺れたりして。変な言い方だよな。カープール。カープール。カーリーのプール。カーリーのプールには裸の人たちがいますが、カーリーはカーリーのプールで裸ではありません」

「このへんに電話ある？」ウィルは言う。「親父に電話しようかなって思って。明日心臓切開の手術受けるんだ」

一人の男が森で迷子になる。男は何かから逃げている。木々の下、森の奥深くに家が一軒あって、家のかたわらに墓場がある。家には誰もいないし、墓もすべて空っぽ。誰かが墓を掘り起こしたのだ。誰かが墓穴から這い出して、どこかへ行ってしまったのだ。

それはそいつの名前じゃないが、そいつをソープと呼ぼう。刑務所でもそう呼ばれていたのだ――といってもあなたが思っている理由からじゃないけど。子供のころ、ソープっていう名前の男の子が出てくる本を読んだことがあったから、そのあだ名も気にならなかった。別の奴なんて、オートミールってあだ名がついたのだ。それよりはマシだ。オートミールになぜオートミールというあだ名がついたか、それは聞かぬが花。オートミール、食べられなくなりますよ。

ソープは半年刑務所に入っていた。見ようによっては、半年っていうのは長い時間じゃない。母親の腹のなかにいる時間の方が長い。でも刑務所での半年っていうのは、いろんなことについて、周りのことについて考えるのに十分な時間であって、周りのみんなもやっぱり考えてる。ほかの奴らが何を考えてるのかを考えて、いい加減頭がおかしくなってくる。家族のことを考える奴もいるし、復讐のこととか、どうやって金儲けするかを考える奴もいる。通信講座を受けるのもいるし水彩画をちょっと褒められてボランティアの美術教師に恋をするのもいる。ソープは芸術のコースはとらなかったが、芸術のことは考えた。芸術のせいでソープは刑務所にいたのだ。というとロマンチックに聞こえるけど、実はただ間抜けだっただけだ。

友だちのマイクと一緒に刑務所に入る前から、自分は芸術について一家言持っているとソープは思っていた。芸術にそんなに詳しいわけじゃないけど、見解は持っているのだ、と。刑務所についても同じだった。芸術とか刑務所とかっていうのは、べつにそれについて何も知らなくても、自分なりの見解を持ったぐいのものなのだ。ソープはいまでも芸術にはそんなに詳しくなかった。刑務所に入る前から芸術についてソープが知っていたことは、たとえば。

見れば何が好きかはわかる。実際、見なくても何が好きかわかることがわかった。

美術館にいるとしゃっくりが出る。刑務所にいるときもしょっちゅうしゃっくりが出ていた。

刑務所にいるあいだに芸術についてソープが思いついたことは、たとえば。

偉大な芸術は大いなる苦しみから生まれる。俺は芸術のせいでさんざんひどい目に遭った。

芸術みたいにただ見るだけのものと、石鹸みたいに使うものとでは違う。石鹸がすごくいい匂いで使う気がしなくて匂いを嗅いでいたいだけでも同じこと。だからみんな芸術にブツブツ文句を言う。食べられないし、寝床にもならないし、鼻に入れられもしない。「そんなのは芸術じゃない」とか言う人間は大勢いるけど、そういうときそいつらが話してるのは、どう考えても、ほかの何物でもない、芸術でしかありえない。

芸術のことを考えるのに疲れると、ソープはゾンビのことを考えた。自分なりのゾンビ不測事態対応策を練り上げた。ゾンビのことを考えるのは、芸術のことを考えるほど疲れなかった。ソープがゾンビについて知っていたことは、たとえば。

ゾンビはセックスとは関係ない。

ゾンビは芸術に興味がない。

ゾンビは複雑ではない。狼男や幽霊や吸血鬼とは違う。たとえば吸血鬼は、超自然界における中～中の上の管理職だと言っていい。吸血鬼のことをロックスターみたいに思っている人もいるが、どっちかといえばむしろ、マーサ・スチュワートに近い。吸血鬼は細かいことにうるさい。吸血鬼はルールどおりにやりたがる。吸血鬼は見かけをきちんとしたがる。ゾンビにはそういうところはない。ゾンビを厄払《エクソサイズ》いすることはできない。銀の弾丸とか十字架とか聖水とかいった高級品も必要ない。頭を撃つか、体に火を点けるか、頭をものすごく力一杯ぶん殴るかだ。刑務所にはそういうことに詳しい奴がいた。刑務所にはこっちが知りたいことに何でも詳しい奴がいた。こっちが知りたくないことに詳しい奴がいた。刑務所は図書館みたいだった。図書館じゃないけど。

ゾンビは差別ということをしない。ゾンビにとっては誰でも等しく美味である。そして誰でもゾンビになれる。特別である必要はない。スポーツが得意でなくてもいいし美男美女でなくてもいい。いい匂いがするとか、いい服を着てるとか、いい音楽を聴いてるとかいうことも関係ない。のろければいいいのだ。

ソープはゾンビのその点が気に入っていた。

ゾンビは絶対に一人だけではない。

ピエロにはゾンビよりもっとひどいところがある（まあ単に同じところがあるだけかもしれない。ゾンビを見ると、人はまず笑いたくなる。ピエロを見ると、たいていの人はなんとなく落ち着かなくなる。顔は青白くて、葬儀屋風のメーキャップがべったり貼りついてるし、ひきずるような足どり、くしゃくしゃの髪。でもピエロは実は悪意の持ち主だし、あの小さな自転車に乗ったり小さなスシ詰めの車でスイスイ動き回ったりする。ゾンビは大した特徴も取り柄もない。楽器を持ち歩いたりもしないし、人が笑おうが笑うまいが気にしない。ゾンビが何を求めているかは見ればすぐわかる）。選べるものなら、ソープとしてはピエロよりゾンビの方が断然いい。刑務所には昔ピエロだった白人の奴が一人いた。そいつがなんで刑務所に入っているのか、誰も知らなかった。

話してみると、刑務所に入っている全員が、ゾンビ不測事態対応策を持っていることが判明した。刑務所に入っている誰もが刑務所脱走案を持っているのと同じだが、ただし脱走案の方は誰も喋らない。ソープは脱走案については考えないようにしたが、時おり脱走しているところを夢には見た。いずれ決まってゾンビが出てきた。脱走の夢にはかならずゾンビが出てきた。刑務所からは逃げられても、ゾンビからは逃げられない。映画でも絶対そうだし、ソープの夢でも絶対そうだった。これ以上絶対なことはない。

一緒に刑務所に入っていた、ソープの友だちのマイクによると、人々はゾンビのことを心配しすぎであり、氷山のことは十分心配していない。氷山は現実なのに。氷山はゾンビと同じでのろいという事実をマイクは指摘した。ひょっとしてゾンビ不測事態対応策を氷山にも適用できるかも。氷山のことを考えてくれよ、とマイクはソープに言った。ほかには誰も考えちゃいないからさ。誰かが氷山の対応策を練らねばならないのだ。マイクによれば。

刑務所から出て、もう全然遅すぎてからも、ソープは依然として刑務所から脱走する夢を見た。

「で、ここ誰の家なわけ？」ウィルはカーリーに訊く。彼女はウィルをうしろに従えて階段をのぼっている。ウィルが片手をのばせば、ビキニのブラが外せるだろう。あっさり落ちるはずだ。

「あたしの友だちの女の子がね」とカーリーは言って、長い、悲しい話を語る。「両親に連れられて、フランスへ自転車旅行に行ったの。両親がアムウェイとかやってて、その旅行も売れたご褒美か何かなわけ。父親が浄水フィルターどっさり売ったとかで、それでみんなでフランス行って自分の自転車を組み立てさせられるわけ。マルセイユで。それってショボくない？　その子、フランス語だって喋れやしないんだよ。なんて言うの、フランスびいき嫌い？　バッカな子でさぁ。親にも全然好かれてなくて。できたら親だってほんとは連れていきたくなかったんじゃないかな。それともフランスに置き去りにしようと思ったとか。見たかったよねぇ、その子がフランスで自転車に乗ろうとするとこ。きっとアルプスからまっさかさまに落ちちゃったりするよね。すごくムカついたよ、一緒にパーティやることになってたのに、いきなりさ、あんた一人でやってよ、あたし出られないからさ、とか言って。まああの子もあの子で、親にすっごくムカついてたけど」

「ここ、バスルーム？」ウィルは言う。「ちょっと待ってて」

中に入って、小便をする。水を流して、手を洗おうとすると、洗面台の横にお洒落な石鹸が置いてある。ウィルはくんくん匂いを嗅いでみる。それからドアを開ける。カーリーがそこに立って、ストラップレスのドレスに小さなぴかぴかのプラスチックの花をべたたくっつけたアジア系の女の子と話している。ドレスのバストの部分がその子には大きすぎるので、胸の部分を手で前に引っぱっている。誰かがそこにイタチでも落としにくるのを待ってるみたいに見える。誰のドレスなんだろう。だいたいなんだって、こんな不細工な服着たいのか。

ウィルは石鹸を差し出す。「これ、嗅いでごらんよ」とカーリーに言い、カーリーは言われたとおりにする。「何みたいな匂い？」とウィルは言う。

「わかんない」とカーリーは言う。「マーマレード？」

「レモングラス」ウィルは言う。すたすたとバスルームに戻っていって、窓を開ける。下にプールがあって人が何人か泳いでいる。ウィルは窓から石鹸を投げる。プールに入っていた誰かが「おい！」とわめく。

「あの人、なんであんなことやったの？」廊下の女の子が言う。カーリーがケラケラ笑い出す。


森のどこへ行っても、いろんなものが動き回る音が聞こえる。狼か、強盗、巨大な蜘蛛、ナイフを持った幼い子供か。ひょっとして木の上に美しい女たちが住んでるのかもしれない。ゾンビにつかまらないように木の上に住んでるのかもしれない。ロビンフッドみたいに。木の上の女たちはゾンビたちに石鹸を投げつけ、ゾンビがどんなに馬鹿かを語る歌をでっち上げる。女たちは木の枝に立って、パンツを下ろして、ゾンビの頭に小便を命中させる。ゾンビたちは気づきもしない。

ソープの友だちのマイクには、ジェニーというガールフレンドがいた。ジェニーは刑務所に一度も面会に来なかった。ソープはそのことを気まずく思った。

ソープの父親はニュージーランドにいて、ソープに時おり葉書をよこした。カリフォルニアのマンハッタンビーチ近辺に住んでいるソープの母親は、忙しすぎたし、ソープに腹を立てていたから、やはり面会に来なかった。母親は愚かさやツキのなさを許容しない人間だった。

ソープの姉ベッカは、家族でただ一人刑務所に面会に来てくれた。ベッカは女優兼ウェートレスで、低予算のゾンビ映画に出たことがある。ソープはそれを一度観たことがあるが、どっちがより奇妙か、とまどってしまった――姉のヌードを見ることか、ヌードの姉がゾンビに食べられるのを見ることか。ベッカはそれなりに美人で、リアリティ番組のデートショーなんかにはもうちょっとで出られそうだったけど、美女変身ショーに出るほど変テコでも情けないルックスでもなかった。ベッカは年じゅう仕事を辞めていた。かくして母親はベッカに往復切符を買ってやり、ソープに面会に行かせた。要するに悪いお手本ってことなんだな、とソープは考えた。いい仕事を見つけて、辞めないこと。でないと弟みたいに刑務所に行きつく。

ベッカはLAでは普通の人間かもしれないけど、LAで普通というのはノースキャロライナの重罪犯刑務所の面会室に来た火星の女王ってことだ。ソープはみんなからいつも、お前の姉ちゃんいつテレビに出るんだよ、と訊かれた。

ソープの母親はマンハッタンビーチでブティックをやっている。店の名前は〈フロート〉。ベッカとソープはひそかに店を〈口を洗え《ウォッシュ・ユア・マウス》〉と呼んでいる。ブティックはもっぱら石鹼とシャンプーしか売っていない。ほかは何もなし。どの石鹼もシャンプーも食べ物の香りがするということになっている。実際はどうかというと、食べ物の香りがするということになっているのだが実のところタクシーや盗難車のバックミラーに吊したエアフレッシャーみたいな匂いがする蠟燭の匂いがした。うしろをふり返るのはイチゴの匂いがする、みたいに。バッチリ脱走を決めるのは母親の留守中に母のマリワナを吸っていたソープとベッカがスプレーしまくったルームフレッシャーの匂いがする、みたいに。

二人とも高校生だったころ、ソープとベッカはトイレの固形消臭剤を買ったことがある。ペパーミントのような匂いがした。パッケージから消臭剤を取り出して、ティッシュを敷いてリボンも付けたお洒落な箱に入れた。綺麗に包装して、母の日に母親にプレゼントした。スネ毛脱毛用の軽石だと母には言った。ソープは石鹼みたいな匂いのする石鹼が好きだった。ソープの母親はしじゅう差し入れにオリーブオイルや橙火油《ネロリ》やペパーミントや赤砂糖やキュウリやマティーニや焼きマシュマロみたいな匂いのする石鹼を送ってよこした。

刑務所では石鹼を持ってはいけないことになっている。石鹼を靴下に入れれば、人の頭を殴る武器になるからだ。誰かを叩きのめすこともできる。でもベッカが面会室の看守に話をつけてくれて、面会室の看守が郵便担当の看守に話をつけてくれて、ソープは刑務所じゅうのみんなに石鹸を分け与えた。欲しいと言う奴には誰でも。なんと、誰もが食べ物みたいな香りのする石鹸を欲しがった。ソーシャルワーカーも、看守も、ドラッグの売人も、殺人犯も、まともな弁護士を雇う金もない奴らまで。母親のブティックがあんなに繁盛するのも無理はない。

ソープが刑務所に入っているあいだ、例の油絵はベッカが預かってくれた。時おり、ソープが頼めば面会のときに持ってきてくれた。絵を母親に渡さない、家賃の足しに質に入れない、ルームメートの猫が入り込んでこない限り安全だからベッドの下にしまっておく、この三つをソープはベッカに約束してもらった。火事や地震になったら何より先に絵を救う、とベッカは約束してくれた。ルームメートやルームメートの猫を救うより先に救う、と。

カーリーがウィルをベッドルームに連れていく。花園を描いた大きな絵があって、絵の下にはドレスがいっぱい散らばったキングサイズのベッド。床にもドレスがいっぱいある。

「あんたのパパに電話しなよ」とカーリーは言う。「あたし、またビール持ってくるから。あんたももう一本飲む?」

「うん、そうだな」とウィルは言う。カーリーが部屋から出るのを待って、電話をかける。父親が受話器を取り上げると、「よう、パパ、調子どうだい?」とウィルは言う。

「ジュニア！」と父親は言う。「調子どうだ？」

「起こしちゃった？　そっちはいま何時？」とジュニアは言う。

「大丈夫さ。ジグソーパズルやってたんだ。箱に絵がついてないパズルなんだ。キツネザルだと思うんだが。ひょっとしたらクマネコかも」

「こっちは相変わらずさ」とジュニアは言う。「厄介は起こしてない」

「そりゃいい」と父親は言う。「そりゃよかった」

「こないだ話したこと、考えてたんだ。そのうちそっちに遊びに行こうかって話」とジュニアは言う。

「ああぜひ来いよ。外国に出られるうちに出ておけよ。親父に会いにこいよ。父と子ごっこしようぜ。バンジージャンプ行くとか」

プラスチックの花をつけたドレスの女の子がベッドルームに飛び込んでくる。ドレスを脱いで、ベッドに放り投げる。クローゼットのなかに入っていって、黒と紫の羽根でできたドレスを持って出てくる。ラスベガスのダンサーが仕事時間外に着そうなドレスだ。

「いまさ、誰か女の子が入ってきて、服を全部脱いだよ」とジュニアは父親に言う。

「ふうん、よろしく言ってくれよな」と父親は言って、電話を切る。

「親父がよろしくって」とジュニアは裸の女の子に言う。それから彼は言う。「親父と僕から訊きたいことがあるんだ。君、ゾンビのこと心配する？　ゾンビ不測事態対応策は考えてある？」

女の子は、いい質問だと言うみたいにただニッコリ笑う。新しいドレスを着る。部屋から出ていく。ウィルは姉の携帯にかけてみるが、ベッカは出ない。そこでウィルはドレスを全部抱えて、クローゼットに入る。一つひとつ吊していく。人間はあと始末をする。ゾンビはしない。

ウィルの見解では、ゾンビが郊外に引きよせられるのは、竜巻がトレーラーパークに引きよせられるのに似ている。窓のせいだろうか。郊外の家は窓が多すぎて、ゾンビたちを怒らせるのか。

ゾンビが今夜出てきたら、重たいオークのドレッサーをバリケードにしてこの部屋のドアをふさごう。まずあの裸の女の子を入れてやろう。それにカーリーも。三人でドレスを縛ってつないでロープにして、窓から逃げる。ひょっとしてあの羽根のドレスで、翼を作って飛んで逃げられるかも。サバービトラスの鳥男ウィル。

ゾンビとかスーツケースとか、一階にいたあの酔っ払いとかがいないことを確かめようと、ウィルはベッドの下をのぞいてみる。

ベッドの下で、スーパーマンのパジャマを着た黒人の子供がすやすや丸まって寝ている。

小さいころ、ベッカはベッドの下にスーツケースを入れていた。スーツケースには地震や火事の際に持ち出すべき物がぎっしり詰まっていた。スーツケースの第二の機能は、ベッドの下の、空けておけばモンスターや死人に棲みつかれる危険のある暗いスペースをある程度埋めることだった。スーツケースあり、入るべからず。ベッカはスーツケースのなかに、誕生日のお小遣いを使ってモールで買ったものの蠟燭として使う気になれない、竜の形をした蠟燭を入れておいた。それから、小さな陶磁器の犬。お気に入りのぬいぐるみいくつか。母親のお守りのブレスレット。写真アルバム。『黒馬物語』をはじめ馬の本多数。時おりベッカは、弟と一緒にスーツケースを引っぱり出して、中身を吟味した。ベッカがいろんな物を取り出して、代わりに別の物を入れる。姉がそうするのを手伝うとき、弟はいつも楽しかったし、こうしていれば安全だと思えた。悪いことが起きたら、とにかく救えるものを救うのだ。

現代芸術は時間の無駄である。ゾンビが出てきたら芸術の心配なんかしてられない。芸術とはゾンビのことを心配しない人たちのためのものだ。ゾンビと氷山以外にも、ソープはいろんなことを考えている。津波、地震、ナチスの歯医者、殺人蜂、軍隊蟻、黒死病、老人、離婚弁護士、女子学生クラブの女の子、ジミー・カーター、巨大イカ、恐水病の狐、見慣れない犬、アナウンサー、子役俳優、ファシスト、ナルシスト、心理学者、斧を持った殺人犯、片思い、脚注、飛行船、聖霊、カトリックの司祭、ジョン・レノン、化学の教師、イギリス訛りの赤毛の男、図書館員、蜘蛛、蜘蛛の写真が載っているネイチャー本、暗闇、教師、プール、頭のいい女の子、可愛い女の子、金持ちの女の子、怒った女の子、背の高い女の子、感じのいい女の子、巨大な権力を持つ女の子、巨大なトカゲ、睡眠発作を患っているブラインドデートの相手、怒った猿、生理用品のコマーシャル、エイリアンが出てくるホームドラマ、ベッドの下の物、コンタクトレンズ、忍者、パフォーマンスアーティスト、ミイラ、自然発火。ソープはいままで、こうしたものたちを代わるがわる怖がってきた。刑務所に入ってから、怖がらなくてもいいんだということを悟った。対応策さえ立てておけばいい。準備しておけば。ボーイスカウトと同じだ、まあボーイスカウトよりちゃんと準備しないと駄目だけど。ボーイスカウトが準備しないことに対しても――つまり、世の中の物事ほとんどすべてに対して――ちゃんと準備しておかないといけない。

石鹼も時間の無駄である。ゾンビが出てきたときに、石鹼なんてなんの役にたつ？　食べられもしないし、刑務所の規則ではああなってるけど、大した武器にもなりやしない。ソープはときどき、自分が母親のブティックに閉じ込められたところを想像してみる。ゾンビが波間から、水をしたたらせ、おそろしく腹を空かして出てくる。ゾンビたちはいつものとおりものすごくのろく、マンハッタンビーチの砂浜をどうしようもなくだらだら歩いてくる。ソープは母親と、サーフボードを持った茶髪の日本人観光客何人かと〈フロート〉に立てこもる。「何とかしておくれ、息子《スイートハート》や！」と母親が嘆願する。そこでスイートハートは床一面に水をぶちまける。サーフボードはいくつかあるし、カウンターの下には野球のバットがあり、二十五セント貨の束もあるし、壁にはメカジキが飾ってあるが、ぶっ叩くにはレジがベストだとスイートハートは判断する。彼は日本人観光客たちに、両手両膝をついて床一面に石鹸をすりつけるよう命じる。ゾンビがついに〈フロート〉に侵入してきたら、母親と観光客はカウンターのうしろに隠れればいい。ゾンビたちは床に足を滑らせて転び、スイートハートがレジで奴らの頭をぶっ叩くのだ。まるっきりバズビー・バークリーのゾンビ・ミュージカル。待てよ、こりゃ駄目だ、とスイートハートは考える。自分だけは石鹸だらけの床で転ばないよう、すごく吸いつきのいい靴がないと。

「どうなった？」カーリーが言う。「お父さん、どんな感じ？」

「元気だよ」ウィルは言う。「心臓切開手術以外はね。それを別とすれば、元気だよ。いまちょっとベッドの下のぞいてたんだ。子供が一人いるよ」

「ああ、その子ね」カーリーは言う。「弟だよ。あたしの友だちの。ル・キョーダイ・ド・モナミ。あたしが面倒見てるの。ベッドの下で寝るの好きなんだって」

「名前は？」

「リオ」。カーリーはウィルにビールを渡し、彼と並んでベッドに腰かける。「ねえ、刑務所のこと話してよ。何したの？　あたし、あんたのこと怖がった方がいい？」

「たぶん怖がらなくていい。あんまりいいことないしね、あれこれ怖がっても」

「何したのか、話してよ」とカーリーは言う。そしてすごく大きなゲップを出すので、ベッドの下の子供が目を覚まさないことにウィルは驚いてしまう。リオ。

「いいパーティだね」ウィルは言う。「俺の相手してくれてありがとう」

「いまさ、誰かがリビングの窓からゲロ吐いたの。もう一人は危うくプールのなかで吐くとこだったけど、あたしが間一髪引っぱり出したの。誰かピアノに吐いたりしたら、すごくヤバいのよね。鍵盤のあいだのゲロって取れないんだよ」

いかにも物事がわかってるみたいな喋り方だ、とウィルは思う。何年もピアノを習った女の子もいるし、何年もピアノを習ってパーティのやり方もわかっていてピアノからどうゲロを取り除くかわかってる女の子もいる。ピアノが弾ける女の子、見たところ何ともないのに弾くとひっかかってしまう鍵盤――そういうのってなんとなくセクシーだ。ウィルにはピアノを想定したゾンビ不測事態対応策がひとつもない。そう思うと、ぞっとしてくる。なんだってピアノを忘れたりしたんだ？

「掃除、俺も手伝うよ」とウィルは言う。「もしよかったら」

「ねえ、無理しなくていいのよ」とカーリーは言って、ウィルの顔をまともに見据える。まるで、彼の顔に蜘蛛がいるか、興味深い刺青でもあるみたいに。外国語で上下逆さに書いた言葉を解読しようとしてるみたいに。ウィルには刺青なんかない。彼に言わせれば、刺青は芸術に似ている。もっとたちが悪いけど。

ウィルもまともに見返す。「カンザスシティの郊外でパーティに行ったんだけど」とウィルは言う。「親が休暇で出かけてるあいだに、しょっちゅうパーティやってた子供の話聞いたんだ。もうじき両親が帰ってくる段になって、家がメチャクチャになってることに気づいて、家に火を点けて燃やしちゃったんだって」。この話を思い出すたびウィルは笑ってしまう。なんて阿呆なガキだ。

「あたしが友だちの家燃やすの、手伝ってくれる？」とカーリーは言って、ニッコリ笑う。ジョーク、いい感じに決まったわよね。この人もいい感じよね。「いま何時？　二時？　もし午前二時だったら、なんで刑務所に入ったか話してくれなきゃ駄目よ。ルールみたいなもんよ。もう知りあって一時間以上経って、夜も遅いってのに、あたしまだ、なんであんたが刑務所に行ったか知らないのよ。だいいちあんたほんとは話したいわけでしょ、じゃなきゃそもそも、刑務所に入ってたなんて言わないよね。あんたがやったの、そんなにひどいことだったわけ？」

「いいや」とウィルは言う。「単にすごい馬鹿なこと」

「馬鹿っていいよね」とカーリーは言う。「さあさあ。話してよ、ねえったら」

彼女はベッドカバーを剥がして、中にもぐり込み、シーツをあごまで引きよせる。お休み、カーリー。お休み、カーリーのゴージャスなオッパイ。

それはすごく小さくて、すぐ近くで見てもすごく遠かった。これは木々だとソープは言った。森。氷山の絵だとマイクは言った。

森は穴だらけで、夜になると人々はやたらと穴に落ちる。森には扉のない石の塔がいくつもある。鳥が窓から飛んで出入りし、塔に住む人たちにサンドイッチやトウィンキーズを持ってくる。森にはベリーの茂みがいっぱいあって鹿がいて、地面は赤っぽい苔の厚い絨毯で覆われている。そこらじゅうに齧み残した小さな骨や、星の形をした白い花がある。雪が吹き寄せてうずたかく積もり、木々はじわじわ沈んできているみたいに見える。すごく寒い。誰かが厚い青色の氷を彫って作った木々が立っている。雪には血の、細長い、べったり固まった筋が走っている。どんなに歩こうと、森には絶対近づけない。どんなに歩こうと、森からは絶対出られない。森のなかに刑務所があって、森じゅうに看守や犬がいて銃がある。

ゾンビのことを考えるとき、どこへ行ったって絶対ゾンビに見つかるんだとソープは思う。ベッカが昔読んでくれたおとぎ話のなかでも。アリババと四十人のゾンビ。開けゾンビ。白雪姫と七人の小ゾンビ。

ウィルがどんな場所を思いつこうと、いずれゾンビもやって来るだろう。そういった場所一つひとつを、ウィルは画廊にある絵画として思い浮かべる。場所が絵にすぎなければ、それは安全な場所だからだ。風景の周りを額縁が囲んでいて、風景が漏れ出ることを防いでいる。ゾンビが入ってくることも防いでいる。夏のスキーリゾート、居並ぶ侘《わび》しいリフト。夜の海の石油掘削機。自然史博物館。『プレイボーイ』オーナーの大邸宅。エッフェル塔。マッターホルン。デイヴィッド・レターマンの家。バッキンガム宮殿。ボウリング場。コインランドリー。ウィルは自分を、いまカーリーと一緒に座っているベッドの上に掛かった花園の絵のなかに据える。そこは陽が当たっていて暖かくて安全で美しい。けれどいったん絵のなかに自分を据えると、ゾンビたちはやっぱりいつものように現われる。宇宙ステーション。ニュージーランド。父親はきっと、ニュージーランドにいるからゾンビから安全だと思っているだろう。ニュージーランドは島だから、と。父親は大馬鹿だ。

人々は年じゅう木を描いている。あらゆるたぐいの木。芸術というのは木のようなものを描くことになっている。あるいは氷山。氷山の絵は木の絵ほど多くないけど。だけどゾンビ描く奴なんているか？　誰かがゾンビを描くべきだ、とソープは考える。

「刑務所にはそんなに長く入ってなかったよ」とソープは言う。「俺とマイクがやったことって、そんなに悪いことじゃなかったから。べつに誰にも怪我とかさせなかったし」
「あんた、悪い人に見えないよ」とカーリーは言う。そしてソープがカーリーを見ると、カーリーはいい感じの子に見える。いい感じのオッパイの、いい感じの女の子。でも人は見かけによらないことをソープは知っている。

ソープとマイクは、大学を出たら金持ちになるつもりだった。二人ですべて計画済みだった。イケてるウェブサイトを作って、大儲けするのだ――まずはなんのサイトにするか、なんという名前にするかを決めるのが先だったが。刑務所に入っているあいだに、これはゾンビのウェブサイトになっていただろうという結論に二人は達する。すっごくカッコいいサイトになっていただろう。

haraherizombie.com、samishiizombie.com、hadakanozombie.com、antazombietokekkonshitanone.com、zombiefusokujitaitaiousaku.com、dotcomofthewalkingdead.com。ほかにもサイト名をいっぱい思いついた。ゾンビが入っていればかならず人は集まる、というのがウィルの見解だった。

お洒落な連中がサイトに行って、あれこれ書き込んだだろう。古いホラー映画とか、自分がいまやってるサイテーのバイトとかの話をみんなで語りあっただろう。コミックスも出して、コンサートも開いただろう。広告があって、スポンサーがついて、映画の話も来ただろう。ソープにも芸術に使う金ができただろう。ピカソやフェルメールや漫画の原画を買っただろう。女たちに酒をおごってやっただろう。美人の、バイセクシュアルの、サイボーグっぽい、発音不可能な名前の、ベッドでは奇っ怪な趣味の女たちに。

ところが、ソープやマイクたちが学校を卒業するころには、もう何もかも終わっていた。ウェブサイトなんて言っても、誰も見向きもしなかった。もうみんな自分でウェブサイトをやっていた。誰も金なんか出してくれない。

ソープとマイクにできることができる人間は、掃いて捨てるほどいた。結局マイクとソープの両親は、いまでは誰でもできることを彼らに習わせるのに大金を払ったのだった。

マイクにはジェニーというガールフレンドがいた。ソープにも思わせぶりにふるまうのでソープは彼女のことが気に入っていたが、彼女はこの物語にとってさして重要ではない。ジェニーがソープと恋に落ちることは絶対なかっただろうし、ソープもそれを知っていた。肝腎なのは、ジェニーが美術館に勤めていて、それでソープとマイクが美術館のいろんなイベントに行くようになったこと。それは安く夕食にありつくのにいい手だった。クラッカーにブリーチーズ、ワイン、マティーニ。スーツを着ていって、ほかの連中が芸術だのローンだの子供だのの話をするのを聞いてればいいのだ。ソープに母親を思い出させるような年上の女性がたくさんいたし、ソープが彼女たちに息子を思い出させることも明らかだった。けれど、こういう女たちがソープに面白半分にモーションをかけているのか、それとも、自分でもなんなのかよくわからない何かについて彼の忠告を求めているのか、それはどうにも明らかでなかった。

ある朝、刑務所で目が覚めると、チャンスはあったのに自分がそれをみすみす見逃したことをソープは悟った。マイクと二人で、年上の、小金持ちの女性のためのウェブサイトを作ればよかったのだ——強い労働倫理を持っていて、混乱と恨みつらみを抱え大学は出ているが仕事がない子供を持っている女性たちのための。その方がゾンビよりいい。人助けになったかもしれないし。

「オーケー」とウィルは言う。「なぜ刑務所に入ったか、話すよ。でもその前に君が、パーティにゾンビが現われたらどうするか、話してくれないと。今夜ゾンビが現われたら。これ、みんなに訊くことにしてるんだ。誰もがゾンビ不測事態対応策を持ってるから」

「第一志望の大学に入れなかったらどうするか、みたいな？」とカーリーは言う。彼女は片方の瞼を手で開けて、目玉に指を一本当て、コンタクトレンズを外す。それをベッドサイドテーブルに置く。もう一方のレンズは外さない。そっちの目は痛くないのかも。「あたしの目、ほんとは緑色じゃないの。ちなみに胸は本物だよ。ホラー映画はあんまり観ないな。怖い夢見るから。リオはそういうの好きみたい」

ウィルはベッドの反対側に腰かけて、カーリーを見つめる。彼女はウィルの質問についいて考えている。緑色のコンタクトレンズ片方を通して見える世界の感じが好きなのだろうか。「うちの両親、冷蔵庫に銃を入れてる。だからそれ出してきて、ゾンビ撃つのかな？　それともママの部屋のクローゼットに隠れるかな？　靴とかなんかの陰に？　ギャアギャアわめくと思う。助けてぇって悲鳴上げる。警察に電話する」

「オーケー」とウィルは言う。「どうなのかなって思ってさ。君の弟はどうする？　どうやって護る？」

べつに感心した様子も見せずにカーリーはあくびをするが、実は感心していることがウィルにはわかる。ただ眠くもあるだけだ。「頭いいわね。あんた頭よくて、キュートで、世の中のことわかってて。それって危険よね。ここがあたしの家だって、あんたはじめからわかってたんでしょ。リオがあたしの弟だってことも。あたし、そんなにウソ下手？」

「ああ」とウィルは言う。「君の両親の部屋のドレッサーに、君とリオの写真が置いてある」

「オーケー」とカーリーは言う。「ここはあたしの両親の寝室。二人ともフランスに行って自転車組み立ててるのよ、あたしを置き去りにして、リオを置き去りにして。だからあたしパーティ開いたの。家燃やされたら、あの人たち自業自得よ」

「もうずいぶん前から知りあいだった気がする」とウィルは言う。「さっき会ったばかりなのに。たとえば、君の目がほんとに緑じゃないことはわかってた。君のこと、いろいろわかってるんだ」

「あたしたち、おたがいのことそんなに知らないよ」とカーリーは言う。「あたしはあんたのこともっとよく知ろうって、さっきから頑張ってるのに。あんた、あたしがいつの日か大統領になりたいと思ってるってこと知らなかったでしょ」

「俺が氷山のことしょっちゅう考えてるってこと知らなかっただろ、まあゾンビのことほどじゃないけどさ」

「あたし、氷山の上で暮らしたいな」とカーリーは言う。「大統領にもなりたいし。ひょっとして両方できるかしらね。史上初の、氷山で暮らす黒人女性大統領」

「俺、君に投票する」

「ねぇウィル」とカーリーは言う。「あんた、あたしとベッドに入りたくないの？　あたしがいつの日か大統領になるからビビってるの？　あんた、有能でバリバリの女にビビるの？」

ウィルは言う。「君、俺と遊びたいのか、それとも俺がどうやって刑務所に行きついたか聞きたいのか？　ドアAか、ドアBか。俺、キスなら上手いんだけど、リオがベッドの下で寝てるからなあ。君の弟がさ」。ジェニーが勤めている美術館で、ジェニーとマイクはよくどこかに隠れてキスしていたが、ソープはジェニーにキスしたことは一度もなかった。大学のころ一度、マイクにキスしたことはある。二人とも酔っ払っていた。刑務所では男同士がキスしていた。白人の男が黒人の男といちゃついた。ベッカはよく浜辺でボーイフレンドといちゃついていて、弟は砂丘に隠れて見ていたものだった。例のゾンビ映画で、彼女は一人のゾンビに唇を食べられた。絶対ゾンビにキスしちゃいけない。

「やだやだ、そうよね」とカーリーは言う。「じゃあとにかく何やったか話してもらってさ、そこからまた考えようよ」

ソープとマイクと、あと友だち何人かで、ジェニーが勤めていた小さな私立美術館のパーティに行った。みんなワインを飲んで、オリーブ以外はろくに食べなかった。ジェニーは忙しかったので、ソープとマイクたちは、ワインやチーズを並べた、館員と金持ち連中とが和やかにお喋りしている展示室を出て、美術館のほかの場所に行ってみた。パーティからどんどん離れていったが、誰も止めはせず、館員が出てきて何やってるんだと言ったりもしなかった。ほかの展示室はどこも暗く、誰かがマイクに、お前あそこに入ってみろよ、とけしかけた。警報が鳴るかどうか見てみたかったのである。マイクは入っていったが警報は鳴らなかった。

次にソープがその展示室に入っていった。当時彼の名前はソープではなかった。アーサーという名だったが、誰もがアートと呼んだ。芸術。ハハ。展示室は真っ暗で何も見えなかった。そこにつっ立っていても馬鹿みたいなので、闇のなかで両手をまっすぐ前につき出して歩いていくと、やがて指先が壁に触れた。指を壁に当てたまま、部屋を回っていった。時おり指が額縁に触れると、どのくらい大きな絵かと、手を上下左右に動かしてみた。そうやって部屋を一周して、やがてドアまで戻ってきた。

それからまた誰かが入っていった。マークソンだった。出てきたマークソンは、両腕に絵を一枚抱えていた。縦横とも一メートル弱の、マストや帆がたくさんある船の絵だった。青を小さく何度も叩きつけてあった。船の甲板に小さな人々が大勢出ていて、みんな忙しそうにしている。

「馬鹿かお前」とマイクは言った。「マークソン、お前何やってんだ?」

言っておくが、マークソンは大馬鹿だった。そのことはみんな知っていた。加えていまは酔っ払いの大馬鹿だったわけだが、酔っ払ってるのはみんな同じだった。

「どんな絵かと思ってさ」とマークソンは言った。「まさかこんなに重いとはな」。そして絵を壁際に下ろした。

何の警報も鳴らなかった。廊下をはさんで向こう側の展示室も暗かった。彼らはそれをゲームに仕立てた。一人ずつどちらかの展示室に入って、中を歩き回り、絵を一枚選ぶ。そうして出てきて、自分が選んだ絵を見てみるのだ。誰かのはスーラだった。誰かはメアリー・カサット。ほかの誰かはウィンズロー・ホーマー。誰も知らない画家の絵もたくさんあって、そういうのはカウントされなかった。アートははじめに入った展示室へもう一度入っていった。今回はゆっくりやった。壁にはすでにいくつかすきまができていた。何枚かの絵に、耳を当ててみた。自分が何かに耳を澄ましている気はしたが、何になのかはわからなかった。

すごく小さな絵を選んだ。廊下に出してみると、油絵だった。水なのか、人物なのか、ぼてっとした青緑のかたまりがある。木々かもしれない。すごく遠くから見た森。何かゆっくりした、遠くのもの。画家の署名は読めなかった。

マイクはもうひとつの展示室にいた。マイクが絵を持って出てくると、それはピカソだった。悲しそうな顔の化け物っぽい女と、悲しそうな顔の化け物っぽい犬。マイクの勝ちだ、と全員の意見が一致した。それから大馬鹿のマークソンが、「お前、そのピカソ持ってここから出られやしないだろ」とけしかけたのだった。

時おり、他人の家にいると、ソープは居心地が悪い。俺はこんなところにいるべきじゃない。俺がいるべきところなんてどこにもない。誰も俺のことなんか知らないし。もし知っていたら好かれないだろうし。誰もがソープより楽しそうで、ソープの知らないことを知っていそうに見える。ゾンビが現われたら違うさ、とソープは自分に言い聞かせる。

「あんたたちピカソ盗んだわけ?」とカーリーが言う。

「ピカソの重要作品じゃなかったんだ。ほんとに盗もうとしてたわけじゃないし」とウィルは言う。「ただ単に、美術館から運び出してさ、どこまで行けるかやってみようと思ってさ。すたすた出ていっても、誰にも止められなかった。車に乗せて、アパートまで持ち帰った。ピカソに仲間がいるようにって、その小さな絵も持っていった。それに俺、もうちょっとじっくり見てみたかったんだ。上着のなかに入れて、脇で抱えていった。ほかの奴らはマイクを手伝って、誰にも見られずにパーティ会場を通り抜けられるようにしてやった。アパートに着いたらリビングにピカソを掛けて、小さな絵は俺の部屋に入れた。警察がやって来たとき、俺たちはまだ酔っ払ってた。ジェニーは仕事をクビになった。俺とマイクは刑務所に入った。マークソンとかほかの奴らは奉仕活動をやらされた」

「そんな変ちくりんな話、初めて」とカーリーが言う。「こんなに酔っ払ってなかったら、絶対信じないと思う。どうして酔っ払ってると、何事もいつもより悲しくて、いつもより笑えて、いつもよりずっと本当なのかな？」

「ほんとに変ちくりんなとこはまだ話してないぜ」とウィルは言う。一番変ちくりんなところは言いたくても言えない――見せることならできるかもしれないけど。

「あたし、学校の討論部に入ってたって言ったっけ？」とカーリーが言う。「それがあたしの一番変ちくりんなこと。あたし、議論やるの好きなんだ。さっきあたしの椅子の下に頭入れてた奴、あいつのことマリワナについての討論でコテンパンにやっつけたんだ。思いっきり恥かかせてやった」

ウィルはもうドラッグをやらない。美術館にいるのと似すぎているから。何もかもが芸術に見えてきて、何もかもがゾンビが現われる直前みたいに思えてくるから。彼は言う。

「その小さな絵だけどさ、これはうちの所蔵じゃないって美術館に言われたんだ。こっちは洗いざらい説明したのに、そんな絵は知らないって言うんだ。ほんとのこと話したのに、みんな俺がウソついてると思ったんだ。マイクと俺とでよその美術館でも同じことやったのかって、警察があちこち訊いて回ったんだけど、誰も名乗り出なかった。誰もその画家の名前を知らなかった。で、結局俺に返してくれたんだ。俺が何か変な詐欺でもやろうとしてるって思ったんだよね」

「それで、その絵どうなったの？」とカーリーが言う。

「いまも持ってるよ。刑務所に入ってるあいだは姉貴が預かってくれた」とウィルは言う。

「二年間。出てからずっと、捨てる場所を探してるんだけどさ。何か所かで置き去りにしてみたんだけど、どうしてもうまく行かなくて。いくら頑張っても離れてくれないんだ。俺のものじゃないのに、追い払えないんだよ」

「あたしの友だちのジェシカがね、逆万引きっていうのやるの」とカーリーが言う。「誕生日のプレゼントにサイテーのシャツもらったときとか、本を買ったんだけど全然よくなかったときとか、店に入ってシャツをハンガーに掛けてきたり本を棚に入れてきたりするの。一度なんか、頭のおかしい、たちの悪いインコを靴屋に持ってってって、靴箱に入れてきたんだよ。あんたの友だちどうなったの？　マイクだっけ？」

「シアトルに行った。前科者のためのウェブサイトをはじめた。大きなスポンサーがついてさ。刑務所に入ったことのある人間って、世の中にいっぱいいるんだよ。そういう人たちにもウェブサイトが必要なんだ」

「いいね」とカーリーは言う。「けっこうハッピーエンドじゃん」

「その絵、車のなかにあるんだ」とウィルは言う。「君、欲しい？」

「あたしゴッホ好き」とカーリーは言う。「ジョージア・オキーフも」

「取ってくる」とウィルは言う。カーリーが止める間もなく、彼は階段を降りていく。カーリーはたぶん彼が戻ってこないと思っているだろう。カウチの男たちはいまは誰かの結婚式ビデオを観ている。カーリーが二階でベッドに入って俺を待ってると知ったら、こいつらどう思うだろうな。踊る女の子はキッチンにいて、椅子の下の若い奴と一緒だ。ドレスの女の子は芝生の庭に出ている。なんとなく星を見てるみたいな以外、何もしていない。ウィルが車に行って、トランクを開け、小さな絵を取り出すのを彼女は見守る。家の裏手から、プールにいる連中の立てる音が聞こえる。こんなに安らかな気分になったのは久しぶりだ。ホラー映画冒頭の、ゆっくりした、まだ悪いことが起きる前みたいだ。いつも悪いことばかり待ち構えちゃいけないことはウィルもわかっている。時には安らかな時間を味わい、夜と月とドレスの女の子と水の音を楽しむべきなのだ。ウィルは絵を持ったまましばらく芝の上に立ち、ベッカがここにいてくれたらと思う。じゃなきゃマイクが。

絵を持って二階に上がり、主寝室に戻る。明かりを消して、カーリーを起こす。彼女は眠りながら泣いていた。「持ってきた」とウィルは言う。

「ウィル？」とカーリーは言う。「電気消したのね。それって海？　海みたいだね。はっきりは見えない」

「見えるさ」とウィルは言う。「月明かりがある」

「コンタクト、片っぽしか入れてないから」とカーリーは言う。

ウィルはベッドの上にのぼって、花園の絵をフックから外す。なんだって花の絵がこんなに重いんだ？　彼はそれをベッドに立てかけ、車から持ってきた絵を代わりに掛ける。水、氷山、ゾンビ、森。なんなのか、どうやって見分けるのか？　時おり彼は死にたくなる。「これでいい」と彼は言う。「見てごらん。気に入った？」

「綺麗ね」とカーリーは言う。また泣いてるんだろうか。カーリーは言う。「ウィル？　ねぇ、あたしとただ並んで横になってくれない？　ちょっとだけ？」

時おりソープはこんな夢を見る。それが刑務所の夢なのか、芸術の夢なのか、ゾンビの夢なのかはわからない。そのどれでもないかもしれない。夢のなかで、彼は暗い部屋にいる。時にそれは小さい部屋で、真ん中に立つと四つの壁全部に触《さわ》れるくらい小さい。時にそれは巨大な部屋で、何時間も、何日も、一生歩いても壁が見つからないくらい大きい。ドアも。部屋は真っ暗だ。闇のなかに人々が立っている。彼らは壁を背にして立っている。手をのばしたら壁に触《さわ》れるだろう。あるいは——手をのばしたらそこには誰もいないだろう。

「よう、坊や。ヘイ、リオ。起きろよ、リオ。もう行かないと」。ソープはベッドの横の床に這いつくばって、ベッドカバーの縁を持ち上げている。大声は出せない。大きすぎるベッドの上で、カーリーがシーツにくるまって眠っているから。

リオは丸まった体をのばす。くねくね身をよじらせて、ウィルの方に向かってくる。それからまたくねくねと、ウィルから離れていく。たぶん六つか七つくらいだ。「あんた誰?」リオは言う。「カーリーは?」

「カーリーに言われて迎えにきたのさ」とウィルは言う。「いいかいリオ、すごく、すごく静かに、俺の言うとおりにしないといけないぞ。この家にはゾンビがいるんだ。この家に、脳味噌を食べるゾンビがいるんだよ。だから安全な場所に逃げなくちゃいけない。カーリーを迎えに行かなくちゃいけない。俺たちが一緒にいてやらなきゃいけないんだ」。

リオが片手を差し出す。ソープはその手を取って、リオをベッドの下から引っぱり出す。ソープはリオを抱き上げる。リオはぎゅっとしがみつく。そんなに重くないが、すごく温かい。小さい子供は新陳代謝が速い。

「ゾンビがカーリーを追いかけてるの？」とリオが言う。

「そうだよ」とソープが言う。「だから助けに行かないと」

「僕のロボット持ってっていい？」

「君のロボットならもう車に乗せたよ。それに君の恐竜のTシャツとバスケットボールも」

「あんた、ウルヴァリン？」とリオが言う。

「そうだよ」ウルヴァリンは言う。「俺はウルヴァリンだよ。さあ、ここから出よう」

リオが「あんたのかぎ爪見せてくれる？」と言う。

「あとでな」ウルヴァリンは言う。

「僕、行く前にトイレ行かないと」

「オーケー」ウルヴァリンは言う。「それがいい。いい子だな、ちゃんと自分から言えて」

ゾンビ相手に試してみてもいいが、たぶんうまく行かないいくつかの案。

パニックする。
パニックしない。落ち着きを保つ。
警察に電話する。
ゾンビを食事に連れていく。
ゾンビに酒をおごる。ゾンビに花を買ってやる。
ゾンビの給料を上げてやる。
ゾンビを無視する。
ゾンビに自分の夢を話す。
ゾンビにジョークを言う。
ゾンビに愛してるよと言う。
ゾンビを救出する。

ウルヴァリンとリオは、バックパックをひとつ持っている。チリオーズ一箱とバナナ何本かと、リオとカーリーの両親の銃と、ゲームボーイと電池と、主寝室のクローゼットにあった二十ドル札を詰め込んだジップロックの袋を、バックパックに入れる。テレビで深夜のホラー映画をやっているが、誰も観ていない。ドレスの女の子も芝生からいなくなっている。誰かプールにいるとしても、ひっそり静かにしている。

ウルヴァリンとリオは、ウルヴァリンの車に乗り込み、走り去る。

カーリーは自分がアメリカ合衆国大統領になった夢を見る。彼女はホワイトハウスに住んでいる。ホワイトハウスは氷でできていることが判明する。ホワイトっぽいグリーンっぽいブルーっぽいハウスという感じだ。誰もが大きな毛皮のコートを着ていて、カーリー大統領が大統領演説を行なうと、彼女には自分の息が見える。自分の言葉が一つひとつ、宙に浮かんでいる。彼女はロックスターやノーベル賞受賞者とつき合っている。最高にいい夢だ。カーリーは世界を救うのだ。誰もが彼女を愛している。両親までも。両親は彼女のことを最高に自慢に思っている。目が覚めると、まず彼女の目に入るのは――誰も住んでいない、誰も描かなかった、誰も盗まなかった森の油絵以外にもいろんな物たちがなくなっていることを見る前にまず目に入るのは――両親のベッドの上の壁の、何もないスペース。

# 大いなる離婚

*The Great Divorce*

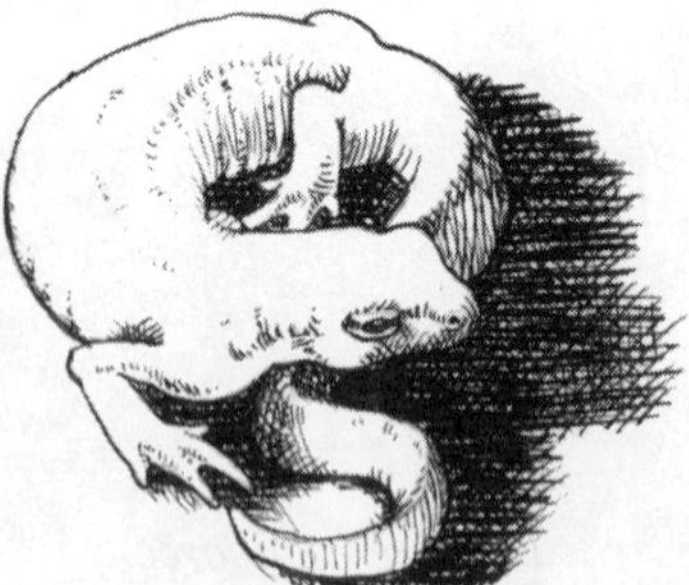

遊園地の入園者が整然とした長い列に並んで待っているのを見るのが霊媒は前々から好きだった。

昔々、妻が死んでいる男がいた。男が妻に恋したとき彼女は死んでいたし、一緒に暮らした、やはりみな死んでいる子供が三人生まれた十二年のあいだも死んでいた。これから語ろうとしている、妻が不倫をしているのではと夫が疑いはじめた時期にも、彼女はやはり死んでいた。

生者が死者と結婚する習慣が生まれたのはつい二十年前のことにすぎないし、いまでも決して一般的ではない。死者と離婚するとなるともっと稀《まれ》である。比較的普通なのは、生者である夫もしくは妻が結婚したことを後悔し、もともと希薄というほかない配偶者の存在をもはや認めなくなるというケースである。妻が死者である場合は重婚も容易なのだ。そもそも重婚でさえないのかもしれない。とはいえ、子供がいる場合は、異種間婚の崩壊も厄介な話になりがちである。十三年前、『ニューヨーカー』でも大々的に取り上げられ保守的な宗教団体からは白い目で見られていた著名な霊媒兼結婚仲介業者の家で開かれたカクテルパーティで出会ったアラン・ロブリー（生者）とラヴィ・タイラー（死者）は、十三年を経たいま、死よりおぞましい運命があることを二人とも痛感していた。彼らの結婚はドアノブのように死んでいた。

少なくとも、アラン・ロブリーはそう言っていた。

ロブリー＝タイラー家の子供たちは、家庭用のプランシェットとウィジャ・ボードを通して、ディズニーランドに連れていってほしいという要望を父親に伝えてきた。離婚で一番つらい思いをするのはつねに子供たちであり、かつ、当時ディズニーランドは大幅な死者割引を提供していたので、霊媒兼結婚仲介業者の女性は、アラン・ロブリー＝タイラーが通常の料金に加えて彼女の入園料も払うことを条件に、夫婦とディズニーランドで落ち合うことに同意した。幸いディズニーランドは彼女の自宅から十五分しかかからなかったし、遊園地の入園者が整然とした長い列に並んで待っているのを見るのが霊媒は前々から好きだった。そういうのを見ていると心が安らいだ。

霊媒は名をセアラ・パーミンターといった。彼女の動きには無駄がなかった。何もかもが縮約され、妙に優美さを欠いていた。きっと四六時中群がってくる死者が見えてしまうからだろうとアラン・ロブリーは推測していた。彼自身、仕事から帰宅すると、妻や三人の子供を踏んづけたり通り抜けたりしてしまわぬよう、ゆっくり動く癖がついていた。死者にとって、自分の姿を生者に見えるようにするのは容易ではない。だから異種間婚では、デッドスペースをきっちり確保することが鍵となる。床や家具の要所要所を、特別な赤いテープと、赤いタイルと、四角い赤い生地を用いて仕切るのだ（生者と死者の子供たちは、死んでいる方の親に似ることが多い。生とは赤毛や青い瞳と同じく劣性遺伝子なのである）。

アラン・ロブリー＝タイラーは、子供たちとのよりよい、より厄介の少ない関係を渇望していた。彼らをもっとよく知りたいと願った。そう思わない親がいるだろうか？

セアラ・パーミンターとアランは、桃色のブーゲンビリアの下に置かれた座り心地の悪いベンチに座っていた。ロブリー＝タイラー家三人の子供たちは、〈これに背が届かない子は入ってはいけません〉の看板を無視していた。異種間婚の子供であることには得な面もある。通常のルールがあてはまらないのだ。母親のラヴィは、ベンチの上のブーゲンビリアのてっぺんに座って、紙のような花びらを揺すって落としていた。愛シテナイ。愛シテナイ。花びらはアラン・ロブリーの長めの髪や襟の巻き毛に落ちて、小さなちょうちんのように垂れ下がった。アランは知らん顔をした。ラヴィはもっとたちの悪い真似をやったりもする。かつてはアランも、そういう彼女のふるまいを可愛らしいと思ったものだった。

ラヴィ・タイラーは世紀の代わり目ごろに生きることを終えた。当時彼女は二十二歳で、未婚だった。死因は結核。死んでいるいまもなお、声もなく震え、咳込むので、それに合わせてブーゲンビリアも揺れた。彼女は夫より年上でもあり年下でもあった。結婚し、子供が三人生まれたことによって、その事実はいっそう真となった。

「もう一度説明してくれるかしら、アラン」とセアラ・パーミンターは言った。「ラヴィと二人でこのことはじっくり話しあったのよね。どうしようもない相違があるということで意見は一致しているのね。二人ともこれを望んでいるのよね――この離婚を」

「その通り」とアランは言った。彼は目をそらした。アランは高価なシャツを着ている。死者が惹かれるとされている赤い色合いのシャツである。唇にも同じ色合いの口紅をつけ、前歯のところどころにその脂っぽい汚れがついていた。赤いマニキュア。当然靴底も赤いはずだ。なんだかんだいってもラヴィのためだろうか、それとも子供たちのため？ 子供たちを惹きよせるためか？ 生者の方がずっと実体があるはずなのに、どうして生者はこそこそ何か隠しているように見えることが多いんだろう、とセアラは考えた。偏見を抱いてはいけないと思いつつも、死者の方がずっと美しいし、ずっと確固として、かつずっと流動的だ。カリグラフィを書いた紙みたいに。そういうふうに感じてはいけないと自分に言い聞かせるものの、死者たちは彼女のものだった。

「これはあなたが言い出したのであって彼女じゃないってラヴィは言ってるの」とセアラは言った。「私にはそういうふうに言ってるのよ。いろいろ相違があったってことは彼女も言ってる。それは彼女も認めているのよ。子供たちにすごく時間をとられると彼女は言ってる。あなたのロマンチック・ライフが衰えてしまったとも言っている。言い争いもさんざんあったと言ってる。お皿が割られて、氷のような沈黙があって、この世のものとは思えないすすり泣きがあって。自分が激しやすい性格だっていうことは彼女も自覚しているわ。それでも、まだあなたのことを愛してると彼女は言っているのよ。あなたは彼女のことを理解していないけど、それでも彼女はまだあなたを愛しているのよ。あなたに誰かほかの人ができたのかしらって彼女は言ってるわ」

「冗談じゃない！」とアランは言った。そして声を上げて笑った。彼は周りを、ラヴィがいきなり、ついに、とうとう実体化するのではないかと思っているみたいに見回した。だがブーゲンビリアのてっぺんはいっこうに見上げなかった。「なんで彼女はそんなこと言うんだ？　僕は火曜日の夜ずっと、カーソンとアリーとエシーの宿題を手伝いながら寝ずにウィジャ・ボードの前で待ってたのに、彼女は僕には一言も喋らなかったんだぞ。ママは地下室で洗濯物を畳んでるってカーソンは言ったけど、畳んでたのは子供のうちの誰かだと思うね、母親をかばっていたのさ。ラヴィにはボーイフレンドがいると僕は思うね。死んでいるボーイフレンドが。日によっては、あの子たちが自分の子に思えないこともあるんだよ。どうしようもなく愛してはいるさ、だけどつらいんだ、あの子たちが本当に僕に属してはいないんだと思えて。いまだってすでに、母親と一緒に過ごす時間の方がずっと多い。母親が僕のことを、あの子たちにいったいどう言っているやら」

「あなたが彼女の友人たちに嫉妬してるってラヴィは言ってるわ」とセアラは言った。「嫉妬してもおかしくないのは自分の方だって彼女は言ってる。あなたが死んでいる女と結婚したのは、単に職場の人たちからトレンディだと思われたいからだって彼女は言うのよ。あなたが生きている女たちを見るときの目つきはお見通しだって言っているわ。食料品店へ買い物に行くたびに女たちといちゃついてるし。インターネットでポルノサイトを何時間も見てることも彼女は知ってるのよ、あなたったら子供たちがそこにいるかどうかも考えないって」

沈黙。アラン・ロブリー＝タイラーの歯が、チョークを嚙み合わせたみたいにぎりぎり鳴っているのがセアラには聞こえた。木の上でラヴィが震えた。

「子供たちはどこだ？」とアランが言った。「なあセアラ、頼むよ、あんまり遠くへ行くなって子供たちに言ってくれよ。こないだ来たときもエシーが迷子になったし。どうやら〈スモール・ワールド〉でいろんなボートに乗ってたらしい。よその人たちの耳元で『イッツ・ア・スモール・ワールド』を歌ってたんだけど、歌詞をすっかり変えて歌ったのさ。ボートを降りてくる子供はみんなしくしく泣いてた。カーソンがもし〈フロンティアランド〉に行きたいんだったら、ちゃんとそう言いにこなくちゃ駄目だ。みんなで一緒に行けばいい」

「みんなまだ〈スペース・マウンテン〉に並んでるわよ」とセアラは言った。「可愛い子供たちねえ。きっと三人ともすごくつらいでしょうけど、立派にがんばってるわよね。あなたもラヴィもさぞ鼻が高いでしょうね。子供たちを見るたびに、もう一度あなたに恋をするってラヴィは言ってるわ。みんなあなたにすごく似てるのよ、アラン」

いまやアランの赤い下唇も震えていた。ぶるぶるぶるぶるぶる――ブーゲンビリアの上のラヴィ。ぶるぶるぶるぶるぶる――アランの唇。自分がいつの間にか同情のあまりとんとん片脚を動かしていることにセアラ・パーミンターは気づいた。足を動かすのをやめて、行列に並んでいる人々の顔を見るよう努めた。死者たちは宙に浮かんでかかとを生者の肩に載せて休め、一方生者たちは、愛撫しあっている――というか並びながらもろにセックスをしている――二人の死者の体を次々通り抜けているが、誰も騒ぎ立てはしない。驚くべきことではあるまいか、こういう普通の状況では死者と生者は実にうまくやっているのだ。たがいを無視しあっていられる限りは。

アランは言った。「僕がよその女を見るのは、それは――それは、たとえば誰か女が通りかかったら、ラヴィもあんなふうなのかなあって思うからさ。もしかしたらラヴィもあんなふうに早足で歩くのかもしれない。ラヴィのお尻も歩くとあんなふうに揺れるのかもしれない。知らない女が笑っても、ラヴィも笑うとあんな声なのかなあって思うんだ。ラヴィが金髪だってことはわかってる。時おりシーツや排水口に髪が落ちてるからね。瞳は茶色だって彼女から聞いた。背の高さもわかってる。セックス。うん、セックスは目下あんまり調子よくないけど、たまに、夜中に目が覚めると彼女が僕の上に乗っているのがわかるんだ。すごく重いんだよ！　冷たくて、すごくこうカーブしていて、息はしないけどときどきすごく咳込んで全然止まらなかったりする。僕の上でただ横になって、頬を僕の頬にくっつけているのさ。顔には笑みを浮かべていると思うんだけど、なんで微笑んでいるのかはわからない。いったい何があるんだろうね、微笑むことなんて。彼女は何も言わない。指で僕の体に字を書くんだけど、なんと書いているかはわからない。子供たちもベッドに入ってくることがあって、そういうのってどんな感じかわかるかい、こう、寝返りを打ったら死んでる子供が二人ばかり横にいるんだぜ。それでラヴィだけど、彼女が歩くときに弾むように歩くのか僕は知らないし、物につまずいたりするのか、僕のジョークをいまも面白いと思ってるのか、そもそも僕が喋ってるときにちゃんと聞いてるのかどうかも僕にはわからない。そもそも彼女がそこにいるかどうかも。僕がどなりつけてもあざ笑ってるだけかもしれないけどそれもわからない。きつい皮肉を言っていても、僕のふるまいに本気で傷ついていても、僕をからかっているだけだとしても、僕にはわからない。彼女がそこにいることはわかるけど、すごく遠くにいるような感じがする。時には、ベッドに行くと、誰かほかの人間がそこにいたように思えることもある。子供三人のうちの誰かじゃなくて、ラヴィでもなくて、誰かほかの人間が。誰かほかの死んだ人間が。そいつが僕のタンスをひっかき回して、いろんな物をそこらへんにぶちまけるのさ。そいつがラヴィのボーイフレンドでないとしたら、やっぱりラヴィか子供の誰かかな。でもみんな絶対自分たちじゃないって言い張るのさ、パパの考え過ぎだよって。そう言われると僕もね、つい思ってしまうのさ、わかったよ、お前たちパパの子でもあるけどやっぱりママの子なんだなってね。だってあの子たち、彼女に似てるんだよ。何もかも似てるんだよ。やっぱり死んでるし。だから僕はどうしても思ってしまうのさ、この結婚はそもそものはじめから間違いだったんだって。世間で言う通りなんだな。生者は死者に恋をすべきじゃないんだよ」

ラヴィはさっきブーゲンビリアから下りてきていた。いまは夫の膝の上で丸まって、彼をじっと見上げている。彼女がそこにいることがアランにはわかっていないようだった。ラヴィは何も言わず、セアラ・パーミンターにウィンクを送ってよこしただけだった。すごくはっきりしたウィンク。ねえ、この人ってすごくない？　すごくよく喋ると思わない？　絶対黙ってないのよね、と彼女はセアラに言った。べらべら、べらべら。なあラヴィ、今日ね、こんなことをやったんだぜ。会社でさ、こんなこと言った奴がいてさ。ぐだぐだぐだぐだぐだぐだ。もういっそこの人食べちゃいたくならない？　この人があたしを捨てたら、ああいっそ俺も死んじまいたいって気にさせてやるわ。

「なんて言ってるんだ？」とアランは言った。「あんたに何か言ってるんだろ？　どこにいるんだ、あいつは？　一言だって信じちゃ駄目だぜ、あいつの言うこと。あんたにはあいつの声が聞こえるから、あいつの姿が見えるから、あいつが何を考えてるかわかるって思うかもしれない。あいつがほんとのこと言ってるかどうかわかるって思うかもしれない。だけど僕はあいつと十二年間一緒に暮らしてきたんだ、あいつは嘘つきなんだ。嘘つきで、ろくでなしなのさ。あばずれなのさ。あの冷たい口を開くたび、また何か新しい嘘を思いついたのさ。僕のことを愛してるって言うたびにそうなのさ。もし死んでるってことについても嘘がつけて、自分は生きてる女なんだってみんなに信じ込ませることができるものなら、きっとその嘘もつくね。根っからの嘘つきなんだよ」

ブーゲンビリアに死者たちが群がってきていた。みんな枝からぶら下がって、アランが喋るのを聞いている。ラヴィが一番熱心に聞いていた。妻らしい、夫を誇りに思う表情に瞳が輝いていた。

「ねえアラン」とセアラは言った。「この話は落ち着いた、理性的なやり方で話すことにしましょうよ」

このごろセアラ・パーミンターのところには、自分たちの愛の生活を立て直してもらいに客が訪れるようになっていた。星占いをする人間だったら、これも星のめぐりと関係があると思うかもしれない。じきに星々の配列も変わって、不幸も破綻も風向きが変わり、みんなまた恋に落ちて生は善きものとなり死も善きものとなるのだ、と。ひょっとすると、セアラ・パーミンター自身の星回りが、いまは他人の生活に干渉しないようにと告げていたのかもしれない。だがそもそもセアラは占星術を信じなかった。彼女のいとこのフレッドもやはり霊媒で、フレッドの顧客たちもやはり同じくらい扱いが厄介で同じくらい不幸だった。セアラは時おり、風もない薄汚れた黄色い午後、フレッドと一緒にマンションのバルコニーに座って、I－5号線のランプを車が上り下りするのを眺めた。二人で仕事の話をした。マンションの向かいにDEAD END（行き止まり）と書かれた標識があって、誰かがそれをDEAD ED（死んでいるエド）に直していた。それを見るたびセアラは、あそこへ行ってFRを書き足そうかと考えた。でもフレッドはユーモアのセンスがあるとは言いがたかった。あの字は来世との接触によって腐食したのだとフレッドは主張した。だがセアラは彼が子供だったころを覚えていた。子供のころからすでに、フレッドは死者たちがやりたがるたぐいの悪戯《いたずら》を楽しめる性格ではなかった。

フレッドの新しい顧客で、サム・キャラハンという、妻がラヴィ・ロブリー＝タイラーと同じく死んでいる男がいた。ただしキャラハン夫妻の場合は、二人とも生きている時期に何十年も結婚生活を送っており、問題は、死者となったいま妻がサム・キャラハンといっさいかかわりを持ちたがっていないということだった。彼女にとって結婚はもう終わりだった。だが夫は別れたがらなかった。

セアラが客を甘やかすのをフレッドはよくないと思っていた。キャラハンがやって来ると、フレッドは開口一番、「あなたが誰と話したいかはわかっています。でも向こうはあなたと話したがってませんよ」と言った。

キャラハンは手の小さな大男だった。彼は言った。「あと一度だけ彼女と話せればと思ったんです。私は何もかも台なしにしてしまいました。後悔しています。すべてを説明したいんです。彼女をどれだけ愛していたか、言わずにはおれないんです。お願いですから、彼女が口をきいてくれるよう取りもってください」

フレッドは言った。「ちゃんとおわかりですよね、彼女がもう死んでいることは？」

キャラハンが通っていた学校に、ある男の子がいた。ポール。それがその子の名前だった。あんなことをやったあとも、べつに人気者になりはしなかったが、前より目立つようにはなった。みんなの目が向くようになった。

ポールはそれを、ポプシクルという女の子のためにやったのだった。「ポプシクル」はニックネームだ。何しろすごくクールな子だったのだ。

学校じゅう、みんながポプシクルのことを追いかけ回した。女の子たちまでポプシクルに夢中だった。みんなが彼女にいろんな物をあげた。休み時間に、道路の向こう側にアイスクリーム・トラックが駐まっていることがあった。誰かがポプシクルにチェリー・ポプシクルアイスを買ってあげた。ポールはアイスクリームを六つ抱えて戻ってきた――スクルーボール、ポプシクル、クリームシクル二つ、ファジポップ、アイスクリーム・サンド。昼ご飯のお金を全部注ぎ込んだのだ。両手ともべたべたアイスクリームだらけだった。彼はポプシクルの前まで行って立ちどまった。そんなにたくさん食べきれないわ、とかなんとか彼女は言った。

ポールは言った。「僕が食べてあげる。君をどれだけ愛しているか証明するために」。まるで、それまで二人で、彼がどれだけ彼女を愛しているかをめぐって言い争っていたみたいに。これまで彼が、ポプシクルに向かって一言でも喋ったことがあったかどうか、それすら誰も知らなかった。

ほかの子供たちは周りに立って見守った。そこにいなかった子、見ていなかった子もみな、あとになると自分はそこにいたのだと思い込むようになった。それだけ何度も何度も話を聞いたのだ。自分もそこにいたとキャラハンも思っていたが、本当はいなかった。初めて恋に落ちたとき、キャラハンはポールの両手を思い出し、ポプシクルの儀礼的な、とまどいの混じった笑みを思い出した。

そのあとの日々、ポールががつがつ食べるのをみんなが見物するようになった。でもポプシクルだけは、そのたびに女子トイレに隠れた。しばらくすると誰も彼女に夢中でなくなった。ポールほど彼女を愛している子はいなかった。

キャラハンはロッカーに、ポールが食べたもののリストをしまっていた。それは愛の詩であり、買い物リストであり、秘密の証拠だった。ポールはポプシクルを愛している。ポールが蟻を何匹か食べた。誰かの腐ったミルクを飲んだ。みんなに臭いがわかるほどの腐り方だった。誰かが持ってきた小さな糊のかたまりをポールは食べた。枯れ葉を食べ、誰かがポプシクルの櫛から取ってきた髪の玉を食べた。ある女の子が家の冷蔵庫からくすねてきた生肉を一切れ食べた。一年じゅう、ほかにもいろんな物をポールは食べた。先生たちは全然気づかなかった。

次の学年、ポールは戻ってこなかった。ポプシクルも戻ってこなかった。誰かが冗談を言った。ひょっとしてポールの奴、ポプシクルを食べちゃったんじゃないの。

ポールが、あるいはポプシクルがその後どうなったのかキャラハンは知らなかった。一方フレッドは、誰がいずれどうなるのか何もかも知っていた。ポールとポプシクルがキャラハンの顔に残していった地図がフレッドには見えた。死者となったいま、それはキャラハンの妻にも見えた。死者は生者より多くが見えるのだ。フレッドは言った。「あなたに本当に愛されてはいなかったと彼女は言っています。あなたがいない方が幸せだと彼女は言っています。あなたが老いぼれて独りで死んでいけばいいと言っています」

キャラハンは言った。「あんたにそんなこと言われるために俺は金を払ってるのか？

ふざけやがって！　だいたい彼女が本当にここにいるって、どうやって俺にわかるんだ？　なんで他人の寝言なんか信じなくちゃならん？　なんで彼女が俺じゃなくてあんたとなら口をきくんだ？」

フレッドは言った。「忘れないでください、いまあなたが話している相手は霊媒です。セラピストではありません」（理性的な口調で話そうとフレッドは努めた。私情をはさまない、冷静な口調。話しながら、自分がキャラハンのセラピストみたいな口調で喋っていることをフレッドは感じた）。「あなたには使いきれないいくらいの金があるとローラは言っていて、全部ペテン師やインチキ療法士に使ってしまえばいいと言っています。私に腹を立てないでくださいよ。私はただ、彼女がなんと言っているか、あなたがお聞きになりたがっているからお伝えしているだけなんですから」

キャラハンは言った。「ローラ、そこにいるなら俺と話しておくれ――なんでそんな奴と話して、俺とは話さないんだ？」。フレッドと同じくキャラハンも理性的に話そうと頑張っている。じきに彼は家具を投げ飛ばしはじめるだろう。「君にはわからないのか、俺が君を、どれだけ深く愛しているか？」

もちろん彼女にはわかっている。フレッドにだってわかっている。だが死んでいる女性にとって、どれだけ深く、なんてことがどれだけ意味があるのか？

フレッドは言った。「あなたはもっと体を大切にすべきだと彼女は言っています。家の冷蔵庫が空っぽでしょう。食料品を買いに出かけなさいと彼女は言っています。飢え死にしてほしくないと彼女は言っています。とうぶん顔を合わせたくないからと言っています。あたしにはあたしの来世があるんだしあたしなりにやるべきことがあるんだと彼女は言っています。いまは彼女にとって大事な時期なんです。彼女にはなすべきことがあるんです」

「それで終わりか？」とキャラハンは言った。「あんたにできるのはそれだけか？」

　フレッドは肩をすくめた。「何か心霊体でも出現させましょうか？　霊界からのみやげ物でも？　誰か有名人とお話になりますか？　マリリン・モンロー？」

「底なしのクソ野郎」とキャラハンは言った。「なあローラ、お前このクソったれの話し方どう思う？　いいと思うか？」

　フレッドは何も言わない。ローラも何も言わない。ただし、何か書きたいという意思表示はした。

　彼らが座っているテーブルは、がっちりとしたオークだった。丸いテーブルで、どこも尖ったところはない。ずっしり重い家具を盾にできるのはありがたい。生者も死者も、やたらと物を投げたがるのだ。それが何かの証《あか》しになるとでも思っているみたいに。フレッドはテーブルの上に、メモ用紙とボールペン一本を置いていた。言いたいことをローラが正しく書けるようフレッドはペンを手にとった。ローラが書いているあいだ、フレッドは見ないようにした。他人が自分の手を使うのを見るのは気まずいものなのだ。いつ見ても、指はひどくねくねに見える。でなければ妙にぴんとのびている。ローラはフレッドの指が土嚢《どのう》か何かであるみたいにずるずる引きずった。

キャラハンはなおもローラに呼びかけた。ローラがこの部屋のどこかに隠れているのだ、霊媒のへろへろのかつらの下とか、オークのテーブルの下とかに。ローラは昔からじっとしていられないたちだった。プールから這い上がるのもやっとになるまで泳ぐのが好きだった。キャラハンは訊かずにいられなかった。「死者はプールを持ってるのか？　死者のためのプールを？　ローラは毎日泳いでるのか？」

フレッドは真顔を保つよう努めた。プール？　こいつはぜひセアラに聞かせてやらなくちゃ。「ええ、もちろん」と彼は言った。「ありますよ、プール。ローラはね、ブリッジも習っている最中です。犬も飼おうかと考えてるんです。伴侶にいいですからね、犬は」

キャラハンはそう言われて考えた。ローラがそういうことを望むなら、自分もブリッジを習ってもいい。ローラが部屋のなかを動き回っているのがはっきりわかる気がした。指で壁をなぞったり、窓辺のカーテンの陰に身を滑り込ませたり、彼が腰かけている椅子の背に触れたり。でも絶対、彼には触れなかった。彼女が自分に触れて、何も感じられなかったら？　うまくやっていこうとするなら、どういうふうにやればいいのだろう？　三十年近く夫婦でいたのに。

ローラがそこまで書いたことをフレッドは読んだ。いくら死者とはいえ、ものすごく下手な字だ。「ディナーパーティを開いてほしいとローラは言っています。でもほかには誰も呼ぶなと言っています。メニューはこうしてほしいと言っています。あたしを愛してると証明したいんならしてごらんなさい、あたしにディナーを作ってちょうだいと彼女は言っています」

キャラハンは言った。「俺は年じゅう彼女にディナーを作っていたんだ」

フレッドは言った。「おわかりでしょうが、彼女がなぜあなたにそんなに腹を立てているのか、私はお訊ねしていません。そういうことをうかがうつもりはないんです。詮索する気はありませんから」。ローラが書いている最中のリストを彼は見下ろし、それからまた顔を上げてキャラハンの方を向いた。「でも、そうなんです、けっこう怒ってるんです。ずいぶん変わったメニューだなあ。蟻数匹。チャートひとかけ――失礼、チョークだ、何しろすさまじい筆蹟でして――、古くなったミルク、酢、ポプシクル、消しゴム、草、おがくず、砂、土。ほんとに愛してるんだったらどれだけ愛しているか見せてもらおうじゃないのと言っています」

「で、どうしたの？」としばらくあとにセアラ・パーミンターは訊いた。「ほんとに作る気なわけ？」

「知らない」とフレッドは答えた。「僕もちょっとふざけただけだからさ。支払いは小切手を渡されたんだけど、不渡りで戻ってきた。すごい金持ちだって女の方は言ってたのにな。ひょっとすると、妻なんかじゃなくて赤の他人だったのかもしれない。誰かが奴をとっちめてやろうと思っただけかも。死んだ女のために草を食うなんて僕は御免だな。金ももらわずにそんなことするなんて」

「お母さまのお話をまだうかがってませんわ」とセアラ・パーミンターはアラン・ロブリー＝タイラーに言った。

「どうして？」とアランは言った。「お袋もここにいるんですか？　僕と話したがってるんですか？」

「あっちの方に、お子さんたちと一緒にいらっしゃいます」とセアラは言った。「みんなでグーフィをからかってます」

「お袋は子供の相手が上手なんだ」とアランは言ったが、グーフィの周りに人だかりができかけているあたりを見ようとはしなかった。グーフィに構うんじゃない、と子供たちに言うつもりもなかった。生きている親が死んでいる子供をしつけるのは大変なのだ。悪ふざけが多少度を超しても、甘い顔をせざるをえない。自分の子ではないふりをするしかないのだ。「いやつまり、生きてるあいだも子供の相手が上手だったってことです。孫ができてものすごく喜んでましたから。年じゅうおはなしを読んで聞かせてましたよ」

「ラヴィのことは、そんなに気に入っていらっしゃらなかったですよね」とセアラは言った。

「ええ」とアランは言った。「あんまり仲はよくなかった」

「お母さまはいまだに認めてらっしゃらないんです」とセアラは言った。「ラヴィはあなたには年上すぎるといまだに思ってらっしゃるんです」

　ラヴィが何か言った。

「ラヴィが言っています。あなたのお母さんはほんとに、あの、クズだって」

「ラヴィこそクズだ」とアランは言ったが、本気ではなかった。そしていま、グーフィがよたよた歩き回るのを眺めながら、彼は奇妙な嫉妬を感じていた。こっちはこうやってちゃんと赤ずくめの格好をしてるのに、子供たちは毛皮の着ぐるみをかぶった奴の方がいいなんて。ディズニーランドには死者好みのキャラクターがいろいろいる。たとえばグーフィがそうだ。あのだぼだぼのコスチュームがいいのか。あの間抜けな帽子とか。尻をつついても思いきりこづいても、絶対すばやく動いたりしないからやりたい放題。ミニーマウスも死者に人気だ。ミニーのハンドバッグを隠すことを死者たちは好む。あるいはバッグのなかに何か入れるとか。

　グーフィが卑猥な言葉をわめき散らしている。生きている子供たちは泣いていた。死んでいる子たちは笑っていた。アランは言った。「全然歩み寄ろうとしなかったんだ。いつもお袋のことをからかってばかりで。口紅のつけ方とかそういうことを――だいたいなんで死者たちはあんなに化粧にこだわるんだ？　あと、お袋が食べ物をすごく細かく刻むことか」

ラヴィがまた何か言った。

「あなたあたしを一度でも愛したことがあるのかしらってラヴィが言ってます」とセアラは言った。〈スペース・マウンテン〉の列がいつまでも短くならないのがセアラには嬉しかった。いくら長いあいだ見ていても、絶対に短くならない。自分で並んだことは一度もなかった。観光客たちがぞろぞろと列に加わって、中に消え、また出てきて、もう一度ふらふら列に加わるのを見るだけで十分だった。

「お袋と話させてもらえますか？」とアランは言った。

セアラは手を振ってアランの母親を呼びよせてみたが、ミセス・ロブリーは陰険な、悪意のこもった目で睨み返しただけだった。唇はぎゅっときつく閉ざされ、口がすっかり消えてしまっている。片手はグーフィの長い耳をしっかりつかんでいる。もう一方の手はグーフィのコスチュームのなかをごそごそかき回していた。にせの毛皮の奥に手をつっ込んで、内臓をえぐり出してやろうとでも思っているみたいな勢いだ。ラヴィは相変わらず、重みのない体でアランの膝の上に座っている。このあばずれが。ラヴィもラヴィで、子供たちがよそを向いたすきを狙って、ミセス・ロブリーに向けて卑猥なジェスチャーを送った。

「ええと、いまはちょっと、忙しいみたい」とセアラは言った。「それに私、もう今日は時間ですから。四時に別のお客様とお約束がありますもので。でもラヴィが最後にもう一言だけと言ってます」

ラヴィはもうアランに言うことなんか何もなかったが、セアラが何かでっち上げても彼女が気にしないだろうとセアラは見抜いていた。どうせならとことん変なことを言った方がいい。その方がラヴィにも面白がってもらえる。それに何を言おうと、結局は真実なのだ。愛してるわ。愛してないわ。あたしを捨てないで。ファックオフ。あんたが仕事してるあいだあたしは一日じゅう張形《はりがた》でエリノア・ローズベルトの幽霊にファックしてるのよ。

もしアランがラヴィと離婚しても、セアラの協力はその後も必要だろう。子供の養育権問題があるし、ミセス・ロブリーのこともある。自分の子供のころについて、母親に訊いておきたい事柄も出てくるだろう。

離婚となれば、子供たちとセアラは、まだ何べんか遊園地へ来られるだろう。子供たちが来週シックス・フラッグズへ行きたいと言ってます、とセアラが言えば事足りる。〈サイクロン〉の前にも、いつもいい感じの行列ができている。

アランは両手を膝に置いて、なおも待っている。もうしばらく待たせておこう。アランの両腕が、ラヴィの体のなかにすっと消えているのは妙な眺めだった。でもずっとこんなふうに座ってるなんて、さすがにラヴィは薄情すぎないだろうか、とセアラは思った。見苦しいし、薄情だ。いつの日か、死者のためのエチケット・ブックを書こうか。でもどうせ読むのは生者だろうし、ベールを掛けておいた方がいい物事もある。少なくとも、ベールをあまり派手に引っぱり上げない方がいい。セアラは以前、ある歴史家と――あの人は生者だっただろうか、それとももう死んでいたか？　いまはもう間違いなく死んでいるだろう――過去について話しあったことがある。過去とは、言うまでもなく、よその国である。よその遊園地であり、列はここよりずっと長い。昔については、死者だってべつに生者以上に詳しくはない。

セアラの話した歴史家は、過去がどんなだったかを知るひとつの手は、当時のエチケット本を読むことだと言った。たとえばそういう本に、道端の溝から人間のウンコを拾い上げてその色や大きさについてあれこれ言うのは上品な行ないではありませんと書いてあったら、それはかつて人々がそういうことをしていて、そうしないよう言われる必要があったということだ。歴史家がそう言ったとき、セアラは少しも動じなかった。死者の習慣についても、あんまり詳しく知らせない方がいい。セアラはそのことを知っていたし、ラヴィ・ロブリー＝タイラーもロブリー＝タイラー家の子供たちもミセス・ロブリーも知っているし、そして私――私も知っている。こうしてあなたにこの話を語ってきた私だが、いろんなことを起きたとおり正確に語ってはいない。この話の死者たちについて、死者たちのふるまいについて、正直に語ってはいないのだ。

　ディズニーランドでは生者たちが列を作って並び、ベンチには死んでいる女が一人、セアラ・パーミンターとアラン・ロブリー＝タイラーとともに座っていた。そしてほかにも死人が何百といたのであり、彼らが何を企んでいたかはあなたの知ったことではないのだ。セアラ・パーミンターやそのいとこのフレッドのような人だけが死者の真の姿を見られるというのは、むしろ幸いというべきだろう。だがむろん、死者の方は、あなたのやっていることを何から何まで見ている。今度新しい奥さんと一緒に、子供たちをディズニーランドに連れていって、列に並んで待つことになったら、私のことを考えてほしい。ちょっと考えてみてほしい。

# マジック・フォー・ビギナーズ

*Magic for Beginners*

ユーフォリアのキャッチフレーズは、「図書館員にパワーを　注意深さだけでは不十分なときに」。

フォックスはテレビの登場人物であり、まだ死んでいない。でもまもなく死ぬだろう。彼女はテレビ番組『図書館』の登場人物である。あなたは『図書館』を観たことがないが、観てみたかったなあと思うことだろう。

『図書館』のある回で、ジェレミー・マーズという十五歳の少年が、ヴァーモント州プランタジネットの自宅の屋根に座っている。いまは夜の八時、学校のあった日の晩で、ジェレミーは友だちのエリザベスと一緒に数学の試験勉強をしていることになっている。今週ずっと、そろそろテストがあることをクリフ先生がほのめかしているのだ。勉強する代わりに、二人はこっそり屋根にのぼってきた。屋根の上は寒い。XがYの平方根であるとき、彼らはXについて知っているべきことすべてを知ってはいない。彼らはYさえも知らない。

彼らは家のなかに戻るべきなのだ。

だがテレビでは何も面白いものをやっていないし、空はすごく綺麗だ。二人は上着を着ていて、空の縁には闇に混じってところどころ白いパッチが見える。山の上にまだ残っている雪だ。家の周りの木々では、何かの動物が、小さな、不安そうな声を上げている。

「なぜ泣く《ホワイクライ》？　なぜ泣く《ホワイクライ》？」

「あれなぁに？」とエリザベスが四角っぽい星座を指して言う。

「パーキングタワー座だよ」とジェレミーが言う。「そのすぐ隣が、大ショッピングモール座と小ショッピングモール座」

「で、あれはオリオンよね？　バーゲンハンターのオリオン？」

ジェレミーが目をすぼめる。「違うよ、オリオンはあっち。あれはオーストリア人ボディビルダー座。その脚の下の方に巻きついてるみたいなのが、淫乱頭足《とうそく》動物座。腹ペこ腹ぺこダコが、ボディビルダーを食べてしまうべきか、八本足で狂おしくアレすべきか決めかねているのさ。その神話知ってるよね？」

「もちろんよ」とエリザベスは言う。「カールあたしたちのこと怒るかしら、勉強に誘わなかったから？」

「カールはいつも何かに怒ってるのさ」とジェレミーは言う。エリザベスをめぐるひとつの思いに、ジェレミーは断固抵抗している。なんで僕らはこんなところに上がっているのか？　僕の思いつきだったのか、それとも彼女の？　僕らは友だちなのか、屋根の上に座って喋ってるだけの友だち同士なのか？　それともここで彼女にキスしようとすべきなのか？　たぶんすべきなんだろうな、とジェレミーは考える。キスしたら、それでもまだ僕らは友だちだろうか？　このことはカールには訊けない。人を助けることの価値をカールは信じていない。人を馬鹿にすることの価値をカールは信じている。

自分がエリザベスにキスしたいかどうかも、ジェレミーにはよくわからない。いまのいままで、そんなこと考えもしなかった。

「あたしもう帰らないと」とエリザベスが言う。「たったいま新しい回やってるかもしれないのに、全然知らずに見逃しちゃったらねえ」

「誰か電話で知らせてくれるさ」とジェレミーは言う。「うちのママが呼びに上がってきてくれるとか」。母親もやはり、ジェレミーが心配したくない事柄のひとつだが、つい心配してしまう。本当に。

行ったことはないが、ジェレミー・マーズは火星《マーズ》のことならよく知っている。女の子は何人か知っているが、そんなによくは知らない。火星についての本があるみたいに、女の子についての本があったらいいのにとジェレミーは思う。変態に見えることなく、望遠鏡で女の子の軌道や光度が観察できたらいいのにと。あるときジェレミーは、火星に関する本をカールに読んで聞かせたことがある――ただし、「火星」という言葉をつねに「女の子」に置き換えて。カールはそのたびにゲラゲラ笑った。

ジェレミーの母親は図書館員である。父親は作家。ジェレミーは伝記を読む。楽隊でトロンボーンを吹く。学校のトラックスーツを着ているときはハードルを跳び越える。ジェレミーはまた、組織に背いた図書館員であり魔法使いであるフォックスが泥棒や人殺しや秘密結社や海賊から世界を護ろうとするテレビ番組にハマっている。ジェレミーはいわゆるオタクである。ただしテレビ映りのよさそうなオタク。誰かが彼についてのテレビ番組を作るべきだ。

本人としてはマーズと呼ばれる方がいいと思っているが、友だちはジェレミーのことをバイ菌《ジャーム》と呼ぶ。母親と父親は一週間口をきいていない。

ジェレミーはエリザベスにキスしない。星々は空から落ちてこないし、ジェレミーとエリザベスも屋根から落ちはしない。彼らは家のなかに入って、宿題を済ませる。

ジェレミーが会ったことのない、聞いたことすらない、クリオ・ボールドリックという女性が死んだ。これまで数多くの人々が、ジェレミー・マーズと知りあうことなしに生き、死んできたわけだが、クリオ・ボールドリックの場合、遺言でいささか奇妙なものをジェレミー・マーズとその母親に遺した。ラスベガスから六十キロくらい離れた州道ぞいに立つ電話ボックスと、ラスベガスにあるウェディングチャペルである。チャペルの名は〈なんてこっちゃ《ヘルズ・ベルズ》〉。いったいどういうたぐいの人たちがそこで式を挙げるのか、ジェレミーにはよくわからない。バイカーだろうか。大物悪党か、フリークスか、悪魔崇拝者か。

　母親がジェレミーに何かを言おうとしている。たぶんラスベガスとクリオ・ボールドリックの話だろう。クリオ・ボールドリックとは、母親の大おばだという（母に大おばがいたなんて全然知らなかった。ジェレミーの母親は謎めいた人物なのだ）。でももしかしたら、父親に関する話かもしれない。これまで一週間半のあいだ、ジェレミーは母親が何を心配しているのか知るのを避けてきた。頑張れば、物事を知らずに済ませるのは難しくない。楽隊の練習もあるし。平日は寝坊して朝食の会話を排除したし、夜は望遠鏡を持って屋根にのぼって星を見て火星を見る。母親は高所恐怖症なのだ。彼女はＬＡ育ちである。

　ジェレミーに何を言おうとしているのであれ、それを言うのを母親が自分でも嫌がっていることは間違いない。母親と二人きりの状況を避けるかぎり、大丈夫だ。

　とはいえ、つねにガードを固めておくのは困難である。数学の試験、まあなんとかパスしたかなという気分でジェレミーは学校から帰ってくる。楽天家なのだ。テレビで何か面白い番組をやってるかもしれない。リモコンを手に、父親が貼り替えたカウチのひとつに陣取る。やたらとでかいカウチで、オレンジジュース色のコーデュロイを貼ったせいで、犯罪性精神異常家具を収容する重警備刑務所から脱走してきたばかりみたいに見える。インテリアデザイナーを貪《むさぼ》り食うのが趣味みたいに見える。ジェレミーの父親はホラー作家であり、したがって、父親が貼り替えるカウチが時におぞましく気味悪いものであっても驚くにはあたらない。

母親は部屋に入ってきてカウチの前に立ちはだかり、ジェレミーを見下ろす。「ジャーム？」と母親は言う。彼女はとことん落ち込んで見える。この一週間、だいたいずっとそうだった。

電話が鳴って、ジェレミーは飛び上がる。

エリザベスの声が聞こえたとたん、ジェレミーは悟る。エリザベスは「ジャーム、やってるわよ。42チャンネル。あたし録画してるから」と言って電話を切る。

「やってるよ！」とジェレミーは言う。「42チャンネル！　いま！」

ジェレミーが腰を下ろすころには、母親はもうテレビを点けている。自分も図書館員なので、『図書館』は格別ひいきにしているのだ。「父さんにも言いに行かなくちゃね」と母は言うが、そうはせずジェレミーの隣に座る。むろんこれで、両親のあいだが何かまずくなっていることがますますはっきりした。だがとにかく『図書館』は放映されていて、フォックスはプリンス・ウィングを救い出そうとしている。

番組が終わると、そっちを見なくとも母親が泣いているのがジェレミーにはわかる。

「あたしのこと気にしないで」と母は言って、袖で鼻を拭く。「あの人、ほんとに死んだと思う？」

だがジェレミーには、とどまって話をしている時間はない。

テレビ番組のなかの人たちはどういうテレビ番組を観るんだろう、とジェレミーはときどき考える。テレビの登場人物って、だいたいいつも現実の人物よりヘアカットが高級だし、愉快な友人がいるし、セックスに対する姿勢は単純明快だ。彼らは魔法使いと結婚し、宝くじに当選し、ハンドバッグに銃を入れている女性と関係を結ぶ。彼らの身には一時間ごとに奇妙な出来事が起きる。ヘアカットはジェレミーも私もまあ許せる。私たちはただ、テレビ番組のことを訊きたいだけだ。

例によって、新しい回をやっていることにギリギリで勘づいたのはエリザベスだった。終わるとみんなが、検屍解剖を行なうべくエリザベスの家に集まる。今回は本当に、文字どおり検屍解剖である。なぜプリンス・ウィングはフォックスを殺したのか？　なぜフォックスは黙って殺されたのか？　彼女の方が十倍強いのに。

エリザベスの家まで、ジェレミーはずっと走っていく。古いスパイクシューズが舗道にきしる感じ、刺さるような感じが気持ちよくて、シューズを舗道に叩きつけて走る。肺に広がるザラッぽい、綿《わた》みたいな疼《うず》きも好きだ。マゾッ気でもなければ走るなんて楽しめやしないさ、とコーチは言う。べつに恥じることはない、むしろそういう性格を活用すればいいんだ、と。

タリスが玄関のドアを開けてくれる。ジェレミーを見てニヤッと笑うが、いままで彼女も泣いていたことがジェレミーにはわかる。着ているTシャツには〈あたしサイコーにゴスだからウンコの代わりにちっちゃな吸血鬼出すの〉と書いてある。

「ヘイ」とジェレミーは言う。タリスもうなずく。タリスはそんなにゴスじゃない。少なくともジェレミーたちが知る限りでは。単にやたらたくさんTシャツを持っているだけだ。タリスとは神秘なるTシャツに包まれた一個の謎である。あるとき一人の女性が、無口をもって知られるカルヴィン・クーリッジに、「大統領閣下、私はあなたに三語以上喋らせてみせます。夫を賭けてもいいです」と言った。するとクーリッジは「あなたの負けです《ユー・ルーズ》」と言った。タリスが前世でカルヴィン・クーリッジだったことをジェレミーは想像できる。あるいは、よくいるたぐいの、全然吠えない犬だったとか。バセニー犬。あるいは岩。巨石墓《ドルメン》。『図書館』のある回には、邪悪な踊るドルメンの一団が出てきた。

エリザベスがタリスのうしろに現われる。タリスが非-ゴスだとすれば、エリザベスはバレリーナ風ゴスである。エリザベスは心臓や頭蓋骨を好み、黒ペンで描いた刺青を好み、ピンクのチュールやハローキティを好む。ハローキティを発案した女性に、ハローキティの人気の秘密は何でしょうと訊いたところ、「口がないことです」と女性は答えた。エリザベスの口は小さい。唇はひび割れている。

「今回、最高におぞましかったわね！　あたし、わああわあ泣いちゃった」とエリザベスは言う。「ヘイ、ジャーム、タリスに話してたのよ、あんたがガソリンスタンド相続したこと」

「電話ボックスだよ」とジェレミーは言う。「ラスベガスの。大大おばさんが死んで。あとウェディングチャペルも」

「ヘイ！　ジャーム！」とカールがリビングルームからどなる。「話なんかやめてこっち来いよ！　喋る猫が出るコマーシャルやってるぜ――」

「口閉じな、カール」とジェレミーは言う。そしてリビングに入っていって、カールの頭の上に座り込む。誰がボスかってことを、ときどき見せつけてやらないといけない。

最後にエイミーがやって来る。隣町まで、漫画を買いに出かけていたのだ。エイミーは放映を見なかったので、（はじめから何も言ってなかったタリスは別として）みんな口を閉じ、エリザベスがビデオをかける。

前回の『図書館』では、覆面をかぶった海賊兼魔法使いが、フェイスフル・マーガレットの頭に邪悪な、火を吐く超小型土人間《ゴーレム》たちをはびこらせている呪いを解く薬を売ってやろう、とプリンス・ウィングに持ちかけたのだった（フェイスフル・マーガレットの髪はしょっちゅう火を噴いているが、彼女は断固剃ろうとしない。髪は彼女の魔法すべての源なのだ)。

プリンス・ウィングは海賊＝魔法使いにおびき寄せられて、〈自由民　世界の樹〉図書館の一四〇階に仕掛けられた、あまりにも見えすいていてまさか本当に罠だなんてありえないような罠に閉じ込められてしまう。悪い海賊＝魔法使いは指先の魔法を使ってプリンス・ウィングを磁器のティーポットに変え、アールグレーのティーバッグを二つそのティーポットに入れて、沸騰した湯を注ぎ、〈禁じられた書物たちの、永遠に先延ばしされた、とうに訪れているべき治世〉に乾杯して紅茶を一気に飲み干し、ゲップを出し、観光客向けの海賊マグを地面に叩きつけ、かつてプリンス・ウィングであったティーポットを粉々に砕いた。それからプリンス・ウィングと土産物マグ両方のかけらをぞんざいに木の葉巻箱に掃き入れ、箱を〈世界の樹〉図書館十七階のアンジェラ・カーター記念公園に埋めて、その上にジョージ・ワシントンの像を建てた。

こうして、フォックスがプリンス・ウィングを探しに出かけることになった。図書館十七階の公園にフォックスがようやく行きあたると、ジョージ・ワシントン像が台座から下りてきて彼女と死闘をくり広げた。それはまさに歯も爪も駆使した死闘である。等身大のジョージ・ワシントン像が噛んだり引っかいたりして、長い尖った金属の牙をきしらせると火花が飛び散る。すごい悪夢だとみんなが言った。ジョージ・ワシントン像はフォックスの小指を、滅びの山の頂上でゴラムがフロドの指を噛みちぎったみたいに食いちぎった。だがむろん、ひとたびフォックスの魔法の血を吸うと、像はフォックスに恋をした。これからは彼女の味方になるのだ。

今回、フォックスを演じているのは若いラテン系の女性で、ジェレミーは彼女に見覚えがある気がする。たしか、身体の透明化および／または空中浮揚を流行させた食中毒をめぐる回で、偉ぶった、でも悪気はない四階の図書館員を演じた女性だ。あと、自分の母親が〈禁じられた書物〉の一員であることをプリンス・ウィングが発見した回では、失恋に悲しむ、自殺に走る、熊崇拝カルトの女司祭を演じた。

このようにキャストが役を交換しあうところも、『図書館』の醍醐味である。ただし、フェイスフル・マーガレットとプリンス・ウィングだけは別で、この二人はつねに自分自身でありつづける。フェイスフル・マーガレットとプリンス・ウィングは恋人役であり主人公であり、したがってもっとも退屈な人物であることは避けられない。エイミーはプリンス・ウィングに想いを寄せているけれど。

フォックスと、さっそうたる、しかし不実な海賊－魔法使いトゥー・デヴィルズとは、二度と同じ俳優が演じないが、第二十三話では同じ女性が二人を演じた。こんなキャスティングでは頭が年じゅうこんがらがってもおかしくないとジェレミーは思うのだが、実のところこれがけっこう脳味噌に火を点けてくれるのである。魔法みたいだ。

フォックスはいつも衣裳を見ればすぐわかるし（小さすぎる緑のTシャツ、尻尾を隠すためのたっぷりした長いスカート）、その派手な手の動きと身ぶり、フォックスになったときにどの俳優も使うソフトな、呼吸音混じりのきしり気味の声でもわかる。フォックスはひょうきんで、危険で、怒りっぽく、男に馴れ馴れしく、欲が深く、身なりがだらしなく、事故に遭いやすく、しとやかで、過去は謎に包まれている。何回かは男性の俳優がフォックスを演じたが、それでもフォックスはいつもフォックスである。そして彼女はとても美しい。今回のフォックスこそ間違いなく最高に美しいフォックスだ、これ以上はありえない、と思うたびに、次回はなおいっそう胸がはり裂ける美しさなのだ。

目下画面では、〈自由民世界の樹〉図書館は夜である。図書館員たちはみな棺や刀の鞘《さや》や司祭の隠れ部屋やボタン穴やポケットや秘密の戸棚や魔法のかかった小説のページのあいだに収まって眠っている。月の光が、高いアーチ型の窓や書棚の通路を通って館内に注ぎ込み、そのまま公園に流れてゆく。フォックスは両膝をついて、泥んこの地面を素手で引っかいている。ジョージ・ワシントン像もかたわらで膝をついて手伝っている。

「じゃあれがフォックスね？」とエイミーが言う。誰も彼女に黙れとは言わない。言ったって仕方ないのだ。エイミーは心が広く、口はもっと広い。雨が降れば、エイミーは舗道から芋虫を救い出す。秘密を持つことに飽きたら、誰もがエイミーに打ちあける。言っておくが、エイミーはこの物語のほかの人物と較べて、格段に愚かだというわけではない。ただ単に、口に出して考えるタイプなのだ。

　エリザベスの母親がリビングルームに入ってくる。「こんちは、みんな」と彼女は言う。「ハイ、ジェレミー。お母さんがウェディングチャペル相続したって聞いたけど？」

「ええ、そうなんです」とジェレミーは言う。「ラスベガスの」

「ラスベガス」とエリザベスのママは言う。「あたし前に、ラスベガスで三百ドル儲けたわよ。グランドキャニオンのヘリコプター・ツアーに使ったわ。あんたたち、一日に何べん同じ番組観れるわけ？」。だが彼女もやはり観ようとして腰を下ろす。「あれってほんとに死んだと思う？」

「誰が死んだの？」エイミーが言う。誰も何も言わない。

　さっき観たばかりのこの回をいまもう一度、特にエイミーと一緒に観る覚悟が自分にあるのか、ジェレミーにはよくわからない。彼は二階に上がってシャワーを浴びる。エリザベスの家ではシャンプーがどっさり、訳《わけ》がわからないほどたくさん揃っている。ジェレミーがバスルームを勝手に使っても誰も気にしない。

　ジェレミーとカールとエリザベスは、幼稚園の第一日目からの知りあいだ。エイミーとタリスは一学年下。五人はずっといつも友だちだったわけではないが、ジェレミーとカールだけはずっとそうだった。タリスは一匹狼として通っている。みんなが知る限り音楽は聴かないし、黒はろくに着ないし、数学も国語も特に得意では(不得意でも)ないし、酒は飲まないし、討論もやらないし、編み物もしないし肉を食べることを拒みもしない。ブログをやっているとしても、誰にも打ちあけていない。

『図書館』がジェレミーとカールとタリスとエリザベスとエイミーを友だちにした。学校じゅう、彼らほど熱狂している子供はいない。おまけに彼らはみな元ヒッピーの子であり、ここは小さな町だ。たがいに何ブロックも離れていない彼らの家は、天井の高い古びたヴィクトリア朝の屋敷だったり、リビングルームが少し低くなったランチハウスだったり。大きくなっていくなか、いつも友だちだったわけではないが、夏の夜にはみんなで湖へ行って素っ裸で泳いだり、たがいの家のトランポリンで骨を折ったりしてきた仲である。あるとき、犬の名前をめぐって言い争っている最中、激しやすいエリザベスが十段変速の自転車でジェレミーを轢こうとしたことがあるし、一年前には、パーティでグリーンアップルのシュナップスを飲み過ぎて酔っ払ったカールがタリスにキスしようとしたし、中一のとき五か月間カールとジェレミーはすべて大文字で書かれた怒りのeメールでのみコミュニケートした。喧嘩の原因をあなたに明かす権限を私は与えられていない。

いまや五人は離れようのない、無敵の友人同士である。人生はこれからもずっとこんなだろうと彼らは想像している。永遠につづくネットワークのテレビ番組みたいに、これからもずっと一緒にいるだろうと思っている。彼らは使う言葉も同じである。本も音楽も借りあう。弁当も分けあうし、ジェレミーが遊びにきてシャワーを浴びても誰も何も言わない。ジェレミーの父親が変人だということもみんな知っている。変人で当然だ。小説家なんだから。

ジェレミーが一階に下りていくと、エイミーが喋っている。「プリンス・ウィングって前から、なんか悪党じゃないかって思ってたのよね。性格がゲスだし、口とか臭そうだし。なんか前から嫌《や》な感じだった」

カールが言う。「まだ話の全体はわかんないわけじゃない。ティーポットにされてたあいだにフォックスの秘密か何か嗅ぎつけたのかもしれないし」。エリザベスのママが「あの人、呪いがかかってるのよ。何賭けてもいいわよ」と言う。今後一週間ずっと、みんなこの調子で喋っているだろう。

タリスはキッチンにいて、ヴェルヴィータ・ピクルスサンドを作っている。

「で、どう思った?」とジェレミーは言う。趣味みたいなものだ、タリスに喋らせようとするのは。趣味より無意味だけど。「フォックス、ほんとに死んだのかな?」

「さあ」とタリスは言う。それから彼女は「夢、見たの」と言う。

ジェレミーは待つ。タリスも待ってるみたいに見える。と、彼女が「あんたのこと」と言う。そしてまた黙る。彼女がサンドイッチを作るその作り方には、どこか夢のような趣がある。実はサンドイッチなんかじゃ全然ない何かを作ってる、みたいな。サンドイッチなんかよりずっと意味があって神秘的なものを作ってる、みたいな。でなければ、ジェレミーがじきに目覚めるとサンドイッチなんてものは存在しないことを悟る、とか。

「あんたとフォックス」とタリスは言う。「あんたたち二人の夢だった。フォックスがあたしに頼んだの。あんたに言ってくれって。電話かけてくれって。番号も教わった。フォックスに危険が迫ってたのよ。あんたにも危険が迫ってるんだって言ってた。連絡を絶やさないでねって」

「不気味だなあ」とジェレミーは、それについてじっくり考えながら言う。自分は『図書館』の夢なんて見たことない。タリスの夢のなかでは誰がフォックスを演じていたんだろう。タリスが出てくる夢なら一度見たことがあるけど、人に話すようなたぐいの夢じゃなかった。単に二人で一緒に、何も言わずにじっとしていた。タリスのTシャツさえ何も言ってなかった。タリスがジェレミーの手を握っていた。

「夢みたいな感じ、しなかった」とタリスは言う。

「で、何番だったの、電話番号？」ジェレミーは言う。

「忘れた」タリスは言う。「目が覚めたら、忘れた」

カールの母親は銀行に勤めている。タリスの父親は地下室にカラオケマシンを持っていて、「ライク・ア・ヴァージン」や「ホリデイ」の歌詞とか、『ゴッドスペル』と『キャバレー』の挿入歌の歌詞とかを全部知っている。タリスの母親はセラピストの免許を持っていて、女性雑誌のためにチャート式性格診断テストを作っている。「あなたはどのTVキャラクターに似ている？」とか。エイミーの両親はイサカのコミューンで出会った。エイミーは以前、ギャラドリール・ムーン・シュイラーという名前だったが、やがて両親も正気に返って、正式にエイミーに変えた。この件に関しては誰もが沈黙を保っている。相手がエイミーであることを思えば皮肉な話だ。

だがジェレミーの父親の名は、なんとゴードン・ストラングル（絞め殺す）・マーズである。巨大蜘蛛、巨大蛭《ひる》、巨大蛾の出てくる小説を書き、あるときなど、ニューヨーク州北部の大邸宅に住む食肉薔薇をめぐる小説を書いた。薔薇は心雑音を抱えた威勢のいいティーンエイジャーの女の子に恋をした。ジェレミーの父親の小説では、登場人物の乗った車を追って、セントバーナード大の蜘蛛が暗いでこぼこの田舎道を走ったりする。人々はバドミントンラケットや芝生の手入れ道具や花火で蜘蛛を撃退する。蜘蛛が出てくる小説はどれもベストセラーだ。

あるとき、ゴードン・ストラングル・マーズのファンがマーズ家に忍び込んだ。ファンはゴードン・ストラングルの小説のドイツ語訳初版本何冊かと、ヘアブラシ、そしておそろしく古い干からびたティーバッグが二つ入った洗ってないマグを盗んでいった。代わりに、何枚ものポストイットに書いた恨みつらみや罵倒に満ちた手紙と、タイタニックを沈めた氷山の視点から書いた自作の小説の原稿を置いていった。ジェレミーは母親と原稿を朗読しあった。書き出しはこうだ。「おのれが宿命を負っていることを氷山は知っていた」。ジェレミーが一番好きな箇所は、破滅迫る船が近づいてくるのを見た氷山が、悲痛な声で「ああ、船長さんは知らないのかしら、あたしの大きな、通り抜けようのない底部のことを?」と叫ぶところだ。

みずからも小説を書くこのファンが、ゴードン・ストラングル・マーズの使用済みティーバッグとヘアブラシをeベイで売りに出し、誰かが四十二ドル六十八セントで買ったことをジェレミーはあとで知った。それってすごく気持ち悪いだけじゃなくて、ちょっと安っぽいとジェレミーはいまも思っている。でももちろんこれは、いかにもジェレミーの父親にふさわしい話だ。すごいケチで有名で、金の使い方がとにかく変なのだから。

ゴードン・ストラングル・マーズはあるとき、日本製の歌うトイレを八千ドルで買った。ジェレミーの友人たちはこのトイレがすごく気に入っている。ジェレミーの母親は赤いドレスを着た女性の絵画を持っているが、画家の名前がジェレミーにはどうしても覚えられない。絵はジェレミーの父親から母親への贈り物だ。女性は美しく、見る者をまっすぐ、彼女ではなく見ているこっちこそが絵であるかのように、あたかも見ているこっちこそが美しいかのように見据えている。女性は片手にリンゴを、片手にナイフを持っている。小さいころ、そのリンゴを食べる夢をジェレミーはよく見た。どうやらこの絵は、家まるごと、歌うトイレも含めて家のなかにある物すべてを合わせたより値打ちがあるらしい。だが絵とトイレは別として、マーズ家では服も慈善中古品店で買う。

ジェレミーの父親はクーポンをクリップでまとめている。

その一方で、十二歳のとき、フロリダのベースボール・キャンプに行きたいとジェレミーが両親にせがむと、父親はポンと金を出してくれた。このあいだの誕生日にも、『スター・ウォーズ』柄の特別仕様の生地を何十メートルも使って貼り替えたカウチをプレゼントしてくれた。いい誕生日だった。

執筆がうまく行っているときは、朝六時に起きてドライブに出かけることをゴードン・ストラングル・マーズは好む。巨大蜘蛛をめぐる新しいストーリーを練りながら、捨ててあるカウチはないかと目を光らせ、見つかると小型トラックのうしろに引っぱり上げて持ち帰る。それから一日、小説を書く。週末になると、売れ残り処分市で買った格安の生地を使って、拾ったカウチの貼り替えに励む。何年か前に、ジェレミーが家のなかを回って数えてみると、カウチが十四、二人掛けの小型ソファが八、そしてぐらぐらの寝椅子が一つあった。それが何年か前のことである。あるときジェレミーは、父親が二つのキャリアを組み合わせて、巨大蜘蛛の貼り替えをしている夢を見た。

マーズ家の照明は、どの部屋もすべて、ジェレミーか母親が点けっ放しにして部屋を出るといけないので、十五分のタイマーが付いている。ごくたまにディナーパーティを開くと、これは相当な混乱の——時にはパニックの——元となる。

作家というのは金持ちだとみんな思っているが、自分のうちはときどき金持ちなだけだとジェレミーは思う。別のときは全然そうじゃない。

ゴードン・ストラングル・マーズ・シリーズを書いていて筆がつっかえると、ゴードン・マーズは金のことを心配する。いま書いている小説を書き終えられないんじゃないか、とまで心配する。ひどい出来になるんじゃないかと心配する。誰も買ってくれなくて誰も読んでくれなくて、読んでくれた読者は金を返せと言い出すんじゃないかと心配する。ジェレミーにも打ちあけたが、これら怒れる読者たちが松明《たいまつ》と鉄梃《かなてこ》を持ってマーズ邸に行進してくるところを父親は想像する。

ゴードン・マーズが家で仕事するのでなければ、ジェレミーと母親ももう少し楽かもしれない。何しろシャワーを浴びるにも父親が時間を計っていて、執筆中のゴードン・ストラングル・マーズ・シリーズの、呪われたゴルフ場の九番ホールを囲む木々のなかにあるかつての棲みかに巨大蜘蛛たちが戻ってきて不運なプードル二匹とその飼い主から絞った内臓分泌液で陰鬱な宴をくり広げる場面に集中すべきところを、水道料金をめぐる暗い思いにふけっているのだ。

そういう時期ジェレミーは、クラブ活動のあとに学校で、あるいは友だちの家でシャワーを浴びるが、そうすると母親は悲しそうな顔をする。父さんのこと、ときどきは無視したっていいのよ、と母親は言う。彼女はおそろしく長くシャワーを浴びるし、しょっちゅう風呂にも入る。夫が水道代のことを心配していると思うと風呂もますます気持ちよくなる、と母親は言う。ジェレミーの母親にはちょっと残酷なところがある。

シャワーでジェレミーが好きなのは、水に囲まれていながら立っていても絶対に溺れる恐れはないし、スペイン語の宿題あれじゃ駄目かなあ、うちのママなんであんなに心配そうな顔してるんだろう、などと考えなくてもいいことだ。代わりに、火星に水はあるんだろうかとか、カールはあれってひげ剃ってるんだろうか、ほんとにひげがあるなんて思ってくれる奴いると思ってるんだろうか、とか、ジョージ・ワシントン像があの血まみれの死闘のさなかフォックスに「お前の行く手には長い旅が控えているのだ」「すべてがこれにかかっているのだ」と言ったのはどういう意味だったんだろう、とか考えていられる。それにフォックスはほんとに死んだんだろうか？

葉巻箱を掘り出したフォックスが、ジョージ・ワシントン像にも手伝ってもらってマグのかけらとティーポットのかけらを選り分け、何百もの磁器の破片を糊づけして復元し、がたがたのティーポットをプリンス・ウィングに戻すと、プリンス・ウィングは百歳くらいに見えた。まだいくつかかけらが足りないみたいに見えた。顔色も青かった。フォックスの姿を目にすると、まさか彼女が眼前に立っているとは思っていなかったのか、ますます青くなった。そしてプリンス・ウィングは、フォックスが預かっていた巨大な剣を手に取り——熱心なファンはそれが、(プリンス・ウィングがだまされて殺してしまうまでは)三階の魔法の地下海で幸せに安らかに暮らしていたおそろしく高齢の巨大な海の生物の歯を切り出して作った剣だと知っている——ジョージ・ワシントン像をケバブみたいに串刺しにして木に刺した。そしてフォックスの頭を蹴り倒し、カード式目録の引出しに彼女を縛りつけた。何も言えぬよう口に苔と土をひとつかみ押し込んでから、魔法を使ってフェイスフル・マーガレットを殺そうと企てたとフォックスを非難した。お前は〈禁じられた書物〉より狡猾だ、とプリンス・ウィングはフォックスをなじった。そして彼女の尻尾と両耳を切り落とし、かつてフォックスとともに自分の母親の秘密の館から盗んだ、毒を塗った、犬をかたどったナイフを彼女の体に突き刺した。目録の引出しに縛りつけられた、血まみれの力ない身で美しい頭部をだらんと垂らしているフォックスをプリンス・ウィングは置き去りにし、ハクション、とくしゃみをして(剣の戦いアレルギーなのだ)書架のなかへ立ち去った。隠れていた図書館員たちがこそこそ出てきた。彼らはフォックスの縄を解いてやり、顔を綺麗にしてやった。口もとに鏡を持っていったが、鏡は澄んだまま、曇らなかった。

プリンス・ウィングの巨大な剣を図書館員たちが木から引き抜いてやると、ジョージ・ワシントン像はよろよろと歩いていって、フォックスを両腕で抱え上げた。彼女の耳と尻尾を拾って、自分が着ている、鳥の糞だらけの、緑青色の乗馬コートの広々としたポケットのなかにしまった。そしてフォックスを抱えて十七階分の階段を下りていき、八階の、魔法にかかった、感じの悪いスフィンクスの前を過ぎ、三階の、魔法にかかった、荒れ狂う地下海の前を過ぎ、一階の、もっと魔法にかかった貸出カウンターの前を過ぎ、〈自由民　世界の樹〉図書館の鍛造真鍮《たんぞうしんちゅう》の扉を抜けていった。これまで『図書館』では誰も、ただの一度も外に出たことがない。『図書館』にあっては、ふつうならそれを楽しむのに外へ行かねばならないものが、すべて中に揃っているのである。木々、湖、洞穴、野原、山、崖（もちろん本とか、ふつう中にあるものも揃っている）。図書館の外ではすべてが埃っぽく、赤く、見慣れない。まるでジョージ・ワシントンがフォックスを、図書館から火星の地表に連れ出したみたいに思える。

「冷えたユーフォリア、飲みたいなあ」とジェレミーが言う。カールと二人で、家に帰る途中である。

ユーフォリアのキャッチフレーズは、「図書館員にパワーを　注意深さだけでは不十分なときに」。『図書館』ではユーフォリアのコマーシャルが頻繁にはさまる。ユーフォリアとは厳密にはなんのためにあるのか、アルコール入りなのかカフェインはあるのか、どんな味なのか、毒があるのか美味なのか、誰にもよくわからないし、炭酸入りかどうかすら定かでないのだが、それでもジェレミーをはじめ、誰もが時おりグラス一杯のユーフォリアが無性に飲みたくなるのである。

「ひとつ質問していいか？」とカールが言う。

「どうしていつもそう言うんだ？」とジェレミーが言う。「俺、なんて言ったらいいんだ？　いや、質問しちゃいけない、とか？」

「お前とタリス、どうなってんだ？」とカールは言う。「キッチンで何話してたんだ？」。

カールが注意深さを発揮していたことをジェレミーは悟る。

「俺の夢見たんだって」ジェレミーはバツが悪そうに言う。

「じゃお前、あいつのこと好きなわけ？」とカールは言う。あごがすり剝けたみたいに見える。ひげ剃ろうとしたんだな、とジェレミーはこれで確信する。「だってさ、最初は俺があいつのこと好きだったんだぜ、覚えてる？」とカールは言う。

「喋ってただけだよ」ジェレミーは言う。「お前、ひげ剃ったの？　お前、顔に毛なんてなかったじゃん。お前がひげ剃るだなんて、考えただけでみじめだぜ。選挙権持つようになって共和党に投票するみたいなもんだぜ。音楽鑑賞の時間に屁こくとか」

「話そらすなよ」とカールは言う。「お前とタリス、いままで話なんていつやった？」

「一度、あいつが図書館から借りたダイアナ・ウィン・ジョーンズの本の話はしたことあるよ。本うっかり風呂に落としちゃって、あんたの母さんに言ってくれないかって頼んできたんだ」とジェレミーは言う。「いっぺんリサイクルの話をしたこともある」

「黙れよ、ジャーム」とカールは言う。「だいいち、エリザベスはどうなるんだよ？　お前、エリザベスのこと好きだったんだろ！」

「誰が言った？」とジェレミーは言う。カールがこっちを睨みつけている。

「エイミーが言ってた」とカールは言う。

「エリザベスのこと好きだなんて、俺エイミーに言ってないぞ」とジェレミーは言う。エイミーの奴、ペラペラお喋りなのに加えて、読心術もやるのか？　なんてひどい、最悪の組み合わせ！

「ああ」とカールもしぶしぶ認める。「エリザベスがエイミーに言ったんだよ、お前のこと好きだって。だからお前もやっぱり、エリザベスのこと好きなのかなって」

「エリザベスが俺のこと好きなの？」とジェレミーは言う。

「なんだかみんな、お前のこと好きみたいだぜ」とカールは言う。自分を憐れんでいる口調。「お前のどこがいいわけ？　お前、べつに特別でもないじゃん。鼻だって変てこだし、髪の毛も馬鹿みたいだし」

「よく言ってくれるよ」。ジェレミーは話題を変える。「フォックス、ほんとに死んだと思うか？」と彼は言う。「永久に死んだかな？」。ジェレミーが歩みを速めると、カールはほとんど走らないとついて来られない。いまのところジェレミーはカールよりずっと背が高く、そうなっているあいだは目一杯楽しんでやろうとジェレミーは思っている。カールのことだから、きっとじき背がのびるだろうし、じゃなけりゃジェレミーの膝から下を切り落とすだろう。

「魔法を使うさ」とカールは言う。「それとも、全部夢だったとか。また生き返らせるって。もしほんとにフォックス殺したら俺、絶対許さない。お前がタリスのこと好きなんだったら、お前のことも絶対許さないからな。お前が何考えてるかはわかってるぞ。思ってるんだろ、俺自分では本気で言ってるつもりでも、なんだかんだ言っていずれお前のこと許すんだって。中一のときみたいにまた仲直りするんだって。だけどそうじゃないからな。お前は間違ってる、俺たち仲直りなんかしない。もう絶対二度としない」

ジェレミーは何も言わない。もちろんタリスのことは好きだ。つい最近まで、どのくらいタリスのことが好きか、気がついていなかった。今日まで。カールに言われるまで。エリザベスのことも好きだけど、エリザベスとタリスなんてどうやって較べられる？　較べられっこない。エリザベスはエリザベスでタリスはタリスだ。

「お前がタリスにキスしようとしたら、ボア蛇でぶん殴られたんだよな」とジェレミーは言う。それはエイミーの飼っているボア蛇だった。たぶん単なる偶然だったのだろう。だいたいボア蛇を抱いてる人間にキスしようとする奴が悪い。

「とにかくいま言ったこと、忘れるなよ」とカールは言う。「誰を好きになろうとお前の勝手だ。誰だろうと、タリス以外は」

『図書館』ははじまって二年になる。この番組は決まった時間に定期的に放映されるのではない。同じ週に二度やることもあれば、二週間全然やらないこともある。よく真夜中に新しい回がはじまったりする。番組をめぐるコミュニティがウェブ上にいくつもあって、何時間もチャンネルをスキャンし、警報を発し偽の警報を発し、ファンたちが自説を披露しあったりテープやファイルを交換しあったりしている。ファンフィクションを書いたり。エリザベスのコンピュータは、信頼できる『図書館』ウォッチサイトが新しい回を発見すると、「起きなさい、エリザベス！　テレビが火事よ！」と音声が出るようになっている。

『図書館』は海賊番組である。たいていのネットワーク・チャンネルにも一度か二度は登場したことがあるが、だいたいはジェレミーが「ゴースト・チャンネル」と考えているたぐいのチャンネルでやっている。何百チャンネルものケーブルの料金を払っていないと、ただザーッと鳴っているだけのチャンネル。コマーシャルはあいだに入るけれど、宣伝される商品はユーフォリアとかだ。本物のブランドや、実際に買える品に思えたことはない。そもそも英語でない、特定可能ないかなる言語でもないコマーシャルも多いが、そのキャッチフレーズは意味不明でも耳にはけっこう残る。頭から離れない。

『図書館』は定期的なスケジュールもないし、クレジットも出ないし、時には科白《せりふ》すらない。ある回などは、カード目録の一番上の引出しの暗闇のなかで何もかもが起き、すべてはモールス信号で伝えられ、それに字幕がついている。それだけ。我こそは『図書館』の生みの親、と名乗り出た人物は一人もいない。俳優を誰かがインタビューしたこともないし、誰かがセットにひょっこり迷い込んだことも、偶然撮影スタッフに出会ったり脚本を発見したりしたこともないが、あるドキュメンタリー・タッチの回では俳優たちが撮影スタッフを撮影した。

ジェレミーが家に帰ると、父親がキャセロール皿で夕食の逆さピザを作っている。

作家本人に会うというのは、うまく行ってもけっこうがっかりさせられるのが常である。セクシーなスリラーを書く作家本人はかならずしもセクシーでもスリリングでもない。児童書の作家は時に会計士みたいに、下手をすると斧を使う殺人犯みたいに見えたりする。ホラー作家の見かけが怖いことはめったにない。もっとも彼らは往々にして料理上手である。

ただしゴードン・ストラングル・マーズの見かけは本当に怖い。目下ピザソースでぬるぬるしている指はすらっと細長い。偽のミドルネームに「ストラングル」を選んだのもそのためだ。髪は白っぽい金髪で、書いている最中はそれをぐいぐい、まっすぐ立ってしまうまで引っぱっている。こっちは彼が家にいることにも気づいていないのに、いきなり隣にパッと現われるという嫌な癖がある。目は深く窪んでいて、あまりまばたきしない。ジェレミーの親父と会うとさ、なんか俺のこと、布か何かにくるまれてどっかの巨大蜘蛛の食糧置場に入れられたところ想像してるみたいな目で見るんだよな、とカールは言う。おそらく本当にそう想像しているのだ。

本を読む人たちはたぶん、お気に入りの作家がよき親でもあるかどうかなんて、わざわざ考えたりしない。なんでそんな必要がある？

ゴードン・ストラングル・マーズは趣味で万引きをやる。地元の書店相手に特別な、込み入った、口にされぬ取り決めができていて、売れる限りいくらでもゴードン・ストラングル・マーズ小説にサインしてもらう代わりに、本人が本を万引きするのを店側は黙認するのである。あとでいずれジェレミーの母親が店に寄って、代金を払っていく。

父親をめぐるジェレミーの感情は複雑である。父親はしみったれであり、チャチな泥棒である。それでもジェレミーは父のことが好きだ。ジェレミーに対してめったに癇癪《かんしゃく》を起こさないし、ジェレミーの生活につねに興味を持ってくれるし、頼めばなかなか面白い(混乱させられもするが)忠告もしてくれる。たとえばもし、エリザベスにキスすることについて訊いたら、エリザベスにキスするときは巨大蜘蛛のことは心配しなくていいんじゃないかな、と答えが返ってきたりする。ジェレミーの父親の忠告はたいてい、なんらかの形で巨大蜘蛛に関係している。

ジェレミーとカールが口をきかなくなったとき、二人の仲を修復してくれたのもジェレミーの父親だ。カールをおびき寄せて、二人を自分の書斎に入れて閉じ込めたのである。そして二人が口をきく間柄に戻るまで出してくれなかった。

「父さんの本にバッチリのアイデア、思いついたよ」とジェレミーは言う。「あの手の蜘蛛がさ、サッカー場のゴールに巣を張ったら？　そのことをキーパーも、試合の真ん中まで気づかなかったら？　巨大蜘蛛って、サッカーボール目いっぱい強く蹴ったら殺せるかな？　蜘蛛の体、破裂したりするかな？　それよか、蜘蛛が大きな牙でサッカーボールをパンクさせる方がもっといいか。そういうのもイケるよね」

「母さんがガレージにいる」とゴードン・ストラングル・マーズはジェレミーに言う。「お前に話があるってさ」

「あっそう」とジェレミーは言う。出し抜けに、タリスの夢のなかの、彼に電話をかけようとしているフォックスのことが頭に浮かぶ。彼に何かを警告しようとしているフォックス。理不尽なことに、フォックスが死んでいるのは自分の両親のせいだという気がしてしまう。あたかも、彼らがフォックスを殺したような気がしてしまう。「父さんのこと？　父さんたち、離婚するの？」

「どうかなあ」と父親は言う。そして肩を丸める。顔をしかめる。父親がしょっちゅうする顔だが、それでも、ふだん以上に哀れっぽく、やましそうである。

「父さん、何やったの？」とジェレミーは言う。「スーパーで万引きしてつかまったの？」

「違う」と父親は言う。

「浮気したの？」

「違う！」と父親はまた言う。今度はうんざりした顔。自分にうんざりしているのか、それとも、そんなひどいことを訊くジェレミーにか。「ヘマやったのさ。もうそれで勘弁してくれよ」

「小説、はかどってる？」とジェレミーは言う。父の声を聞いていると、なぜか何かを蹴飛ばしたくなるが、巨大蜘蛛というのは、いてほしいときにはいたためしがない。

「そのことも話したくないね」と父親は、そんなことが可能だとして、ますます恥じ入ったように言う。「あと五分で夕食ができるって母さんに言いに行ってくれ。ご飯が済んだら、お前と父さんとで『図書館』の新しい回観てもいいな、お前がもう千回観たんなら別だけど」

「父さん、結末知ってる？　母さんから聞いた？　フォックスが――」

「えっ、なんだって」と父親がジェレミーの言葉をさえぎった。「殺されたのか？」

作家をやってるとこういうのがつらいよな、とジェレミーは思う。どんなにあっと驚く意外な展開も、作家にはめったに意外ではない。どんなストーリーも、どうなるかわかってしまう。

ジェレミーの母親は孤児である。母さんは野生に返った無声映画スターたちに育てられたんだよ、と父親は言っているし、たしかにハロルド・ロイドの映画のヒロインみたいな見かけではある。くしゃくしゃっと乱れた感じが魅力的で、たったいま線路に縛りつけられたか、たったいま線路からほどいてもらったかみたいに見える。母はゴードン・マーズとは、（ストラングルをつけ足し、最初の小説が売れるより前に）ニュージャージーのモールのフードコートで出会い、彼が作家であり万引きが趣味だとわかる前に恋に落ちた。結婚するまで、ゴードン・マーズは彼女に、書いたものを一行も読ませなかった。いかにも彼らしい狡猾なやり口である。

ジェレミーの母親はホラー小説を読まない。ゴーストストーリーも説明不可能な現象も好まないし、やたら専門的な説明を要する現象すら好まない。たとえば、電子レンジ、飛行機。ハロウィーンも、ハロウィーンキャンディすらも好まない。ジェレミーの父親は彼女に、自分の小説の、怖いページを糊で貼りあわせて読めなくした特別版を贈る。

母親はひっそり静かにしていることが多い。名前はアリス。自分が知っている最高に静かな人間二人の名前がアリスとタリスなんだよな、とジェレミーはときどき思ってしまう。でも母親とタリスとでは静かさが違う。ジェレミーの母親は、何かを隠しているように、秘密にしているように思える人物である。タリスの方は、彼女自身が秘密だ。ジェレミーの母親は、実は秘密諜報員だと判明しても全然意外ではない。けれどタリスは殺人光線だとか、不死の鍵だとか、とにかく秘密諜報員が護るべき秘密そのものである。タリスとつき合うのは、ティーンエイジャーのブラックホールとつき合うみたいなものだ。

ジェレミーの母親はガレージの床、大きな段ボールの箱の横に座り込んでいる。両手に写真アルバムを抱えている。ジェレミーは隣に座り込む。

塀にのぼった猫の写真が何枚かと、何やらぼやけた、鯨だか飛行船だかパンだかの写真。女の人の横に、小さな女の子が座っている写真もある。女の人は毛皮の襟を着けていて、襟には尖った小さな鼻と、四本の脚と、尻尾がついている。ジェレミーは突然胸の痛みを感じる。フォックスはジェレミーが大切に思った人間で初めて死んだ人だが、実在の人物ではない。写真に写った女の子の顔は、まるでたったいま金槌で殴られたみたいに、まるっきりうつろに見える。カメラを持った人から、「はい笑って！　君のお母さんお父さんが死んだよ！」と言われたみたいに。

「クリオ」とジェレミーの母親が、女の人を指さしながら言う。「それ、クリオよ。あたしのお母さんの叔母さん。ロサンゼルスに住んでたの。あたしの両親が死んで、あたしはこの人のところに引きとられたのよ。四歳だった。いままでこの人のこと、話したことなかったわよね。どう言ったらいいのか、あたしにもよくわからなかったのよ」

ジェレミーは言う。「いい人だった？」

母親は言う。「いい人になろうとしてくれた。まさか小さな女の子をしょい込まされるなんて思ってなかったのよ。変な言い方よね。しょい込まされる。まるで叔母さんが馬か何かみたいよね。誰かがあたしを叔母さんの背中に乗っけて、あたしがいつまでも下りなかったみたいよね。服を買ってくれるのは好きだったわね。服が好きだったのよ。それまでずっと、つらい暮らしをしてきた人だった。ずいぶんお酒を飲んだわ。午後に映画に行って晩は降霊会に行くのが好きだった。男友だちはたくさんいた。何人かはサイテーな奴だったけど。誰より愛した人はチャチなギャングだった。その人が死んで、叔母さんは誰とも結婚しなかった。結婚なんてジョークよ、人生なんてもっと大きなジョークよっていつも言ってたけど、あいにく本人にはユーモアのセンスが全然なかったのよね。だから、ずっとウェディングチャペル経営してたなんてすごく意外」

ジェレミーは母親の顔を見る。なかば笑顔の、なかばしかめ面の、お腹が痛いみたいな顔。「あたし十六のときに家出したの。そのあと叔母さんには二度と会わなかった。一度だけ、父さんの出版社気付で手紙をもらったわ。父さんの本みんな読んだんだって。たぶんそうやってあたしのことも見つけたのね、何しろ父さん、どの本も献辞にあたしの名前書くから。あなたが幸せでありますように、あなたのことを考えていますって叔母さんは書いてた。あたしも返事書いたわ。あんたの写真も送ったのよ。でもそのあとは一度も手紙をくれなかった。なんかちょっと『図書館』みたいでしょ？」

ジェレミーは言う。「僕に話って、そのことだったの？　父さんがさ、母さんが何か僕に話があるって」

「これもそう」と母親は言う。「あたし、ラスベガスに行かなくちゃ。このウェディングチャペルで知りたいことがあるから。ヘルズ・ベルズ。あんたも一緒に来てほしいの」

「そのこと僕に頼もうと思ってたの？」とジェレミーは言うが、ほかにもまだ何かあることはわかっている。母親は相変わらず、悲しげな、なかば笑顔のような顔をしている。

「ジャーム」と母親は言う。「知ってるでしょ、あたしが父さんのこと愛してるって？」

「じゃあなぜなの？」とジェレミーは言う。「父さんが何したの？」

母親はアルバムをぱらぱらめくる。「ほら、これあんたが生まれたときよ」。写真のなかで父親は、魔法にかかった磁器製ティーポットをたったいま渡されたみたいにジェレミーを抱いている。父親はニヤッと笑っているが、怯えているようにも見える。父は子供みたいに見える。怖そうな、自分も怖がっている子供。

「僕にも言ってくれないんだ」とジェレミーは言う。「だからきっと相当ひどいことなんだね。もし母さんたち離婚するんだったら、僕にはさっさと言ってくれるべきだと思うよ」

「離婚はしないわ」と母親は言う。「でもあんたとあたしでラスベガスに行くのはいいかも。相続のことあたしが片付けてるあいだ、二、三か月あっちにいてもいいし。クリオの遺産を整理するのよ。学校には母さんから話すわ。図書館にはもう辞めるって言ったの。冒険みたいなものと思ってよ」

ジェレミーの顔に浮かんだ表情を母親は見る。「ごめん。馬鹿な、すっごく馬鹿なこと言ったわね。これって全然冒険なんかじゃないわよね」

「僕行きたくない」とジェレミーは言う。「友だちはみんなここにいるんだもの！　あっさり置き去りになんかして行けないよ。そんなのよくないよ！」。さっきからジェレミーは、想像できる限り最高にひどいことを覚悟していた。母親との会話を想像して、母親が恐ろしい秘密を打ちあけるところを想像し、その想像のなかで自分は落ち着いて理性的にふるまっていた。想像の両親はさめざめと涙を流し、彼に理解を求めた。想像のジェレミーは彼らを理解した。すべてを理解している自分を彼は想像していた。ところがいま、母親の話を聞きながら、まるで全速で走っているみたいに心臓の鼓動は速まっていき、肺に空気がたまってきた。ガレージの床は冷たいのに汗が出てきた。望遠鏡を持って屋根にいられたらいいのに、とジェレミーは思う。裸眼では見えない流星が、空をぐんぐん落ちてきて、地球に向かって邁進しているかもしれない。フォックスは死んだ。ジェレミーの知る誰もが呪われた運命を負っている。そう思うさなかにも、そんなの考えすぎだともわかる。けれどわかったところで何の足しにもならない。

「ひどい話だとはわかってる」と母親は言う。ひどいということについては母親もけっこう知っている。

「なんで僕ここにいちゃいけないの？」とジェレミーは言う。「母さんはラスベガスへ遺産の整理に行って、僕はここに父さんと残ればいい。なんでここにいちゃいけないの？」

「父さんがあんたのこと本に書いたからよ！」と母親が言う。吐き捨てるような言い方。母親のこんなに怒った声は初めてだ。母親は絶対怒らない。「あんたのこと本に書いたのよ！　父さんの仕事部屋に入ったら、原稿が机の上にあったのよ。あんたの名前が見えたから手にとって読んでみたのよ」

「それがどうしたの？」とジェレミーは言う。「前にだって僕のこと、何度も本に書いたじゃない。僕が言ったこととかさ。僕が八つのときに熱出して、木の上にパーティハットかぶった死人がいっぱいいるって言ったこととか。僕がうっかり父さんの仕事部屋に火点《つ》けちゃったこととか」

「そういうのと違うのよ」と母親は言う。「あんたなのよ。あんたが本のなかに入ってるのよ。名前すら変えてないのよ。本のなかの子はハードルの選手で、ロケット科学者になって火星に行きたいと思ってて、キュートで剽軽《ひょうきん》で優しくて一番仲よしのエリザベスはその子に恋をしていてその子はあんたとおんなじ喋り方でおんなじ見かけで、それでその子死ぬのよ、ジェレミー。脳腫瘍ができて死ぬのよ。死ぬのよ。巨大蜘蛛なんて全然いない。

あんたしかいなくて、あんたが死ぬの」

ジェレミーは何も言わない。父親がその場面を、ジェレミーという名の男の子が死ぬ場面を、書いて、泣いている姿を——ちょっとだけ泣いている姿を——ジェレミーは想像する。そのジェレミーという子、ジェレミーという死ぬ登場人物を彼は想像する。可哀想な、途方に暮れた子。これでジェレミーとフォックスとの共通点ができた。二人とも架空の人物。二人とも死んでいる。

「エリザベスが僕に恋してるの?」と彼は言う。主義として、カールの言うことはいっさい信じないと決めている。でも本に書いてあるのなら本当かもしれない。

「ああ、言うんじゃなかった」と母親は言う。「ほんとは言いたくなかったのよ。とにかくあの人に頭来てるのよ。あたしたち結婚して十七年になる。父さんに会ったとき、母さんはいまのあんたより四つ上なだけだった。母さんは十九で、父さんもまだ二十。二人ともまだ赤ん坊だったのよ。想像できる? 歌うトイレも万引きもカウチもあたしは我慢できるしお金の感覚がメチャクチャ変なことも我慢できる。でもあの人あんたを殺したのよ、ジェレミー。あんたを本のなかに書き込んで、殺しちゃったのよ。間違ってることだって自分でもわかってたはずよ。自分を恥じてるのよ。あたしからあんたに話すこともあの人は嫌がった。あたしだって話すつもりじゃなかった」

ジェレミーは座り込んだまま考える。「それでもやっぱり、ラスベガスには行きたくない」と彼は母親に言う。「代わりに父さん行かせたらどうかな」

「けっこう名案ね」と母親は言う。が、母がすでに自分たちの旅行プランを練りはじめていることがジェレミーにはわかる。


『図書館』のある回は、誰もが透明だった。俳優はいっさい見えない。本と、本棚と、コイン式の魔法使いがいちゃつきあったりまじないを練習したりしに来る五階の学習用個人ブースが見えるだけ。見えない〈禁じられた書物〉たちが見えない海賊‐魔法使いを相手に戦い、海賊‐魔法使いはやはり見えないフォックスとその仲間を相手に戦っていた。戦いは何ともぶざまで、致死的なアクシデントに満ちていた。戦っている音は聞こえた。書架がひっくり返った。本が投げ飛ばされた。見えない人々が見えない死体につまずいて転んだが、誰が死んだかは次の回になるまでわからなかった。登場人物の何人か――偶然の剣、毛むくじゃらピート、プトレマイオス・クリル（ダグラス・アダムスの『銀河ヒッチハイク・ガイド』のヴォーゴンと同じで、あまりにひどい詩を書くので読んだ人間は死んでしまう）――はその後まったく姿を消した。が、彼らが死んだかどうかは誰にもわからない。

　別の回では、フォックスがザ・ノーンズから魔法のドラッグを盗んだ。ザ・ノーンズは巫女めいたガールズバンドで、〈自由民　世界の樹〉図書館の中二階のキャバレーでトリを務めている。フォックスはそのドラッグをうっかり自分に注射してしまい、妊娠し、蛇を何匹も産んだ。そしてその蛇たちに導かれて、一度も翻訳されたことのない大昔の恐ろしい魔法の書が、組織に背いた図書館員たちによって誤って置かれた書架にたどり着く。フォックスの頼みに応じて、蛇たちは地面の上をのたうち、体を丸めて、単語を一文字ずつ綴り出す。そうやってフォックスのために魔法の書を翻訳しながら、蛇たちはしゅうしゅう声を出し、湯気を上げ、やがて地面の上で炎のような線となって、すっかり燃えつきてしまう。フォックスは泣いた。フォックスが泣くのをみんなが見たのはこのとき一度だけである。彼女はプリンス・ウィングとは違う。プリンス・ウィングは泣き虫だ。

『図書館』の特徴として、登場人物が一度死んだら、もう二度と戻ってこないという点がある。その死は現実の死と変わらないらしいのだ。だから、フォックスも本当に死んだのであって本当に戻ってこないのかもしれない。たしかに幽霊は何人かいて、血のいけにえを求めて図書館の周りをうろついているが、彼らは番組当初からずっと幽霊だった。邪《よこしま》な双子や吸血鬼もいない。もっとも、そのうちいずれ、邪な双子くらい出てきてもいいと思う。邪な双子を喜ばない人なんているだろうか？

「母さんから聞いたよ、父さんが僕のこと書いたって」とジェレミーは言う。母親はまだガレージにいる。なんだか自分が、プレーヤーたちにものすごく愛されているテニスボールになった気がする。プレーヤーたちは彼をロブし、スマッシュし、右から左、左から右に送り出しながらも、彼を心底愛している。

父親が言う。「お前に話すつもりはないって言ってたけど、でもまあ話してもらってよかったかな。ごめんよ、ジャーム。腹減ったかい？」

「母さん来週ラスベガス行くって。僕も一緒に来いって」とジェレミーは言う。

「知ってる」と父親は、逆さピザの入った深皿を差し出したまま言う。「まあできれば、あれこれ心配しないことだな。冒険みたいなものだと思えばいいさ」

「そういうのって馬鹿な言い方だって母さんが言ってた。僕が出てくる小説、読ませてくれるの？」

「いいや」と父親はまっすぐジェレミーを見据えながら言う。「燃やした」

「ほんとに？」とジェレミーは言う。「コンピュータにも火点《つ》けたわけ？」

「いや、それはしない」と父親は言う。「でもお前には読ませないよ。どのみちひどい出来だったし。『図書館』一緒に観るかい？　それと、ピザ少しは食ったらどうだ？　父さんはろくでもない父親かもしれないけど、料理は上手なんだぞ。父さんのこと愛してるんだったら、少しはこのピザ食ってありがたく思うはずだぞ」

こうして彼らはオレンジ色のカウチのところに行って座り、ジェレミーはピザを食べながら、これで二回半目になる『図書館』を父親と観る。リビングルームのタイマーが作動して照明が消え、プリンス・ウィングはふたたびフォックスを殺す。それからジェレミーは自分の部屋に行く。父親は小説を書くんだか燃やすんだかに戻る。母親はまだガレージにいる。

ジェレミーの机の上に、電話番号を書いた紙切れがある。その気になれば、相続した電話ボックスに電話をかけられる。番号をダイヤルしてみると、ベルが長いあいだ鳴る。ジェレミーは暗い部屋でベッドの上に腰かけ、ベルがえんえん鳴る音に耳を澄ます。やっと誰かが出ると、ジェレミーはもう少しで電話を切ってしまいそうになる。誰かが何も言わないので、ジェレミーは「もしもし？　もしもし？」と言う。電話の向こう側で、誰かが受話器に息を吹き込む。ソフトな、音楽みたいな、きしり気味の声で誰かが「いまちょっと忙しいから。坊や、またあとでかけて」と言う。そして誰かが電話を切る。

父親が蜘蛛の糸で貼り替えたソファに、自分がフォックスと並んで座っている夢をジェレミーは見る。父親は巨大蜘蛛の超大型店から、蜘蛛の糸を少しずつ盗んでいたのだ。それと、自分の小説のなかからも――それって万引きだろうか、それとも自己剽窃《ひょうせつ》？　ソファは柔らかく、灰色で、ほんの少しべたつく。フォックスはジェレミーの左右両方に座っている。右側のフォックスはタリスが演じている。エリザベスが左側のフォックスを演じている。両方のフォックスが、心底同情している目でジェレミーを見る。

「君たち、死んだの？」とジェレミーは言う。

「あんたは？」とエリザベスによって演じられているフォックスが、あの間違いようのないフォックスの、ジェレミーの父があるとき「セクシーで気の狂ったヘリウム風船みたいな」と評した声で言う。エリザベスの口からフォックスの声が出てくるのを聞いて、ジェレミーの脳がずきずき痛んでくる。

タリスみたいに見えるフォックスは何も言わない。Tシャツに書いてある言葉はすごく小さくてまるっきり外国語みたいなので、ジェレミーが読もうとすると、フォックス－タリスの胸をじろじろ見ている感じになってしまう。たぶん彼が知っておくべきことが書いてあるのだろうが、絶対に読めはしないだろう。そうするにはジェレミーは礼儀正しすぎるし、だいいち外国語はからきし駄目なのだ。

「ねえ見て」とジェレミーは言う。「僕たちテレビに出てる！」。そのとおり、ジェレミーはそこにいる、二人のフォックスにはさまれて、べたつく灰色のカウチに座ってヒナゲシの咲く野原にいる。「あそこ、ラスベガス？」

「カンザスじゃないわね」とフォックス－エリザベスが言う。「あんたにやってほしいことがあるの」

「なあに？」とジェレミーは言う。

「夢のなかで言っても忘れちゃうわ」とフォックスーエリザベスは言う。「目が覚めたらあたしに電話してちょうだいね。あたしが出るまで何度でも電話して」

「君に電話するってこと、どうやって覚えてられるのさ？」とジェレミーは言う。「この夢のなかで君に言われたこと、覚えてられないんだろ。どうして僕の助けが必要なの？なんでタリスがここにいるの？　タリスのTシャツ、なんて書いてあるの？　なんで君たち二人ともフォックスなの？　ここって火星？」

フォックスータリスはなおもテレビを観ている。フォックスーエリザベスはその優しげな、美しい、非ハローキティ的口をふたたび開く。彼女はジェレミーに一部始終を伝える。何もかも話してくれる。フォックスータリスのTシャツの言葉を翻訳してくれて、それがタリスについてジェレミーがいままで不思議に思ってきた点すべてを説明していることが判明する。そもそも女の子全般について、ジェレミーがこれまで疑問に思ってきたことすべてをそれは解明してくれている。それから、ジェレミーの目が覚める――

あたりは暗い。ジェレミーは電灯をつける。夢が彼からすうっと離れていく。たしか火星がどうとか言っていた。エリザベスが彼に、エリザベスとタリスのどっちが可愛いと思うか訊いていた。エリザベスもタリスも笑っていた。二人とも尖った狐の耳をしていた。二人はジェレミーに何かをしてほしいと言っていた。ある番号にジェレミーは電話をかけることになっていたはずだ。何かをジェレミーはすることになっていたはずだ。

二週間後の、四月十五日に、ジェレミーと母親はバンに乗ってラスベガスに出発する予定である。毎朝学校へ行く前にジェレミーは長いシャワーを浴びるが、父親は何も言わない。日によっては、両親の関係は何も問題ないように思えたりする。でも次の日にはたがいに顔を見ようともしない。父親は書斎に閉じこもって出てこない。ところがその次の日、ジェレミーが学校から帰ってくると母は父の膝の上に座っている。二人とも、何か間の抜けた秘密でも知っているみたいにニコニコ笑っている。ジェレミーが部屋を通り抜けても気づきさえしない。でもこの方が、二人がジェレミーに気づくときのふるまいよりマシだ。気づくと、なんだか、二人でいまにも彼の人生を破滅させようとしているみたいに、やましそうに、なんとも妙な感じにふるまうのだ。父親は毎朝ホットケーキを作ってくれるし、毎晩ジェレミーの好物のチーズマカロニを作ってくれる。母親は旅行のプランを練っている。国じゅうで図書館に立ち寄る計画である――母は図書館が大好きなのだ。でもそれに加えて、二人用の新品テントも買ったし、寝袋二つ、携帯用コンロも買って、ジェレミーがキャンプしたければできるようにしてくれた。母親自身は、アウトドアなんて嫌いなのに。

母がそうした準備を終えるのと入れ替わりに、今度は父親が週末ガレージにこもりっきりになる。何をやっているのか、ジェレミーにも母親にも見せようとせず、やっと入れてくれると、なんとバンの後部席が取り払われ、代わりに、家にあったカウチが二つ、左右にひとつずつボルトで固定してある。どちらのカウチも、エレクトリックブルーの模造毛皮に貼り替えてある。

一方のカウチがスライドドアをふさいでしまっているので、うしろの荷物用ドアからよじのぼらないといけない。ひどく自慢げに父親が言う。「これで外でキャンプしなくても済むぞ、どうしてもしたいっていうなら別だけどな。中で寝ればいい。スーツケースを入れるスペースも下にある。カウチにちゃんとシートベルトもついてるんだぜ」

カウチの上には小さな木の棚が一つずつ据えつけてあって、バンの内壁から鎖で下ろしてテーブルとして使えるようになっている。旅行サイズのミラーボールが天井からぶら下がり、運転席の背には木のパネルがあり、マジックテープのストラップと、キルトを貼った黒いパッドがついていて、ここにリンゴとナイフを持った女性の絵を掛ければいいと父親は言う。

バンは『図書館』から抜け出してきたみたいに見える。母親がわっと泣き出す。ガレージを飛び出して家に駆け込んでいく。父親は力なく、「母さんを笑わせようと思っただけなんだがな」と言う。

ジェレミーは「あんたたちなんか二人とも大っ嫌いだ」と言いたい。だがそうは言わないし、大っ嫌いではない。そうだった方が話は簡単なのだが。

ジェレミーがラスベガスのことを話すと、カールは彼の腹にパンチを浴びせる。それからカールは「タリスには話したのか？」と言った。

ジェレミーは言った。「お前、俺の味方する役目なんだぞ！　行くな、冗談じゃないって言う役目なんだぞ！　腹にパンチなんか浴びせちゃいけないんだぞ。なんでパンチなんか浴びせたんだよ？　お前、タリスのことしか考えられないのか？」

「まあな」とカールは言った。「たいていはな。ごめんよジャーム、そりゃあお前が行かない方が俺だっていいし、うん、冗談じゃないぜって思うよ。だけど俺たち親友ってことになってるのに、いろんなことするのはいつもお前で、俺は何もしない。大陸を車で横断したこともないし、ラスベガスに行ったこともない――ほんとに、ほんとに行ってみたいのにさ。お前のこと可哀想だって思おうにも、どうせお前ラスベガス行ったらどっかのカジノにもぐり込んでスロットマシンやって百万ドルとか儲けるんだと思うと、そんな気持ちも失せちゃうんだよ。お前の方こそ俺を可哀想に思うべきなんだぜ。どこへも行けないのは俺なんだから。お前が行ってるあいだマウンテンバイク貸してくれる？」

「いいよ」とジェレミーは言った。

「望遠鏡は？」とカールは言った。

「望遠鏡は持っていく」とジェレミーは言った。

「わかった。毎日電話しろよな」とカールは言った。「メールしろよ。ラスベガスのショーガールのこと知らせろよな。ショーガールってほんとはどれくらい背が高いか、知りたいんだ。これって誰の電話番号？」

カールは手に、ジェレミーの電話ボックスの番号が書いてある紙切れを持っていた。

「俺のだ」とジェレミーは言った。「俺の電話ボックスだよ。相続したやつ」

「かけてみた？」

「いや」とジェレミーは言った。実は何度かかけていた。でもそれは遊びじゃない。カールは遊びだと思うだろう。

「いいなあ」とカールは言って、すぐさまその番号をダイヤルした。「もしもし？ ジェレミーの人生を管理してる人と話したいんですけど。ジェレミーの一番の親友のカールです」

「笑えないぜ」とジェレミーが言った。

「僕の人生、退屈なんです」とカールは受話器に言った。「なんにも相続したことないし。好きな女の子は口きいてくれないし。そっち、誰かいるんですか？ 誰か僕と話したい人います？ 誰か僕の友だちの、電話ボックスの帝王と話したい人います？ おいジェレミー、電話ボックスをお前自身から解放せよってさ」

「まだ笑えない」とジェレミーが言うと、カールは電話を切った。

ジェレミーはエリザベスに話した。二人で屋根に上がっていって、何もかも話した。ラスベガスのことだけでなく、父親のこと、巨大蜘蛛が出てこない本に父親がジェレミーを入れたことも。

「それ、読んだの?」とエリザベスは言った。

「読んでない。読ませてくれないんだ。カールに言うなよ。あいつにはさ、お袋と二人でウェディングチャペルを見に二、三か月出かけるってしか言ってないから」

「言わない」とエリザベスは言った。そして前かがみになってジェレミーにキスしたが、次の瞬間にはもうキスしていなかった。あっという間の、あっと驚く出来事だったが、二人とも屋根から落ちたりはしなかった。この物語では誰も屋根から落ちたりはしない。

「タリスがあんたのこと好きなんだって」とエリザベスが言った。「エイミーがそう言ってる。ひょっとしてあんたもタリスのこと好きなのかしらね。わかんないけど。でもいまは、なんでもいいからあんたにキスしようって思ったの。もう二度とチャンスないかもしれないし」

「もう一度していいよ」とジェレミーは言った。「タリス、たぶん僕のこと好きじゃないと思うな」

「それはないわ」とエリザベスは言った。「つまり、もう一度キスはってこと。あたし、あんたと友だちでいたいし、友だちでいるのってけっこう大変だもの。あんたとカールを見ればわかる」

「僕、カールにキスなんかしないよ」

「ははは。あんたが出かける前にサプライズ・パーティやらないとね」

「そう言われちゃもうサプライズじゃないよ」とジェレミーは言った。一度キスするだけで十分だったんだろうか。

「エイミーに言ったらもう全然サプライズじゃなくなるね」とエリザベスは言った。「聞いたらエイミーきっと、爆発して百万のかけらに分かれて、その一かけ一かけが『ねえ知ってる？　ねえ知ってる？　ジェレミー！　あたしたちあんたのためにサプライズ・パーティやるんだよ！』ってわめき出すよね。でもサプライズ・パーティだってこと話したって、まだきっと何かサプライズはあるわよ」

「僕、サプライズってあんまり好きじゃない」とジェレミーは言った。

「好きな人なんている？　いるとしたら、サプライズを喰わせる方の人だけよ。あんたのうちでパーティできる？　ハロウィーンみたいにやるといいと思うし、ここっていつもハロウィーンみたいな感じじゃない。みんなコスチューム着てきて、『図書館』の古い回とかいっぱい一緒に観てアイスクリーム食べて」

「いいよ」とジェレミーは言った。それから――「これってひどいよ！　僕が行っちゃったあとに『図書館』の新しい回やったらどうなる？　そしたら誰と観ればいいのさ？」
　これは完璧な科白だった。ジェレミーが独りぼっちで『図書館』を観るかと思うと、あまりに気の毒に思えて、エリザベスはもう一度彼にキスした。

『図書館』のどの回にも巨大蜘蛛が出てきたことはないが、あるときフォックスがものすごく小さくなって、プトレマイオス・クリルが彼女をポケットに入れて歩いたことがある。クリルのおそろしく下手な詩の下書きをうっかり読んでしまったら大変なので、フォックスはクリルのハンカチをちぎって自分を目隠しした。ところがクリルのポケットには、珍虫ツノツキアヌビスハサミムシも入っていて、殺虫処理が雑だったせいで、まだ生きていた。そのため、ハサミムシがもう少しでフォックスを食べてしまうところだったが、そうはならず、結局彼女と仲よしになった。ハサミムシはいまでも、フォックスにクリスマスカードを送ってよこす。

　ジェレミーが友人たちと共有している、何より大事な二つのこと――住んでいる場所と、図書館をめぐるテレビ番組への偏愛。ジェレミーは学校から帰ってくるとすぐテレビのスイッチを点ける。チャンネルからチャンネルへ飛びながら、『スター・トレック』や『ロー&オーダー』の再放送を観る。母親とラスベガスへ発つ前に、『図書館』の新しい回さえ観られれば。そしたら万事申し分ない。そしたら万事うまく行く。母親は「あんたテレビ観すぎよ、ジェレミー」と言うが、ジェレミーは相変わらずチャンネルからチャンネルへ飛びつづける。それから自分の部屋に上がっていって、電話をかける。

「早く新しい回やってくれないと困るんです。僕たちもうじき出かけるんです。今夜なんかいいんですけど。今夜新しい回やってたら、教えてくれますよね?」

沈黙。

「それってイエスってことだと思っていいですか? 僕に兄貴とか弟とかいれば楽なんだけど」とジェレミーは電話ボックスに言う。「もしもし? 聞いてます? 姉とか妹とかでもいいし。年じゅういい子でいるの、もう疲れちゃった。きょうだいがいれば、代わりばんこにいい子をやれるのに。兄貴がいたら、悪い子になったりムカついたりするのももっと上手くできるかもしれない。カールはムカつくのがすごく上手いんです。兄貴たちから教わったんだよね。そりゃあ、カールの兄貴たちみたいな兄貴は欲しくないけど、とにかく一人で何から何まで考えなくちゃいけないのって頭に来るんです。僕がふつうにやろうとすればするほど、父さんも母さんも僕が演技してるって思うんです。はしかみたいなもので、そのうち卒業するだろうって。ふつうなのはふつうじゃないって、二人とも思ってるんです。ふつうなんてものは存在しないって。

それに本のこともあります。万引きのこと、父さんが物を盗むっていうこと。僕の人生を盗んじゃったのもいかにも父さんらしいですよね。べつにこれって大げさな言い方じゃないです。だってほんとにそうしたんだから！　言いましたっけ、父さんが前に、フェレットが気の毒だからってペットショップから盗んだってこと？　そいつをうちのなかに放したら、なんと妊娠してたってこと？　それで、どっかの女の人が父さんをインタビューしに来て、カウチに――」

誰かが部屋のドアをノックする。「ジェレミー」と母親が言う。「カールが来てるの？いま、邪魔？」

「ううん」とジェレミーは言って、電話を切る。毎日電話ボックスに電話するのがいまではもう習慣になっている。電話をかけると、呼び出し音がさんざん鳴りつづけ、それから、誰かが受話器を取ったみたいに音が止む。向こう側には沈黙があるのみで、フォックスのふりをしてるみたいなキーキー声も聞こえない。けれどそれは、穏やかな、こっちに興味を持ってくれている沈黙だ。ジェレミーはあらゆる愚痴の種について愚痴を言い、向こう側で沈黙を保つ人はただただ聴いている。ひょっとしたら電話ボックスのなかにはフォックスが立っていて、辛抱強く聴いてくれているのかもしれない。どういうふうに変身したフォックスが聴いているのだろう。フォックスについてひとつ言えるのは、絶対に自分を憐れまないということ。そんなことしてる暇はないのだ。もしほんとにフォックスだったら、ジェレミーがぐじょぐじょ喋っている最中にガチャンと電話を切るだろう。

ジェレミーはドアを開ける。「電話かけてたんだ」と彼は言う。母親が入ってきて、ベッドの上に腰かける。母親は父親の古いネルのシャツを着ている。「で、荷造りできた？」

ジェレミーは肩をすくめる。「まあね」と彼は言う。「母さんどうして泣いたの？　父さんがバンを改造したの見たとき？　あれ、気に入らないの？」

「あの絵のせいよ」と母親は言う。「あれは父さんがあたしにくれた、初めての素敵な贈り物なのよ。ほんとはそのお金、健康保険と屋根の貼り替えと食料品に使わなきゃいけなかったのに、よりによって絵なんか買ったのよ。だからあたし怒ったわ。家出したわ。絵を持って、ホテルに部屋とって、何日か泊まってたの。ほんとは売るつもりだったんだけど、あの絵に恋しちゃったのよ。だから家に帰って、家出したことを謝った。そのうちにあんたを身ごもって、あたしいつもお腹が空いてて、誰かあたしにも綺麗なリンゴくれないかしら、この女の人が差し出してるみたいなやつ、ってよく思ったわ。父さんにそう言ったら、あの女は信用できない、あんなふうに差し出してるのは罠じゃないか、きっとリンゴを受けとろうと手を出したらあの果物ナイフで刺されるんだって言うのよ。ありゃあタフな女だから旅行中も君たちを護ってくれるさ、って父さんは言うのよ」

「僕たちどうしても行かないと駄目なの？」とジェレミーは言う。「僕がラスベガスに行ったら、何かもめ事が起きるかもしれないよ。僕、ドラッグとかギャンブルとかやり出すかもしれない」

「ジャームったら。あんたほんとに、いい子になろうと一生懸命なのね」と母親は言う。「一生懸命ふつうになろうとして。たまには母さんだってふつうになりたいのよ。ラスベガス、あたしたち二人どっちにとってもいいかも。それ、持ってく本？」

ジェレミーは肩をすくめる。「全部じゃないよ。どれを持ってって、どれを置いてったらいいか決められないんだ。どれを置いてくにしても、永久に置いていく気がするんだよ」

「そんなことないわよ」と母親は言う。「あたしたちちゃんと帰ってくるわよ。約束する。父さんと母さんとで、ちゃんと決着つけるから。もし何か必要なものを置いてっちゃったら、父さんに郵便で送ってもらえばいいわ。ラスベガスの図書館って、スロットマシンとかあるかしらね？　ヘルズベルズ・チャペルの女の人と話したんだけど、アーツ・アンド・ラヴクラフト図書館っていうのがあって、クリオが集めてたホラー小説やゴシックロマンスや『ネクロノミコン』の偽書《ぎしょ》があるんだって。秘密の回転式書棚から出入りするのよ。そこで結婚式もやるんだって。〈ドクター・フランケンシュタイン・ラヴラボ〉、〈赤死病の仮面舞踏室〉、あとあっさり〈地下室《ザ・クリプト》〉ってのもあるのよ。そうそう、それから〈吸血鬼の中庭〉、〈ブラック・ラグーン洞窟〉なんかでは月の光を浴びながら結婚できるの」
「母さん、そんなのみんな嫌いでしょ」とジェレミーは言う。
「まあ好みじゃないわね。今夜みんな、いつ来るの？」
「八時ごろ。母さんも仮装するの？」
「そんな必要ないわよ。あたしは図書館員なのよ、忘れた？」

ジェレミーの父親の書斎はガレージの上にある。建前としては、仕事中は誰も邪魔してはいけないことになっているが、実のところ父は、邪魔されることを何より好む――邪魔しに来た人間が何か食べ物を持ってくる限り。ジェレミーと母親がいなくなったら、誰が父親に食べ物を持っていくのか？ジェレミーは非情になろうと努める。

床はびっしり、ソファ貼り替え生地のサンプル集、巻き物、はぎれで埋められている。ジェレミーの父は床に、顔を下にして、両足を一巻きの生地に載せて横たわっている。これはつまり考えごとをしているということであり、かつ、腰が痛いということでもある。眠りに落ちる直前が一番頭が冴えるんだ、と父親は主張する。

「フルーツループ持ってきたよ」とジェレミーが言う。

父親はごろんと体を転がし、顔を上げる。「ありがとう」と父は言う。「いま何時だ？みんなもう来たかい？それ、お前のコスチュームか？父さんのタキシードか？」

「五時くらい。まだ誰も来てない。これ、いい？」とジェレミーは言う。彼は〈禁じられた書物〉の格好をしている。父親の上着は大きすぎるが、それでもすごく優雅な気分だ。すごく邪悪そうで。母親から口紅と羽根飾りと厚底靴も借りた。

「気がきいてる」と父親も認める。「ちょっと不気味だし」

そう言われてなんとなく嬉しいが、父親が怖がっているというより面白がっているだけだということはわかる。「ほかはみんなフォックスかプリンス・ウィングの格好してくるだろうし。カールは別だけど。あいつ、プトレマイオス・クリルになって来るんだ。ものすごく下手な詩までちゃんと書いたんだよ。明日出かける前に訊きたいことあったんだけど」

「どうぞ」と父親が言う。

「僕が出てくる小説、ほんとに捨てちゃったの？」

「いいや。縁起が悪い気がして。取っておくのも縁起悪そうだし、捨てるのも悪そうだし。どうしたらいいかわからないんだ」

ジェレミーは「捨ててなくてよかった」と言う。

「ろくでもない出来だよ、言ったとおり」と父親は言う。「だからますますひどい話なわけで。はじめはただ、巨大蜘蛛に飽きたっていうだけだった。何か笑えるやつを書いてお前に見せよう、くらいの気だった。ところが、お前に脳腫瘍があるって書いたところで、もう笑える話じゃなくなった。救ってやれると思ったんだが——なんたってこっちは作者なんだから——病気はどんどん悪くなっていった。お前はすごく反抗的になった。年じゅう家から抜け出して、母さんを殴りさえした。最高に嫌《や》な奴だった。だけど調べてみたら脳に腫瘍ができていて、そのせいで無茶苦茶なふるまいに走るってことがわかったんだ」

「もうひとつ訊いていい？」とジェレミーは言う。「父さん、物を盗むの好きでしょ？　すごく、すごく得意でしょ？」

「ああ」

「僕が頼んだら、しばらくのあいだ何も盗まないでくれる？」とジェレミーは言う。「父さんが本とか盗んでも、母さんがいないから誰もお金払わないでしょ？　僕たちがラスベガスに行ったせいで、父さんが刑務所に入ったりしたら困るからさ」

　質問したということをジェレミーが忘れてこのまま立ち去ってくれないかと願っているような顔で、父親は目を閉じる。

　ジェレミーは何も言わない。

「わかった」と父親はやっと言う。「お前たちが帰ってくるまで、万引きはやらない」

　ジェレミーの母親は家じゅう駆け回ってみんなの写真を撮っている。タリスもエリザベスもフォックスになって現われたが、タリスは死んだフォックスだ。模造毛皮の耳と尻尾は小さい透明なバッグに入れていて、剣も持ってきたがそれはキッチンの傘立てに置いていく。タリスがジェレミーの夢を見て、ジェレミーがタリスにラスベガスへ行くんだと言って以来、二人はあまり口をきいていない。ラスベガス行きについてタリスは何も言わなかった。タリスだからまったくふつうなのだけど。

カールはプトレマイオス・クリルがぴったりだ。ジェレミーの〈禁じられた書物〉の扮装にもみんな感心する。

エイミーのフェイスフル・マーガレットのコスチュームは、フェイスフル・マーガレットがテレビで着ているどの衣裳にもひけをとらない。特殊効果までついている。赤いリボン、針金、カラースプレー、卵白を使って、髪が燃えているみたいに見えるのだ。髪のなかには小さな張り子の土人間が何人もいて、みんな恐ろしい顔をしている。エイミーはジェレミーの父親とポルカを踊る。フェイスフル・マーガレットは大のポルカ好きなのだ。プリンス・ウィングの格好をしてきたのは一人もいない。

悪霊に憑かれた鶏の回をみんなで観て、塩の妻の回を観て、プリンス・ウィングとフェイスフル・マーガレットが呪いをかけられて体が入れ替わって初めてセックスする回を観る。フォックスが初めてプリンス・ウィングの命を救う回を観る。

ジェレミーの父親がみんなにチョコレート／マンゴー／エスプレッソのミルクシェーク

を作ってくれる。エリザベス以外、小説のことは誰も知らない。みんなただ、ジェレミーと母親は冒険みたいなものに出ようとしてるんだとしか思っていない。夏が終わればジェレミーも帰ってくるとみんな思っている。

「あの俳優ってみんな、どうやって探すのかなあ」とエリザベスが言う。「あれ、本物の俳優じゃないでしょ。きっとふつうの人だよね。だったらどこかにあの人たちと知りあいの人とか、いてもよさそうじゃない。誰かがネットでさ、ねえ、いまの僕の姉貴だよ！とか言ってもよさそうじゃない。あれって僕と同じ学校にいた奴で体育の時間にゲロ吐いたんだよ、とか。そうやってさ、誰かがそんなこと言うとか、『図書館』のこと何か知ってるふりするとか、一度くらいほんとにありそうなものなのに、結局いつもデマじゃない。誰かが誰か別の人間になりたがってるだけ」

「脚本書いてる男は？」とカールが言う。

タリスが「どうして男ってわかる？」と言い、エイミーが「そうよカール、なんであんたいつも、脚本書いてるのは男だって決めるわけ？」と言う。

「もしかして誰も書いてないのかも」とエリザベスが言う。「魔法の仕業とか、大気圏外から放送されてるとか。現実なのかも。だとしたらすごくない？」

「いいや」とジェレミーが言う。「だとしたらフォックスはほんとに死んだことになる。そんなの最悪だよ」

「あたしはそれでもいいな」とエリザベスは言う。「とにかく、現実だったらいいなって思うのよ。もしかしたらいつかどこかで、アーサー王とかロビン・フッドみたいにほんとにあったことで、これはそのひとつのバージョンっていうだけかも。放課後スペシャル魔法版、みたいな」

「かりに現実でないとしても」とエイミーが言う。「ところどころは現実ってこともありうるわよね。〈世界の樹〉図書館は現実だとか。じゃなきゃ『図書館』は作り話だけど、フォックスは脚本家の知りあいがモデルだとか。作家ってそういうこと年じゅうやってるじゃない？　ねえジェレミー、あんたのパパ、あたしのこと本に書くといいと思うわ。あたし、巨大蜘蛛とかに食べられてもいいよ。じゃなきゃ巨大蜘蛛とセックスして蜘蛛の赤ん坊産むとか。それってすごくいいと思うな」

やっぱりエイミーには心霊能力があるんだろうか。本人がいつまでもそのことに気づかないといいけど。ジェレミーが自分の潜在的心霊能力を試してみると、父親がリビングルームのすぐ外をうろついているのがほとんど感じられる気がする。父はそこでこの会話に耳を澄まし、ひょっとしたらメモさえ取っている。それも作家がよくやることだ。でもジェレミーには心霊能力なんかない。こっそり隠れる、うろつく、こっちが予想もしていないときに突然現われる、そういうのを父親は年じゅうやっているのだ。万引きや料理と同じで。他人が考えていることがわかる能力なんか絶対与えられませんように、とジェレミーはすべての暗き神々に祈る。そんな力は暗い道でしかない。その道の果てであなたは深夜テレビのなかに囚われ、目の前にはアルミ箔の帽子をかぶった鬱病の不眠症患者たちから成る見えない観衆が並び、彼らはみな、かつて飼っていた死んだ猫がいまこの瞬間何を考えているのか、その恐ろしい詳細をあなたが逐一語るのを一分九ドル九十九セント払って聞きたがるのだ。そんなのって最悪の未来じゃないか？　ジェレミーは火星に行きたい。エリザベスはいつもう一度キスしてくれるだろう？　二度キスして、あとは一度もしない、なんてありえない。エイミーに心を読まれるといけないので、エリザベスのこと、キスのことは考えないようにする。ふと気がつくと、さっきからタリスの胸に見とれていたことをジェレミーは悟る。そこで代わりに、エリザベスを睨みつける。エリザベスはテレビに見入っている。かたわらで、カールがジェレミーを睨みつけている。

テレビでは、フォックスが〈見えないナイトクラブ〉にいて、いまにもまた髪が火を噴きそうなフェイスフル・マーガレットと踊っている。ザ・ノーンズは「カモン・アイリーン」の絶叫版カバーを歌っている。ザ・ノーンズのレパートリーは二曲しかない。「カモン・アイリーン」と「ルール・ザ・ワールド」。彼女たちは本物の楽器を使わない。使うのはキーキーきしる犬のおもちゃ、それに魔法のかかったバスタブ。誰が、なぜ、なんのために魔法をかけたのかは誰も知らない。

「どっちか選ばなきゃいけないとしたら」とジェレミーが言う。「透明人間でいること、空を飛べること、どっちを選ぶ？」

みんながジェレミーを見る。「透明になりたいなんて思うのは変態だけよ」とエリザベスが言う。

「透明だったら裸にならなきゃ駄目だぜ」とカールが言う。「服は見えちゃうから」

「空を飛べるんなら、あったか下着着ないと駄目だよ。空は寒いから。要するに、長下着着たいか、全然下着着たくないかってことね」とエイミーが言う。

年じゅうみんなで交わしているたぐいの会話である。まだ出かけてもいないのに、ジェレミーはホームシックを感じる。

「ブラウニー作ってこようかな」とジェレミーは言う。「エリザベス、ブラウニー作るの手伝う気ある？」

「しーっ」とエリザベスは言う。「いまいいところなのよ」

テレビでは、フォックスとフェイスフル・マーガレットがいちゃついている。貞節《フェイスフル》なんていう名前、冗談なのだ。

ジェレミーの両親は一時に寝る。三時にはもうエイミーとエリザベスもカウチの上でのびている。カールはジェレミーのｉＢｏｏｋでメールをチェックしに二階へ行った。テレビでは狼たちが〈自由民　世界の樹〉図書館の四十階のツンドラをうろついている。雪が激しく降っていて、図書館員たちは暖をとるために本を燃やしているが、燃やすのは最高に退屈で説教臭いたぐいの文学だけだ。

タリスがどこへ行ったかわからないので、ジェレミーは探しに行く。そんなに遠くへは行っていない。踊り場にいて、アリス・マーズの絵が掛かっているべき空間を見ている。手には剣とビニールバッグを持っている。踊り場の脇にあるバスルームで、歌うトイレが相変わらずドイツ語で歌っている。「あの絵、持っていくんだ」とジェレミーが言う。

「僕らが出かけているあいだにうっかり火事を出して燃やしちゃうといけないから、ぜひ持ってけって父さんが言うんだ。見に行くかい？　みんなに見せようと思ったんだけど、みんないま寝てるから」

「行く」とタリスは言う。

そこでジェレミーは懐中電灯を出してきてタリスをガレージに連れていき、彼女にバンを見せる。彼女は迷わず中に乗り込んで、青い毛皮のカウチの一方に腰かける。そしてあたりを見回す。何を考えてるんだろう、とジェレミーは考える。トイレの歌が、頭のなかにひっかかっちゃってるのか。

「全部うちの父親がやったんだ」とジェレミーは言う。懐中電灯を点けて、ミラーボールを照らし出す。光がはね返って、不安げな、捉えがたい軌道を描いて散らばっていく。絵をどうやって掛けたかもジェレミーはタリスに見せる。バンのなかで、絵はまるっきり、頭の変な人間が掛けたみたいに場違いに見える。ミラーボールから光が反射しているとなおさらだ。絵のなかの女の人は、あたかもジェレミーの父親が、彼女の持つ護る力をうっかり解除してしまったみたいに、とまどって気まずそうに見える。もしかするとミラーボールは彼女にとって、スーパーマンにとってのクリプトナイトのようなものかもしれない。

「僕の夢、見たって言ったよね？」とジェレミーは言う。タリスはうなずく。「僕も君の夢見たと思うんだ。君がフォックスになった夢」

タリスは両腕を広げ、自分のコスチューム、剣、フォックスの耳と尻尾の入ったビニールのバッグをすべて差し示すしぐさをする。

「君は僕に何かやってほしいことがあったんだ」とジェレミーは言う。「僕は君を救う役割だったんだ、どうにかして」

タリスは彼を見ているだけだ。

「どうして君、全然喋らないの？」ジェレミーは言う。こういうのってすごく苛つく。前はエリザベスといて、ただの友だちで全然ふつうの感じだったのに、いまでは何もかもが奇妙で居心地悪い。前はタリスといて、居心地悪い感じが好きだったのに、いまになって急に好きじゃなくなった。セックスってこういうことなんだな。セックスのこと考えるのをやめること、とジェレミーは自分に言い聞かせる。

タリスが口を開けて、また閉じる。それから彼女は言う。「わかんない。エイミーはすごく喋るよね。あんたたちみんなよく喋るよね。誰か喋らない人間がいないといけないんだよ。聞く人間がいないと」

「そうかあ」とジェレミーは言う。「ひょっとして何か悲しい秘密があるのかなって思ったよ。昔はどもりだったとか」。でも秘密は秘密を持てない。秘密であるだけだ。

「ううん」とタリスは言う。「透明人間なのと同じだよ。喋らないのが。あたし、喋らないの好き」

「でも君、透明じゃないじゃない」とジェレミーは言う。「僕にとってはさ。カールにとってても。カールは君のことほんとに好きなんだよ。君、あいつのこと、わざとボア蛇で殴ったの?」

だがタリスは、「あんたが行かないといいのに」と言う。ミラーボールがぐるぐるぐるぐる回る。ジェレミーはなんだか車酔いみたいになってくる。体じゅう、ぱちぱち光るディスコ皮膚病にかかったみたいな気分。その感触を味わうばかりで、タリスには何とも答えない。でもそれって無礼かも。それともみんないつも喋りまくって、タリスに何を言うスペースも残さないことこそ無礼なのか。

「とにかく学校はサボれるね」とタリスはやっと言う。

「うん」ジェレミーは言う。彼はまたスペースを残すが、今度はタリスは何も言わない。

「途中、国じゅうの美術館とかに寄っていくんだ。宿題代わりにブログつけて、見たものについて書くことになってるんだ。いろいろでっち上げるつもりなんだ。だから宿題っていうより創作クラスだよ」

「通った町で、変な名前のを全部書いときなよ」とタリスが言う。「馬頭《ホースヘッド》とか。それって実在の場所だよ」

「プランタジネット」ジェレミーは言う。「それも実在の場所だよ。僕、君にしようと思ったすごく変な話があるんだ」

いつもと同じように、タリスは待つ。

ジェレミーは言う。「電話ボックスに電話したんだよ、相続したやつにさ、そしたら誰かが出て。その人フォックスみたいな声でさ、言ったんだよ。またあとでかけてくれって。それでそのあと何度かかけたんだけど、二度と出ないんだ」

「フォックスは実在の人間じゃないよ」とタリスは言う。「『図書館』ってただのテレビだよ」。でもその声は自信がなさそうだ。これが『図書館』の不思議なところだ。誰もはっきりとはわからないのだ。観る誰もが、これがただの演技でないことを願ってしまう。それが魔法であること、本物の魔法であることを。

「わかってる」ジェレミーは言う。

「フォックスが実在したらいいのにね」とフォックス－タリスは言う。

二人は長いことバンのなかに座っている。もしカールが彼らのことを探して見つからなかったら、二人でいちゃついてるんだと思うにちがいない。ジェレミーのことを殺そうとするだろう。あるときカールは、うっかり彼の靴に小便をかけた子供を絞め殺そうとした。だったらタリスにキスした方がいい。そう思って、彼女はまだ剣を握っているけれど、ジェレミーはタリスにキスする。タリスは剣で彼を殴りはしない。あたりは暗く、ジェレミーは目を閉じているから、彼はほとんど、これはエリザベスにキスしてるんだ、と想像することができる。

カールはジェレミーのベッドで寝入ってしまった。タリスは一階にいて、図書館員たちがユーフォリアを飲みすぎて〈お話アワー〉の廃止を決める回を早回ししている。〈お話アワー〉の習慣をやめるというだけでなく、その一時間《アワー》そのものを捨ててしまうのだ。エイミーとエリザベスはまだカウチの上で寝入っている。エイミーが眠っているのを見るのは変な感じだ。眠っているあいだは何も喋らないから。

カールはいびきをかいている。ジェレミーとしては屋根に上がって星を見てもいいところだが、望遠鏡はもう荷造りしてしまった。エリザベスを起こして一緒に屋根に上がってもいいが、タリスが一階にいる。タリスと二人で屋根へ座りに行ってもいいが、屋根でタリスにキスしたくはない。屋根ではエリザベスにしかキスしないこと、とジェレミーは厳《おごそ》かに誓う。

電話機を手に取る。電話ボックスに電話して、カールを起こさない程度にちょっとだけ愚痴を言おうか。電話代を知ったら父親はヒステリーを起こすだろう。何回もの、ネヴァダへの長距離電話。いまは午前四時。ジェレミーは全然眠らずにいるつもりでいる。友だちはみんな根性なしだ。

　電話がさんざんさんざん鳴った末に誰かが出る。向こう側から、聞き覚えのある沈黙。

「みんな来たけど寝ちゃったんです」とジェレミーはひそひそ声で言う。「だからひそひそ声で喋ってるんです。みんな、僕が行っちゃうことだってどうでもいいんだと思うんです。それに僕、足が痛いんです。みんな、〈禁じられた書物〉の格好するって言ったでしょ？　厚底靴って履きづらいんです。カールの奴、僕がわざとやってるんだ、いつも以上にあいつより背が高くなろうとしてるんだって思ってるんです。それに僕、口紅つけてること忘れちゃってタリスにキスしたからタリスの顔じゅうに口紅つけちゃった。みんな眠っててよかったです、じゃないと誰かに見られただろうから。うちの父親、僕と母親が出かけているあいだは絶対万引きしないって言うんだけど、信用できません。それにあの模造毛皮の生地って、どんどん抜けちゃって――」

「ジェレミー」と、あの妙に聞き慣れた、心地よく錆びた感じの、ドアの蝶番《ちょうつがい》みたいな声が静かに言う。「黙んなさい、ジェレミー。あんたの助けが必要なの」

「わぉ！」とジェレミーは、ひそひそ声ではなく言う。「わぉ、わぉ、わぉ！　フォックスなの？　ほんとにフォックス？　これって冗談？　あんた実在するの？　あんた死んでるの？　僕の電話ボックスで何してるの？」

「わかってるでしょ、あたしが誰か」とフォックスは言い、本当にフォックスなんだとジェレミーは心の底から知る。「あんたにやってほしいことがあるのよ」

「なあに？」とジェレミーは言う。ベッドの上でカールが、眠ったまま、ジェレミーが何かやると考えただけでおかしいみたいにははと笑う。「何すればいいの？」

「本を三冊盗んでほしいの」とフォックスは言う。「アイオワっていう場所にある図書館から」

「アイオワくらい知ってるよ」とジェレミーは言う。「いやその、行ったことはないけど、それって実在の場所だよね。行こうと思えば行けるよ」

「なんていう本を盗んでほしいか言うわよ」フォックスが言う。「著者、書名、宝石的《ジュエリー・フェ》祝祭番号《スティバル・ナンバー》――」

「デューイ十進法《デシマル》だよ」とジェレミーは言う。「実在の図書館ではデューイ十進法番号《デシマル・ナンバー》って言うんだよ」

「実在」とフォックスが、愉快そうに言う。「あたしが言うこと全部書きとるのよ、図書館に行く道順もね。その三冊を盗んで、あたしのところに届けてほしいのよ。とても大事なことなの」

「それって危険なの？」とジェレミーは言う。「〈禁じられた書物〉が何かたくらんでるの？〈禁じられた書物〉も実在するの？　盗もうとしてつかまったら？」

「あんたにとっては危険じゃないわ」とフォックスが言う。「とにかくつかまらなきゃいいのよ。『図書館』のある回で、あたしがミツバチの巣箱を持ってるお婆さんで、トウィードル司教がフェイスフル・マーガレットとサー・ペトロネッラ二世の結婚予告を読み上げてる最中にあたしが司教の入れ歯を盗んだこと、覚えてる？　司教が気づきもしなかったこと、覚えてる？」

「その回、観たことないなあ」とジェレミーは言うが、彼の知る限り『図書館』は一回も見逃していないはずだ。サー・ペトロネッラなんて聞いたこともない。

「あ、そう」とフォックスは言う。「もしかしたら、これから放送される回のフラッシュバックかも。すごく面白い回なのよ。あたしたちあんたが頼りなのよ、ジェレミー。本、絶対に盗んできてよ。恐ろしい秘密が書いてあるの。書名は声に出しては言えないの。代わりに綴りを言うからね」

というわけでジェレミーは紙を持ってきて、フォックスが書名の綴りを二度ずつ言う（それらの書名をここに書くことはできない。考えすらしないのが身のためな本もあるのだ）。「ひとつ訊いていい？」とジェレミーは言う。「これって誰かに話してもいいの？　エイミーには言わないけど。カールやエリザベスはどうかな？　タリスは？　母さんに話していい？　いまカール起こしたら、ちょっと話してやってくれる？」

「そんなに時間ないのよ」とフォックスは言う。「もう行かなくちゃ。誰にも言わないでちょうだい。ごめんね、ジェレミー」

「相手は〈禁じられた書物〉たちなの？」とジェレミーはもう一度言う。厚底靴以外はまだ着たままのコスチューム見たら、フォックスはどう思うだろう？「友だちを信用しちゃいけないってこと？でももうずっと前から友だちなんだよ！」

フォックスが何か音を立てる。痛みに彩られた、ドスンというような音。

「どうしたの？　大丈夫？」

「もう行かないと」とフォックスは言う。「このことは誰にも知ってもらっちゃ困るのよ。この番号、誰にも知らせないでね。あんたの電話ボックスのこと、誰にも言わないでね。あたしのことも。約束してくれる、ジャーム？」

「僕をジャームと呼ばないって約束してくれたらね」とジェレミーは言うが、そう言いながらもなんだかすごく間抜けなことを言っている気になる。「僕、そう呼ばれると頭に来るんだ。どうせならマーズって呼んでよ」

「マーズ」とフォックスが言うと、それはエキゾチックで、未知で、勇敢に聞こえる。まるでジェレミーがたったいま新しい人物になったかのように。惑星にちなんで名づけられた、女の子たちにキスしてフォックスと話をするたぐいの人間になったかのように。

「僕、いままで一度も物を盗んだことないよ」とジェレミーは言う。

だがフォックスはすでに電話を切っている。


もしかしたら世の中には、さよならを言うのが好きな人間もいるのかもしれない。でもそれはジェレミーの知っている人物ではない。いま彼の友だちは、みんなむすっと不機嫌で目も赤い。といっても泣いていたわけではない。単なる寝不足。テレビの見過ぎ。タリスの口の周りにはまだ少し赤い汚れが残っていて、みんなこれほど疲れていなかったらそれがジェレミーの口紅だと気づくだろう。カールがジェレミーに、二十五セント貨、十セント貨、五セント貨、一セント貨を一握り渡す。「スロットマシンに」とカールは言う。「もし勝ったら、三分の一はお前のものにしていいからさ」

「半分」とジェレミーは反射的に言う。

「わかった」とカールは言う。「どっちにしろお前の親父のソファに落ちてたやつだからさ。あと、もうひとつだけ。背のびるの、やめろよな。出かけてるあいだは背のびるなよ。じゃあな」。彼はジェレミーをぎゅっと抱擁《ハグ》する。あまりきつくハグされたので、ほとんどまたパンチを浴びたみたいな感じがする。タリスがこいつにボア蛇を投げつけたのも無理はない。

タリスとエリザベスの二人もジェレミーにさよならのハグをする。ミラーボールの下で一緒に座ってキスしたりしたいま、タリスはなおいっそう謎めいて見える。あとになって、タリスが剣を青い毛皮のカウチの下に置いていったことをジェレミーは発見し、わざと残していったんだろうかと思案することになる。

タリスは何も言わず、エイミーはもちろん黙らない。ジェレミーにキスするときでさえ黙らない。キスしている最中も喋りつづける人間にキスされるのはなんだか変な感じだが、それでも、エイミーにキスされることはべつに驚きではない。あとでエイミー、タリス、エリザベス三人で情報を交換しあうのだろうか。

エリザベスが言う。「あんたが行ってるあいだ『図書館』は全部録画しておくから、帰ってきたら一緒に観られるよ。新しい回やってたら、そっちが何時だろうとラスベガスに電話するからね」

エリザベスの髪はくしゃくしゃで、息はかすかに臭う。君すごく綺麗だよって言えたら、とジェレミーは思う。「下手な詩書いて、送るよ」と彼は言う。

家から出たり入ったりして忘れ物がないことを確かめているジェレミーの母親は、恐ろしいくらい陽気に見える。彼女は長い自動車旅行が大好きなのだ。自分と息子が、人生をまるごと捨てようとしていることもまったく気にしていない。彼女はジェレミーに、地図がぎっしり入ったフォルダを渡す。「道に迷わないようにするのはあんたの責任よ」と母親は言う。「これどっか、なくならないところに置いといて」

ジェレミーは言う。「ネットでさ、行ってみたい図書館のサイト見たんだ。アイオワにあるの。建物の正面の壁にトウモロコシのモザイク画があって、裸の女神とか男の神とかいっぱいトウモロコシ畑で踊ってるの。その絵を降ろさせようとしてる人がいるんだって。まずそれ見に行っていい？」

「いいわよ」と母親は言う。

ジェレミーの父親は買物袋いっぱいにサンドイッチを詰めてくれた。髪はだらんと垂れ、いつにも増して斧を使う殺人鬼みたいに見える。もしこれが映画だったら、母と息子、間一髪脱出というところだろう。「母さんのこと、気をつけてやるんだぞ」と父親はジェレミーに言う。

「うん」ジェレミーは言う。「父さんも気をつけてね」

父親の体が力なく垂れる。「お前も気をつけてな」。これでおしまい。みんなそれぞれ気をつけること。だったらみんな家にいて、おたがい気をつけてやればいいじゃないか、ジェレミーが大学に上がるまで？「サンドイッチ、キッチンにもう一袋あるんだ」と父親は言う。「取ってこないと」

「待って」とジェレミーが言う。「行く前に訊いときたいことがあるんだ。かりにさ、僕が何か盗んだとして。つまりさ、もちろんべつに盗む必要なんかないし、盗むなんて父さんがやるのだって悪いってことはわかってるし、とにかく僕、盗む必要もないのに盗んだりはしない。でもかりに盗んだとしたら？　父さん、どうやって盗むの？　どうやったら盗んでもつかまらずに済むの？」

　父親は肩をすくめる。たぶん、ジェレミーが本当に自分の息子かどうか思案しているのだろう。万引き犯やマネーロンダラーやチャチな犯罪者の長い系譜から、その突然変異体的な、指の異様に長い、両手利きの手をゴードン・マーズは受け継いだ。親族たちはみな、ジェレミーの父親のことをひどく恥じている。才能があったのに、むざむざそれを捨てて作家なぞになったのだ。「わからないな」と父親は言う。彼はジェレミーの手を取り、ジェレミーの手首の先に何かが垂れていることをいままで一度も気づいていなかったかのように、まじまじと見る。「ただ単にやるのさ。べつになんにもやってないようなふりして、ただやるのさ。何かほかのことを考えて、それをやってるってことを忘れてるうちにやるのさ」

「べつにさ、何か盗む計画があるってわけじゃないよ」とジェレミーは手を引っ込めながら言う。「ただなんとなく興味あっただけ」

　父親が彼の顔を見る。「気をつけるんだぞ」と父はもう一度、いかにも本気そうに言ってジェレミーをきつくハグする。

　それから父はサンドイッチを取りに行く（それはものすごい量のサンドイッチであり、ジェレミーと母親は最初の三日間ずっとサンドイッチを食べるが、それでも半分はやむなく捨てることになる）。みんなが手を振る。ジェレミーと母親がバンに乗り込む。母親がCDプレーヤーのスイッチを入れる。ボブ・ディランが猿のことを歌っている。母親はボブ・ディランが大好きなのだ。車は走り去る。

時おり、大好きな番組のコマーシャルの最中にあなたの親友が電話してきて、ボーイフレンドのことを話したがる。電話を切ろうとすると、彼女は泣き出し、あなたはなんとか元気づけようとして、結局番組の後半を見逃してしまう。それで翌日仕事に行ったとき、何があったのか隣の同僚に教えてもらわないといけない。本のいいところはそこだ。どこまで読んだか、しるしをはさんでおけばいい。でもこれは本じゃない。テレビ番組だ。

『図書館』のある回で、思春期の少年が母親と一緒に車で国を横断する。あるとき、タイヤを交換する必要が生じる。少年は母親のハンドバッグからいろんな物を取り出してまた元に戻す練習をする。コンビニでコカコーラの十六オンスボトルを盗んで、別のコンビニに置いてくる。少年と母親はあちこちの図書館に立ち寄る。少年はブログをつけるが、アイオワの図書館のことは書かない。いま何を読んでいるかをブログに書くが、アイオワで盗んだ本は読まない。読むなとフォックスにも言われたし、母親から隠しておかないといけないのだ。まあ、何ページか読みはする。ざっと斜め読み。三冊とも、青い毛皮のカウチの下に隠しておく。二人でユタへキャンプに行って、少年は望遠鏡を組み立てる。流れ星を三つと、コヨーテを一匹目撃する。〈禁じられた書物〉みたいに見える人間には一人も会わないが、インディアナのレストエリアで、女装した男が女性用トイレに入っていくのは見かける。ラスベガスのすぐ外の電話ボックスには二度電話するが、全然誰も出ない。父親とは短い会話を交わす。父さんは何をやってるんだろう、と少年は考える。フォックスと三冊の本のことを父さんに話せたら、と少年は思う。母親はテントのなかでオレオビスケット大の巨大蜘蛛に出くわす。母はヒステリックに笑い出す。彼女はデジタルカメラで蜘蛛の写真を撮り、その写真を少年がブログに載せる。少年は時おり質問をし、母親は自分の両親について語る。一度、母親は泣く。少年は何と言ったらいいかわからない。二人は『図書館』のそれぞれお気に入りの回のことや、大嫌いな回のことを語りあい、フォックスは本当に死んだと思うかと母親は少年に訊く。死んでないと思う、と少年は答える。

あるとき、二人でバンのなかで寝ていると男が侵入してこようとする。が、結局男は去っていく。果物ナイフの女性の絵が護ってくれているのか。

でもその回はあなたも観たことがあるはず。

五月五日、メキシコの戦勝記念日。もうほぼ夜七時で、陽が沈みかけている。ジェレミーと母親は砂漠にいてラスベガスは前方のどこかにある。対向車とすれ違うたび、運転している人物が大儲けしたのか大損したのかをジェレミーは推理しようとする。ここでは何もかもが平べったく、なんとなく傾いているが、ずっと遠くの方だけは、誰かが地図を畳みはじめたみたいに土地が一気に高くなる。このへんのどこかがグランドキャニオンだ。初めて見たときはみんなさぞびっくりしたにちがいない。

ジェレミーの母親は言う。「これってどうしても最初にやらないといけないの？　あんたの電話ボックス探し、あと回しにできないの？」

「いまやらせてくれる？」とジェレミーは言う。「やるってブログに書いちゃったし。探求の旅みたいなものでさ、とにかくやり遂げないと」

「わかった」と母親は言う。「どっかこのへんにあるはずよね」。高速の降り口から七キロということになっていて、ここがその降り口である。

電話ボックスを見つけるのは難しくない。周りにはほとんど何もない。見つかった瞬間、興奮すべきなのだろうが、はっきり言ってジェレミーはがっかりする。いままでいろんな電話ボックスを見てきたけれど、何か違うものをここには期待していたのだ。まずは何より、ジェレミーは車で道路を走ることに疲れているし、道路にも疲れているし、ただとにかくひたすら疲れている。フォックスがどこかそのへんにいないかとあたりを見てみるが、遠くの方にハイカーが一人見えるだけ。まだ子供だ。

「オーケー、ジャーム」と母親が言う。「さっさと済ませてよね」

「バックパック、うしろから出さないと」とジェレミーは言う。

「あたしも行こうか？」

「ううん。これって僕一人のことだから」

母親は笑いをこらえているみたいな顔をしている。「とにかく急いでね。あたし、トイレ行きたいから」

電話ボックスにたどり着くと、ジェレミーはうしろをふり返る。バンのライトが点いている。母親はラジオに合わせて歌っているらしい。ひどい声である。

電話ボックスの中に入ってみても、魔法めいたところは何もない。動物が棲んでいたみたいな、饐《す》えた匂いがする。窓は薄汚れている。ジェレミーは盗んだ本をバックパックから取り出し、誰かが電話帳を盗んでいった小さな棚に置く。そして彼は待つ。フォックスが電話してくるかもしれない。彼女が電話してくるまで、ここで待っていないといけないのかもしれない。でも電話はかかってこない。ジェレミーは寂しい。このことを話せる人間は一人もいない。なんだか自分が馬鹿みたいに思えるが、と同時にちょっぴり誇らしくもある。ちゃんとやり遂げたのだから。母親と一緒に車で国を横断して、架空の人物を救ったのだから。

「どうだった、あんたの電話ボックス？」と母親が言う。

「よかったよ！」とジェレミーは言い、二人はまた黙る。ラスベガスは前方にあり、じきに周りじゅうラスベガスになって、ピンボールマシンのなかにいるみたいに何もかもがピカピカ光っている。木はみんなニセモノに見える。ドクター・スースを読みすぎた人間が思いついたみたいに。大勢の人が歩道を行き来している。ふつうに見える人もいる。異常者たちの仮装舞踏会から逃げてきたばかりみたいな人もいる。あの人たち、あんなにびっくりしたみたいな、あんなに変てこな顔してるのは大儲けしたからだといいけどな、とジェレミーは思う。それともみんな吸血鬼なのか。

「左」とジェレミーは母親に言う。「ここを左だよ。横断歩道に吸血鬼いるから気をつけて。それからまたすぐ次を右」。いままで四回、ジェレミーはバンを運転させてもらった。ユタで一回、サウスダコタで二回、ペンシルヴェニアで一回。バンは使用済みのバーガー包装紙と模造毛皮の匂いがする。ジェレミーはもう慣れたけれど、慣れたって好きなわけじゃない。何晩か前から、絵のなかの女の人は苦しそうな顔をしている。ミラーボールからは鏡のかけらがいくつか剝げ落ちた。ジェレミーが朝のうちに何度も頭をぶつけたせいだ。ジェレミーも母親も、もう三日シャワーを浴びていない。

道路から入った、長い私道の奥、二人の目の前にウェディングチャペルが現われる。**ヘルズ・ベルズ**と書いたネオンサインが紫色に光っている。錬鉄の柵があって、庭一面に生えた木々からサルオガセモドキが垂れている。木々の下は墓石と、ミニチュアの霊廟《れいびょう》。

「あれって本物だと思う？」と母親が言う。なんだか少し不安げな声。

「ハリー・イースト、近年に没」とジェレミーが読み上げる。「いや、違うと思う」

私道に霊柩車が一台駐まっていて、うしろに小さな金属の銘板がついている。**過日埋葬さる結婚す**。チャペルはヴィクトリア朝風の建物で、鐘楼《しょうろう》がついている。コウモリがたくさんいそうだ。じゃなきゃ巨大蜘蛛が。ジェレミーの父親ならここをすごく気に入るだろう。母親は大嫌いだろう。

ドアの開いたチャペルの玄関に、誰か男の人が立っていて、こっちを見ている。ところが、ジェレミーと母親がバンから出てくると、男は回れ右して中に入り、ドアを閉める。

「気をつけるのよ」と母親は言う。「きっと、煮えた油を電子レンジに入れに行ったのよ」

毅然とした様子で、母親は玄関の呼び鈴を押す。リンと鳴る代わりに、カラスの声の録音が聞こえる。カア、カア、カア。ヴィクトリア朝風の建物の明かりがいっせいに消える。それから、また点く。ドアがパッと開いて、ジェレミーはいちおう用心のためバックパックのストラップを握り締める。「ごきげんよう、マダム。ごきげんよう、坊ちゃん」と一人の男が言い、ジェレミーははるかはるか上を見上げる。男はすごく背が高く、外を見るにも頭を下げないといけない。手はオーブントースターみたいに大きい。足はチワワの棺桶を履いているみたいだ。いかにも本物に見えるボルトが一本ずつ、頭の両側から突き出ている。緑のパンケーキ・メーキャップで化粧していて、アイシャドーもぎらぎら光る緑、睫毛は人工芝みたいに長くて太くて緑。「こんなに早くいらっしゃるとは思いませんでした」

「先に電話すべきでしたね」とジェレミーの母親が言う。「申し訳ありません」

「いいコスチュームですね」とジェレミーが言う。

フランケンシュタインは陰気に下唇をねじ曲げる。「ありがとう」と彼は言う。「ミス・シングとお呼びください」

「僕、ジェレミー」ジェレミーは言う。「こっちは母親です」

「またご冗談を」ミス・シングは言う。そのウィンクさえも陰気だ。「からかわないでください。とてもお母さまというお歳じゃないでしょう」

「そっちこそご冗談ばっかり」ジェレミーの母親が言う。

「さあさあ早く、二人とも」誰かがヘルズ・ベルズの中からどなる。「そこで立ってでじゃべってるあいだにも、あぐまがライオンみたいにうろづいて、入るズキをねらってるんです。一日中そこにづっ立って、奴にドアを開げておいてやる気ですか？」

そう言われてみんなは中に入る。「やっど来たのですか、ジェレミー・マースズ？」とその声は言う。「地球から火星に、地球から火星に。マースズズ、ジェレミー・マースズズ、電話が来てますよ、ジェレミー・マースズに。ごの十分で三べん電話じでぎましたよ、ジェレミー・マースズズズ」

フォックスだ。もちろんフォックスだ！　電話ボックスにいるのだ。本は受け取った、ジェレミーのおかげで救われるべきものは救われた、と知らせようとしているのだ。ミス・シングと母親がバンの方へ戻っていくなか、ジェレミーはズズだらけの声の方へ歩いていく。

蜘蛛の糸がはりめぐらされ、ぽたぽたと蠟が滴《したた》る蠟燭立てが並ぶ部屋を通り抜けていく。木のついたての陰で誰かがオルガンを弾いている。ジェレミーは廊下を歩いて、長い階段をのぼっていく。手すりには小さな顔がたくさん彫ってある。フクロウ、キツネ、醜い人間の子供。声はなおも喋りつづける。「ぞうぞう、ジェレミー、二階ですよ、ぞうぞう、さあごっち、入りなざい、ざあ！　ぞっちじゃない、ごっち、ごっち！　暗いのは気にしないで、私たち暗いのがずぎなんですよ、足下に気をづけて」。ジェレミーは片手を前に突き出す。何かが手に触れ、カチッと鳴って、目の前の本棚がゆっくり滑るように退いていく。部屋は三倍の広さになり、本棚の数も増え、黒眼鏡をかけた若い女の人がいて、カウチに座っている。片手にはメガホンを持ち、片手には電話。「あなたにでずよ、ジェレミー・マースス」と女の人は言う。こんなに青白い顔の人を見るのは初めてだし、犬歯はものすごく尖っているので、喋ると音がやたらに濁る。メガホンを通すとその濁りは邪悪に響いたが、いまは単に苛ついているみたいに聞こえる。

彼女はジェレミーに電話を渡す。「もしもし？」とジェレミーは言う。目は吸血鬼からそらさない。

「ジェレミー！」とエリザベスが言う。「やってるわよ、やってるのよ！　はじまったばっかり！　みんな一緒にここにいるのよ。みんないるわ。あんたの携帯、どうしたの？　何べんもかけたのに」

「母さんがザイオンのビジターセンターに忘れてきちゃったんだ」とジェレミーは言う。

「まあいいわ、つかまったんだから。あたしたちあんたのブログ見て、もうベガスの近くだろうって思ったのよ。絶対間に合う気がしたってエイミーが言ってるわ。エイミーにせっつかれてあたしたち何度も電話したのよ。そのまま待ってて、ジェレミー。みんなで一緒に観れるわよね、ね？　待ってて」

カールが受話器をつかむ。「ヘイ、ジャーム。絵葉書全然来なかったぞ」とカールは言う。「どうしたんだお前、字の書き方忘れたか？　ちょっと待て。お前に何か言いたい人がいるから」。それからカールはゲラゲラ笑って誰かに電話を渡すが、その人物は何も言わない。

「タリス？」とジェレミーは言う。

タリスじゃないのかもしれない。またエリザベスなのかもしれない。自分の口がエリザベスの耳のすぐそばにあるんだとジェレミーは思う。あるいはタリスの耳の。

カウチの吸血鬼はすでにチャンネルを動かしはじめている。ジェレミーは彼女からリモコンを奪い取りたいが、吸血鬼から物を奪い取るのは得策ではない。母親とミス・シングが階段を上がって部屋に入ってきて、突然部屋は人でいっぱいになる、まるでカールとエイミーとエリザベスとタリスまで部屋に入ってきたみたいに。受話器を握るジェレミーの手が汗ばんでくる。ミス・シングはジェレミーの母親の絵を、絵がいまにも逃げ出しそうなみたいにしっかり抱えている。ジェレミーの母親は疲れて見える。この三日間、母は髪を左右、長くて太いおさげに編んでいる。ジェレミーの目に母はいつもより若く見える。簡単に国を横断してきただけでなく、時間を逆向きに旅してきたみたいだ。母親はジェレミーに笑みを見せる。めまいを感じているような、疲れた笑み。ジェレミーも笑みを返す。

「『図書館』ですか?」とミス・シングが言う。「新しい回、やってるんですか?」

ジェレミーはカウチの上、吸血鬼の隣に腰を下ろす。受話器は耳にくっつけたままだ。腕がくたびれてきた。

「僕、ここにいるよ」とジェレミーは、タリスだかエリザベスだか、電話の向こうにいるのが誰であれその人物に言う。「僕、ここにいるよ」。それから彼は座って、何も言わずに、ほかのみんなとともに、吸血鬼がチャンネルを見つけるのを待つ。みんなで一緒に見届けるのだ、ジェレミーはフォックスを救ったのか、フォックスは生きているのか、フォックスはまだ生きているのか。

# しばしの沈黙

# *Lull*

悪魔は切れた電池が二本入った懐中電灯を
持っている。

会話にしばしの沈黙が訪れた。俺たちは地下室で、緑のフェルトのテーブルを囲んで座っていた。みんな片手に生ぬるい缶ビールを、もう一方の手にカードを持っていた。誰も大した手は来ちゃいない。顔を見あわせれば一目瞭然だった。

俺たちは疲れていた。うまい話なんか何もないのに顔を見あわせると、ますますぐったりした。誰もすごい秘密なんか持ってやしない。

みんなで会うのは久しぶりだったが、誰ひとり前よりいい方に変わっちゃいないことは明らかだった。俺たちは仕事にあぶれてるか、嫌な仕事から抜け出せずにいるかのどっちかだった。俺たちは浮気をしていたが、俺たちの女房はそのことを知っていながらどうでもいいと思っていた。何人かはたがいの女房と寝ていた。いろんなことがおかしくなってしまっていて、誰を責めたらいいのかもよくわからなかった。

俺たちはさっきから、前にではなくうしろに進むものの話をしていた。前とうしろへ、同時に進むものとか。タイムトラベラー。俺たちみたいにドツボにはまってない連中。終わりからはじまりに進む映画も最近あったし、そのうちジェフが、歌詞が全部回文になっている歌をステレオでかけた。息子がどこかで見つけてきたのだ。ジェフの息子のスタンは、俺たちの若いころよりずっとクールだ。スタンの奴いつもいろんなもの持って帰ってくるんだ、とジェフは言った。これ絶対聴きなよ、とか、ねえこれかけてみなよ、このバンドすごいよ、とか言うんだ。

パーティをやるときに、ほかの子供たちの分までドラッグを調達してくるのもスタンだった。そのことを、俺たちは気にしないよう努めていた。俺たちはみんな子供たちを信用していた。子供たちも俺たちのことを信用してくれて、俺たちのことをそんなに恥じてないといいなと俺たちは思っていた。俺たちはクールじゃない。好かれれば嬉しい。好かれれば十分だ。

スタンはとにかくすごくクールで、時おり俺たちの──つまり友だちの親（親の友だち）の──面倒まで見てくれた。けれどそれでも俺たちは、子供たちの引出しを点検したり、マットレスの下を覗いたりした。子供たちのハロウィーンの袋からお菓子を取るのと、そんなに変わらない。子供たちがまだ小さくて、俺たちより早く寝たころに、俺たちはそういうことをやったのだ。

でもスタンはもうドラッグなんかやっちゃいない。ほかの子供たちも、ドラッグなんて誰もやってない。みんないまは音楽に熱中している。

この音楽はCDじゃ手に入らない。それもポイントのひとつなのだ。カセットでしか聴けない。一方の面をかけて、それから裏面をかけると、曲は全部うしろ向きにプレーされていて、歌詞は行ったり来たり、無限に長いループを描く。ラ・アラ・ハ・ラル。ドゥ、オー、オー、ドゥ・ユー、オー・ドゥ、オー、ワナ？

ボーンズは本気で気に入っていた。「ドゥ・ユー、ドゥ・ユー・ワナ・ダンス・ユー・ドゥ、ユー・ドゥ」とボーンズは言い、あははと笑って椅子をうしろに傾けた。「蛇《スネーキー》みたいな杖《ケーンズ》。フラ・ブーラ」

誰かがダウンタウンにある、まずデザートを注文してそのあとに食事を注文するレストランの話をした。

「俺、降りた」とエドが言って、カードをテーブルに投げ出した。

エドはゲームを自作するのが得意だった。人から金をもらってゲームを作っていた。まだみんなで毎週一晩ポーカーをやっていたころ、エドはいつも俺たちに新しいゲームを教えていた。テレビ番組とか、自分の見た夢とかが元になったゲームだ。

「何か新しいことやろうぜ。いまから五十二枚、残らず配るからな、それを全部元に戻すんだ。札を出して、おたがいの手を見ていくんだよ。低い方の札を切るんだ。それから手を取り替える。うん、それがいいかも。あと何か入れないとな、ワイルドカードとか、でも何がワイルドカードかは最後の最後までわからない。スピーディにやらなくちゃいけない、止まって考えたりしちゃいけない。とにかく俺の言うとおりにやってみろよ」

「なんて名前にするか？」とエドはさらに言った。質問というより、俺たちの方からそう訊いたみたいな言い方だけど、そんなこと誰も訊いちゃいない。エドはカードをシャッフルしていた。俺たちに取られてしまうとでも思ってるみたいに、胸元でシャッフルしていた。「ＤＮＡハンド。わかる？」

「下らねえ」とジェフが言った。ここはジェフの家の地下室で、ポーカーテーブルもビールもジェフのだからそういうことが言えるのだ。エドの奴がこんなに明るい顔をしてるのは間違ってる、そうジェフが思っていることは確かだった。自分の立場というものをエドはわきまえているべきだ、そうジェフは思っている。それともエドの奴、教わらないと自分の立場もわからないのか。エドの新しい立場。エドがなんとかなってるように見えて、俺たちの大半はホッとしていた。もしなんとかなっているように見えなかったとしても、それはそれでいい。俺たちはわかってやれる。俺たちもみんな、いろいろつらい目に遭ってきてるから。

みんなでそんなことを黙って考えてると、テープが逆に回り出して、もう一度最初から音楽がはじまる。

キャッチーな音楽。一晩じゅう聴いていられる。

「さあ、みんなで一緒に呪文唱えて、悪魔を呼び出すんだ」とボーンズが言う。「前からずっとやってみたかったんだ」

ボーンズはさっきから酔っ払っている。髪の毛がぴんと立って、顔はギラギラ赤く光っている。太った顔には間の抜けた笑みが浮かんでいる。俺たちはボーンズを無視する。ボーンズもそれで気にしない。ボーンズの女房も奴と同じで、騒々しくて、役に立たない。俺たちが心底嫌になるのは、二人の子供がものすごく性格が良くて、頭もいい、愉快な、最高の子供たちだってことだ。訳がわからない。奴らにあんないい子供たちがいる資格なんかない。

新しい住みかは見つかったか、とブレナーがエドに訊く。イエス。

「ハイウェイをテキサコのところで降りた、果樹園のなか。誰かが自分で道路を作って、道路の上に家を建てたのさ。まるっきり、もろにど真ん中に。なんて言うか、家をしょって道路歩いてきて、疲れたからそこにどさっと降ろしました、みたいな」

「あんまりいい風水《ふうすい》じゃないな」とピートが言う。

ピートはその手の本を読んだことがあるのだ。女をナンパするにもピートにはちゃんと理論があって、俺たち相手に年じゅうそいつを講釈している。昼休みにバーンズ&ノーブルに行って、家やら室内装飾やらの本が並んでる棚の前をうろついて、建築の本なんかをパラパラめくる。ピートに言わせると、こうするといかにも頭がよさそうで、同時にちょうどいい度合に家庭的に見えるそうだ。家の写真を見てる男って女にとってセクシーなんだよ、そうピートは言う。

それで実際ピートはうまくやってるのか、俺たちは訊いたことがない。

反面、ピートが年じゅう女房から、屋根にのぼって雨樋《あまどい》の詰まりを取れ、屋根板を貼り直せ、穴を埋めろ、ペンキを塗れ、等々せっつかれてることを俺たちは知ってる。ピートはいまひとつやる気が出ずにいる。空想の家はセクシー。現実の家は仕事だ。

でもピートは、ポタリー・バーンに行って鏡を買って、玄関を入ってすぐのところに掛けはした。そうしないと悪い霊が階段をかけのぼってベッドルームに入ってくるからさ、と奴は言った。一度入られると、追い出すのは厄介なんだよ。

鏡がどう働くかというと、悪い霊が入ってこようとして、鏡を見て、この家にはもう悪魔がいるんだと思う、というのだ。だから帰っていく。悪魔はどんな人間の姿をしているかわからない。セールスマン、モルモン教徒、芝刈り職人、下手をすれば自分の家族。だから鏡が要る。

エドが言う、「まず建ってる場所からして不気味なんだけどさ。次に不気味なのが家自体。建築家の集団がいっせいに発狂して、二軒の違った家をノコギリで半分ずつに切ってからまた縫いあわせたって感じでさ。カーサ・デル・グッゲンスタイン。表の半分はすごく古くて、築百年とかで、うしろの半分はアルミの外壁なんだ」

「じゃあ売り値も安かったろうな」とジェフが言った。

「ああ」とエドは言った。「それとさ、やたらとドアがあるんだ。表にひとつ、裏にひとつ、両横にひとつずつ、ちょうど外壁がアルミに変わるところにひょろっと長い不気味なドアがあるのさ、バスケの選手用に作ったみたいなやつが。じゃなきゃエイリアンとか」

「じゃなきゃヤシの木とか」

「ああ」とエドは言った。「そうな。ヤシの木ね。で、あともうひとつ、ドアの退化したみたいのがメインベッドルームにあってさ。向こうにクローゼットかバスルームがあるとか、そういうんじゃないんだ。開けるとそこには何もない。階段も、バルコニーもない、何の意味もない。ターザンのドアだよ。木のなかのターザン・ドア。開けたらフクロウでも飛び込んできそうで。じゃなきゃコウモリとか。前の住人はそのドアの鍵をかけっ放しにしてた。夢遊病が怖かったんだな」

「すごいな」とブレナーが言った。「夜中に起きてトイレに行こうと思ったら、もろ家の外に小便できるわけだ」

ブレナーは最後の一本のビールを開けて、コショウをふりかける。ブレナーはコショウに目がない。アイスクリームにもかける。ピートが言うには、あるときパーティでブレナーの寝室に迷い込んでベッドサイド・テーブルの引出しを覗いてみたら、コンドームの箱とコショウひきがあったんだそうだ。ブレナーの寝室なんかで何してたんだよ、と訊くと、ピートは片目をつぶって、指を一本口に当て、ジッパーを閉める真似をした。

ブレナーは尖った山羊ひげを短く生やしている。人によっては間が抜けて見えそうなひげだが、ブレナーには割と似合ってる。コショウの話は間抜けっぽいかもしれないけど、ジェフでさえそのことでブレナーをからかったりはしない。

「俺、その家覚えてる」とアリバイが言う。

俺たちが奴をアリバイと呼ぶのは、女房が年じゅう、奴の動向をチェックしに電話をかけてくるからだ。じゃあアレックはこないだの夜あんたたちとビリヤードしてたわけね、とか女房が言い、ああそうだともグローリア、と俺たちは答える。厄介なのは、時たま、アリバイが女房に言ったのは全然違う話で、女房は単に俺たちを試してるだけって場合もあることだ。でもそれは俺たちの問題じゃないし、俺たちのせいでもない。女房もそのことで俺たちを責めたりはしないし、それはアリバイ本人も同じだ。

「子供のころ、夜中にあそこの果樹園に行って戦争ごっこやったよ。腐ったリンゴを投げつけて相手をやっつけるんだ。そこにクジャクがいてさ。お前、あの果樹園の家買ったわけ？」

「ああ」とエドが言った。「果樹園はどうにかしないとな。リンゴがばんばん木から落ちて、地面で腐る。クジャクがそれを食べて酔っ払う。酔ったスズメバチもいるし。行ってみるとさ、スズメバチがぶんぶん、輪を描いて飛び回っててさ、クジャクが空中でパクッとつかまえるんだ。スズメバチのリキュール漬けオードブル。何もかも腐りかけたリンゴの匂いがする。俺なんか一晩じゅう、虫の喰ったリンゴ食べる夢見てさ」

一瞬俺たちは、エドが夢の話をするんじゃないかと恐れる。他人の夢の話を聞かされるほどうんざりなことはない。

「で、なんでクジャクなんかいるわけ？」とボーンズが言う。

「長い話でさ」とエドが言う。

てなわけでその家の玄関前の道は私道なわけでさ、ハイウェイ降りてその道に入って、くねくね進んでくとじき家につき当たる。そのうち俺、車で帰ってきてうっかりリビングルームに駐車しちまいそうだね。

**立入禁止**と書いた大きな看板がある。でもみんな構わずハイウェイから入ってくる。道に迷ったか、ピクニックの場所を探してるのか、それとも道端に車を停めてファックできる場所を探してるのか。車の音が聞こえてくる前に、まずクジャクの声が聞こえる。元々それが狙いだった。この家を建てた男は、掛け値なしの隠者、世捨て人だったわけで。その男について、町の連中はあることないことさんざん噂した。確かなことは何もわからなかった。男は誰にも打ちあけなかった。

クジャクは誰かが家に近づいてきたらわかるようにするためだった。車が見えもしないうちから、ギャアギャアわめき出す。で、家の裏口から外に出ると、道路がそのまま果樹園をつき抜けていて、門があって、それを抜けるとまたハイウェイに戻る。で、この男、隠者は、車を二台持ってた。その当時は車二台持ってる奴なんかいやしない。でもこいつは、一台を家の前に駐めて、もう一台を裏に駐めて、どっちからでも誰か来たらすぐ反対側に行って、来た奴が家にたどり着く前に車で逃げられるようにしてたんだ。

食べ物とかは、食料品店と取り決めをしていた。二週間に一度、店から小僧が配達に来る。郵便も小僧が届けることになってたけど、郵便なんか一通も来なかった。

二台の車の窓は真っ黒に塗ってあった。中から外が見えるように、小さな円だけ残して。外からは全然見えない。でもどうやら、夜中にそんな車を乗り回してたらしい。あいつを見たぜ、と町の連中は言った。ていうか、見えなかったぜ、って。そりゃそうだよな。

不動産屋が聞いたところでは、一度だけ隠者が、どうしても医者に行くしかなくなったことがあった。腫瘍か何かができたんだ。医者の診察室に現われた隠者は、長い黒いベールを垂らした女物の帽子をかぶって、顔を見えなくしていた。診察室で服は脱いだけど、帽子は脱がなかった。

ある晩、家の半分が崩れた。花火か稲妻みたいな光が、果樹園の方から立ちのぼるのを町じゅうの人間が見た。大きな爆発が起きたみたいに、何か巨大なものが光に包まれて空にのぼってくのを見た、と言い張る連中もいた。だけど音はしなかった、光だけだった、と彼らは言った。翌日、みんなで果樹園に行ってみた。隠者が待ち構えていた——ベールをかぶって。表側から見ると、家はどこもおかしなところはなかった。でも何かに火が点いたんだってことはわかった。オゾンみたいに、匂いでわかった。

雷が落ちたんだと隠者は言った。隠者は自分で家を建て直した。材木から何から、全部配達させて。子供たちがこっそり果樹園の木に登って、仕事するところを盗み見たらしいけど、仕事をしてる最中も帽子とベールはかぶったままだった。

隠者はもうずっと前に死んだ。クジャクどもがギャアギャアわめいて家の窓から出入りしているのを見て、何かあったんだと食料品店の小僧は悟った。

というわけでクジャクたちはいまも果樹園や家の軒下にいて、エドがうっかり窓を開けすぎたりすると家に入ってきてそこらじゅう汚しまくった。先週、キツネが一匹、クジャクを追いかけて家に入ってきた。あんなに大きくて根性の悪い相手をキツネが追い回すなんて意外だ。クジャクたちは本当に根性が悪い。

エドはそのとき一階でテレビを観ていた。

「クジャクが入ってくるのは聞こえたんだ」とエドは言う。「それから、ドサッ、バシッ、って椅子が倒れるみたいな音がしてさ、見に行ったら、血の筋がポタポタ、床から窓までのぼってるわけさ。ちょうどキツネが外に出ていくところで、口にクジャクをくわえて、羽根がどっさり窓の下に垂れてて。まるっきりスーザンの絵みたいでさ」

エドの妻スーザンは、一時期、美術の講習を受けていた。あなたには才能があります、と教師はスーザンに言った。ブレナーがモデルに起用され、俺たちの子供も何人かモデルになったけど、スーザンが描く大半は弟のアンドルーの肖像画だった。アンドルーはその二年くらい前から、スーザンとエドと一緒に暮らすようになっていた。これはエドにはつらいことだったけど、エドは絶対に文句を言わなかった。スーザンが弟を愛してることはエドも承知していた。彼女の弟がいろんな問題を抱えてることも承知していた。

アンドルーは仕事をしても長続きしなかった。リハビリ施設から出たり入ったりをくり返して、出ているときは俺たちの子供たちとつるんでいた。子供たちはアンドルーのことをクールだと思ってた。俺たちがアンドルーのことをうとましく思えば思うほど、子供たちはますますアンドルーとつるんだ。もしかしたら俺たちは、アンドルーに少しばかり嫉妬してたのかもしれない。

ジェフの息子スタンはアンドルーと大の仲よしだった。アンドルーを見つけて病院に電話したのもスタンだった。スーザンは何も言わなかったけど、ひょっとするとすべてはスタンのせいだと思ってたかもしれない。スタンがアンドルーにいろいろ調達してやってることはみんな知ってた。

もうひとつ、誰も言わなかったこと——アンドルーがああなったのは、長い目で見れば子供たちにとってもよかったんだということ。

そのもろもろの、スーザンの描いた絵だけど、これがなかなか不気味だった。スーザンの絵のなかの人々は誰一人居心地よさそうに見えなかったし、スーザンは手を描くのが下手だった。絵にはいつもいろんな動物が出てきて、みんな撃ち殺されたか内臓をえぐり取られたかしたみたいに見えたし、死んでいるように見えないときはまるっきり狂犬病にかかってるみたいに見えた。これでは人間についてだって不安になってくるというものだ。

スーザンはそういう絵を、しばらくのあいだは自宅の壁に掛けていたが、どれも見ていて気持ちの和む絵じゃなかった。絵がある部屋ではテレビを観ることもできなかった。しかもアンドルーは、ソファの、自分の肖像画のすぐ下に座る癖があった。テレビの上にも別の肖像画が掛かっている。アンドルー三人はいくらなんでも多すぎた。

あるときポーカーの晩に、エドがアンドルーを連れてきた。アンドルーはしばらく座ったまま何も言わなかったが、そのうちに、一階からもっとビールを持ってくると言って席を立ったきり戻ってこなかった。三日後、エドの車が橋の下に駐めてあるのをハイウェイパトロールが見つけた。その二日後にスタンとアンドルーが帰ってきて、アンドルーはリハビリ施設に戻った。スーザンは見舞いに行くときにはスタンを連れていって、スケッチブックも持っていった。スタンが言うには、アンドルーがそこに座って、スーザンがアンドルーをスケッチして、誰も一言も喋らないということだった。

講習が終わったあと、アンドルーがまだリハビリ施設に入っているころ、スーザンは俺たち全員を、先生のアトリエでのパーティに招待した。俺たちが覚えてるのは、ピートが酔っ払って先生を口説こうとしたことだ。先生はいかにも頭の切れそうな、大きなイヤリングを耳から垂らした女で、俺たちはちょっと驚いた。ピートが女房の目の前でそんな真似をしたことも驚きだったが、俺たちはみんな、先生が描いたもろもろの絵をついさっきまで見ていたのだ。鹿やら鳥やら牛やらが、内臓が飛び出してギラギラ光る目玉が凍りついた姿で食卓やソファから垂れ下がっている。まあでもこれで、どうしてスーザンがあんな絵を描くのかは納得した。

アンドルーを描いた絵をスーザンはみんなどうしたんだろう、と俺たちは考えている。

「犬を飼おうかなと思って」とエドが言った。

「よせよせ」と俺たちは言う。「犬を飼うってのは大きな責任だぞ」。それは俺たちが子供たちに向けて何年も言ってきた科白だ。

カセットの音楽がループを描く。これではじまりに戻ってきた。俺たちはじっとそれを聴いた。まだ当分聴いているだろう。

「俺の前にその家を借りてた奴だけどさ」とエドは言った。「なんか変なことに凝ってて。マンダラとか五芒星《ごぼうせい》とか、そこらじゅうの床や壁に描いてあって。格安だったのもそのおかげなんだ。壁紙を剝がしたりペンキを塗り直したり、なんて貸す方も面倒だからな。そいつはある日あっさり出てって、家具もゴッソリ持っていった。トラックに積めるだけ積んで、いなくなったんだ」

「じゃあ家具はなかったのか？」とピートが言った。「食卓とか椅子とかスーザンが用意してくれたのか？　ベッドは？　お前、寝袋で寝てるの？　ソーセージとか、缶詰から直接食ってるわけ？」

「フトンがある」とエドは言った。「仕事机もしつらえたし、テレビなんかもある。果樹園に行けば、火鉢を使ってグリルもできる。お前らいっぺん来いよ。俺いま、新しいテレビゲーム作ってるんだ。幽霊屋敷のゲームだよ。いまそういうのすごい流行りなんだ。だからあの家はすごく有難いわけでさ。家じゅうにネタがあるから。今度の週末、どうだ？　ハンバーグ焼いてやるからさ、お前らは家でぶらぶらして涼しいとこでビールでも飲みながらゲームのテストやってくれよ。バグ見つけてくれよ」

「バグってかならずあるんだよな」とジェフが言った。意地悪そうにニタニタ笑っている。

飲んでるときのジェフはあんまりいい性格じゃない。「人生ってのはそういうもんだ。じゃ、子供たちも連れていこうか？　女房連は？　これって家族ぐるみの集まりか？　エリーがお前のこと、元気かってさ。あいつが山に籠《こも》ってるのは知ってるよな、こないだ山のなかから電話してきたんだ。前世がどうのこうのって話、えんえん聞かされたよ。どうやらあいつ、前世は中古車のセールスマンだったらしい。今回の人生で俺と結婚したのはさ、その業《カルマ》の見返りなんだって。あさって帰ってくる。一緒にどうだい、ひょっとしてエリーがお前の相手見つけてくれるかもしれないし。せっかく自由の身になったんだから、せいぜい活用しなくちゃ」

「うん、そうだな」とエドは言って、肩をすくめる。ジェフがいい加減に黙らないかとエドが思ってるのが俺たちにはわかるが、ジェフには通じない。

ジェフは言う、「こないだ食料品店でスーザンに会ったよ。すごく元気そうだったね。やっと悲しみが癒えたってだけじゃない、なんとか日々を過ごしてるってだけじゃない、もうなんて言うか、見るからに輝いてるのさ、な？　こう、特別な光が出てるみたいで。ジャンヌ・ダルクみたいに。何か悟りを開いたみたいに。宝くじでも当たったみたいに」

「うん、そうだな」とエドは言う。「スーザンはそういう人間だよ。過去に生きない。新しい仕事も見つけたんだ、研究プロジェクトの。エイリアンと接触しようっていう研究。道具には普通の製品を使う。パラボラアンテナ、携帯電話、カーラジオ、冷蔵庫まで使うんだ。どうやって使うかはよく知らない。接触して、なんて言うつもりかもよく知らない。でもすごい額の助成金もらっててさ。スピーチライターまで一人雇ったんだぜ」

「エイリアンに何を言うのかな」とブレナーが言う。「ハイ、ハニー、ただいま。晩ご飯はなんだい？」

「君のアパートに行く？　それとも僕のアパート？」とピートが言う。「君みたいに素敵なエイリアンがこんな銀河で何してる？」

「どこ行ってたの？　すごく心配してたのよ」とアリバイが言う。

ジェフがカードを一枚手にとり、横向きにして緑のフェルトの上に立てる。もう一枚手にとって、一枚目に立てかける。ジェフは言う、「お前とスーザン、いつもすごくいい感じだったよな。完璧な結婚、完璧な人生、みたいな。それがいまはどうだ。スーザンはエイリアンと話してるし、お前はお化け屋敷に住んでる。お前こそ俺たちみんなのお手本だよ、エド。お前みたいないい奴でも、不運が続いて、スーザンもお前みたいにイケてる男を捨てて出ていく。これって教訓はなんなんだ？　俺もこの一年ずっと考えてたのさ。お前もエリーも、きっとその前世とかで同じ中古車販売店に勤めてたんじゃないかね」

誰も何も言わない。エドも何も言わないが、奴がジェフを見る目つきからして、その幽霊屋敷のゲームにはジェフに歩き方も喋り方もよく似たキャラクターがいることが俺たちにはわかる。そのジェフ・キャラクターはきっと、パニックを起こして画面上を走り回り、迷子になるのだ。

そして地雷を踏んづけたり、ナイフの刃先に倒れ込んだりする。内臓がズルズル出てくる。ゾンビたちに脚の骨を割られて髄をチュウチュウ吸われる。猿の顔をした小さな悪魔どもに開けたままの瞼《まぶた》をしっかり縫いつけられて、目に酸の小便を引っかけられる。

美しい女たちが、漫画のジェフの尻に園芸用のハサミを突っ込む。で、このキャラクターが悲鳴を上げると、それはまるっきりジェフが悲鳴を上げたみたいに聞こえるのだ。エドはそういうディテールが上手い。エドのゲームを買う子供たちはディテールが好きなのだ。そういうところに目をつけてエドのゲームを買うのだ。

ジェフはたぶん、まんざらでもなく思うだろう。

スタンの電話代のことをジェフは愚痴り出す。携帯の請求が四百ドルだぜ、で、なんなんだよこれって訊いたら、何も言わずに二十ドル札の束を突き出すんだ。スタンの奴、いつだってたっぷり持ってるんだよな。

スタンはジェフに、ある電話番号も教えてくれた。テレフォンセックスみたいのなんだけど、それともちょっと違うんだ、とスタンはジェフに言った。電話をかけて、スターライトっていう女の子を呼び出すと、セクシーな話をしてくれるんだけど、こっちが希望すればべつにセクシーな話じゃなくてもいい。どんな話でもいいんだ。こういうタイプの話をしてくれって言うと、その場で一から作ってくれる。スタンが言うには、スティーヴン

・キングとSFと『千夜一夜物語』と『ペントハウス・レターズ』を全部合わせたみたいなやつらしい。

エドがジェフの話をさえぎる。「番号、いまわかるか？」

「え？」とジェフが言う。

「こないだのゲームの金が入ったばかりでさ」とエドは言う。「赤ん坊の頭と蛸のセクシー娘と火星人のコンバット・ホッケーのやつ。その番号、かけてみようぜ。俺が払うから。スピーカーで声出して、みんなで聞くのさ。俺のおごりだよ。なんてったって俺さまは最高にいい奴だからさ」

なんか全然つまんなそうだな、とボーンズが言う。たぶんそう言われてジェフはその気になったのだろう、席を立って、番号を書いた請求書と、ビール六缶パックをもうひとつ持って戻ってきた。俺たちはみんなもう一缶ビールを手にとる。

ジェフがステレオの音量を下げて――

マダム・アイム・アダム

オー・マダム・マイ・アダム

――電話をテーブルの真ん中に置く。緑が広がるただなかに、島か何かみたいに電話は居座る。孤島に置き去りにされたみたいに。ジェフがスピーカーのスイッチを入れる。

「一分四ドルだぞ」とジェフは言って、肩をすくめ、番号をダイヤルする。

「さあ、こっちへよこせよ」とエドが言う。

呼び出し音が鳴って、俺たちは耳を澄ます。呼び出し音に代わって、女の声が聞こえる。すごく感じのいい声が、もしもし、と言って、十八歳以上の方ですかとエドに訊く。はい、とエドは答えて、クレジットカードの番号を女に伝える。誰かをご指名なさいますか、と女は訊く。

「スターライトを」とエドは言う。

「少しお待ちください」と女は言う。カチッという音がして、スターライトが出る。向こうが自分でそう言うのだ。「ハイ、あたしスターライト。あなたにセクシーなお話してあげる。あたしが何着てるか知りたい？」

エドはううとうなる。肩をすくめる。俺たちに向かって顔をしかめる。エドには散髪が必要だ。前はスーザンに切ってもらっていて、そういうのってキュートだとみんな思っていた。エドとアンドルーは二人ともまったく同じ、左右不揃いの髪型をしていた。並ぶとけっこう笑えた。

「君のこと、スーザンって呼んでもいい？」とエドは言った。

変な頼みだ、と俺たちは思う。

スターライトは言う、「どうしてもそうしたいんだったらいいけど、あたしの名前ほんとにスターライトなのよ。それってセクシーだと思わない？」

子供の声だ。小さな、娘とさえ言えない、子供の声。スーザンとは全然似てない。離婚して以来、俺たちはスーザンをあまり見かけないが、スーザンはときどき俺たちの家に電話してきて俺たちの女房と話す。女房たちにスーザンが何を話してるのか、俺たちはちょっと心配している。

「うん、そうだね」とエドは言う。礼儀上そう言っているだけだと俺たちはわかるが、スターライトの方は、エドが何かジョークでも言ったみたいにあははと笑う。小さな子供があははと笑うのをこの部屋で聞くのは、なんか不気味だ。

エドは言う、「じゃあ君、俺にお話してくれるの？」

スターライトは言う、「そのためにあたしここにいるのよ。でもたいていみんな、あたしが何着てるか知りたがるけど」

エドは言う、「チアリーダーと悪魔の話が聞きたい」

ボーンズが言う、「で、何着てるんだ？」

ピートが言う、「終わりからはじまりに進む話がいい」

ジェフが言う、「何か怖いもの入れろよ」

アリバイが言う、「セクシー」

ブレナーが言う、「善と悪と真《まこと》の愛をめぐる物語であって、かつ笑える物語がいい。喋る動物とかはお断り。語りの構造は凝りすぎないように。結末はハッピーエンドであるべきだが同時にリアリスティックで信憑性《しんぴょうせい》がないといけない。教訓にまとめるのはよくないが、あとで思い返してアッそうだったのかと啓示が訪れるのが望ましい。そして突然目が覚めてすべては夢でしたっていうのもナシ。わかった？」

スターライトは言う、「オーケー。悪魔とチアリーダーね。わかった。オーケー」

悪魔とチアリーダー

というわけで悪魔はチアリーダーの家のパーティに来ている。みんなで〈スピン・ザ・ボトル〉をして遊んでいる。チアリーダーのボーイフレンドがたったいま彼女の一番の親友とクローゼットから出てきたところだ。さっきチアリーダーは、ボーイフレンドをひっぱたいてやりたい気分になったが、どうしてそんな気になったかがこれでわかった。ボトルが彼女の一番の親友を指していて、親友は黙って肩をすくめてニッコリ彼女を見た。それからボトルが回って、止まると、ボトルは彼女のボーイフレンドの手に握られていた。

それから、いきなり調理タイマーが鳴り出した。みんなクスクス笑って、立ち上がってクローゼットの方へ、全員なかに入ろうとするみたいに寄っていった。けれどそこで悪魔が立ち上がって、チアリーダーの手を握り、彼女の体を前後に揺すった。

これで彼女は、何があったのか、これから何が起きるのかがすっかりわかった。ほかにもいくつかのことがわかった。

彼女が逆戻りを好きなのはこういうところだ。まずいろんな答えからスタートして、そのうち誰かが現われて質問を出す。でもべつに答えなくたって構わない。もうその箇所はすでに通過しているのだ。結婚のいいところもそこだ。物事はどんどんよくなっていって、ついには、おたがいのことをもうほとんど知らない地点に行きつく。それから、お休みなさい、と言って、デートに出かけ、そのあとはただの友だちになる。その方が簡単だ。それがこの逆戻り世界の素敵なところなのだ。

一秒だけ、一秒だけ前に戻ろう。

何かが起きた。いましがた何かが起きたのだ。でも誰もそれについて何も言わなかった。少なくともこういうパーティでは。もうそのころは。

一晩じゅうみんな、酒を飲んでいた。ただし悪魔は別だ。悪魔は禁酒主義者だ。携帯用のフラスクからウォッカを飲むふりをしていただけ。パーティに来ている誰もがいまや酔っ払っていて、悪魔のことも、いい奴だとみんな思っている。もう少し経てば、酒も醒めるだろう。そうしたらみんな悪魔のことを、格好つけた嫌な奴だと思うだろう。携帯用フラスクからあんなふうに空気を飲むなんて、と思うだろう。

ビールの空壜がどっさりあって、ウィスキーの空壜も何本かある。見たところ、なすべき仕事はまだたっぷり残っている。彼らはビール壜のうちの一本を使っている。それをグルグル回している。もう少し経てば、壜はビールでいっぱいになって、みんなこんな馬鹿なゲームもしなくてよくなるだろう。

悪魔をパーティに呼んだのはあたしじゃない、とチアリーダーは考える。これはどうしても呼ばなきゃいけないタイプの男じゃない。たぶん呼ばれなくても勝手に来るのだ。だがいま、彼女は五分前から悪魔と一緒にクローゼットのなかにいる。チアリーダーのボーイフレンドとしてはいまひとつ面白くないが、どうしようもない。これはそういうたぐいのパーティなのだ。彼女はそういうたぐいのチアリーダーなのだ。

彼らはかつてよりずっと若い。こういうパーティでは、みんな前はもっと年上だった。特に悪魔は。はるか世界の終わりまで悪魔は覚えている。チアリーダーはそのころチアリーダーじゃなかった。結婚していて、子供がいて夫がいた。

何かが起ころうとしている。もしかするともうすでに起きたのかもしれない。誰もそれについて何も言わない。もし言えたら、なんと言うだろう？

でもあのころの、世界の終わり期パーティは本当にクレイジーだった。みんなさんざん酒を飲んで、何も着ていなかった。リビングルームに、衣服の山がもの悲しく積まれていた。何かが起きたかのように、何かが起きて人々が服のなかからそっくり消えてしまったかのように。一方、服の持ち主たちは裏庭に出て、家に帰る時間が来るのを待っていた。トランポリンに乗って、跳びはねて、叫び声を上げた。

エキストラバージンのオリーブオイルが一壜あって、いずれは誰かが中身を補充して食器室の棚に戻しに行かないといけない。つるつるしてつかまえにくい裸の中年の人々がトランポリンの上でずるずる滑っていて、油でべたべたの芝生があって、やがては、オリーブオイル一壜、一本の木に生ったオリーブ、一本の木、果樹園、空っぽの野原、それしか残らないだろう。

悪魔は居心地悪そうにそこらへんに立っていて、来るのが遅すぎたのならいいが、と思っているだろう。

子供たちは寝室に上がっていて、ベッドから出て窓の外を眺めながら、自分がもっと歳をとっていたときを思い出しているだろう。まあそんなにすごく歳をとっていたことはないけれど。

だがいま、世界はもっと若い。物事はもっと単純だ。いまチアリーダーには自分の両親がいて、彼女はただ、両親が家に帰ってくるのを待っていればいい。そうしたらこのパーティも終わる。

二日前に葬式があった。何もかもみんなが言った通りだった。

それから、いろんな用事があって、応対すべき人々がいた。彼女は忙しかった。彼女は叔母さんと叔父さんを抱きしめて別れを告げ、今後一生を過ごす家のなかに入っていった。箱の中身をすべて空けた。救世軍が両親の服や家具や鍋釜を届けにきて、ほかの人たち（両親の友人たち）に手伝ってもらって母親の服を母のクローゼット（このクローゼットではない）に吊した。母親の服を手のなかで丸めて、好奇心と飢えと怖さを感じながら匂いを嗅いだ。

イニシャル入りの母親のセーターの匂いを思い出しながら、少し経ったらいろんなことについて母と言い争うことになるだろうと彼女は予感する。男の子、音楽、服について。もっと経ったら、そういうことにも興味がなくなるだろう。

もし彼女の子供たちがまだここにいたら、だから言ったじゃないか、と彼らは言うだろう。かつて彼らが事実言ったのは――まあ見てなよ、ママもいまに自分の親を持つようになるんだから。そしたらわかるさ。

チアリーダーは自分の腹をさする。赤ちゃん、いるの？

見慣れない使い古された家具を彼女は動かし、床に刻まれた古い溝に合わせる。誰かの尻の形がクッションに残っている。父親のお気に入りの椅子だろうか。

彼女は父親のレコードを漁ってみた。電蓄でレコードがかかっている。聞いたこともない音楽。彼女はそれをターンテーブルから外し、空っぽの白い袋に戻した。死亡証明書を彼女はしげしげと眺めた。孫たちのことを両親にどう言おうかと考えた。両親はどういうことを知りたがるだろう。

彼女のお気に入りの曲が、たったいまラジオでかかった。ラジオでこの歌がかかるのもこれが最後だ。何年も何年も前、彼女は自分の結婚式であの歌に合わせて踊った。そしていま、もうその歌もなく、それを聴いたときに感じた気分が残っているだけ。ときどき、いまも同じ気分になったが、それを言い表わす言葉はもうなかった。

そして今夜、あと何時間かすると自動車事故があって、それから両親が帰ってくるだろう。そのころにはもう、友だちはみんな立ち去っていることだろう――ビールの六缶パックを手に、ボーイフレンドを連れて、塗り立てのヘアスプレーや口紅を身にまとって。

私は母親にちょっと似ている、と彼女は思う。

みんながやって来る前、まだ一階がめちゃくちゃに散らかっていて、警察が来て用件を伝えていく前、彼女は両親のバスルームに立っていた。鏡を見ていた。

ゴミ箱から口紅を拾い上げた。オレンジっぽい赤で、お気に入りなのだろう、根元に小さな半月が残っているだけ。が、鏡に映った自分の姿を見ると、何か変だった。それは彼女の姿ではなかった。胸骨に片手を当ててぎゅっと押すと、心臓の鼓動がどんどん速まるのがわかった。母親がどこかの死体安置所でストレッチャーの上に横たわっているというのに、母の口紅をつけたりなんてできない。母は体を縫いあわせてもらうのを待っている、服を縫い戻してもらうのを待っている、息をするのを、目が覚めるのを、中央分離帯の向こう側の自動車が横滑りするのを見るのを待っている。夫を、いつの日か結婚することになる男を目にするのを、家に帰って娘と顔を合わせるのを母は待っている。

死んだばかりの人間はみんな疲れはてている。とにかく吸収すべきことがあまりに多く、元通りにすべきこともあまりにたくさんあるのだ。死んだばかりの人間は、行く手に全人生が控えている。

チアリーダーの一番の親友が彼女にウィンクを送ってよこす。悪魔は切れた電池が二本入った懐中電灯を持っている。彼らがクローゼットに入ると誰かが扉を閉める。

まもなく、じきに、もうすでにいま、悪魔の懐中電灯の電池は古くて弱っていて、クローゼットの扉の下に細い光の線が一本見えるだけ。クローゼットのなかは狭苦しく、靴の匂い、ペンキの匂い、ウール、煙草、テニスラケット、香水や汗の幽霊の匂いがする。クローゼットの外で、世界はだんだん若返っているけれど、このなかは古い物を何もかもしまっておく場所だ。チアリーダーも先週、ここに何もかも入れた。

生涯の大半、彼女は吐き気を感じてきた。タイムトラベルは苦手なのだ。すぐ時間に酔ってしまう。なんだかまるで、いつもつねにほんの少し妊娠しているみたいな感じ。赤ちゃん、いるの？　そしてこのなかは特によくない。自分の物じゃない古い物がいっぱいあって、おまけに悪魔がしじゅう時間を悪戯《いたずら》しているのだ。

悪魔にとって、ここはすごく居心地がいい。チアリーダーと一緒にコートを集めて山にし、その上に彼女と向きあって腰かける。明るい、安定した懐中電灯の光を悪魔はチアリーダーに当てる。彼女は短い、裾が広がったスカートをはいている。膝が上がっていて、スカートもテントのように持ち上がっている。テントは影に満ちていて、それはクローゼットも同じ。悪魔はもう一人の悪魔ともう一人のチアリーダーを招《よ》び出す。どちらもネズミの大きさで、チアリーダーのスカートの下に座っている。クローゼットは何人もの悪魔とチアリーダーであふれている。

「何かにつかまってないと駄目なの」とチアリーダーは言う。何かにつかまっていれば、吐かずに済むかもしれない。

「勘弁してくれよ」と悪魔は言う。「くすぐったいよ。くすぐられるのは苦手なんだ」

チアリーダーは体を前に傾けている。悪魔の尻尾をつかんでいる。それから、ポンポンで悪魔の尻尾に触《さわ》っている。悪魔はぶるっと震える。

「やめてくれって」と彼は言って、くすくす笑う。

悪魔の尻尾は両脚の下にたくし込まれている。暑くもないのに悪魔は汗をかいている。悪魔は悲しい気分だ。悲しみは苦手である。懐中電灯を点けたり切ったりする。ここが膝。ここが口。ここが垂れた、空っぽの袖。誰かがクローゼットの扉をノックする。

「あっち行って」とチアリーダーは言う。「まだ五分経ってないでしょ。まだ全然よ」

彼女が自分に、長年の友だち同士みたいに笑顔を送っているのが悪魔にはわかる。「あんたの尻尾。触ってもいい？」

「何を触るって？」と悪魔は言う。少しばかりの興奮と、不安を悪魔は感じている。彼はもっと落ち着いてしかるべき歳であり、かつ、このクローゼットのなかでは、そわそわしてしまうくらい初々しい歳でもある。これはちょっとした賭けだ。だいぶ飼い慣らされてきたとはいえ、娘たち（女たち）はまだ家庭向けの動物とは言いがたいのだから。家に住むことにもだいぶ慣れてきて、嚙みつくことも少なくなったけれど。

「もう触ってもいい、あんたの尻尾？」とチアリーダーは言う。

「駄目！」と悪魔は言う。

「僕は内気なんだよ」と悪魔は言う。「もう少し経ったら、ポンポンで撫でるくらいはいいけど」

「いちゃついてもいいのよ」とチアリーダーは言う。「これってそういうことやるゲームなんでしょ？　あたしとにかく、何か気を紛らせてくれるものが必要なのよ、余計なこと考えちゃうから。考えると、すごく悲しくなるのよ。あたし、だんだん若くなってるのよ、ね？　これからもどんどん若くなるんだわ。そんなの不公平よ」

彼女は両の足先をクローゼットの扉に当てる。一度、ラバみたいに蹴り上げる。

彼女は言う、「だって、あんた悪魔でしょ。若くなるとかそういうこと心配しなくていいんでしょ。あと何千年かしたら振り出しに戻って、もう一度神様と仲よくするんでしょ？」

悪魔は肩をすくめる。その物語の結末はみんな知っている。

チアリーダーは言う、「その昔話はみんな知ってるわ。あんた有名なのよ。ジョン・ウィルクス・ブースみたいに。歴史上の存在なのよね、いずれすごく重要な存在になるのよね。人類に光をもたらした者。お洒落なレストランなんか行っても、いいテーブルに案内されて、天使とかボーイ長とかがみんなで歌かなんか歌ってくれて、ラララ、ハレルヤとか永遠に歌って、すみませんけどヴィシソワーズを取っていただけますかとか言って、そうしてじきに神様が世界を元に戻して、いろんなかけらをここみたいなクローゼットに片付けるのよね」

悪魔は得意げにニタニタ笑う。そして肩をすくめる。悪くない、チアリーダーたちとクローゼットにこもって暮らすのは。ますますよくなってきている。

　チアリーダーは言う、「そんなの不公平よ。あたし神様にだって言ってやるわよ、もし神様がここにいたらね。神様は星を空から外して、海の怪獣を巨大な風呂桶の底から引っぱり出して、あんたはディナーに海の怪獣を生で食べるのよね。そのときあたしはどこにいるわけ？　あんたはそこにいるのよね。あんたはいつだっているのよ。だけどあたし、あたしはどんどん若くなって、もうあと何年かしたら全然あたしじゃなくなって、あたしの両親も若くなって云々かんぬん、じきにパッ！　って一瞬の光みたいにみんないいなくなって、あんたはあたしのことなんか覚えてもいなくなるのよ。誰もあたしのことを覚えていなくなるのよ！　あたしであったすべてのもの、あたしがやったことすべて、あたしが言った愉快なことすべて、あたしの友だちがあたしに言い返したこと、みんな消えてしまうのよ。なのにあんたは、はじまりのはじまりまで戻っていくのよ。あんたはうしろに戻ったり前に進んだり、好き勝手に動く。不公平よ。あんた、その気になればあたしのこと覚えてるくらいできるでしょ。あたしが何をやったらあんた、覚えていてくれる？」

「僕らがこのクローゼットにいる限り、僕は君を覚えている」と悪魔は言う。悪魔はすごく寛大な気分でいる。

「でもあと何分かしたら」とチアリーダーは言う。「クローゼットからまた外に出て、ボトルがくるくる回って、そのうちにパーティも終わって、あたしの両親が帰ってきて、誰もあたしのこと覚えていなくなるのよ」

「じゃあ僕にお話をしてくれよ」と悪魔は言う。そして尖った、毛むくじゃらの前足で彼女の脚に触れる。「君のこと覚えていられるように、お話をしてくれよ」

「どんな話？」とチアリーダーは言う。

「怖い話がいい」と悪魔は言う。「笑えて、怖くて、悲しくて、ハッピーな話。何もかも揃ってるのがいい」。そう言いながら、自分の尻尾がひょいひょい振れているのがわかる。

「何もかもなんて無理よ」とチアリーダーは言って、彼の前足を手にとり、クローゼットの床に戻す。「お話のなかだって、何もかもなんて無理よ。欲しいお話全部なんて無理よ」

「わかってる」と悪魔は言う。情けない声。「それでも欲しいんだ。いろんなものが欲しいんだよ。それが僕の務めなんだ。もうすでに持ってるものまで欲しいんだよ。君が持ってるものはすべて欲しい。存在しないものも欲しい。だからこそ僕は悪魔なんだよ」。彼は淫らな目つきをするが、暗いので彼女には見てもらえない。我ながら間抜けな気分。

「で、最高に怖いものって何？」とチアリーダーが言う。「あんた、そういうことの専門家でしょ？　ちょっとは協力してよ」

「最高に怖いものね」と悪魔は言う。「オーケー、二つ教えてあげる。三つだな。いや、やっぱり二つだけ。三つ目は秘密だから」

悪魔の声が変わる。やがて、ある日チアリーダーは保育園の教師がアルファベットをZ

からAまで言うのを聞くことだろう。太陽が窓の上を動いていて、何ひとつ同じ場所にとどまらないなか、彼女は悪魔のことを思い出すだろう。悪魔と、クローゼットと、クローゼットの扉の下に伸びた光の線と、懐中電灯が扉を背景に作り出す和やかな小さな光の輪を。

悪魔は言う、「愚痴るわけじゃないけど」（でも愚痴っている）「前はこんなふうじゃなかったんだ。いまみたいなやり方じゃなかった。君は覚えてるかな。君の両親が死んでいて、それがあと何時間かしたら帰ってくる——前はそういうのって、怖いことだったんだよ。でももうそうじゃない。だけどさ、想像してごらんよ、そこにあるべきじゃない何かが見つかったらって」

「たとえば？」とチアリーダーは言う。

悪魔は肩をすくめる。「子供のオモチャ。ボールとか、ナイトライトとかさ。何か安っぽいガラクタ、だけどそれは、見た目より重い。あるいは軽い。そいつは脂っぽい光を発する。でなければ、光を食べる。触ってみると、嫌な感じに凹《へこ》む。君はなんだか、そのなかに落ちてしまいそうな気がする。頭がくらくらしてくる。そいつの表面には、誰も解読できない言語が刻まれてるかもしれない」

「オーケー」とチアリーダーは言う。いくぶん元気になってきたみたいに見える。「で、二番目は？」

悪魔は懐中電灯を彼女の目に当て、スイッチを入れたり切ったりする。「誰かがいなくなる。あっさり、消えてしまう。ついいままで、遊園地の行列で君のうしろに立っていたのに――あるいは芝居の幕間《まくあい》にふらっと出ていく――それか、郵便を取りに玄関へ降りていくとか――それともお茶を淹《い》れに――」

「それって怖いことなの？」とチアリーダーが言う。

「前は怖かった」と悪魔が言う。「前は、起こりうる最悪のことっていうのは、自分に子供がいて、その子供が死ぬか消えるかすることだった。消えるのが最悪だった。何があったかわからないから」

「いまの方がいいじゃない」とチアリーダーが言う。

「うん、そうだね」と悪魔は言う。「今日《こんにち》、物事はどんどんよくなってきてる。でも――前のことを思い出してごらんよ。前はさ、人が消えても、消えた人たちは、本当に消えはしなかった。時おり、窓からこっちを覗いているところとか、玄関の郵便受けの口から見てるところとかを見かけたんだよ。鍵穴とか。食料品店で見かけたり。車の後部席に座っていて、だらんと低く腰かけた姿がバックミラーに映ったり。君が眠ってるあいだに君の脚をつねったり髪を引っぱったり。君が誰かと電話で話してると、会話を盗み聞きする。奴らが盗み聞きしてるのが君には聞こえるのさ」

チアリーダーは言う、「それってたとえば、あたしの両親が――」

「その通り」と悪魔は言う。「両親の出てくる怖い夢、見たことあるだろ？」

「ないわ、そんなに」とチアリーダーは言う。「たぶん二人ともいい人だったんだろうってみんな言うし。だって、この家見てよ！　でもときどきあたし、モールにいて、夫にそこで会う夢を見るのよ。夫は現実と同じで、大人で、なのにあたしが誰だかわからない。どうやらその夢で、終わりからはじまりに進んでるのはあたし一人らしいの。そのうちに夫もあたしが誰だかわかって、君、子供たちはどうしたんだって訊くのよ」

　最後に会ったとき、彼女の夫はひげを生やしかけていた。夫はそれさえ上手くできていなかった。夫は言いたいこともろくにないみたいだったが、彼らは長いあいだ見つめあっていた。

「君の子供たちは？」と悪魔は言う。「医者に君の体内に押し戻されたあと彼らがどこへ行ったのか、君は考えたりするかい？　彼らのことを夢に見るかい？」

「ええ」とチアリーダーは言う。「何もかも小さくなっていく。あたし、それが怖い」

「考えてもごらんよ、男たちがどういう気持ちでいるか！」と悪魔は言う。「男が女のこと怖がるのも無理ないよ。セックスが男にとってつらいのも無理ないよ」

　チアリーダーはセックスを恋しく思う。セックスのあとのあの気持ち。あの至福の、満たされない疼き。

「前の方がよかった」と悪魔は言う。「君は覚えてるかな。人が死ぬと、次はどうなるのか誰にもわからなかった。とにかくいろんな可能性があった。いまはみんな何もかもわかってる。そんなのどこが面白い？」

誰かがクローゼットの扉を押して開けようとしているが、チアリーダーは両足を扉に押しつけ、クローゼットの奥の壁に寄りかかる。「思い出した！」と彼女は言う。「自分が死んだときのこと、思い出した！　あたし、すごくいろんなこと楽しみにしてたのよ。まさかこんなだなんて！」

悪魔はぶるっと身を震わせる。死んだ人間は昔からあまり好きじゃないのだ。

「ま、わかったわ。じゃモンスターは？」とチアリーダーは言う。「吸血鬼がいい？　シリアルキラー？　宇宙人？　昔の映画に出てくるみたいな？」

悪魔は肩をすくめる。「ああ、それでいいよ。子取り鬼とか。広口壜に入れたホルマリン漬けの赤ん坊。いつの日か誰かが赤ん坊を壜から出して、ホルマリンを抜くんだ。あそこに歯が生えてる女。ゾンビ。殺人ロボット。殺人蜂、シリアルキラー、ホラースポット、狼男、眠ってるとわかってるのに目覚められない夢。誰かがベッドルームを歩き回って君の持ち物を手にとってまた降ろすのが聞こえるのにそれでもまだ目覚められない。世界の終わり。蜘蛛。彼女が死んだとき誰も一緒にいなかった。食肉植物」

「わぁすごい」とチアリーダーは言う。彼女の瞳が、闇のなかから悪魔に向かって光る。ポンポンがクローゼットの床を滑っていく。彼女の手が見えるよう、悪魔は懐中電灯を動かす。

「じゃお話、行くわよ」とチアリーダーは言う。回転の速い女の子なのだ。「ほんとに怖い話じゃないけど。あたし、本気で怖がれないの」

「聞いてなかったのか、僕の言うこと？」と悪魔は言う。そして懐中電灯を大きな前歯にコツコツと当てる。「まあいい、それでいいよ。やってくれ」

「これはたぶん実話じゃないわ」とチアリーダーは言う。「それに、あたしたちみたいに終わりからはじまりに進みもしない。たぶんあたし、一番終わりまではたどり着けないと思うし、一番はじめから話しはじめるつもりもない。そんな時間、ないから」

「それでいい」と悪魔は言う。「全身耳にしてるよ」（これは本当）

チアリーダーは言う、「話し手は誰なわけ？　黙って聴いてよね。時間がなくなってきてるんだから」

彼女は言う、「二人の男が、販売会議から帰ってくる。男はしばらく前から妻と別居していたが、もう一度一緒に暮らしてみようということになった。以前共に住んでいた家はもう売ってしまった。今回は町はずれの、果樹園のなかに建った古い家に住む。

男が会議から帰ってくると、妻はキッチンに座っていて、もう一人の、年上の女性と話をしている。二人とも、かつてはキッチンテーブルの周りに置かれていた椅子に座っているが、テーブルはもうなくなっている。電子レンジもなくなっているし、底が銅になったスーザンの鍋が並んだラックもない。鍋もやはりなくなっている。

　夫はそうした変化にいっさい気づかない。もう一人の女に見とれているからだ。女の肌は緑っぽい色合いをしている。男はこの女のことを知っている気がする。女と妻は、二人して夫を見る。夫はにわかに悟る。これは彼の妻だ。二人とも彼の妻なのだ。一人が二十ばかり年上なだけだ。その他の点では、片方が緑色であることを除けば、両者まったく同じ。同じ瞳、同じ口、口もとに同じ小さなほくろ。

「どう、ここまで？」

「まあまあだ」と悪魔は言う。事実を言えば（そして事実は悪魔に痒《かゆ》みをもたらす）、悪魔は自分をめぐる話しか好きじゃない。悪魔のウェディングケーキの話とか。あれはいい話だ。

　チアリーダーは言う、「これからもっとよくなるわよ」

　　　これからもっとよくなる

　男の名前はエド。それは彼の本当の名前じゃない。あたしがデッチ上げたの。エドとスーザンは十年前に結婚して、五か月間別居し、また一緒に暮らすようになってから三か月経つ。三か月間、同じベッドで寝ているけど、セックスはしない。エドがキスするたびにスーザンは泣く。二人に子供はいない。スーザンにはかつて弟が一人いた。エドは犬を飼おうかと考えている。

エドが会議に出かけているあいだ、スーザンは家に若干手を加えていた。屋根裏でも若干仕事をしたが、それについてはいまはまだ触れない。地下室の予備バスルームにスーザンはある機械を設置した。この機械のことはいずれまた述べるけれど、この機械が何人ものスーザンを製造するのだ。スーザンが望んでいたのは、アンドルーを生き返らせる機械だった（アンドルーはスーザンの弟。でもそれは知ってるわよね）。ところがやってみると、アンドルーをよみがえらせるには別の、もっと大きな機械が必要だとわかった。その機械を作るには助けが必要であり、結局新しいスーザンたちはちゃんと役に立つのだった。その後数日かけて、スーザンたちはこうしたいっさいをエドに説明する。

エドは大して役に立つまい、とスーザンは思っている。

「ハイ、エド」と年上の、緑っぽいスーザンが言う。彼女は椅子から立ち上がって、エドをぎゅっと抱きしめる。彼女の体は温かく、わずかにべたついている。体からイーストの匂いがする。オリジナルのスーザン——エドがオリジナルだと思うスーザンということであって、エドが正しいかどうかあたしには全然わからないし、そのうちにエドだってよくわからなくなってくる——は椅子に座ったまま二人を見守っている。

大きな緑のスーザン。そんなふうに言うと、ゴジラみたいかしら？　彼女はゴジラみたいには見えないけど、それでもどこか、エドから見てゴジラを連想させるところがある。キッチンをどすどす歩く、その歩き方とか。彼女はどすどす歩いてきて、エドを別の椅子の前に連れていって、座らせる。ここでやっと、キッチンテーブルがなくなっていることにエドは気づく。彼はまだ一言も口に出せていない。スーザンは――どちらのスーザンも――そういうのには慣れている。

「まず第一に」とスーザンは言う。「屋根裏は立入禁止よ。何人か仕事をしてくれてる人がいるから（スーザンたちじゃないわよ。スーザンたちのことはじきに説明するわ）。外から来てくれた人たちよ。あたしのプロジェクトを手伝ってくれてるの。スーザンたちについて言えば、目下のところ、あたしは五人いる。残り三人にもあとで会わせるわ。みんな地下室にいるのよ。地下室には入っていいわ。よかったら地下室で仕事を手伝ってくれても」

ゴジラのスーザンが言う、「誰が誰だかは気にしなくていいのよ。あたしたちおたがいにそっくり同じじゃないけど、みんなスーザンって呼んでくれていいのよ。だんだんわかってきたんだけど、あたしたちのうち何人かはほかのスーザンより一時的だったり、太ってたり、若かったり緑色だったりする。作るたびに違うらしいのよ」

「あんたスーザン？」とエドは言う。そして言い直す。「つまり、あんた俺の女房？　本物のスーザン?」

「あたしたちみんなあんたの奥さんよ」と若い方のスーザンが言う。そして片手をエドの脚に載せて、犬を撫でるみたいに撫でる。

「キッチンテーブルはどこ行った?」とエドは言う。

「屋根裏に持っていったわ」とスーザンは言う。「そういうことは、ほんとにいまは心配しなくていいのよ。会議、どうだった?」

もう一人のスーザンがキッチンに入ってくる。若くて、緑のリンゴか若草の色をしている。白目まで草みたいだ。十九歳くらいか。その肌の色に、エドは蛇を思い浮かべる。

「エド!」と彼女は言う。「会議、どうだった?」

「新しいゲーム、評判いいよ」とエドは言う。「テストの結果も上々」

「ビール飲む?」とスーザンは言う(どのスーザンがそう言うかは問題じゃない)。緑の泡っぽい液体が入ったピッチャーを彼女は手にとり、グラスに注ぐ。

「これ、ビールなの?」とエドは言う。

「スーザン・ビアよ」とスーザンは言い、スーザンたち全員が笑う。

美しい、蛇色で十九歳のスーザンが、エドを連れて家のなかを案内する。大半の時間、エドはスーザンに見とれているが、テレビが消えたことは目にとめるし、ゲームが全部なくなったことにも気づく。ノートも全部。リビングルームのソファはまだあるが、クッションはひとつも残っていない。ソファもいずれ、スーザンが斧で解体することになる。

一階の窓は全部、スーザンによってアルミ箔みたいなもので覆われてしまっている。スーザンに連れられて地下のバスタブに行くと、スーザンたちの一人がスーザン・ビアを醸造している。ほかのスーザンたちが、スーザン・ビアの細長い苔《こけ》っぽいぬめぬめを洗濯物ラックに吊している。乾くとこれらのぬめぬめは寝床の形に変えることができ、これが新しいスーザンたちの巣となる。食べることもできる。

エドはまだ、スーザン・ビアの入ったグラスを手に持ったままだ。「さあ、飲みなさいよ」とスーザンは言う。「あんたビール好きでしょ」

「緑のビールは好きじゃない」とエドは言う。

「でもスーザンは好きでしょ」とスーザンは言う。彼女はエドのTシャツと、スーザンの下着を着ている。ブラはしていない。彼女はエドの手を自分の胸に持っていく。

ビールをかき回す手をスーザンは止める。彼女はエドより背が高く、ほんの少し緑色なだけだ。「わかってるでしょ、スーザンがあんたを愛してること」と彼女は言う。

「屋根裏にいるのは誰だ？」とエドは言う。「アンドルーか？」

彼の手は依然スーザンの胸に当てられたままである。彼女の心臓が脈打つのがわかる。

スーザンは言う、「これ、あたしから聞いたってスーザンに言っちゃ駄目よ。あんたに知らせるのはまだ早すぎるって彼女は思ってるから。屋根裏にいるのは、エイリアンよ」

スーザンたちは二人ともじっとエドを見る。「スーザンがね、とうとうエイリアンと電話で話したのよ。これってすごいことになるのよ、エド。世界を変えることになるのよ」

エドは家を出ようと思えば出られる。スーザンから離れようと思えば離れられる。スーザン・ビアを飲むのを拒むこともできる。

スーザン・ビアを飲んでもエドは酔わない。本当のビールじゃないから。それは知ってたでしょ？

そこらじゅうにスーザンがいる。何人かはエドと、自分たちの結婚生活のことを話しあいたがる。エイリアンの話をしたがるスーザンもいるし、アンドルーのことを話したがるときもある。仕事に忙しいスーザンもいる。スーザンたちはしじゅう、何もない部屋にエドを引っぱっていって、話したりキスしたり愛しあったりほかのスーザンたちの噂話をしたりする。エドのことを無視するときもある。一人、すごく若いスーザンがいる。六歳か七歳くらいに見える。二階の廊下を行ったり来たりしながら、マジックインキで壁に絵を描いている。これが子供っぽい汚損《おそん》行為なのかスーザンとしての重要任務なのか、エドにはよくわからない。訊くのもなんだか気恥ずかしい。

エドは時おり、本物のスーザンを見かけたような気になる。ゆっくり座って話がしたいと思うが、彼女はいつもすごく忙しそうだ。

週が終わるころには、家にはひとつの鏡も残っていないし、窓には全部覆いがかかっている。スーザンたちが照明にも全部スーザン・ビアの薄膜をかぶせたので、何もかもが緑色に見える。エドはなんとなく自分も緑色になってきた気がする。

スーザンは緑の味がする。いつもかならず。


あるとき、玄関をノックする音が聞こえる。「ほっときなさいよ」とスーザンがエドの横を通り抜けながら言う。古い天井ファンの羽根を重ねた束と、長く連なったクリスマス・ライトを彼女は抱えている。「大した用事じゃないんだから」

エドは覗き穴に詰めたアルミ箔を引き抜き、外を見てみる。スタンがそこに、気長そうな顔で立っている。二人はそうして、エドがドアの一方の側に、スタンが反対側に、立っている。エドはドアを開けない。スタンはまもなく立ち去る。クジャクたちが騒いでいる。

エドはスーザンたち何人かにポーカーを教えてみる。これはあまりうまく行かない。というのも、スーザンはほかのスーザンたちがどんなカードを持っているのか、全部わかってしまうのだ。そこでエドは、わかってもあまり問題にならないゲームを考案するが、結局かえって孤独を感じてしまう。エドは一人しかいないのだから。

代わりに、みんなで〈スピン・ザ・ボトル〉をして遊ぶ。ボトルの代用に金槌を回し、金槌は止まっても絶対にエドを指さない。そのうち、スーザンがスーザンたちにキスするのを見るのもあまりに妙な感じになってきたので、エドはその場を離れ、彼にキスしてくれるスーザンを探しに行く。

二階のベッドルームには、いつもスーザンがたくさんいる。みんな、自分が熟してくるとここで待つのだ。巣のなかでのんびり丸まり、じっくりと熟しながら、スーザンたちは何か昔の話の結末について言いあっている。みんなの記憶がそれぞれ違っている。話の中身を何も知らないように思えるスーザンもいるが、みな自分の意見だけは持っている。

エドはひとつの巣のなかにもぐり込んで、奥の壁に寄りかかる。スーザンが両脚を反対側に回して場所を空けてくれる。このスーザンは小さくて、丸い。エドの腕の、柔らかい部分を彼女はくすぐり、それから、自分の顔を彼の脇腹に押しつけてくる。

スーザンは彼に、スーザン・ビアの入ったグラスを手渡す。

「そうじゃないわよ」とスーザンは言う。「あれはあの人が薬を飲みすぎたのよ。もしかしたらわざとやったのかもしれない。あたしたち、そのことを話しあいたくても話せなかった。まだあたしたちそんなにたくさんいなかったから。みんな、それぞれ自分一人で悲しみを抱えようとしていたのよ。そんなの無理に決まってるのに！　それからじきに、妻が彼を殺そうとするのよ。あたしは彼を殺そうとした。妻は彼をメチャクチャに蹴飛ばしまくる。おかげで彼は一週間家から出られないのよ。友だちが会いに来ても、玄関にも出ていけないの」

「あの連中を友だちって呼べるならね」とスーザンが言う。

「違うわ、ピストルがあったのよ」とスーザンが言う。「そして彼女は愛人を作るのよ。あの痛手から立ち直れないせいで。二人ともあの痛手から立ち直れないのよ」

「彼女がディナーパーティの席上で彼を侮辱するのよ」とスーザンが言う。「二人ともお酒を飲みすぎるの。みんなが帰ってから、彼女はお皿を洗う代わりに片っ端から割りまくるのよ。キッチンの床一面に破片が散らばって。いずれ誰かが怪我をする。タイムマシンなんかないから、戻っていってお皿を元通りにすることはできないのよ。二人がいまだ愛しあっていたことはあたしたちも知ってるけど、もうそれは問題じゃないのよ。それから警察が来たわけ」

「あら、あたしが覚えてるのはそうじゃないわ」とスーザンが言う。「でもまあ、そういうふうにも起こりえたかもね」

エドとスーザンはかつて年じゅう本を買っていた。あんまりたくさん本があるので、いっそ隔離されてもいいわね、大雪に閉じ込められるとか、などとジョークを交わしたものだった。そうなれば、持っている本を全部読破できるかもしれない。だがいまでは、本もみんな屋根裏に行ってしまった。ランプ、コーヒーテーブル、二人の自転車、スーザンの絵などと一緒に。スーザンたちがペーパーバック本、食器、古いボードゲーム、穴のあいた下着等々を階上に持っていくのをエドは眺めてきた。カズーまで。ブリタニカ大百科事典。金魚と金魚鉢と、金魚の餌を入れた小さな缶。

スーザンたちは家じゅうを漁って、持っていけるものは全部持っていった。本がなくなってしまうと、次は本棚を解体した。いまは壁紙をビリビリ細長く引き裂いている。エイリアンたちは本が好きらしい。彼らは何もかも好きなのだ——特にスーザンが。やがて、スーザンたちが熟すと、彼女たちも屋根裏に上がっていく。

エイリアンたちは物々交換をする。本やスーザンやコーヒーマグを受け取って、スーザンたちがいま組み立てている一連の器具を供出する。エドもそれらの装置を一台自分のものにしたいと思うが、スーザンは駄目だと言う。スーザン・ビア作り以外、エドは手伝うことすら許されていない。

スーザンたちが作っているものは、リビングルーム、エドの仕事部屋、キッチン、洗濯室のスペースの大半を占め——

スーザンたちは洗濯なんかしない。洗濯機も乾燥機もなくなったし、スーザンたちは服を着るのもすっかりやめてしまった。エドは短パン一本とジーンズ一本だけはどうにか確保している。いまは短パンをはいていて、ジーンズはスーザンたちに盗まれないよう丸めて枕に使っている。ほかの服はみな屋根裏に運ばれてしまい

――そしてじわじわと階段を上がっていって、二階にも広がりつつある。家じゅうでエイリアンの機械がピカピカ光っている。

裸のスーザンたちが何チームも一日じゅう仕事に励み、器具をテストし、金槌をふるい、糸と針を動かして機械を組み上げていき、エイリアンから受け取った物たちを磨いて、埃を拭い、積み上げる。どんな格好の機械なんだろう、と思っている人は、科学フェアとかに出品された、アルミ箔なんかをやたら使った代物を想像してみるといい。即興で作った、野暮ったい、間に合わせの、なんとなく物騒な機械。スーザンたちの誰一人、この機械がいずれ何をなし遂げるのかわかっていない。目下のところ機械は、スーザン・ビアを作っている。

ビールをかき混ぜて、放置し、また少しかき混ぜると、ぬめぬめに固まって、さらに多くのスーザンが出来上がる。エドはこの過程を眺めるのが好きだ。家はますます多くの、内気な、騒々しい、物静かな、お喋りの、怒れる、楽しげな、緑っぽい、大きさも年齢もまちまちのスーザンで満ちてくる。それらスーザンたちがみな、家を一ピース一ピース解体し、一ピース一ピース機械を組み立てる。

それはタイムマシンかもしれないし、死者をよみがえらせる機械かもしれない。ことによると、家はじわじわ一室ずつ宇宙船に変容しつつあるのかもしれない。エイリアンはそういう区別を立てないのだとスーザンは言う。侵略工場かもね、とエドは言う。じゃなきゃ世界滅亡機とか。そういうタイプのエイリアンじゃないのよ、とスーザンは言う。

エドの仕事は、スーザン・ビアを長くて平べったい板（スーザンが剝ぎとった床板）でかき回し、泡をすくってバケツにためること。泡は筋っぽく、不快にチーズっぽい粘りがある。エドはバケツを一階に持っていき、スーザンビア・スフレやスーザンビア・キャセロールを作る。スーザンビア・サプライズ。逆さスーザンケーキ。味はみな同じ。エドはその味がだんだん好きになってくる。

スーザン・ビアを飲んでもエドは酔わない。このビールの目的はそういうことではない。では何が目的なのか、それはあたしにもわからない。でもとにかく、スーザン・ビアを飲んでいればエドは悲しくない。彼にはビールがあり、キッチンでの仕事があり、熟れた緑の淫売宿があるのだ。何もかもスーザンの味がする。

エドが唯一恋しいのは、ポーカーの晩。

来客用寝室で、スーザンたちが喋るのを聞きながらエドは眠りに落ちる。目が覚めると、ジーンズがなくなっていて、彼は裸だ。部屋には誰もいない。熟したスーザンたちはみんな屋根裏に上がってしまった。

廊下に出てみると、小さなスーザンがそこにいて、壁に絵を描いている。彼女はマジックを床に置き、スーザン・ビアのピッチャーをエドに渡す。そしてエドの脚をつねって「あんた、だいぶ熟してきたね」と言う。

そうしてエドにウィンクして、廊下を駆けていく。

彼女が描いていた絵をエドは眺める。アンドルー。マジックで描いた、落書きみたいなアンドルーの肖像が、どの壁にも上から下まで続いている。アンドルーの絵をたどってエドは廊下を進み、かつて自分とオリジナルのスーザンが寝ていた主寝室に行きつく。いまではエドは、どこでも、どのスーザンとも一緒に寝る。主寝室にはしばらく行っていないが、スーザンたちがいろんな物の入った箱を持ってそこに出入りしていることは見ている。エドが通行の邪魔になると、スーザンたちはいつもしっしっと彼を追い払う。

ベッドルームもそこらじゅうアンドルーだらけだ。壁にはスーザンが美術のクラスで描いた一連のアンドルーの肖像画がある。これらの絵がどれだけ不快で奇妙か、エドはすっかり忘れていた。ある一枚の、一番大きな絵のアンドルーは等身大で、両手で小さな動物を押さえつけている。イタチだろうか。アンドルーはそいつを絞め殺しているように見える。イタチの口はがばっと開き、歯を一本残らずさらしている。こんな絵は夜になったらひっくり返して壁に向けるべきだよな、とエドは思う。スーザンはアンドルーのベッドもこの部屋に入れている。アンドルーの本、アンドルーの机も。アンドルーの服がクローゼットに掛かっている。部屋にあるのはエイリアンの機械なんかじゃない。かつてエドに属していたものも何ひとつない。

エドはアンドルーのズボンを一本選んで穿《は》いて、ちょっとだけ、とアンドルーのベッドに横になり、目を閉じる。

目が覚めると、スーザンがベッドの上に腰かけている。エドには匂いでわかる。熟した緑の香り。その香りが自分にも染みついているのがエドにはわかる。スーザンが言う、「あんたがそろそろよかったら、一緒に屋根裏へ行こうかなって思って」

「この部屋、どうなってんだ?」とエドは言う。「何もかも要るんじゃなかったのか? これみんな、屋根裏に行くべきじゃないのか?」

「ここはアンドルーの部屋よ、あの子が帰ってきたときのためのね」とスーザンは言う。「自分のベッドで眠れる方があの子もくつろげるってあたしたち思ったのよ。自分の物もいろいろ要るだろうし」

「エイリアンだってアンドルーの物が要るんじゃないのか?」とエドは言う。「アンドルーのことを奴らが十分知らなくて、そのせいでまだ新しいアンドルーが作れずにいるってことはないのか？」

「そういうしくみにはなってないのよ」とスーザンは言う。「もうあと少しなのよ。あんた、感じない？」

「不気味な感じならするけどね」とエドは言う。「何かが俺の身に起きてるんだ」

「あんた熟したのよ、エド」とスーザンが言う。「それって素敵じゃない？　あたしたち、あんたがひょっとしていつまでも熟さないんじゃないかって心配してたのよ」

彼女はエドの手をとり、引っぱって起こす。時おりエドは、彼女がいかに力持ちかを忘れてしまう。

「で、次はどうなる？」とエドは言う。「俺は死ぬのか？　どこも悪い気はしないがな。気分はすごくいい。熟すとどうなるんだ？」

午後の光がスーザンを老けて見せている。それとも実際老けているのか。こういうのもエドは好きだ。子供のころスーザンがどんな感じだったかを見たり、お婆さんになったらどうなりそうかを見たり。なんだかもう生涯まるごと一緒に過ごしたみたいだ。「あたしにもわからない」と彼女は言う。「答えを探しに行きましょうよ。アンドルーのズボン脱ぎなさいよ、クローゼットに戻すから」

二人はベッドルームを出て、廊下を歩いていく。アンドルーの壁画、ツマミやダイヤル、積み上げられたピカピカの機械類に見守られながら彼らは歩いていく。ほかのスーザンたちは一人も見当たらない。みんな地下で忙しく働いているのだ。彼女たちが金槌をトンカンと叩いているのがエドには聞こえる。しばしのあいだ、すべては昔に戻る——いや、昔よりもっといい。エドとスーザン、我が家に二人きり。

エドはスーザンの手をぎゅっと握る。

スーザンが屋根裏のドアを開けると、屋根裏には星が満ちている。ものすごくたくさんの星、星、星。エドはこんなに多くの星を見るのは初めてだ。スーザンが屋根を外してしまったのだ。遠くの方、果樹園の方から、リンゴの木の匂いが漂ってくる。

スーザンは床にあぐらをかいて座り込み、エドも隣に座る。彼女は言う、「あんた、お話してくれないかしら」

エドは言う、「どんな話？」

スーザンは言う、「ベッドタイム・ストーリーとか？　アンドルーが小さかったころ、一緒に読んだ本があったの。その本に、丘のなかへ入っていく人たちの話があったわ。みんな一晩丘のなかで過ごして、食べたり飲んだり踊ったりするんだけど、出てくると百年が経ってるの。アンドルーが死んでからどのくらい経つか、あんた言える？　あたしもうわからなくなっちゃった」

「そういう話は知らないなあ」とエドは言う。自分のかさかさになった緑色の皮膚をエドは引っかき、俺はどんな味がするんだろうと考える。「エイリアンってどんな格好してると思う？　キリンみたいかな？　おはじきみたいかな？　アンドルーみたいとか？　口はあると思う？」

「何言ってんのよ」とスーザンは言う。「あたしたちと同じような格好よ」

「どうしてわかる？」とエドは言う。「君、前にもここに来たことあるのか？」

「いいえ」とスーザンは言う。「でもスーザンは来たことあるわ」

「トランプやってもいいよな」とエドは言う。「じゃなきゃ隠れんぼとか」

「あたしたちが初めて出会ったときのこと、話してくれてもいいわ」とスーザンは言う。

「そういう話はしたくないね」とエドは言う。「もうみんな済んだことだからさ」

「オーケー、ならいいわ」。スーザンはぴんと体をのばし、背を弓なりにそらして、緑の舌を緑の唇に這わせる。エドにウィンクして、言う、「ねえ言ってよ、あたしがどれくらい綺麗か」

「君は綺麗だよ」とエドは言う。「前からずっと綺麗だと思ってた。君たち全員。僕はどうだい？　僕は綺麗かな？」

「よしなさいよ」とスーザンは言う。そしてまた背を丸めてエドに寄りかかる。彼女の肌は温かく、脂っぽい。「エイリアンたちがじきにここへ来るわ。そのあとどうなるかはあたしにもわからないけど、とにかくこの段階はあたし嫌だわ。前からずっと、これは嫌なの。待つのは好きじゃない。ねえ、アンドルーもこんな気分だったんだと思う、リハビリに入ってたとき?」

「生き返らせたら本人に訊けばいい。なんで俺に訊く?」

少しのあいだスーザンは何も言わない。やがて彼女は言う、「あたしたち、いずれあんたも作れるようになると思うの。だんだんわかってきたのよ、そのへんのしくみが。いずれは、あんたとあたしとあの子と、前と同じようになるのよ。ただ、あの子のことは、あたしを固めたみたいに、固めちゃわないとね。そうしたらもう悲しまなくなるから。あんた気づいてる、あたしがもう悲しまなくなったこと? あんたもそうなりたくない? 悲しまなくなりたくない? それが済んだら、ほかにもいろんな人作ってみてもいいわね。最初からやり直すのよ。今度は何もかもちゃんとやるのよ」

エドは言う、「で、エイリアンたちはどうして君を助けてくれるんだ?」

「わからない」とスーザンは言う。「あたしたちのこと笑えると思ってるのか、それともあたしたちの身動きとれないザマを哀れと思ってるのか。来たら訊けばいいわ」

彼女は立ち上がって、伸びをし、あくびをして、今度はエドの膝の上に座り、手をのばして、半分勃起したエドのペニスを自分のなかに押し込む。あっさりと、事務的に。エドはうめき声を上げる。

彼は言う、「スーザン」

スーザンは言う、「お話してよ」。彼女は身もだえする。「どんなお話でもいいわ。なんだっていいから」

「お話なんて無理だって」とエドは言う。「こんなことされてちゃ、お話なんか浮かんでこない」

「じゃあやめるわ」とスーザンは言う。そして彼女はやめる。

エドは言う、「やめるなよ。わかったよ」。そして両手をスーザンの腰に回し、スーザン・ビアをかき混ぜるみたいに彼女の体を動かす。

彼は言う、「昔むかし」。すごく早口で喋っている。時間がなくなってきたのだ。

あるとき、二人で愛しあっている最中、アンドルーがベッドルームに入ってきたことがあった。アンドルーはノックもしなかったし、全然気まずそうな様子も見せなかった。エドとしては、エイリアンたちが来るときにスーザンとファックしていたくない。その反面、エドはいつまでもスーザンとファックしていたい。やめたくない。アンドルーが来ようと、エイリアンが来ようと、たとえ世界の終わりが来ようと。

エドは言う、「あるところに男と女がいて、二人は恋に落ちました。二人ともいい人でした。二人はいい夫婦になりました。みんなに好かれました。これはその女の話です」

これはタイムマシンを発明する男に恋している女の話だ。男はずっとずっと遠い未来まで、一番はじまりまで行ってやろうともくろんでいる。一緒に来てほしい、と女は男に言われるが、女は行きたくない。世界のはじまりってどんな感じよ？　生命の小さなどろどろが、大きなどろどろのなかで泳いでるわけ？　エデンの園のアダムとイヴ？　アダムとイヴごっこなんか女はやりたくない。彼女にはほかにやることがあるのだ。彼女はリサーチ会社に勤めている。いろんな人に電話をかけて、いろいろ質問するのが仕事。一番はじまりには電話なんてない。そんなの気に入らない。そこで彼女の夫は言う、わかった、じゃあこうしよう。君のためにもう一台タイムマシンを作っておくから、もし僕に会いたくなったり、疲れてもうこれ以上やって行けないと思ったら、マシンにもぐり込んで——ほら、この箱だよ——このボタンを押して眠ればいい。そうしたら君は眠ったまま、前にうしろにずんずん、僕に向かって、僕が君を待っているところに向かって進んでくる。僕はずっと君を待っているよ。君を愛してるから。かくして二人は愛しあい、さらに何度か愛しあった末に、男はタイムマシンにもぐり込んで、パッ！とあっさり消えてしまう。あんまりあっけなく消えたので、彼がいままでここにいたことすら信じがたいほどだ。一方女は、前に向かってゆっくり人生を進めていく。男が望まなかった進み方。そして女は再婚し、ふたたび愛しあい、何人か子供が生まれ、その子供たちにも子供が生まれる。女は年老い、そうしてやっと、行く気になる。果樹園の下にある秘密の部屋に隠した埃っぽい箱のなかに彼女はもぐり込み、ボタンを押して眠りに落ちる。そして、眠れる森の美女みたいに、何年も何年も果樹園の下で眠りながらずんずん時を戻っていく。何年もの時が数秒のように過ぎて、女は飛ぶように戻っていき、緑のフェルトのテーブルを囲んで座る男たちの前を過ぎ——一瞬彼らが見えたと思ったらもういなくなっている——クジャクたちがギャアギャアわめいていて、悪魔を崇拝する男が車で家にやって来てトラック一台分の家具を下ろし、五芒星をペンキで消し、じきに内気な老人が家を消滅させて己の秘密を背負って去っていき、リンゴがふたたび果樹園の木々に戻ってきて、やがて木々に花が咲き乱れ、そしていま女は若返ってきている、ほんの少し、口の周りのしわがじわじわ薄くなってきている。この地下の部屋に誰かが降りてきてタイムマシンのなかにいる彼女を見下ろしている夢を女は見る。その男は長いあいだそこに立っている。女は目を開けることができない。瞼があまりに重くて、まだいまは目覚めたくないのだ。線路をうしろ向きに進む列車に乗っている夢を女は見る。列車のうしろで、誰かが桁《けた》や鋲《びょう》や梁《はり》を拾い上げて箱に入れている。やがてその人物は箱も片付けてしまうだろう。木々が飛ぶように過ぎ、どんどん小さくなっていってやがてやはり消えてしまう。いまや女は子供に戻っている、いまや赤ん坊になっている、もっとずっと小さくなってさらにますます小さくなる。えらが生え戻ってくる。いまはまだ目覚めたくない、一番はじめまで戻りたい——何もかもが新しくて清潔なところまで、何もかもがじっと動かず青々としていて平らで眠たげで、何もかもが海のなかへ這い戻っていき、みんな彼女もそこに戻ってくるのを待っている、彼女が戻ってきたらパーティをはじめるのだ。どんどんどんどん、うしろにうしろに彼女は戻っていく、うしろにうしろにうしろにうしろにうしろに――

チアリーダーは悪魔に言う、「もう時間切れよ。あたしたち流れを止めちゃってるわ。みんなが扉をどんどん叩いてるのが聞こえない？」

悪魔は言う、「君、終わりまで話さなかったじゃないか」

チアリーダーは言う、「あんただって尻尾を触らせてくれなかったわ。だいいち、終わりなんてないのよ。何かデッチ上げることはできるけど、そんなんじゃあんた絶対満足しないでしょ。自分でそう言ったじゃない！　俺は絶対満足しないんだって。それにあたし、自分の人生を進めてかなきゃいけないのよ。両親がもうじき帰ってくるんだもの」

彼女は立ち上がって、クローゼットから抜け出し、ばたんと扉を閉める。あまりにすばやく閉めたので、悪魔はあっけにとられてしまう。鍵がカチッとかかる音がする。

悪魔は扉のドアを回してみる。誰か外に立っている人間がクスクス笑う。

「シーッ」とチアリーダーが言う。「静かに」

「どうなってるんだ？」と悪魔は言う。「開けろ、出してくれ――悪ふざけはよせ」

「オーケー、出したげるわ」とチアリーダーが言う。「そのうちにね。まだ駄目よ。まずあんたから何かもらわなくちゃ」

「何かよこせっていうのか？」と悪魔は言う。「オーケー、何が欲しい？」。ノブをがちゃがちゃ動かしてみる。

「ハッピーなはじまりが欲しい」とチアリーダーは言う。「あたしの友だちもみんなハッピーになってほしい。両親と仲よくしたい。幸せな子供時代が欲しい。物事がもっとよくなってほしい。いつまでもどんどんよくなってほしい。あんたに優しくしてほしい。あたし有名になりたい。よくわかんないけど、子役俳優とかもいいし、スペリング・コンテストの州大会で優勝するとか、それが無理ならちゃんと勝てるチームのチアリーダーになるだけでもいい。世界平和が欲しい。二度目のチャンスが。ポーカーで勝ったのに、ポットに金を全部戻さなきゃいけないなんて嫌。いい手を札の山に一枚一枚戻すなんて冗談じゃ――」

スターライトが言う、「ごめんなさいね。声がかすれてきちゃった。もう遅いから。明日の夜またかけてくれないかしら」

エドは言う、「何時ごろかければいい？」

スタンとアンドルーは仲よしだった。無二の親友、同類同士、という感じ。エドはしばらくスタンを見かけていなかった。もうずいぶん見ていない。でもしばらく前、地下室に降りていこうとしてスタンに呼び止められたことがある。スタンはエドの腕を摑んで、言った、「アンドルーがいなくて寂しい。ずっと考えてるんだ、俺がもっと早くあそこに着いてたらって。何か言っていたらって。アンドルーはあんたのことすごく好きだったんだよ、あんたの車もあんなにしちゃって申し訳なく思って——」

スタンの言葉が途切れ、彼はそこにつっ立ってエドを見ている。いまにも泣き出しそうだ。

「君のせいじゃないさ」とエドは言ったが、次の瞬間、なんでそんなことを言ったのか自分でもわからなかった。誰のせいなんだ？

スーザンが言う、「もう電話してくるのやめてよ、エド。わかった？　いま午前三時よ。あたし眠ってたのよ、最高の夢見てたのよ。あんたいつだって何かの最中にあたしを起こしちゃうのよ。とにかくお願いだからやめて、ね？」

エドは何も言わない。ここで一晩じゅう、スーザンが喋るのを聞いていたい。

いまスーザンはこう言っている、「でもそんなふうになんか絶対なりっこないわよ、あんただってそのくらいわかるでしょ。何かよくないことが起きたのよ、それは誰のせいでもないんだけど、あたしたちいつまでもそれを乗り越えられないのよ。あれはあたしたちを殺したんだわ。あたしたちはそのことを、話しあえすらしないのよ」

エドは言う、「愛してるよ」

スーザンは言う、「あたしも愛してるわよ。だけどエド、問題はタイミングなのよ。もう遅すぎるのよ。これからも、いつだって絶対遅すぎるのよ。もしかして、戻ることができて、何もかも違うふうにやれたら――あたしだってそういうこと年じゅう考えてるのよ――でもそんなことできやしないのよ。タイムマシン持ってる知りあいなんてあたしたちいないものね。こうしたらどうかしら、エド――あんたとあんたのポーカー仲間で、ピートの家の地下室に集まってタイムマシン作るのよ。ったく、馬鹿なゲームばっかりやって！　そんなことしてないで、タイムマシン作ればいいじゃないの！　どうやったらいいか、考えまとまったらまた電話ちょうだい。あたしはもうすっかり行きづまっちゃったもの。それとも、電話してこなくてもいいわ。さよならエド。少しは眠りなさいよ。もう電話、切るからね」

スーザンは電話を切る。

彼女がキッチンに降りていって一杯のミルクを電子レンジで温めるさまをエドは想像する。彼女はキッチンに座って、ミルクを飲み、エドがまた電話してくるのを待つだろう。果樹園の家で、エドはベッドに横たわっている。ベッドルームの二つのドアはどっちも開けてあって、どこにも通じていないドアの方から夜風が入ってくる。スーザンをここに呼んであのドアを見せてやれたら、とエドは思う。夜風はリンゴみたいな匂いがする。きっと時間というのもこういう匂いなんだろう、とエドは考える。

ベッドの横の床に目覚まし時計が置いてある。闇のなかで、針と数字が緑色に光っている。あと五分待って、スーザンに電話しよう。五分。そうしたらもう一度電話するのだ。時計の針は動いていないけれど、待つことはできる。

# 訳者あとがき

　コンビニ、テレビ番組、図書館、郊外の一軒家、離婚……ケリー・リンクはごく日常的な、正統派のリアリズム小説が書かれても少しもおかしくない素材からはじめる。だが、そこから紡ぎ出されるのは、およそ正統的なリアリズム小説とは違った、おとぎばなし、サイエンス・フィクション、ファンタジー、ホラー小説などの要素を自在に取り込んだ、どこへ連れていかれるのか見当もつかない、一行一行、作品独自の空気をその場で捏造していく物語である。郊外の家の庭には無数の兎が棲みついているし、離婚騒動は生者と死者のあいだでくり広げられるし、コンビニのすぐそばには異界があって……といった設定も奇妙だが、その奇妙さに寄りかかってそれを単純にふくらませる方向には決して進まない。物語の定型からずれつづけ、定型の関節を外しつづける、その手口とタイミングのセンスは絶妙というほかない。前作『スペシャリストの帽子』の解説でも書いたように、二十一世紀に入ってからのアメリカ文学は全般的に幻想的だったり荒唐無稽だったりする傾向が強いが、ケリー・リンクはそのなかで、誰よりも予測しがたい変幻自在な書き手として、新しい流れの最良の部分を体現している。

日常や定型などの「ふつう」からずれることで、時には笑いが生じ、時には恐怖が生じる。あるいはまた、エドガー・アラン・ポーを思い起こせば明らかなように、笑っていいのか怖がるべきなのかよくわからないこともある。ケリー・リンクの場合も、たとえば上司が無数の輪ゴムを固めて作る巨大な玉は、ひどく滑稽で間が抜けてもいるし、と同時に、どこか不気味で、邪悪そうでもある。ポーにあっては、作家による知的操作の匂いもそこにはいくぶんあって、その笑い／恐怖の共存にもどこか人工性が感じられるが、リンクはおそらくもっと直感的に、ほとんど嗅覚に従うように「ふつう」から逸脱していく。じっくり、時間をかけて。

だからリンクの短篇は、特に今回の作品集では、短篇といってもかなり長めのものが多いし、長めの作品においてこそ彼女の本領は発揮される。一つひとつの作品において、ありきたりの素材から逸脱し素材を解体することからはじめて、それ独自の「現実」をじわじわ立ち上げていくからだ（実際、「しばしの沈黙」や「マジック・フォー・ビギナーズ」などは、日本だったら長篇といっても通る量感である）。そのなかで、「ふつう」の視点を保っているような登場人物や、物語を外から冷静に見ている作者に身を委ねることは我々には許されていない。たとえば「石の動物」では、夫にせよ妻にせよ二人の子供にせよ、それぞれが、他の人物から見れば、不気味な不可解さを、他者性を帯びている。だがそれと同時に、それぞれの人物が抱え込んだ不安や恐怖も、我々には生々しく伝わってくる。そのように、不可解さと切実さがないまぜになったところにケリー・リンクの大きな魅力がある。そしてその魅力は、この第二作品集において、評判を呼んだ前作よりいっそう増している。

ゾンビ映画やゴースト・ストーリーをはじめ、ケリー・リンクはさまざまなジャンルへの愛を表明しており、純文学の流れのなかに位置づけるのはさして意味がないかもしれないが、しいてアメリカ文学において先達を探すなら、ドナルド・バーセルミ（一九三一－八九）とローリー・ムーア（一九五七－　）ではないか。ごく日常的な素材からはじめて、それをシュールにずらし、荒唐無稽な展開のなかから最終的には切実な思いが垣間見える、という書き方は、まさにバーセルミが得意とした手法にほかならない。この短篇集でも、終始Q&A方式で書かれた「大砲」は、やはり終始Q&Aで書かれたバーセルミの先行作品をただちに想起させるものであり、先輩作家への創造的敬礼と見てよいだろう。そして、現代の日常を生きる女性たちの不安や迷いを描きつつも、その不安や迷いに陶酔せず、絶妙なユーモアでもってそれらを相対化してみせるのがローリー・ムーアの身上だとすれば、リンクはムーアの、より奔放な文学的妹にほかならない。いずれにせよ、現在、新作の発表が誰よりも楽しみな、「そうか、この手もあったか」と毎回唸らせてくれる作家である。

『マジック・フォー・ビギナーズ』は二〇〇五年九月、前作同様、リンクが夫のギャヴィン・J・グラントと経営している出版社スモール・ビア・プレスから刊行された。イタリア語、ロシア語にもすでに翻訳され、チェコ、ルーマニア、ドイツでも出版が予定されている。以下、本書収録作品の原題と初出を記す。

「妖精のハンドバッグ」"The Faery Handbag"（アンソロジー *The Faery Reel* 二〇〇四年）
「ザ・ホルトラク」"The Hortlak"（アンソロジー *The Dark* 二〇〇三年）
「大砲」"The Cannon"（チャップブック *Say...what time is it?* 二〇〇三年）
「石の動物」"Stone Animals"（*Conjunctions* 誌四十三号、二〇〇四年）
「猫の皮」"Catskin"（アンソロジー *McSweeney's Mammoth Treasury of Thrilling Tales*、二〇〇三年）
「いくつかのゾンビ不測事態対応策」"Some Zombie Contingency Plans"（本書に書き下ろし、二〇〇五年）
「大いなる離婚」"The Great Divorce"（本書に書き下ろし、二〇〇五年）
「マジック・フォー・ビギナーズ」"Magic for Beginners"（本書に書き下ろし、二〇〇五

年）
「しばしの沈黙」"Lull"（*Conjunctions* 誌三十九号、二〇〇二年）
「妖精のハンドバッグ」はヒューゴー、ネビュラ、ローカス賞を、「マジック・フォー・ビギナーズ」はネビュラ、ローカス、英国SF協会賞を受賞しており、また「石の動物」が『ベスト・アメリカン・ショート・ストーリーズ　二〇〇五』に選ばれたのをはじめ、一連の年間ベスト作品アンソロジーにも本書中の何作かが選ばれている。受賞歴やアンソロジー収録の詳細については、作者ウェブサイトの http://www.kellylink.net/biblio.htm をごらんいただきたい。なお、「ホルトラク」とはトルコ語で「幽霊」を意味し、作品中にはトルコ語が頻出するが、これらについては日本学術振興会特別研究員の小笠原弘幸さんにご教示いただいた。この場を借りてお礼を申し上げる。「妖精のハンドバッグ」、「ザ・ホルトラク」、「大砲」（初出時のタイトルは「キャノン」〔金子ゆき子訳〕）、「大いなる離婚」、「しばしの沈黙」はそれぞれ、『SFマガジン』二〇〇六年三月号、二〇〇六年六月号、二〇〇三年十二月号、『新潮』二〇〇五年九月号、『SFマガジン』二〇〇六年十月号に掲載された。本書の企画段階では鹿児島有里さんに、雑誌掲載・単行本編集段階では清水直樹さんに大変お世話になった。あつくお礼を申し上げる。
ケリー・リンクは二〇〇七年夏に横浜で開かれる世界SF大会に参加するため来日する

予定である。イベントなどで、直接作者の話を聞ける機会もできると思うが、まずはこの、どれをとっても素晴らしい作品集を満喫いただければと思う。

## 文庫化にあたって

ケリー・リンクはその後も着々と作品を書きつづけ、二〇〇九年二月には初めての子供アーシュラも生まれた。

単行本としては、二〇〇八年、これまでのように夫と経営しているスモール・ビア・プレスからではなく、大手のヴァイキング社から*Pretty Monsters*を出版。これは、第一作品集『スペシャリストの帽子』から表題作「スペシャリストの帽子」を、第二作品集（本書）からは「マジック・フォー・ビギナーズ」「妖精のハンドバッグ」を選び、これに六本の新作を加えて、計九本をヤングアダルト小説集として出版したものである（うち「墓違い」邦訳は『ユリイカ』二〇〇八年三月号に掲載）。ヤングアダルトとはいっても、これまで同様、いかなるジャンルの約束事にも従わない自在さに貫かれた作品ばかりであることは言うまでもない。

半分私事になるが、二〇一二年五月には、訳者が責任編集の一人となっている英語版文

芸誌 *Monkey Business* の刊行記念イベントがニューヨークで開かれ、ケリーも参加してくれる。日本側から参加する柴崎友香さんとの対話などが予定されていて、いまから楽しみである。

# 解説

コラムニスト
山崎まどか

カウンター・カルチャー的な地域として知られるオレゴン州ポートランドに、《Tin House》というユニークなインディ文芸誌がある。そこが二〇〇七年の秋に「Fantastic Women」という特集を組んだ。後に書籍化されたその号で取り上げられていたのが、ケリー・リンク、エイミー・ベンダー、ジュディ・バドニッツといったファンタジーにもＳＦにも分類できない、奇妙な作品を書く女性作家たちである。『いちばんここに似合う人』のミランダ・ジュライがこの並びに入っているといえば、特集の雰囲気が伝わるだろうか。現実から半歩浮いたような不思議な作品を書くこの女性たちのことを《Tin House》は「フランツ・カフカとメアリー・シェリー、グリム兄弟とアンジェラ・カーターの娘」と呼んだ。

写実的な物語から遠く離れた完璧なおとぎ話でもなく、現実を解体し本質を抽出して作り上げた寓話でもない。日常と地続きの場所にシュールな要素が入り込むことで、物語がよりリアルに迫ってくるというファンタスティックな矛盾をはらんだこうした小説の書き手が、アメリカの女性に多いというのは興味深い事実だ。どうしてなのだろう。

アメリカという国のナイーヴさには驚くべきものがある。最近、有名な投票サイトrrratherが、宇宙は神によって作られたと思うかビッグバンで始まったと思うか二択のアンケートを行ったところ、投票したアメリカ人でビッグバン理論を信じているのは45パーセントに過ぎなかった。先進国でそんな結果が出たのはアメリカだけである。スウェーデン等の北欧の国々では90パーセント以上の人が、カトリック大国のアイルランドでも76パーセントの人がビッグバンの方を選択しているといえば、その特異性が分かるだろうか。アメリカの田舎の学校では、科学の教師たちが「自分は信じていないが」という前置きをしてから生徒たちに進化論を教えるところも多い。あるいはまったく触れなかったりする。テクノロジー的には先端を走る国である一方で、アメリカでは科学は非現実的なファンタジーなのである。その逆転現象と凝り固まった体制が、現実のもろいところを小さなハンマーで壊すようにして幻想のサイドに置かれたリアリティ＝実感を伴った真実を取り戻すという構造を持った作品群を生んでいるのではないだろうか。リアリティなき現実に真っ向から戦いを挑めば負けるかもしれない。でも、強勒に見える世界のどこかに綻《ほころ》びを見つけることはできる。「Fantastic Women」に取り上げられていた女性作家たちの面白い点は、その綻びからファンタジーの世界に逃避していくのではなく、ファンタジーの側から使える道具を引っ張りだしてきて、それを現実にミックスして混乱させ、世界をなし崩しに変えてしまうところにある。それは男性よりも、女性の方が得意な戦法かもしれない。

ケリー・リンクはそんなファンタスティックな女性作家たちのフロント・ランナーである。「Fantastic Women」で取り上げられていた女性作家の中でも、彼女の作風は一風変わっている。一読すると、突拍子もなくて戸惑うかもしれない。ケリー・リンクは素知らぬ顔をして、何の前置きもなしに、SFともファンタジーとも違うリンク・ワールドに読者を誘い込む。近くのコンビニまでジャンク・フードを買いに行く気軽さで友達について行って、角を曲がったら異次元の世界だったというような具合である。何せ、彼女が読者を連れ出すコンビニは人間に混じってゾンビが客として訪れるような、この世とあの世を結ぶ綻びなのである。キラキラとしたプロム・ドレスを量り売りする古着屋から、バルデツィヴルレキスタンなる奇妙な国の人々が丸ごと収まったハンドバッグに話が飛ぶ。人間を砲弾代わりに飛ばすエロティックな大砲についての物語が、Q&Aの方式で語られる。ファンタジーのお約束さえ踏み外したところにある、現実世界からのこの飛躍はすごい。しかしリンクの小説の構造は唐突だが、それでいて、妙に腑に落ちるところがある。物語が着地するところは見たこともない場所なのに、不思議と懐かしくて胸を締めつける。

懐かしいといっても、それは大人が過去を振り返るノスタルジーとは違う。彼女の作品は思春期の身体感覚とリンクしている。「猫の皮」で魔女の息子スモールが猫を縫い合わせた皮に入った時の感触や、「マジック・フォー・ビギナーズ」で高校生の主人公のジェレミーが幼なじみのエリザベスとその妹のタリス、それぞれと交わすキスやパーティの翌日のエリザベスの口臭といった描写以外にも、あちこちに少年少女の汗や唾液の匂いを感じる。『マジック・フォー・ビギナーズ』に収録されている短篇のほとんどの作品で、登場人物たちはジャンク・フードを食べている。トウィンキーズ、ピーナッツ・バター・サンドイッチ、ミルク・シェイク、マウンテン・デューやグリーン・アップルのシュナップス、ドラマ「図書館」の合間に放映されるCMの中にしか存在しない謎のユーフォリアなる清涼（？）飲料。栄養にも何もならない、そんな食べ物の描写が印象的だ。登場人物たちの口の中で人工甘味料がはかなく溶けていく。炭酸の泡が弾けて消える。歓びはこのようにすぐに失われてしまうのだ。カラフルなジャンク・フードはケリー・リンクの作品に常に漂う喪失の気配を甘酸っぱい色と味覚で可視化したものである。初恋の相手が消えてしまう「妖精のハンドバッグ」、幽霊に取り憑かれた郊外の家に越したことで家族が壊れていく「石の動物」、ばらばらになっていく未来を見通しているかのようなティーン・エイジャーの幼なじみと家族たちが、逃げ水のようにテレビに現れる幻のテレビ番組を磁場としてつながろうとする「マジック・フォー・ビギナーズ」……彼女の作品の登場人物たちはたった今、この瞬間を生きていることの歓びをせつないくらいに享受しながら、その輝きが失われていくことの痛みを同時に感じている。その瞬間を振り返った遠い未来の自分と目が合ったような、くらくらする感覚がケリー・リンクの描く世界における懐かしさなのだ。風船ガムが色を淡くしながらふくらんでパチンと弾けるのを待っているような、この感じはケリー・リンクの小説でしか味わえない。

ジャンク・フードの名称だけではなく、ケリー・リンクはポップ・カルチャー関連の固有名詞の使い方も秀逸だ。（私も愛読している）フェミニズム・カルチャー・マガジンの《バスト》や、『やぶれかぶれ一発勝負!!』『チアーズ！』といったティーン映画、実話を基にした道徳的な（そしていくぶん扇情的な）ティーン・ドラマ・シリーズとして有名な「放課後スペシャル」といったキーワードが意外なところで使われている。

こうした特定の時代を感じさせる固有名詞は本来ならば普遍性の妨げになる危険性もあるが、ケリー・リンク独自の幻想性とミックスされると、古着屋やフリー・マーケットで売られているおもちゃやアクセサリーのようなキッチュな魅力を放ち、既に時を経て神話化したものの雰囲気を放つようになるのだから面白い。カルト的な幻のテレビ番組を追いかけている主人公たち自身が、現実との境界を見失っていく「マジック・フォー・ビギナーズ」がいい例だ。主人公のジェレミーはおたくなのにキュート（な俳優が演じている）という設定は、アメリカのティーン・ドラマの定番である。彼らが見ている「図書館」と同じように、今日のアメリカを感じさせるキーワードが詰まった主人公たちの思春期ドラマも幻想なのである。

これは特殊でありながら普遍、幻想でありながらリアル、身体的でありながらスタティックでもあるという矛盾をはらんだケリー・リンクの小説世界の中で起こる逆転現象であり、ビッグバンが実態のないおとぎ話として語られるアメリカという国だけが生み出す、不可思議な神話の持つ魔法なのだ。

本書は、二〇〇七年七月に早川書房より単行本として
刊行された作品を文庫化したものです。

# 青い眼がほしい

*The Bluest Eye*

トニ・モリスン
大社淑子訳

誰よりも青い眼にしてください、と黒人の少女ピコーラは祈った。そうしたら、みんなが私を愛してくれるかもしれないから。美や人間の価値は白人の世界にのみ見出され、そこに属さない黒人には存在意義すら認められない。自らの価値に気づかず、無邪気に憧れを抱くだけの少女に悲劇は起きた——白人が定めた価値観を痛烈に問いただす、ノーベル賞作家の鮮烈なデビュー作

ハヤカワepi文庫

# ソロモンの歌

*Song of Solomon*

トニ・モリスン
金田眞澄訳

**〈全米批評家協会賞・アメリカ芸術院賞受賞作〉**赤ん坊でなくなっても母の乳を飲んでいた黒人の少年は、ミルクマンと渾名された。鳥のように空を飛ぶことは叶わぬと知っては絶望し、家族とさえ馴染めない内気な少年だった。だが、親友ギターの導きで、叔母で密造酒の売人パイロットの家を訪れたとき、彼は自らの家族をめぐる奇怪な物語を知る。ノーベル賞作家の出世作。

ハヤカワepi文庫
トニ・モリスン・セレクション

# わたしを離さないで

*Never Let Me Go*

カズオ・イシグロ

土屋政雄訳

優秀な介護人キャシー・Hは「提供者」と呼ばれる人々の世話をしている。育った施設ヘールシャムの親友トミーやルースも「提供者」だった。図画工作に力を入れた授業、毎週の健康診断、教師たちのぎこちない態度——キャシーの回想はヘールシャムの残酷な真実を明かしていく。運命に翻弄される若者たちの一生を感動的に描くブッカー賞作家の新たな傑作。解説／柴田元幸

ハヤカワepi文庫

# 夜想曲集

音楽と夕暮れをめぐる五つの物語

*Nocturnes*

カズオ・イシグロ
土屋政雄訳

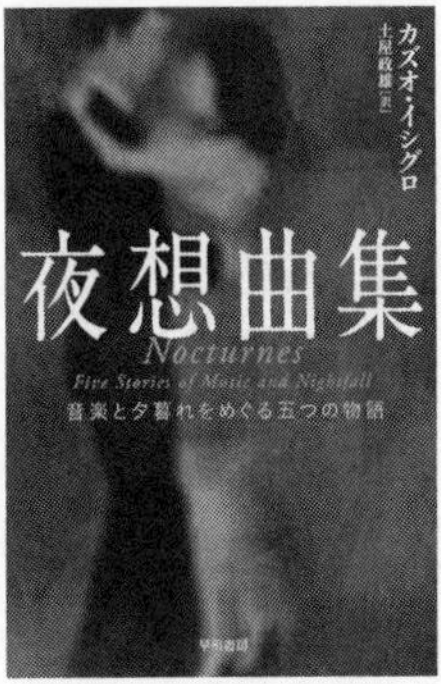


ベネチアのサンマルコ広場で演奏する流しのギタリストが垣間見た、アメリカの大物シンガーの生き方を描く「老歌手」。芽の出ないサックス奏者が、一流ホテルの秘密階でセレブリティと過ごした数夜を回想する「夜想曲」など、書き下ろしの連作五篇を収録。人生の夕暮れに直面した人々の悲哀と揺れる心を、切なくユーモラスに描きだした著者初の短篇集。解説／中島京子

ハヤカワepi文庫

ハヤカワ epi 文庫は、すぐれた文芸の発信源（epicentre）です。

訳者略歴　1954 年生，東京大学文学部教授，英米文学翻訳家
訳書『血液と石鹸』ディン（早川書房刊），『幻影の書』オースター，『シカゴ育ち』ダイベック，『マーティン・ドレスラーの夢』ミルハウザー　他多数

# マジック・フォー・ビギナーズ

〈epi 68〉

二〇一二年二月二十日　印刷
二〇一二年二月二十五日　発行
（定価はカバーに表示してあります）

著者　ケリー・リンク
訳者　柴《しば》田《た》元《もと》幸《ゆき》
発行者　早川浩
発行所　株式会社　早川書房
郵便番号　一〇一－〇〇四六
東京都千代田区神田多町二ノ二
電話　〇三－三二五二－三一一一（大代表）
振替　〇〇一六〇－三－四七七九九
http://www.hayakawa-online.co.jp

乱丁・落丁本は小社制作部宛お送り下さい。
送料小社負担にてお取りかえいたします。

印刷・中央精版印刷株式会社　製本・株式会社明光社
Printed and bound in Japan
ISBN978-4-15-120068-7 C0197

本書のコピー、スキャン、デジタル化等の無断複製は著作権法上の例外を除き禁じられています。

本書は活字が大きく読みやすい〈トールサイズ〉です。